Lost City Radio

Daniel Alarcón

Lost City Radio

ROMAN

Traduit de l'anglais (États-Unis)
par Pierre Guglielmina

Ouvrage traduit avec le concours
du Centre National du Livre

Albin Michel

« *Les Grandes Traductions* »

Ouvrage publié sous la direction
de Vaiju Naravane

Q.E.P.D.
Javier Antonio Alarcón Guzmán
1948-1989

C'est le peuple qui est exécuté et c'est du peuple qu'est issu le peloton d'exécution ; le peuple, c'est vague et hasardeux, c'est aussi la loi. Il n'y a aucun doute sur ce point, et il ne saurait y en avoir.

Carlos Monsiváis

PREMIÈRE PARTIE

1

Ils ont interrompu l'émission de Norma ce mardi matin-là parce qu'un garçon avait été déposé à la station. Il était silencieux et maigre, et il tenait un mot à la main. Les gens à la réception l'avaient laissé entrer. Une réunion avait été organisée.

La salle de conférences était inondée de lumière et offrait une vue panoramique sur la ville, vers l'est en direction des montagnes. Lorsque Norma est entrée, Elmer était assis à la tête de la table et se frottait le visage comme s'il venait de se réveiller d'un sommeil sans repos, insatisfaisant. Il a hoché la tête au moment où elle s'est assise, puis s'est mis à bâiller tout en tripotant le capuchon d'une fiole de médicaments qu'il avait sortie de sa poche. « Va me chercher de l'eau, a-t-il grogné en direction de son assistant. Et vide ces cendriers, Len. Nom de Dieu. »

Les yeux fixés sur ses pieds, le garçon était assis sur une chaise très raide, en face d'Elmer. Il était mince, l'air fragile, et ses yeux étaient trop petits pour son visage. Il avait le crâne rasé – pour se débarrasser des poux, a pensé Norma. Il y avait un début de duvet sur sa lèvre supérieure. La chemise était élimée et son pantalon sans ourlet était tenu à la taille par un lacet de chaussure.

Norma s'est assise le plus près possible de lui, le dos tourné à la porte, en faisant face à la ville blanche.

Len est réapparu, une carafe à la main. La surface de l'eau était couverte de bulles d'une teinte légèrement grise. Elmer s'est servi un verre et a avalé deux pilules. Il a toussé dans sa main. « Bon, allons-y, a dit Elmer, une fois que Len a été assis. Nous sommes désolés d'avoir interrompu les nouvelles, Norma, mais nous voulions que tu fasses la connaissance de Victor.

— Dis-lui quel âge tu as, petit, a dit Len.

— J'ai onze ans », a dit l'enfant d'une voix à peine audible. « Et demi. »

Len s'est éclairci la gorge, a jeté un coup d'œil en direction d'Elmer, comme pour obtenir la permission de parler. Au hochement de tête de son patron, il a commencé. « C'est un âge formidable, a dit Len. Et tu es venu voir Norma, c'est bien ça ?

— Oui, a répondu Victor.

— Vous le connaissez ? »

Norma ne le connaissait pas.

« Il dit qu'il est venu de la jungle, a poursuivi Len. Nous avons pensé que tu aimerais faire sa connaissance. Pour l'émission.

— Parfait », a-t-elle dit. « Merci. »

Elmer s'est levé puis s'est dirigé vers la baie vitrée. Sa silhouette se découpait sur la lumière à la fois éclatante et voilée. Norma connaissait bien ce panorama : la ville au-dessous, s'étirant sur la ligne d'horizon et même au-delà. Le front collé sur la vitre, on pouvait voir la rue en bas, cette large avenue congestionnée par la circulation et les piétons, les bus, les moto-taxis et les charrettes de marchands de légumes. Ou bien la vie sur les toits : dans la forte brise en provenance de la mer, les vêtements suspendus sur les fils à côté des poulaillers rouillés, des vieux qui jouaient aux cartes sur un vieux carton de lait, des chiens qui aboyaient furieusement, les

14

crocs étincelants. Elle avait même vu, un jour, un homme assis sur son casque de chantier jaune, en train de sangloter.

Elmer voyait peut-être quelque chose à l'instant même, mais il n'avait pas l'air d'y accorder le moindre intérêt. Il s'est retourné vers les autres. « Pas seulement de la jungle, Norma. De 1797. »

Norma s'est redressée sur son siège. « Qu'est-ce que tu racontes, Elmer ? »

C'était une des rumeurs qu'ils savaient fondées : les fosses communes, les villageois anonymes, assassinés et empilés dans des fossés. Ils n'en avaient jamais parlé aux nouvelles, bien sûr. Personne ne l'avait fait. Ils n'en avaient pas parlé depuis des années. Elle a senti un poids sur sa poitrine.

« Ce n'est sans doute rien d'important, a dit Elmer. Montrons-lui la note. »

De sa poche, Victor a sorti un morceau de papier, probablement le même que celui qu'il avait montré à la réception. Il l'a passé à Elmer qui a chaussé ses lunettes pour le lire et s'est éclairci la voix. Il a lu à voix haute :

Chère Madame Norma,

Cet enfant s'appelle Victor. Il est du Village 1797 dans la jungle orientale. Nous, les résidents de 1797, avons mis en commun nos économies pour l'envoyer à la ville. Nous voulons que Victor ait une meilleure vie. Il n'y a pas d'avenir pour lui ici. S'il vous plaît, aidez-nous. Vous trouverez ci-joint la liste de nos disparus. Peut-être qu'un de ces individus pourra prendre soin du garçon. Nous écoutons Lost City Radio toutes les semaines. Nous adorons votre émission.

Vos plus grands fans,
Village 1797

« Norma, a dit Elmer, je suis désolé. Nous voulions t'en parler nous-mêmes. Il serait formidable pour l'émission, mais nous voulions t'avertir.

15

– Ça va. » Elle s'est frotté les yeux et a respiré profondément. « Ça va. »

Norma détestait les chiffres. Autrefois, chaque ville avait un nom ; un nom millénaire, impossible à déplacer, un nom hérité d'on ne sait quel peuple disparu, un nom aux consonances dures qui faisaient penser à de la pierre frottée contre de la pierre. Mais tout était en cours de modernisation, même les coins les plus reculés du pays. C'était une nouvelle politique du gouvernement, dite « post-conflit ». Ils disaient que les gens oubliaient les anciens systèmes. Nora se posait la question. « Est-ce que tu sais comment on appelait ton village autrefois ? » a-t-elle demandé au garçon.

Victor a secoué la tête.

Norma a fermé les yeux une seconde. On lui avait sûrement appris à répondre ça. Lorsque la guerre avait pris fin, le gouvernement avait supprimé les vieilles cartes du pays. Elles avaient été retirées des étagères de la Bibliothèque nationale, confisquées à chaque citoyen, découpées dans les manuels scolaires et brûlées. Norma en avait parlé à la radio, s'était mêlée à la foule exaltée devant Newtown Plaza, pour voir ce qui se passait. Autrefois, le village de Victor portait un nom, mais il était perdu à présent. Son mari, Rey, avait disparu dans ce coin-là, juste avant que la Légion Illégitime ne soit vaincue. Cela avait marqué la fin de l'insurrection, dix ans plus tôt. Elle attendait toujours son retour.

« Ça va bien, Madame Norma ? » a demandé le garçon d'une petite voix haut perchée.

Elle a ouvert les yeux.

« Quel jeune homme bien élevé », a dit Len. Il s'est penché en avant, a posé les coudes sur la table et tapoté le crâne lisse du garçon.

Norma a attendu un moment, en comptant jusqu'à dix. Elle a saisi le morceau de papier et a relu le mot. L'écriture était régulière et décidée. Elle a imaginé le conseil municipal se réunissant pour décider qui avait la plus belle écriture.

Comme c'était folklorique. Au verso figurait une liste de noms. « Nos Disparus », lisait-on, le n et le d avec emphase de pleins et de déliés, ce qui disait l'optimisme. Elle n'a pas eu le courage de les lire. Chaque nom était une énigme, sans âme, sans visage, parfois humaine, une moisson de noms à lire à l'antenne. Elle a tendu la note à Elmer. La simple idée de tout ça lui donnait envie de dormir, inexplicablement.

« Tu connais ces gens ? a demandé Elmer au garçon.

— Non, a répondu Victor. Quelques-uns.

— Qui t'a amené à la station ?

— Mon instituteur. Il s'appelle Manau.

— Où est-il ? a demandé Len.

— Il m'a laissé.

— Pourquoi est-ce qu'ils t'ont envoyé ici ?

— Je ne sais pas.

— Ta mère ? a demandé Norma.

— Elle est morte. »

Norma s'est excusée. Len ne cessait de prendre des notes. « Ton père ? » a demandé Elmer.

Le garçon a haussé les épaules. « Je voudrais un peu d'eau, s'il vous plaît. »

Elmer a rempli un verre et Victor l'a bu avidement, des gouttes d'eau coulant de chaque côté de sa bouche. Quand il a eu terminé de boire, il s'est essuyé les lèvres sur la manche de sa chemise.

« Il y en a encore, a dit Elmer en souriant. Bois encore. »

Mais Victor a secoué la tête et regardé par la fenêtre. Norma a suivi son regard. C'était une journée de la fin de l'hiver, sans couleurs, le contour des montagnes disparaissant dans la brume. Il n'y avait rien à voir.

« Qu'est-ce que vous voulez que je fasse ? » a demandé Norma.

Elmer a retroussé les lèvres. Il a fait signe à Len d'emmener le garçon. Victor s'est levé et a quitté la pièce sans protester. Elmer n'a pas dit un mot avant que Norma et lui ne soient

17

seuls. Il s'est gratté la tête, puis il a pris la boîte de pilules. « C'est pour le stress, tu sais. Mon médecin dit que je passe trop de temps ici.

— C'est vrai.

— C'est vrai pour toi aussi.

— À quoi penses-tu, Elmer ?

— L'émission ne marche pas très bien. » Il s'est interrompu, pour choisir très soigneusement ses mots. « Est-ce que je me trompe en disant ça ?

— Deux réunions en six semaines. Les gens ne veulent pas être retrouvés à cette époque de l'année. Nous faisons toujours mieux au printemps. »

Elmer a froncé les sourcils et fait disparaître ses pilules. « Ce garçon, Norma, il est bon. Tu l'as entendu ? Il a une belle voix désemparée.

— Il n'a pas dit deux mots.

— Attends un peu, écoute-moi bien. Voici ce que je pense : une grande émission, dimanche. Je sais que 1797, c'est un peu délicat pour toi et je respecte ça, vraiment. C'est pour cette raison que je voulais te le présenter moi-même. Il ne sait rien de la guerre. Il est trop jeune. Alors passe la semaine avec lui, Norma. Ça ne peut pas être si mal.

— Et les gens de son village ?

— Quoi, les gens de son village ? Ils vont se manifester. Ou alors on trouvera quelques acteurs et il ne verra même pas la différence.

— Tu plaisantes ? »

Elmer a posé la main sur l'épaule de Norma. Ses yeux noirs étaient tout petits.

« Tu me connais, Norma : je plaisante la plupart du temps. Je ne suis plus un homme de radio, oublie ça. Je suis un homme d'affaires. Si nous ne trouvons personne, nous le renverrons chez lui, on lui paiera son billet d'autocar. Ou bien, on le confiera aux nonnes. Le fait est qu'il pourrait

18

relancer un peu l'émission. Et nous en avons bien besoin, Norma.

— Et l'instituteur ?

— Quoi, l'instituteur ? Ce con. Il devrait être en prison pour avoir abandonné un enfant. Nous allons lancer un appel contre lui, dimanche. »

Norma a regardé ses mains. Elles étaient pâles et ridées à un point qu'elle n'aurait jamais pu imaginer. Après tout, c'était ça, vieillir.

« Quoi ? a demandé Elmer.

— Je suis fatiguée. C'est tout. L'idée de faire lyncher un type parce qu'il a abandonné un enfant... Ce n'est pas pour ce genre de truc que je me lève tôt le matin. »

Elmer a fait une grimace. « Et tu te lèves pour quoi, ma chère ? »

Quand il a été clair qu'elle ne répondrait pas, Elmer a de nouveau posé sa main sur son épaule. « C'est la vie, Norma.

— Très bien, a-t-elle dit au bout d'un moment.

— Bon. Il peut rester chez toi ?

— Tu veux que je fasse la baby-sitter ?

— Euh ...

— Donne-moi une semaine de congé.

— Une journée.

— Trois. »

Elmer a secoué la tête et souri. « Deux, et on en reparle. » Il était déjà debout. « Tu fais des choses formidables pour cette station de radio, Norma. Des choses formidables. Et nous apprécions. Les gens t'adorent. » Il a frappé à la porte et, quelques secondes plus tard, Len est entré avec le garçon. Elmer a arboré un grand sourire et caressé la tête du garçon. Len l'a fait asseoir. « Le voilà, le voilà mon champion, a dit Elmer. Écoute, petit, tu vas rester quelque temps avec Norma. Elle est très gentille et tu n'auras à t'inquiéter de rien. »

Le garçon avait l'air un peu effrayé. Norma a souri, Elmer

et Len sont partis, et elle s'est retrouvée seule avec le garçon. La note était posée là, sur la table. Elle l'a glissée dans sa poche. Victor avait le regard perdu dans le vaste ciel d'albâtre.

Sa voix était son capital, sa carrière et son destin. « De l'or qui pue l'empathie », disait Elmer. Avant de disparaître, Rey avait prétendu qu'il retombait amoureux d'elle chaque fois qu'elle disait bonjour. Tu aurais dû être chanteuse, disait-il, même si elle était incapable de chanter juste. Norma avait travaillé à la radio toute sa vie, en commençant comme reporter, avant de devenir présentatrice et de rédimer par la voix les tragédies qu'il lui incombait d'annoncer. Elle avait un don naturel : elle savait d'instinct quand il convenait de laisser sa voix trembler, quand s'attarder sur un mot, quels textes lire d'une traite ou prononcer comme si les mots eux-mêmes étaient en feu. Les pires nouvelles, elle les lisait d'une voix douce, sans urgence, comme s'il s'était agi de poésie. Le jour où Victor était arrivé, il y avait eu un attentat-suicide en Palestine, une marée noire au large de l'Espagne, et un nouveau champion de base-ball avait été consacré aux États-Unis. Rien d'extraordinaire et rien qui puisse affecter le pays. Annoncer les nouvelles internationales relève du simulacre, pensait Norma, égrener cette liste d'événements quotidiens ne sert qu'à confirmer à quel point nous sommes périphériques : une nation au bord du monde, un pays fictif hors de l'histoire. Pour ce qui concerne les nouvelles locales, elle s'en tenait à la ligne de conduite de la station, qui était aussi celle du gouvernement : annoncer les bonnes nouvelles avec indifférence et donner aux mauvaises nouvelles une tonalité d'espoir. Personne n'était plus doué que Norma ; sous les caresses de sa voix, les chiffres du chômage prenaient les sonorités douces-amères des lamentations, les déclarations de guerre celles des lettres d'amour. La nouvelle d'un glissement de terrain se transformait en méditation pleine de crainte sur les mystères de la nature, et les vingt, cinquante ou cent morts s'évanouissaient dans l'art de les annoncer. Ainsi allait sa vie pendant la semaine : annonces matinales des désastres locaux et internationaux – bus dégringolant des routes de montagne, coups de feu retentissant dans les bidonvilles près du fleuve et, à très grande distance, le reste du monde. Samedi libre et, le dimanche soir, retour à la station pour son émission-phare, Lost City Radio, consacrée aux disparus.

L'idée était simple. Combien de réfugiés étaient arrivés en ville ? Combien d'entre eux avaient perdu tout contact avec leur famille ? Des centaines de milliers ? Des millions ? La station y avait vu un moyen de tirer profit du désordre ; au cours des dix ans qu'avait duré l'émission, Norma en était venue à la considérer comme un moyen de rechercher son mari. Un conflit d'intérêts, disait Elmer, mais il l'avait gardée quand même à l'antenne. La voix de Norma était la plus aimée, celle qui inspirait le plus confiance dans tout le pays, phénomène qu'elle avait du mal à s'expliquer elle-même. Tous les dimanches soirs, pendant une heure, depuis la dernière année de la guerre, Norma prenait les appels de gens qui croyaient qu'elle était douée de pouvoirs spéciaux, prophétie ou voyance, capable d'extirper des ruines de la ville tous les disparus, les égarés et les perdus de vue. Des inconnus s'adressaient à elle en l'appelant par son prénom et la suppliaient de les écouter. Mon frère, disaient-ils, a quitté le village, il y a des années, pour aller chercher du travail dans la ville. Il s'appelle... Il vit dans le district de... Il nous écrivait, et puis la guerre a éclaté ... Norma leur coupait la parole quand ils s'apprêtaient à parler de la guerre. Il était toujours préférable d'éviter les sujets déplaisants. C'est pourquoi elle posait volontiers des questions sur l'odeur qui planait dans la cuisine de leur mère, ou le son du vent soufflant dans la vallée. La rivière, la couleur du ciel. Sous son impulsion, les gens qui appelaient repensaient à la vie de leur village et à

tout ce qu'ils avaient laissé derrière eux, invitant leurs disparus à s'en souvenir avec eux. Frère, es-tu là ? Et Norma écoutait, puis répétait les noms de sa voix melliflue, et le standard
était bientôt saturé d'appels, toutes ces petites lumières rouges solitaires, tous ces gens qui espéraient être retrouvés. Bien
sûr, certains étaient des imposteurs, les plus tristes de tous.

Lost City Radio était devenue l'émission la plus populaire
du pays. Trois fois par mois, parfois quatre, il s'y tenait de
grandes réunions qui étaient enregistrées et célébrées en
grande pompe. L'émotion qui s'en dégageait était authentique : les familles réunies venaient à la station, depuis leurs
foyers surpeuplés des faubourgs de la ville, avec grand renfort
de poules piaillantes et d'énormes sacs de riz – autant de
cadeaux pour Madame Norma. Sur le parking de la station,
ils dansaient, buvaient et chantaient jusqu'aux premières
heures du jour. Norma allait les saluer une fois qu'ils s'étaient
bien alignés pour la remercier. C'étaient des gens humbles.
Leurs yeux s'emplissaient de larmes quand ils lui étaient présentés – pas quand ils la voyaient, non, lorsqu'elle se mettait
à parler : avec cette voix-là. Les photographes prenaient alors
des photos et Elmer veillait à ce que les meilleures d'entre
elles se retrouvent sur les affiches, images heureuses et pures
dansant sur la ligne d'horizon déchiquetée de la ville, des
familles enfin réunies arborant des sourires resplendissants.
Norma n'apparaissait jamais sur les photos. Elmer estimait
qu'il valait mieux cultiver le mystère.

C'était la seule station de radio nationale encore en activité
depuis la fin de la guerre. Après la défaite de la LI, les journalistes avaient été jetés en prison. Un grand nombre de ses
collègues s'étaient retrouvés incarcérés, ou pire encore : on
les avait emmenés « sur la Lune », certains avaient disparu et
il était désormais interdit de prononcer leurs noms, comme
celui du mari de Norma par exemple. Tous les matins,
Norma lisait des nouvelles fictives, approuvées par le gouvernement, et tous les après-midi, elle soumettait à l'approba-

tion du censeur les titres envisagés pour le lendemain. Tout cela constituait de bien petites humiliations, dans le cours actuel des choses. Le monde ne pouvait être changé, et donc Norma tenait bon jusqu'au dimanche.

Cela pourrait se produire à tout moment ou, du moins, c'était ce qu'elle avait imaginé autrefois : Rey allait appeler pendant l'émission. J'ai erré dans la jungle, dirait-il, et j'ai perdu ma femme, l'amour de ma vie, elle s'appelle Norma... S'il était vivant, il se cachait. Il avait été accusé de choses horribles dans les mois qui avaient suivi la fin de la guerre : une liste de dissidents avait été publiée et lue à l'antenne ; les noms et les pseudonymes, auxquels on avait accolé une série de crimes supposés. Rey avait été qualifié d'« assassin » et d'« intellectuel ». De provocateur aussi, qui avait inventé la pratique des pneus brûlés. Plus de trois heures d'antenne pour lire cette liste de noms, et il avait été décrété qu'ils ne pourraient plus jamais être mentionnés après ce décompte. La LI avait été battue et était en disgrâce. Le pays était engagé dans un processus d'oubli qu'une guerre avait jamais eu lieu.

À la fin du premier jour, Norma avait ramassé ses affaires, et le garçon et elle étaient partis pour son appartement de l'autre côté de la ville, un trajet d'une heure en bus. Victor avait semblé médusé par tout ce qu'il voyait. Elle s'était imaginée à sa place, dans cette étrange ville malheureuse de bruit et de poussière, et elle avait décidé que le silence qu'il observait était sa force. Tout l'après-midi, le garçon avait dormi sur le sofa du studio, se réveillant de temps en temps pour la dévisager d'un air morose tandis qu'elle donnait les informations. Il avait à peine parlé, si ce n'est pour demander de l'eau. À un moment donné, pendant qu'elle annonçait quelque chose, elle lui avait fait un clin d'œil qui n'avait suscité aucune manifestation de sa part. À présent, elle lui tenait la main dans le bus et elle pensait à la jungle : la jungle de Rey. Elle ne l'avait vue qu'en photos. C'était le genre de topographie qui pouvait inspirer autant de terreur que de joie. La LI avait été puissante dans cette région du pays où avait grandi Victor. Leurs campements étaient cachés sous l'épaisse canopée de la forêt, ils avaient organisé des communautés d'Indiens en révolte contre le gouvernement. Là, ils avaient stocké des armes et des explosifs qui s'y trouvaient peut-être encore, enterrés dans cette terre grasse.

Le bus roulait dans les rues, franchissant les demi-blocs avec régularité. Le bruit de la ville était chromatique et atonal : klaxons et sifflets, ronronnement sourd de milliers de moteurs. L'homme qui était assis à côté d'eux dormait, sa tête ballotant, cartable bien serré contre sa poitrine. Un petit garçon corpulent, à peine plus âgé que Victor, se tenait debout et comptait son argent avec un air effronté, comme s'il défiait quiconque de tenter de le lui prendre. C'était le même spectacle tous les jours, mais Norma a eu soudain l'impression qu'elle aurait dû prendre un taxi ou un train, que tout cela était sans doute éprouvant pour un garçon venu d'un hameau perdu dans la jungle. Et ça l'était, en effet. Victor, elle s'en est aperçue, essayait de dégager sa petite main de la sienne. Elle l'a serrée plus fort et l'a regardé d'un air sévère. « Attention », a-t-elle dit.

Il l'a regardée à son tour, plein de fureur, dégageant sa main, secouant ses doigts libérés devant son visage. Le bus s'est immobilisé à un arrêt, et Victor en a profité pour se jeter dans la rue.

Norma n'avait pas le choix : il lui fallait suivre.

C'était la fin de la journée, tout en tonalités violettes. Le garçon s'était éloigné à grands pas sur le trottoir, entrant et sortant des ombres projetées. Son pas retentissait, *tap, tap*, sur l'asphalte, et Norma se sentait bien seule dans cette partie de la ville qu'elle ne connaissait pas, dans une rue plus calme que les autres. Les immeubles étaient bas et massifs, une architecture si lourde qu'ils donnaient l'impression de s'enfoncer sous leur propre poids. Les murs en stuc étaient tachés de couleurs pastel. Les jambes maigres de Victor le propul-

24

saient rapidement vers le bout de la rue. Il était impossible qu'elle parvienne à le rattraper.

Bien sûr, elle aurait dû savoir de quoi la ville était faite. Elle y était née et y avait grandi. Pourtant ses mouvements lui apparaissaient animés par quelque chose de pervers, plus encore depuis la fin de la guerre. À présent, tout était différent, dominé par l'inconnu. Un homme aux cheveux blancs, sortant de l'entrée d'un immeuble, s'est approché. Il portait une veste grise légère sur un tricot jauni. « Madame, a-t-il dit, c'est votre garçon ? »

Victor était une ombre minuscule bondissant sous la lumière orangée des réverbères. Elle a hoché la tête.

« Pardonnez-moi », a dit l'homme. Il a mis deux doigts dans sa bouche et soufflé, perçant le bruit sourd de la rue d'un sifflement strident. Une tête est apparue à chaque fenêtre et, l'instant d'après, un homme ou une femme se tenait à l'entrée de chaque immeuble. L'homme a sifflé de nouveau. Il lui souriait avec bienveillance, son visage chaleureux un peu empourpré. Ils ont attendu.

« Vous êtes nouvelle dans le quartier ?

— Je ne vis pas ici, a répondu Norma. (Elle redoutait d'être reconnue.) Je suis désolée de vous embêter.

— Ça ne m'embête pas. »

Ils ont attendu encore un peu et, très vite, une femme à l'allure imposante, vêtue d'une blouse bleu pâle, est arrivée, traînant Victor derrière elle. L'homme s'est mis à parler tout bas quand elle s'est approchée – et voilà, nous y sommes – comme s'il la dirigeait. Elle tenait le garçon fermement par la main et il ne résistait presque pas. Dans un sourire, elle a poussé le garçon vers Norma. « Madame, a-t-elle dit en s'inclinant, voici votre fils.

— Merci », a dit Norma.

Un bus est passé en grondant, leur imposant le silence. Les trois adultes se sont souri ; le pauvre Victor se tenait tout raide, tel un prisonnier qu'on s'apprête à emmener. La nuit tombait, une brise fraîche murmurait le long de la rue. L'homme a offert sa veste à Norma, mais elle a décliné son offre. La femme en blouse bleue s'est tournée vers Norma. « Voulez-vous que nous vous aidions à lui donner une fessée ? » a-t-elle demandé sur un ton plaisant, tout en lissant les plis de sa blouse.

Le gouvernement recommandait les châtiments corporels pour les enfants, afin, disait-il, de renouer avec la discipline qui avait été perdue au cours des dix années de guerre. La station diffusait des messages officiels à ce sujet. Norma elle-même avait enregistré les messages, mais elle n'était jamais passée à l'acte elle-même, n'ayant pas eu d'enfants. Cela n'aurait pas dû la surprendre, mais elle le fut tout de même. « Oh, non, a bégayé Norma. Jamais je n'oserais demander de l'aide. »

« Ce n'est pas un problème, a dit l'homme aux cheveux blancs. Nous nous entraidons tous ici. »

Ils ont regardé Norma dans l'attente de quelque chose. Victor, aussi, avec un regard dur comme l'acier. « Peut-être une petite claque, a fini par dire Norma.

– Très bien ! a dit l'homme en se penchant vers le garçon. C'est comme ça qu'on apprend, n'est-ce pas, mon garçon ? »

Victor a hoché la tête, le regard vide. Norma a été choquée une fois encore en pensant à quel point la ville devait lui paraître étrange. En vérité, tout avait changé pour elle aussi. Elle ne la reconnaissait même plus. Elle avait entendu parler d'endroits à la campagne où la vie continuait comme elle avait toujours été ; de villages dans les montagnes, dans la jungle, où la guerre était passée inaperçue. Mais pas ici. Des parties de la ville avaient été abandonnées, la LI avait fait sauter des immeubles, l'armée avait incendié des quartiers entiers à la recherche des subversifs. Le Grand Black-Out, la Bataille de Tamoé : des blessures suffisamment graves pour être nommées. 1797 n'avait pas été épargné non plus. Elle pouvait le voir dans les yeux de Victor. Nous sommes entrés dans une nouvelle phase, avait déclaré le président, une phase de calme militarisé. Une phase de reconstruction. Un enfant indiscipliné devrait être puni. La femme tenait Victor par les épaules. Mais comment le gifler ? Victor était une petite chose squelettique, un enfant de rien du tout, facile à casser. Il ne clignait pas des yeux ; il regardait fixement.

Norma a levé le bras droit au-dessus de la tête, s'est arrêtée un instant. Elle a plaqué ses cheveux en arrière. Elle savait ce qu'elle devait faire : laisser la gravitation la guider, imiter toutes les mères qu'elle avait vues faire dans les rues, dans les marchés, dans les transports en commun. Son devoir. Elle a fermé les yeux quelques secondes, assez longtemps pour imaginer ceci : la tête de Victor basculant sur le côté comme celle d'une poupée, la marque rouge d'une main sur sa joue. Il ne laisserait pas échapper le moindre son de sa bouche.

« Je suis désolée, a dit Norma. Je ne peux pas.

— Bien sûr que vous pouvez.

— Non, je suis désolée. Ce n'est pas mon enfant. »

La femme a hoché la tête, mais elle n'avait pas compris. Elle a étouffé Victor dans une longue étreinte. « Ta mère est trop gentille avec toi, mon garçon, a-t-elle dit.

— Ce n'est pas ma mère. »

Norma avait les doigts paralysés. Elle a regardé le garçon et s'est sentie très mal. « Ce n'est pas mon enfant », a-t-elle répété.

La femme à la blouse bleue caressait le crâne rasé de l'enfant. Sans regarder Norma, elle a dit : « Votre voix m'est tellement familière. »

Le réverbère au-dessus de leurs têtes a clignoté. Il faisait nuit à présent. Norma a haussé les épaules. « On me le dit souvent. Nous devrions y aller, maintenant. Merci pour tout. »

— Elle est de la radio, a dit Victor, les bras croisés sur la poitrine. Lost City. »

L'homme aux cheveux blancs a levé les yeux au ciel, sidéré. « Dieu est miséricordieux. »

Norma a vu passer une lueur sur les visages qui la reconnaissaient maintenant. Elle a attiré Victor contre elle, a pris sa main dans la sienne. « Ne dis pas de bêtises, mon garçon », l'a-t-elle réprimandé.

Mais il était trop tard. « Madame Norma ? » La femme s'approchait de plus en plus près, comme si elle avait pu dire en la regardant : « C'est vous ? Dites quelque chose, s'il vous plaît. Laissez-moi vous entendre ! »

À côté d'elle, le sourire de l'homme était orange et étincelant sous la lumière du réverbère. « C'est elle », a-t-il dit, et il a sifflé pour la troisième fois tandis que Norma protestait vaguement.

La rue s'est rapidement remplie de gens.

Avant le début de la guerre, les gens de la génération de Norma parlaient encore de la violence avec crainte et révérence : la violence qui nettoyait, la violence qui purifiait, la violence qui engendrait la vertu. Les gens ne parlaient que de ça, et ceux qui ne le faisaient pas ou ne pouvaient pas accepter la violence comme une nécessité n'étaient pas pris au sérieux. C'était au cœur du langage qu'utilisaient les jeunes gens à l'époque. C'était le langage dont son mari, Rey, était tombé amoureux.

Il était aussi tombé amoureux de Norma. Elle faisait des études de journalisme ; il terminait une thèse d'ethnobotanique. L'université était alors en pleine désintégration, ses capacités largement dépassés, sans ressources et surpeuplée. Les bâtiments tombaient en ruine, les classes étaient surchargées d'étudiants. Les professeurs se faisaient facilement huer en plein cours, et les murs couverts de graffiti annonçaient la guerre imminente. Le président avait menacé de faire occuper l'université et d'utiliser la force pour punir les dissidents.

Au cours de son célèbre discours du Jour de l'Indépendance, juste avant que Norma ne rencontre Rey, le président était monté sur le dais de la place centrale et avait condamné « cette légion illégitime d'agitateurs qui provoquent le chaos et troublent l'ordre public ». Il avait agité le poing en l'air, comme pour frapper un ennemi imaginaire, et un tonnerre d'applaudissements avait alors éclaté. Le président avait annoncé de nouvelles mesures pour combattre la subversion, et la foule grouillante l'avait acclamé.

Le lendemain, les journaux avaient publié le texte de son discours dans son intégralité, ainsi que des photos aériennes et panoramiques de la place centrale : une véritable marée humaine sous le soleil d'été. C'était impressionnant : la masse des gens débordant les limites de la place, submergeant la fontaine, s'entassant sur les marches de la cathédrale. Bien entendu, le président avait truqué sa réélection, mais à regarder ces images, on se disait qu'il n'aurait pas dû avoir à frauder. Des hommes étaient suspendus aux réverbères, agitaient des pancartes, tapaient sur des tambours et des tambourins. Des enfants au visage rond souriaient pour les caméras, agitant de petits drapeaux qu'ils avaient fabriqués à l'école avec du papier journal, des pailles en plastique et des crayons de couleur. C'était presque un an avant le début de la guerre, à une époque où le gouvernement paraissait invincible. La foule, comme on devait l'apprendre par la suite, avait été payée pour ses services, pour dire son enthousiasme. Les gens avaient été amenés en bus, avaient accepté du riz et de la farine en échange de leurs acclamations. La plupart d'entre eux venaient de villages lointains et ne parlaient même pas la langue dans laquelle avait été prononcée le discours. Ils avaient acclamé au signal donné, avaient ramassé leur « paye » et étaient rentrés chez eux.

Rey et Norma s'étaient rencontrés, grâce à des amis communs, au cours de la même semaine, à une fête. Rey était beau, d'une beauté un peu fanée : le genre de jeune

homme qui, toute sa vie, a eu l'air vieux. Le nez tirait légèrement sur la gauche, et les yeux étaient cachés à l'ombre d'un
front proéminent. Il avait une mâchoire puissante et des fossettes ridiculement marquées quand il souriait, et c'était pour
cette raison qu'il avait plu à Norma. Il fumait sans arrêt, une
habitude qu'il abandonnerait par la suite, mais au cours de
cette première nuit, il semblait en parfaite adéquation avec
lui-même. Un groupe d'amis était resté à discuter de la ville
et du gouvernement, de l'université et de l'avenir. Ils avaient
parlé de la foule qui avait envahi la place centrale, des gens
toujours myopes qu'il était facile de tromper. Des Indiens,
avait dit Rey, imagine un peu ! Ils ne savent même pas qui
est le président ! Ils avaient beaucoup ri, fait beaucoup de
bruit, beaucoup bu. Ils s'étaient moqués du président, qui
était faible et susceptible d'être remplacé à tout moment,
de ses ennuis qui ne faisaient que commencer. La Légion
Illégitime ! Ce n'était qu'une phrase dans un discours à ce
moment-là : en quoi ces ennemis seraient-ils différents de
ceux d'avant ? La guerre n'était-elle pas imminente depuis
bientôt quinze ans ? Il était impossible de prendre tout cela
au sérieux, et ils avaient donc bu et plaisanté encore, et parlé
de sexe de façon très détournée. Norma se sentait délicieuse-
ment abandonnée à la musique, dans la chaleur croissante.
Elle s'était abandonnée un peu plus contre le nouvel
inconnu. Il ne s'était pas écarté. Elle avait bu furieusement.
Il tapait du pied en rythme, et elle s'était rendu compte
qu'elle avait parlé un long moment et n'avait rien entendu
pendant un plus long moment encore. La conversation était
impossible. Leur table se vidait, couple après couple, leurs
amis s'en allant sur la piste de danse, jusqu'à ce qu'ils ne
fussent plus que tous les deux. Il était presque minuit quand
Rey l'avait finalement invitée à danser. La fête se tenait dans
un vieil immeuble à hauts plafonds, l'orchestre jouait fort et
dur, dopé par l'acoustique de cathédrale. Les cuivres couvraient le bruit des gens qui dansaient et buvaient. Rey avait

pris Norma par le bras pour l'entraîner au milieu de la piste de danse. Puis il l'avait fait tourner, l'avait serrée contre lui, avec une énergie juvénile, son visage de vieux traversé par un sourire narquois. Pendant le troisième morceau, il l'avait attirée contre lui et avait murmuré à son oreille : « Tu ne sais pas qui je suis, hein ? »

Le rythme les avait repris et séparés de nouveau, la chaleur de son haleine chatouillant encore le creux de son oreille. Qu'avait-il voulu dire ? Elle sentait sa main dans son dos, la guidant à travers la piste de danse. La pièce était éclairée par des lumières colorées clignotantes, comme dans ce rêve qu'elle avait fait ou ce film qu'elle avait vu. Ils bougeaient. Rey glissait à travers la foule, en rythme avec la musique. *Bam !* Un coup de caisse claire, une cymbale, la pulsation de la musique : la peau tendue d'un tambour chantant la guerre ! Elle était ivre, elle s'en rendait compte, et ses pieds se déplaçaient sans elle. Il menait et elle suivait, et lorsque la musique les avait rapprochés l'un de l'autre, elle avait saisi l'occasion pour lui dire qu'elle savait seulement qu'il s'appelait Rey.

Il avait ri. En remontant sa main dans le dos de Norma, il l'avait serrée un peu plus fort, si près que ses lèvres avaient touché les siennes. Elle pouvait maintenant respirer son haleine. Puis, il l'avait fait tourner, tourbillonner comme une toupie.

Ils avaient dansé toute la nuit et à peine parlé.

Lorsque la fête avait pris fin, il avait offert de raccompagner Norma chez elle. C'était avant que le centre de la ville ne soit abandonné ; on y trouvait de petites bodegas encore ouvertes, qui vendaient des chewing-gums et des patates douces, de l'aspirine et des cigarettes. Rey avait acheté une barre chocolatée et ils l'avaient partagée en attendant le bus. Il y avait des jeunes partout, à chaque coin de rue, partageant des cigarettes, élevant la voix dans des conversations animées – cette logique de quatre heures du matin, cette lucidité de

31

l'ivresse. L'heure du couvre-feu pour Norma était passée. C'était l'été et la lune elle-même était de la partie, un croissant en fait, et les couples qui passaient étaient serrés l'un contre l'autre, et tous étaient très beaux. Il semblait que la guerre ne viendrait jamais.

Norma et Rey s'étaient calés sur la banquette arrière d'un bus qui traversait la ville, leurs jambes pressées les unes contre les autres. Rey avait passé son bras gauche sur les épaules de Norma. Elle avait senti son pouce frotter son épaule. Elle ne savait pas où poser ses mains et les avait donc laissé tomber sur la cuisse de Rey. Son index caressait le tissu de son jean et elle avait été surprise parce qu'elle n'était pas une fille à faire ça. Les cheveux noirs de Rey avaient été plaqués en arrière au début de la soirée, mais sous l'effet de la danse, ils lui retombaient sur les yeux à présent. C'était bientôt l'aube et le bus roulait paresseusement le long des avenues vides. Rey jouait sans y penser avec la chaîne en argent qui pendait à son cou, puis il avait pris une cigarette qu'il avait coincée sur son oreille. Il y avait une allumette plantée à une extrémité. Quand il avait détourné le regard à la recherche d'un endroit où la frotter, elle lui avait demandé ce qu'il avait voulu dire en lui posant cette question bizarre.

Rey avait souri et prétendu ne pas se souvenir. Ses yeux s'étaient fermés, comme s'il avait encore entendu un puissant coup de cymbale ou le beuglement d'une trompette. « Rien », avait-il dit.

« Alors je vais devoir deviner. »

Il avait hoché la tête. Près d'eux, la vitre était ouverte sur l'air de la nuit. Il s'était penché en avant pour gratter son allumette sur le dossier du siège de devant, où deux noms avaient été gravés dans le métal à l'aide d'un couteau de poche : Lautaro & Maria, pour la vie. Rey avait sorti un bras par la fenêtre et soufflé la fumée de sa cigarette par-dessus son épaule. Il l'observait.

« Tu dois être le fils de *quelqu'un*, avait dit Norma. Et

32

j'entends par là quelqu'un de célèbre. Sinon, pourquoi tu m'aurais posé cette question ?

– Le fils de quelqu'un ? avait-il dit en souriant. C'est ce que tu crois ? (Il avait ri.) Comme c'est astucieux. Nous ne sommes pas tous le fils de quelqu'un ?

– Quel est ton nom de famille ?

– Il faudra que tu demandes à tes amis.

– Pourquoi me poser la question si tu n'étais pas très connu ? »

Il avait souri en affectant une fausse modestie. « Je n'aspire pas à la célébrité.

– Tu n'es certainement pas un athlète. »

Il avait tiré une bouffée de sa cigarette, une fumée bleue dansant autour de ses lèvres. « C'est si évident ? » avait-il demandé sur un ton amusé. Il avait contracté un biceps et fait semblant d'être impressionné.

Norma avait ri. « Tu es un homme politique ?

– Je déteste les hommes politiques, avait-il répondu. Et de toute façon, ça n'existe plus : il n'y a plus que des flagorneurs et des dissidents.

– Un dissident alors. »

Il avait souri et fait un petit numéro en haussant les épaules.

« Si tu l'étais, pourquoi tu me le dirais ?

– Parce que je t'aime bien. »

Il émanait de lui une telle confiance, quelque chose de tellement hâbleur, que c'en était presque déplaisant – mais de fait, elle en était enivrée. Elle se souvenait de cette nuit : la danse, l'ivresse, leur conversation facile et légère aux premières heures du jour, si captivante qu'ils n'avaient même pas remarqué que le bus ralentissait et s'arrêtait, le ronronnement du moteur au ralenti, les lampes torches autour du bus. C'était un contrôle routier, à quelques arrêts seulement de chez elle. Elle se souvenait de s'être excusé auprès de Rey de toutes ces complications, après avoir fait tout ce chemin pour la raccompagner. Rey avait froncé les sourcils en lui disant de ne pas s'inquiéter.

Puis, un soldat était monté, une lampe à la main, la main droite posée sur le canon de son fusil. Rey avait tiré deux bouffées rapides sur sa cigarette et l'avait jetée sur le trottoir. Il avait soufflé la fumée dans le bus. Le soldat prenait son temps, laissant son fusil faire le travail de détective, et chaque passager présentait spontanément ses papiers sans discuter. Lorsque le soldat était arrivé devant eux, Norma l'avait bien regardé et avait vu à quel point il était jeune, un gamin. Cela lui avait donné de l'audace, ou peut-être voulait-elle tout simplement impressionner Rey.

« Ce n'est pas la peine de pointer ce truc vers moi, avait-elle dit en tendant ses papiers au soldat. Je ne vais pas m'enfuir.

— Du calme », avait dit Rey.

Le jeune soldat avait pris un air renfrogné. « Écoutez votre petit ami. » Il avait tapoté son fusil comme on le ferait pour féliciter un enfant obéissant. « Et vos papiers à vous, petit ami ?

— Je n'ai pas mes papiers sur moi, Monsieur, avait dit Rey.

— Quoi ? avait aboyé le soldat.

— Je suis désolé. Je les ai oubliés chez moi. »

Le soldat avait examiné les papiers de Norma à la lumière de sa lampe, puis les lui avait rendus. « Il y a toujours un petit malin », avait-il marmonné en se tournant vers Rey. Puis, se penchant devant eux, il avait appelé un officier par la fenêtre. « Vous allez nous suivre, avait-il dit à Rey. Désolé, petite amie, on dirait que vous allez rentrer seule à la maison. »

Une panique silencieuse avait envahi le bus. Toutes les têtes s'étaient tournées vers eux, sans qu'aucun regard cependant n'entre en relation avec le leur. Seul le chauffeur faisait comme s'il n'avait rien remarqué : il avait les mains posées sur le volant et regardait droit devant lui.

« J'y vais, avait dit Rey. Nous allons régler le problème. Mes papiers sont chez moi. Il n'y a aucun problème.

– C'est bien, avait rétorqué le soldat. Personne n'aime les problèmes.

– Où est-ce que vous l'emmenez ? avait demandé Norma.

– Vous voulez venir ? avait dit le soldat.

– Non, elle ne veut pas », avait répondu Rey à sa place.

Ils l'avaient fait descendre du bus. Norma avait regardé par la fenêtre Rey monter dans un camion militaire vert.

Plus que quelques arrêts avant d'arriver chez elle. Norma avait fait ce trajet en silence, l'air frais soufflant sur son visage, bien consciente que tout le monde la regardait. Elle s'était sentie jeune et frivole : une jeune fille ivre rentrant chez elle après la fête, tandis que les autres, semblait-il, essayaient de chasser le sommeil, en route pour le travail. Ils n'éprouvaient aucune pitié pour elle. De la peur peut-être, ou de la colère. En descendant, elle avait senti le bus entier souffler, comme si elle avait été une bombe susceptible d'exploser à tout moment. À présent, ils se sentaient de nouveau en sécurité.

C'était devant sa porte, alors qu'elle fouillait ses poches à la recherche de sa clé, qu'elle avait trouvé la carte d'identité de Rey. Ou plutôt, sa photo. Le nom, lui, appartenait à quelqu'un d'autre.

2

Bien entendu, il avait déjà entendu la voix de Norma auparavant. À 1797, le propriétaire de la cantine du village avait une bonne radio, avec une antenne suffisante pour capter un signal émis depuis la côte, et donc, tous les dimanches, les femmes, les enfants et les quelques hommes qui étaient encore là se rassemblaient pour écouter. C'est ce qu'ils faisaient au lieu d'aller à l'église. Ils se réunissaient pendant une heure, avant de manger et de boire, et d'échanger des potins. Des pommes de terre, des fruits trop mûrs et mous, poisson blanc salé dans un bouillon. Des voix fortes, les débuts d'une chanson. Ils apportaient des portraits des disparus, de simples dessins qu'un artiste itinérant avait réalisés, quelques années auparavant. Ils les accrochaient aux murs, des rangées entières de visages froissés et tachés que Victor ne reconnaissait pas, et dont la présence muette donnait l'impression que le village était encore plus petit. Puis, à huit heures, le silence se faisait, on entendait les parasites sur la radio, et la voix distincte résonnait sur les minuscules haut-parleurs : Norma, qui les écoutait et les guérissait tous ; Norma, qui était leur mère à tous.

Ils espéraient entendre les noms de ceux qui étaient partis. Des garçons, parfois à peine plus âgés que Victor, s'en étaient allés, 1797 devenant chaque année un peu plus vide et plus petit. Ils avaient grandi et étaient devenus des hommes ailleurs. Quelques-uns étaient revenus, après des années d'absence, pour choisir une femme et l'emmener au loin, ou pour s'occuper du lopin de terre de leur père. Mais la plupart d'entre eux n'avaient jamais réapparu. Les femmes ne parlaient que de ça : où se trouvaient donc leurs maris ? Leurs fils ? Des mères éplorées se lamentaient encore de l'époque de la conscription forcée, lorsque leurs garçons avaient été rassemblés sur la place et qu'on leur avait donné des mitraillettes en bois, façonnées de manière très rustique. Les enfants s'étaient mis à plat ventre et avaient rampé dans la poussière ; leurs mères les avaient regardés, terrifiées. Oh, comme ils s'étaient amusés !

Victor avait entendu toutes les histoires. Même à l'époque où il n'avait que six ans et que la guerre était finie depuis bien longtemps, sa mère l'envoyait se cacher dans les arbres, chaque fois qu'un camion de l'armée entrait en hoquetant dans le village. Il observait tout depuis la forêt : les sergents en colère choisissant les poulets les plus gras, les simples soldats emportant des sacs à dos débordant de fruits. Est-ce que les soldats remarquaient qu'il n'y avait plus de jeunes dans le village ? Une fois le camion reparti, Victor et les autres garçons sortaient de la jungle pour être accueillis par les larmes et les baisers de leurs mères. Tout le monde savait que les enfants qui partaient dans les camions verts ne revenaient jamais.

Certains partaient chercher du travail, particulièrement depuis que, la guerre étant terminée, on n'avait plus besoin de combattants. La plupart dans la capitale, ou bien sur les routes qui étaient construites tout au long de la côte, ou par-dessus la crête des montagnes, dans la sierra. Il y avait toujours du travail chez les contrebandiers, sur la frontière orientale, et au nord, les pêcheries engageaient quiconque était prêt à travailler sept jours par semaine. On disait que certains avaient réussi à gagner les plages, là où il était possi-

ble de satisfaire le rêve des étrangères ou de vendre des babioles aux touristes. Mais tout cela n'était que rumeurs et, en
réalité, personne ne savait rien. Nul n'éprouvait aucun ressentiment envers les disparus, seulement la tristesse d'avoir
été abandonné. Ceux qui étaient restés plaçaient tous leurs
espoirs dans la radio. Le village avait confié des lettres à quelques personnes de passage, mais il n'en était jamais rien
résulté. Ils attendaient donc le dimanche, et le suivant, et le
suivant encore. Ces soirées avaient imprimé en Victor l'idée
qu'il y avait du danger à se souvenir. Sa mère, avait-il pensé,
attendait des nouvelles d'un fantôme, son père. Victor priait :
pourvu qu'elle puisse m'oublier quand mon temps viendra !
Il avait projeté de partir pour la ville un jour, lui aussi ; il
l'avait su depuis qu'il était petit. Le bonheur, avait-il décidé,
était une forme d'amnésie.

Voici comment tout cela s'était passé. Victor était allé à
l'école un certain matin, et lorsqu'il était revenu, il avait
trouvé sa maison remplie de gens portant le deuil. Sa mère
s'était noyée, disait-on. Plusieurs femmes répétaient les
mêmes mots, préoccupées et pleines d'affection, mais rien de
ce qu'elles disaient n'avait le moindre sens. Qu'allaient-elles
faire de lui ? Toutes les femmes autour de lui exprimaient
leur chagrin avec force, elles gémissaient et chantaient des
hymnes funèbres dans une langue ancienne qu'il ne pouvait
comprendre. Personne n'avait rien expliqué. Personne n'avait
à le faire. Son endroit favori dans le village était un champ
abandonné, au bord de la jungle, qui avait été un parc, puis
un dépôt d'ordures couvertes de plantes sauvages et de
lézards aux yeux dorés, un champ résonnant des cris d'oiseaux invisibles aujourd'hui – ils peuvent m'enterrer là, avait
pensé Victor, ils peuvent m'enterrer à présent parce que ça
n'a plus aucune importance pour moi. Il avait senti des
démangeaisons au bout de ses doigts. Il avait éprouvé une
très étrange sensation : il s'enfonçait, un rideau tombait, sa

vie devenait entièrement noire. Les femmes l'avaient dorloté, nourri, avaient chanté et préparé ses affaires.

« Est-ce que je peux la voir ? » avait-il demandé.

Elles l'avaient emmené au bord de la rivière. Elle était gonflée par les pluies de la semaine précédente, et l'eau tourbillonnait et sursautait comme si elle avait été un être vivant. Victor pouvait entendre les adultes murmurer autour de lui : « Le fils d'Adela est ici, le fils d'Adela. » Il avait essayé de les ignorer. Tout le village était là, et les hommes qui n'acceptaient pas la présence de Victor – ces hommes qui auraient dû la sauver – et ses camarades de classe aussi, tous les regards s'attardant sur un rocher à mi-chemin entre les deux rives, un rocher qui surgissait au-dessus de l'eau, enveloppé d'écume blanche. Le corps de sa mère avait résisté au courant, puis il avait été emporté, elle s'était accrochée au rocher comme s'il s'était agi d'un radeau de sauvetage alors que c'était ce rocher même qui l'avait probablement tuée. Les hommes essayaient de tendre un cordage de sécurité depuis l'autre rive. Ils avaient l'air complètement impuissants. Au-dessus, le ciel était clair et d'un bleu profond, ne trahissant rien des orages de la semaine précédente. Son corps, avait compris Victor, ne resterait pas là pour l'éternité : les hommes pourraient peut-être l'atteindre avant que le courant ne l'emporte, mais rien n'était moins sûr. Elle était en train de pêcher, avait dit l'une des femmes. Elle avait perdu l'équilibre dans les tourbillons où les petits poissons argentés se rassemblent pour manger et être mangés, nourriture de base du village. Elle avait dû être distraite soudain, parce que ces choses-là n'arrivaient jamais. Et puis, la rivière l'avait amenée jusque-là.

À présent, les femmes lui racontaient des choses qui lui donnaient mal à la tête. Elle est avec ton père maintenant, disaient-elles, et Victor avait la nausée en imaginant cet endroit vide et mort. Victor n'avait jamais connu son père. Sa mère lui racontait à l'occasion des histoires, à son sujet, mais elles étaient trop rares et trop vagues : ton père était de la ville ; c'était un homme éduqué. Pas grand-chose de plus, pas même un nom. Mais ils étaient réunis à présent, disaient les femmes, et Victor clignait des yeux et se demandait ce que cela pouvait bien vouloir dire. La rivière bouillonnait et sa mère morte était accrochée à un rocher, le courant s'acharnant pour l'emporter plus loin, en aval, en direction d'autres indignités. Un garçon s'était approché de lui, puis un autre, jusqu'à ce que Victor se retrouve entouré par tout un groupe de garçons moroses. Ses amis. Ensemble, ils avaient attendu que le désastre prenne fin, et pas un mot n'avait été prononcé. Tout était dit sur leurs visages et dans la façon dont ils mouvaient leurs corps : la tension, le désespoir, le soulagement que ce ne soit pas leur propre mère qui se trouve là sous leurs yeux, morte, en travers d'un rocher au milieu de la rivière. Un des garçons l'avait touché, l'avait pris par l'épaule ou lui avait pressé le bras. Encore quelques minutes, avait pensé Victor, et la rivière allait la déshabiller, la mettre à nu, exposer sa peau, les muscles de son dos. Les hommes s'activaient, mais pas assez vite. Elijah Manau, l'instituteur de Victor, l'amant de sa mère, se trouvait parmi eux. Victor les avait observés, presque toutes les nuits depuis que son meilleur ami Nico était parti, quand ils marchaient ensemble dans le village, ne se touchant jamais les mains jusqu'à ce qu'ils entrent dans la forêt. Manau s'activait avec les autres hommes à présent, plus frénétiquement que les autres, plus congestionné et plus impuissant aussi. Deux hommes dans la vie de sa mère. Victor avait essayé de croiser le regard de Manau, mais n'y était pas parvenu.

De toute façon, elle est morte, avait-il pensé, pourquoi se presser ? Pendant quelques minutes, il avait détesté ces hommes, qui bougeaient comme un seul pour essayer de sauver son corps, mais qui ne l'avaient pas sauvée, elle. Ils ne pouvaient pas éprouver ce qu'il ressentait. Nico était parti de 1797, quelques mois auparavant. À présent, sa mère était

40

partie, elle aussi, et le village pouvait bien imploser et disparaître sous terre. Elle était accrochée au rocher. Le père de Nico travaillait maladroitement, regardant la rivière, puis les souches et le nœud qu'il ne parvenait pas à serrer. Il tenait un bout de la corde entre ses dents. Il avait perdu ses mains à la guerre.

« Bon à rien, avait marmonné Victor. Infirme inutile. » C'était la pensée la plus cruelle qu'il avait jamais eue.

La corde était presque attachée maintenant, tendue au-dessus de la rivière. Qui allait descendre dans le courant pour la dégager ? Les hommes avaient construit une sorte de radeau pour ramener le corps de la mère de Victor sur la rive. Ils étaient prêts, et Manau avançait maintenant péniblement dans l'eau, et tout le village regardait, le souffle coupé, mais Victor avait su tout de suite qu'il n'arriverait pas à temps. Manau était enfoncé jusqu'à la poitrine dans l'eau turbide et noire, lorsque la rivière avait soudain gonflé pour l'arracher au rocher. Victor n'avait vu son visage à aucun moment, seulement son dos, sa mère libérée, son corps ballotté par le courant avant de s'enfoncer sous la surface, et elle avait disparu à jamais.

Victor avait menti à Norma à la station de radio. Il savait parfaitement pourquoi ils l'avaient envoyé là : il n'y avait aucune raison pour lui de rester. Sa mère avait tout préparé. Elle voulait qu'il parte, avaient-ils dit, et c'était ses instructions qui avaient constitué l'essentiel de la note qu'il avait apportée à la station. Les femmes de 1797 avaient soigneusement cousu la note dans la poche de son pantalon – il y a des voleurs sur la route, l'avaient-elles averti – ainsi qu'une petite somme d'argent et la liste de tous ceux qui avaient disparu. Apporte ça à Norma, avaient-elles dit, et il avait promis de le faire. Il avait regardé la liste, les douzaines de noms sur deux colonnes écrits au recto et au verso d'une feuille de papier quadrillé. Celui de Nico était là aussi, le tout dernier de la liste, mais les autres, il ne les connaissait pas. L'un d'eux était celui de son père, mais il n'aurait su dire lequel. Il y avait tant de jeunes gens, des inconnus pour la plupart, qui étaient partis et n'étaient jamais revenus. Est-ce qu'elles s'imaginaient que Victor allait pouvoir les ramener ?

Le simple fait d'entendre ces noms lus représenterait quelque chose. La voix de Victor résonnant dans la cantine envahie de monde suffirait. Les vieilles filles, les hommes qui restaient, ses camarades de classe – ils le célèbreraient comme s'il avait fait quelque chose d'extraordinaire : conquis un pays lointain, traversé une frontière, maté un monstre. Il lirait, ce serait tout ; il lirait les noms et rappellerait aux auditeurs de prier pour sa mère, qui s'était noyée et avait été emportée par la rivière jusque dans la mer.

C'était seulement trois jours plus tôt. Depuis, sa vie avait connu une accélération qu'il pouvait à peine se figurer. Tout était en désordre, son monde dispersé et réarrangé sans art. Là, regardant la rivière bouillonner et lui voler sa mère. Là, plantant une croix dans le champ qui sentait si bon à la périphérie du village. Là, se faisant raser le crâne – cela faisait partie du rituel du deuil – et disant adieu à chacun de ses amis, l'un après l'autre, et essayant de ne pas pleurer.

En dépit du fait que son contrat durait encore un an, le village n'avait pas eu le cœur de contraindre Manau à rester. Il avait été amoureux. C'était ce que tout le monde disait, et Victor savait que c'était vrai. Manau ferait le voyage jusqu'à la ville avec Victor. Il va t'aider, lui avaient dit les femmes, et ils avaient donc quitté 1797 à l'aube, embarqués à l'arrière d'un vieux camion, alors que la brume était encore accrochée au sommet des collines le long de cette route en terre rouge qui traversait la jungle. Une petite assemblée composée d'une demi-douzaine de femmes, de ses camarades de classe, s'était réunie pour lui souhaiter bonne chance. Victor portait un petit sac tissé contenant ses maigres possessions : quelques vêtements de rechange, une photo de la ville que sa mère avait découpée dans un magazine, un sac de graines. De chaque côté de la route il y avait la forêt, un mur vert et des ombres noires. Le camion avait tressauté à chaque traversée de ces ornières, remplies d'eau, puis il avait fini par les abandonner dans un village nommé 1793.

Là, ils avaient attendu, mais le bateau ne s'était pas montré. La matinée était devenue de plus en plus chaude et aveuglante. Il y avait une pancarte au bord du fleuve, et quelques jeunes gens attendaient dans l'ombre qu'elle projetait. À midi, une petite embarcation était arrivée, un simple radeau muni d'un moteur. Le capitaine avait annoncé qu'il ne prendrait que six passagers, mais une douzaine de personnes avaient réussi à se presser à bord. L'embarcation avait tangué et tremblé. Victor s'était assis sur son sac et avait coincé sa tête entre ses genoux. Il y avait tellement de bruit : le capitaine aboyait les prix et les passagers criaient à leur tour. Quelques personnes étaient redescendues à terre, en maudissant le capitaine. « C'est une honte ! » hurlait une femme. Elle avait un bébé dans les bras. Puis, le moteur s'était fait entendre et les passagers s'étaient serrés les uns contre les autres. Victor était resté assis, tandis que les autres se tenaient debout ; il avait observé, entre jambes et bagages, la surface noire du fleuve et la masse de la végétation qui descendait jusqu'au bord de l'eau. L'embarcation avait remonté le courant. Victor avait senti la main de Manau lui caresser la tête, mais il n'avait pas levé les yeux vers lui.

La capitale de la province s'appelait 1791. C'était un village, assez peu élégant, de maisons en bois rassemblées autour d'une église à clins. Le bus, leur avait-on dit, arriverait dans la soirée ou peut-être le lendemain matin. Personne ne le savait avec certitude. « Où pouvons-nous manger ? » avait demandé Manau, et l'homme à lunettes qui vendait les billets avait hoché la tête en direction du marché.

Victor et Manau avaient circulé entre les étals que les vieilles femmes étaient en train de ranger avant de fermer pour la journée. Ils avaient partagé un plat de nouilles froides et de soupe. Manau avait commandé une bière qu'il avait bue à la bouteille. On entendait, s'échappant d'un haut-parleur, des chants patriotiques. « Ta mère m'a demandé de prendre soin de toi », avait dit Manau. La peau de ses paupières était gonflée et rouge.

Victor avait hoché la tête sans rien dire. On aurait dit, pendant quelques secondes, que son instituteur s'apprêtait à faire une plaisanterie.

« Mais qui va prendre soin de moi ? » avait demandé Manau d'une voix tremblante.

Ils avaient passé la journée à ne rien faire ou presque, jouant aux billes sur la place, se rendant dans une église afin d'allumer un cierge pour sa mère. Manau avait lu le journal qu'il avait trouvé sur un banc. Il était humide et jauni, mais n'avait pas plus de deux semaines. À la fin de l'après-midi, ils avaient dormi quelques heures, adossés à l'unique réverbère du village, puis le bus avait fait son apparition juste avant minuit, et 1791 avait repris vie. Des femmes s'étaient levées pour vendre du maïs et des poissons argentés, des cigarettes et une liqueur translucide dans des sacs en plastique. Des hommes, petits et secs, transportaient des paquets qui faisaient deux fois leur taille depuis le bus et jusqu'au bus. Le chauffeur et les passagers avaient mangé rapidement, les plats de riz fumant dans l'air frais de la nuit. Des jeunes gens fumaient et crachaient par terre, soulevaient leur chapeau au passage des filles qui vendaient des sandwiches à la tomate. Des gens, par dizaines, gravitaient autour du bus, attirés dans son orbite. Ce bus était chargé dans l'obscurité jaunâtre par un groupe de garçons de l'âge de Victor, qui grimpaient sur le toit, attachaient les paquets à la galerie en une pile improbable. Et puis, aussi rapidement qu'elle avait commencé, toute cette agitation avait pris fin : à présent ils s'en allaient, les portes se refermaient, le bus s'éloignait dans un grognement. Victor n'avait jamais vu autant de mouvement. La capitale du district avait disparu, comme épuisée par cette dépense d'énergie ; les femmes étaient retournées dormir, les hommes boire. Au bout de quelques instants, l'unique éclairage s'était dissipé dans la nuit, et il ne restait plus que la chaleur du bus bondé et la plainte du moteur.

La route était cahoteuse et Victor avait à peine dormi, sa tête cognant contre la vitre au moins une douzaine de fois pendant la nuit. Manau, lui, avait laissé son siège à un vieil homme, s'était assis lourdement sur une valise bourrée à craquer dans l'allée centrale, puis avait fini par s'endormir la tête entre les mains. Victor était seul et il n'avait jamais quitté son village auparavant. Dehors, il n'y avait que l'obscurité, le ciel bleu-noir impossible à distinguer de la terre. Juste avant l'aube, une fine ligne rouge était apparue à l'horizon. Il était dans les montagnes à présent. Dans la faible lumière violette, les crêtes ressemblaient au dos coloré d'un alligator. À côté de lui, le vieil homme dormait, ronflant bruyamment, la tête basculée en arrière et la bouche entrouverte, une pile de feuilles plastiques posées sur ses genoux. On aurait dit des photos géantes. Victor avait vu quelque chose de similaire à l'école. Dans un livre. Il crut reconnaître des os et la forme d'une cage thoracique. Le vieil homme avait des cheveux blancs clairsemés, et ses lèvres étaient desséchées. Victor regarda les photos de nouveau : c'était bien des côtes ! Il avait touché les siennes, senti la peau glisser sur l'os. Il avait palpé sa poitrine, avec les photos devant lui, comme une carte, avec cette photo un peu floue d'un cœur d'homme. Elles étaient brillantes et leur couleur même avait quelque chose de scientifique. Il aurait voulu les toucher, mais l'homme avait les mains posées dessus, même lorsque sa poitrine se soulevait et qu'il s'étouffait un peu dans son sommeil. Le ciel avait pris une teinte orange, jaune à présent, et le monde extérieur apparaissait progressivement, beige et poussiéreux. Une sorte de déception à peine en vie. Quelque chose de sec et de fripé surgissait d'entre les cailloux de la terre. Le bus roulait lentement. Victor aurait voulu tenir les photos à contre-jour. Lorsque l'homme avait été réveillé par sa propre quinte de toux, Victor lui avait tapé sur l'épaule.

« Ça ? avait dit l'homme en souriant. Je suis malade, petit.

— Je suis désolé.

— Ma femme aussi, avait-il dit. Elle est désolée. Et mes enfants aussi. Et moi de même. »

Le bus se réveillait à présent, mais la plupart des rideaux étaient encore tirés pour bloquer le soleil levant. Au loin, les montagnes avaient l'air d'être en or.

« Est-ce que ça va aller ? » avait demandé Victor.

Le vieil homme avait froncé les sourcils pendant un instant. « Je vais te montrer. » Il avait des doigts épais et noueux. Soulevant la première feuille, il s'était penché devant Victor pour la coller contre la vitre. La lumière du matin avait traversé le cliché. Victor avait découvert une poitrine d'homme, la cage thoracique, les bras sur les côtés. Il avait même vu la colonne vertébrale. L'image était coupée juste au-dessus de la mâchoire, une masse blanche qui couronnait de façon inattendue le cadre.

Victor avait regardé la photo, puis le vieil homme. « C'est vous ? avait-il demandé.

— Tu as déjà vu une radio ? »

Victor avait admis que non. Il ne savait même pas que ça s'appelait comme ça.

« Oui, c'est moi.

— Qu'est-ce qui ne va pas ? »

L'homme avait soupiré. Il avait sur la joue une cicatrice rouge et profonde, et il l'avait touchée sans délicatesse. « Mes os et mon cœur, avait-il répondu d'une voix chantante. Mes poumons, mon cerveau et mon sang !

— Tout ça ?

— Tout, avait-il dit d'une voix vive. Je suis l'homme complet. » Il avait toussé et soulevé une autre radio de la pile pour la plaquer contre la vitre. « Ce sont mes poumons, avait-il dit en se donnant une claque sur la poitrine. Mes pauvres poumons piteux. »

Il y avait des trous minuscules dans les tissus, de la taille de petites pièces de monnaie.

« Poumons malades », avait murmuré le vieil homme. Il avait dit qu'il y avait un hôpital pour les vétérans, dans la montagne, pas loin de la ville. Il avait dit qu'il avait des médailles, mais qu'il les avait vendues après la guerre pour payer ses médicaments.

« Mon père est mort à la guerre », avait dit Victor, et il avait pensé que c'était peut-être vrai, disparu et mort étant comme des frères.

« Je suis désolé, petit. »

Cela ne lui faisait pas grand-chose de dire que son père était mort parce qu'il ne l'avait jamais vraiment connu. Sa mère morte ? C'était une blessure secrète, quelque chose de sombre et de caché, à ne pas dire. Victor avait toussé.

« Ne t'approche pas trop de moi, petit. Pas avant que j'aille mieux. L'air de l'hôpital est sain et sec. Ils vont me remettre en état. »

Ils étaient restés silencieux un moment et, autour d'eux, les passagers se réveillaient ou s'accrochaient au contraire à leur sommeil. Manau n'avait toujours pas relevé la tête. Le bus continuait à grogner. Ils se trouvaient maintenant entre deux chaînes de montagnes, sur une plaine caillouteuse. Il n'y avait pas la moindre trace de verdure, rien ne paraissait vivant. Des touffes d'herbe pâle poussaient à l'ombre des rochers. Soudain, une plante basse couverte de piquants. « Un cactus », avait dit le vieil homme. Aux yeux de Victor, tout cela était neuf, aussi étranger que la lune ou n'importe quelle planète lointaine. C'était autrefois un océan, asséché, disparu. Il imaginait des vagues, des courants et des poissons argentés. Il sentait le papier de la note frotter contre sa peau. Son secret, sa mission. Comme les radios, la note était comme une image de lui à l'intérieur. Le vieil homme, auprès de lui, ne cessait de s'endormir et de se réveiller. Finalement, sa toux l'avait réveillé et, une fois conscient, il avait lancé un clin d'œil à Victor. « Tout va bien se passer », avait-il murmuré, avant que ses yeux ne se referment et que sa tête ne bascule contre le dossier.

Le vieil homme s'était réveillé pour de bon lorsque le bus s'était mis à grimper. « Presque arrivés maintenant », avait-il dit. Victor avait alors sorti la note de sa poche, cassant la couture avec l'ongle de son petit doigt. Il ne savait pas très bien pourquoi exactement il agissait ainsi. Il voulait tout simplement que le vieil homme sache.

Le vieil homme avait déplié le papier et lu lentement. Il l'avait tourné pour découvrir la liste des noms. « Ayez pitié, avait-il marmonné. Est-ce que tu voyages seul ? »

Victor avait secoué la tête et pointé le doigt vers Manau. « Mon instituteur est avec moi. »

Le vieil homme avait paru rassuré. « Nous devrions le réveiller, non ?

— Il est très fatigué. »

Mais Manau était déjà debout. Il avait incliné la nuque et s'apprêtait à serrer la main du vieil homme. « Nous allons à la station de radio, avait-il répondu lorsque le vieil homme lui avait demandé quels étaient nos projets. Nous allons voir Madame Norma.

— Vous allez pouvoir la rencontrer, vous croyez ? » Le vieil homme ne cessait de les regarder tous les deux, le visage tout à coup très animé.

Manau avait haussé les épaules. « Je ne sais pas. J'espère.

— Est-ce que vous êtes déjà allés là-bas ? Dans la ville ?

— Oui. J'y suis né. »

Le vieil homme avait soupiré. « Alors, vous savez. C'est là que se trouve l'âme du pays.

— Dans la ville, ils disent en effet que c'est ici que se trouve l'âme du pays.

— Qui peut le dire ? »

Victor ne parvenait plus à suivre. Le vieil homme s'était alors tourné vers lui et avait souri. Il avait demandé la liste et sorti un stylo de sa poche. Il avait posé la feuille de papier sur sa cuisse et inscrit un nom, un seul, d'une écriture tremblante et un peu saccadée, au rythme du bus. « C'est mon fils, avait-il dit à Victor et Manau. Vous comprenez. »

Il était descendu dans la petite ville suivante. C'était là que se trouvait l'hôpital, un grand bâtiment imposant de brique et d'acier, entouré d'une clôture métallique. Victor n'avait jamais vu un bâtiment aussi grand. On aurait dit cette usine qu'il avait vue en photo, une fois, dominant la ville minuscule. « Me voilà chez moi, avait dit le vieil homme. Tu n'es plus très loin, petit. Reste bien éveillé. » Puis, il avait plié quelques billets et les avait glissés dans la paume de Manau. « Prenez bien soin de lui », avait-il dit. Manau avait promis. Le vieil homme avait alors rassemblé ses radios et ses sacs, puis s'était éloigné d'un pas traînant dans l'allée centrale.

Peu de temps après, le bus avait franchi un col, et des cabanes avaient commencé à apparaître de chaque côté de la route. Tout d'abord une ou deux, puis des quantités. C'était une présence continue quand ils s'étaient mis à descendre vers la côte. La route était meilleure et le bus donnait l'impression de glisser à présent. Victor avait fini par s'endormir et s'était réveillé au son des klaxons et des cris, le bruit de la ville faisant l'effet d'un énorme moteur, d'un moteur crachotant dans les faubourgs misérables de la capitale aux trottoirs noirs de monde. La ville avait émergé d'un coup, le bus avançant lentement dans les rues encombrées, et Victor avait tout observé à travers la fenêtre. Il aurait voulu que tout cela prenne fin. Il n'y avait pas de soleil, un ciel gris planait au-dessus d'eux, la couleur du parchemin sur lequel il faisait ses devoirs autrefois : à la maison, une lampe à pétrole posée sur la table, pendant que sa mère faisait frire du poisson et venait, de temps à autre, contrôler son écriture et son ortho-

49

graphe. Ce monde-là avait disparu. La ville bougeait comme bouge une forêt : d'abord le son, ensuite la vue, tout est invisible et dans l'ombre, un endroit rempli de murs. Il était content de se trouver dans ce bus et il priait pour qu'il ne s'arrête pas. Ça ne peut pas être ça, se disait-il. Il y avait tant de gens et tant de pierre. Il y a un autre endroit mieux que ça, plus loin, mais déjà le bus ralentissait et se garait dans un parking, les marchands ambulants prêts à attaquer les passagers qui débarquaient : des femmes avec des paniers remplis de fromages en équilibre sur la tête, des hommes qui vendaient des piles, des sodas, des billets de loterie décorés d'images de la Vierge. Tout le monde criait. « Attendons un moment, avait dit Victor. S'il te plaît. »

Manau avait hoché la tête. Le bus s'était vidé, mais eux ne bougeaient toujours pas. Je vais le forcer à me faire bouger, avait pensé Victor. Tout ce qu'il voulait, c'était dormir, rêver des endroits qu'il avait laissés derrière lui, de sa mère qui avait lâché prise, des rivières et des gens aussi transparents que des fantômes.

Le chauffeur du bus avait descendu d'un pas traînant l'allée centrale pour les prévenir qu'ils étaient arrivés.

« Nous le savons, avait dit Manau.

— Vous avez un endroit où aller, tous les deux ? avait demandé le chauffeur. (Son regard avait l'intensité de celui d'un animal.)

— Nous descendons.

— Bien », avait-il dit. Il était clair qu'il ne les croyait pas.

Puis, les mains de Manau s'étaient posées sur les épaules de Victor pour le pousser à travers le bus et l'en faire descendre. Et s'il avait dit non ? Non, je ne descends pas. Non, renvoyez-moi chez moi. Il n'y a absolument rien pour moi ici. Mon père est un fantôme et ma mère flotte dans la rivière, en route vers la mer à présent. Peut-être que ça n'aurait pas du tout été différent. Peut-être...

Ils étaient restés sans bouger sur le trottoir pendant un

moment. Manau souriait presque. Bien sûr qu'il souriait : il était chez lui. Victor avait imaginé un gentleman approcher, un homme en haut-de-forme et costume, et à qui il aurait demandé : « Monsieur, quelle est la direction de la station de radio ? » Il n'aurait pas à le faire. Elle se tenait droit devant eux, son immense antenne perçant le ciel.

La rue s'est remplie à présent et il est entouré par une masse chaude d'inconnus haletants. Victor a caché son visage sous le bras de Norma, fermé les yeux et souhaité que ce moment passe vite. L'homme aux cheveux blancs a disparu et la femme aussi, tous les deux absorbés par la foule qui s'est précipitée vers eux. Victor a respiré l'odeur de ville de Norma, l'âcreté de la fumée de cigarettes accrochée à ses vêtements, et il a senti battre son cœur. Avait-elle peur, elle aussi ? Des voix s'élevaient autour de lui, des sons humains marqués par l'urgence, la chaleur des prières criées, appelant Norma, Norma, Norma ! On la rencontre donc partout, a-t-il pensé, cette adoration de Norma. Pas seulement dans mon village lointain, mais ici aussi, dans la ville principale, dans la capitale. Il a regardé les gens, la forêt sombre des hommes et des femmes. Il n'y avait pas d'autre issue qu'en coupant à travers eux. Le corps de Norma était chaud et rassurant, mais il sentait la tension qui le parcourait. C'est lui qui avait provoqué tout cela, cette ruée des supplications, de mains tendues agitant des petites photos aux couleurs passées – tout cela, parce qu'il avait simplement prononcé son nom. Un homme barbu s'est approché un peu plus près, sa bouche édentée gémissant, ses mains caressant une silhouette invisible tandis qu'il répétait inlassablement le même nom. Il y avait quelque chose d'affligé dans son regard. Il portait des sandales en caoutchouc trop petites, ses doigts de pied dépassaient des semelles et frottaient sur le trottoir sale. Il avait l'air plus malade que l'homme des radios, plus proche

51

de la mort que lui. Victor pouvait voir leur intérieur. Ces gens se tenaient tout près d'eux, serrés les uns contre les autres, impatients. Et soudain, ils ont bougé, Norma le serrant fort contre elle, Victor décidé à ne pas la lâcher.

L'homme aux cheveux blancs est apparu et il a sifflé de nouveau. Il agitait les bras frénétiquement, et puis, de manière tout à fait inattendue, le silence s'est fait. « Mettez-vous en file indienne », a-t-il ordonné. La foule a reculé, s'est éparpillée avant de se ranger. Victor a eu l'impression d'assister à un ballet. Il a levé les yeux vers Norma : elle était pâle, tendue, apeurée.

Un moment plus tard, une table et deux chaises avaient été disposées à leur intention. La file des gens serpentait autour d'un pâté de maisons. Une centaine d'yeux étaient fixés sur eux. Ils n'avaient pas d'autre choix, semblait-il, que de s'asseoir. L'homme aux cheveux blancs a présenté des excuses à Norma et à Victor.

« Que se passe-t-il ? a demandé Norma. Je ne peux pas...

– Un nom par personne ! a crié l'homme aux cheveux blancs. Pas plus ! Et pas de resquille, sinon vous perdez votre carte de rationnement ! »

Il s'est tourné et a souri à Norma. « Je vais commencer, si vous voulez bien, Madame. » Il a fermé les yeux. « Sandra. Sandra Tovar. »

Quelqu'un a passé un stylo et une feuille de papier à Norma. Elle a regardé la feuille, puis l'homme aux cheveux blancs de nouveau, sans rien dire.

« Vous ne l'écrivez pas ? »

Norma a cligné les paupières.

« Je vais le faire, a dit Victor.

– Tu peux ? (Norma a baissé la voix.) Tu sais écrire ? »

Il a hoché la tête et pris le stylo. « Sandra Tovar », a répété l'homme aux cheveux blancs, et Victor a écrit le nom en s'appliquant. L'homme les a remerciés tous les deux et s'est écarté en s'inclinant.

Victor écrivait sous la dictée. La file avançait lentement : chaque personne s'arrêtait devant Norma, tapotait la tête de Victor et prononçait un nom. Ils restaient plantés là, tandis que Victor inscrivait le nom et que Norma vérifiait.

Puis elle les remerciait d'une voix lasse, présentait ses condoléances. Elle promettait de lire le nom à l'antenne. Pour quelques noms, elle a dû épeler et, à ce moment-là, Victor eut l'impression de se retrouver à l'école, chez lui, et que rien n'avait changé. Le bavardage des gens s'est mué en son de la pluie dans la forêt. Tout cela n'était donc qu'un cauchemar ; peut-être même n'avait-il jamais quitté le village. Il a couvert une page entière sans s'en rendre compte. Il était penché, les yeux fixés sur la page, sur ces noms, sur sa propre main traçant avec application ces lettres.

Puis : « Adela. »

Il écrivait depuis vingt minutes quand il a entendu prononcer le nom de sa mère. Victor a levé les yeux pour apercevoir un homme mince, pas rasé, tenant dans ses mains un bonnet de laine. Victor a pensé un instant qu'il devait connaître cet homme, que cet homme devait le connaître, que son voyage de deux jours était terminé, que tout cela prenait sens. Victor a posé le stylo. Il a remarqué pour la première fois qu'il faisait nuit.

« Adela », a répété l'homme à voix basse. Il a commencé à épeler.

« Je sais comment ça s'écrit », a coupé Victor. Et comment n'aurait-il pas su ?

« En voilà des manières ! a dit une femme dans la file.

– Vous la connaissez ? Vous connaissez ma mère ? »

L'homme a froncé les sourcils. « Qui es-tu, mon garçon ? »

Victor a été pris de vertige tout à coup. Ce n'était pas du tout sa mère. Ça ne pouvait pas l'être : combien existait-il d'Adela ? Il a entendu Norma lui demander s'il se sentait bien. À travers ses paupières presque fermées, il a vu l'homme remettre sa casquette en tricot et s'en aller rapidement.

« Victor ? »

Il s'est penché sur le côté et a vomi sous la table. Puis, il s'est fait une grande agitation. « Ne restez pas là ! a crié une voix. Emmenez l'enfant ! »

Quelqu'un a donné un verre d'eau à Victor. De nouveau, ils étaient entourés de gens. Depuis combien de temps étaient-ils là ? L'homme aux cheveux blancs criait, mais personne ne l'écoutait, cette fois. Norma a pris Victor dans ses bras. « Nous partons, a-t-elle murmuré. Nous partons. Tu peux tenir debout ? »

Il a hoché la tête. Il était instable sur ses pieds, mais il a réussi à se tenir debout.

La foule s'est écartée, mais les mains ont touché Norma quand elle est passée – des pressions légères, inoffensives, des pressions pleines d'espoir, comme si elle avait été une amulette ou l'image d'une sainte. Les mains ont glissé sur Victor aussi. Il y avait du bruit, des cris, un moteur qui pétaradait. La foule a enflé. Il était impossible de dire combien de gens étaient rassemblés là et d'où ils pouvaient bien venir. Ils étaient penchés au-dessus de Victor et lui cachaient le ciel. Il aurait voulu dire à Norma qu'il était désolé. Il s'est recroquevillé. Les gens aimaient Norma et il le comprenait. Ils criaient son nom. Ils ne lui auraient jamais fait de mal. Il était en sécurité.

Victor et Norma ont échappé à la foule par des ruelles étroites et des passages tordus, le bruit et la foule diminuant à chaque pas. La terre sous leurs pieds était dense, coupée de temps en temps par de minces filets d'eau, comme un système sanguin. Plus ils s'éloignaient de la foule, plus ils marchaient vite : rapidement, ils se sont mis à courir, Norma en tête, Victor faisant de son mieux pour la suivre. Sa main collée à la sienne, son cœur battait à toute vitesse et, très vite, ils sont arrivés sur une grande place désolée, parsemée de quelques palmiers, éclairée par les réverbères orange. Les immeubles avaient quelque chose d'exagérément ornementé et pompeux, mais la fontaine au centre était sèche et la poussière s'y accumulait. Une femme indienne, assise sur le trottoir, était penchée sur un livre à colorier, un enfant endormi sur ses genoux, et elle n'avait même pas levé les yeux vers eux. Un soldat solitaire montait la garde devant un des immeubles, dansant d'un pied sur l'autre, la mitraillette au côté.

Norma et Victor avaient attendu là quelques minutes, reprenant leur souffle, ne disant pas un mot. Un homme les a salués en levant son chapeau tandis qu'il traversait la place juché sur une bicyclette grinçante. « Il fait nuit », a dit Norma. Et les gens dans toute la ville s'enfermaient chez eux pendant ces heures-là. « Depuis tant d'années de couvre-feu, nous y sommes habitués maintenant. » Rien à voir avec la place telle que Victor l'avait découverte le matin même. Les gens avaient disparu. Au bout d'un moment, un taxi est passé en donnant un petit coup de klaxon, et Norma lui a fait signe de s'arrêter en levant le bras. Ils ont roulé en silence à travers la ville, Victor collant son visage contre la vitre, le cœur battant encore irrégulièrement. Il était sûr de les apercevoir dans chaque recoin pris par l'obscurité, tous ces disparus et ces perdus de vue, dissimulés ici et là ou derrière les portes, endormis, pourquoi pas, sur un banc. Le chauffeur de taxi roulait et il a essayé d'engager la conversation avec Norma, mais elle n'était pas d'humeur à parler. Elle a gardé les lèvres serrées, se contentant de hocher la tête ou de répondre de manière formelle. Le chauffeur s'en fichait : il se plaignait de son travail, plaisantait à ce sujet, d'une voix râpeuse et affectée. « Au bout de quelques heures, a-t-il dit, je perds toute sensation dans les jambes. »

Norma a soupiré. « Ça a l'air dangereux », a-t-elle dit.

Victor a entendu qu'elle modifiait sa voix, la privant de toute sa douceur. Le chauffeur ne savait pas. Il ne pouvait pas savoir.

Il faisait sombre lorsqu'ils sont arrivés chez elle. L'appartement de Norma avait une grande baie vitrée qui donnait sur une rue tranquille. Elle lui avait dit que c'était petit, mais aux yeux de Victor, c'était un palais. « Tu vas dormir ici », a-t-elle dit en pointant le canapé. Un néon dans la rue projetait une lumière bleue et dure dans la pièce. Norma a expliqué qu'il s'agissait d'une pharmacie, qu'on pouvait y acheter des médicaments. Elle a allumé une lampe et les ombres se sont dispersées. Il voyait bien qu'elle était fatiguée. Il s'attendait à ce qu'elle le réprimande, mais elle a disparu dans la cuisine pour mettre de l'eau à bouillir. Victor s'est assis sur le canapé, les yeux fixés sur ses mains. Il avait peur de regarder cet étrange appartement.

Norma a réapparu avec du thé et un petit panier à pain. « Tu te sens mieux ? »

Il n'avait pas mangé de toute la journée, et le vide dans son estomac se faisait sentir. Elle avait dû lire la faim dans son regard. « Mange, a dit Norma. Un garçon a besoin de manger. »

Le pain qu'elle avait apporté était bizarre : carré, avec une bordure brune très nette, et le centre couleur de lait. Victor a mordu dedans et le pain s'est dissous dans sa bouche, se défaisant comme de la ficelle. Il l'a pourtant mangé avec avidité et ça lui a fait du bien. Il a fait un effort pour avaler les bouchées de ce truc, mais ça gonflait comme du chewing-gum, en roulant sur les dents et contre les joues. Il a levé la tête. Norma, il s'en est aperçu, souriait. Il a cessé de mâcher.

« Il n'y a pas de problème, a-t-elle dit. Je te regardais, c'est tout. »

Victor a hoché la tête. Elle n'était pas vieille. Elle n'était pas comme ces vieillards abandonnés qui se traînaient dans le village, penchés sur leur canne, mais elle était tout de même plus âgée que sa mère, et elle n'avait pas non plus ce teint cuivré qu'avaient les gens comme lui. Elle était pâle et ses cheveux noirs, attachés en queue-de-cheval, descendaient jusqu'au milieu du dos. Elle donnait l'impression de ne pas se soucier de son apparence. À 1797, Norma aurait eu du mal à trouver un mari. Victor mangeait et la regardait. Son visage anguleux contenait une figure géométrique qu'il ne reconnaissait pas, un peu comme le pain qu'elle lui avait donné, avec ses angles droits. Peut-être que la douceur de sa voix contrastait avec la dureté de ses traits. Il n'avait jamais vu de près quelqu'un comme elle, personne dont il se souvenait. Personne de cette couleur. Après l'avoir entendue pendant tant d'années, curieusement, il ne lui était jamais venu à l'esprit de mettre un visage sur cette voix. Il ne s'était jamais demandé à quoi elle pouvait bien ressembler, pas une fois. Quelqu'un l'avait-il fait ? Victor était frappé par ce manque d'imagination : se l'était-il représentée comme une sorte d'esprit ? comme une voix dépourvue de corps, de visage ou même d'âme ? Encore des fantômes. Non, il n'avait jamais pensé à elle comme à quelqu'un de réel.

« Tu dois être fatigué », dit Norma au bout d'un moment.

Victor hocha la tête.

« Je ne suis jamais allée dans la jungle », a-t-elle dit.

Il a hoché la tête une nouvelle fois, tout en continuant à mâcher. « C'est différent, finit-il par dire.

– J'imagine », a dit Norma. Pouvait-elle voir à quel point il était fatigué ? Savait-elle ce qu'il avait envie de lui dire ? Ils restèrent silencieux un instant.

« Tu ne veux pas parler, n'est-ce pas ? a demandé Norma.

– Non », a dit Victor, se surprenant lui-même. Il y aurait eu trop de choses à dire.

3

Si Norma avait été honnête, elle aurait pu se souvenir de la disparition de Rey telle qu'elle s'était passée : une série de minuscules éclairs de lumière, une impression de danger croissante, et puis, en guise d'événement occlusif, ceci : une immobilité irréelle, intrigante. Il part pour un séjour dans la jungle – un séjour comme les douzaines de séjours qu'il a déjà faits. Ensuite, il y a le fait glacé et dur de son silence. Pas de nouvelles, pas un mot, et la vie de Norma qui change, jour après jour, aplatie sous un poids écrasant, saignée de toutes ses couleurs.

Cela faisait dix ans à présent.

Les premiers jours avaient été une torture : une douleur émanant de chaque cellule de son corps, et partout, le fait de l'absence de Rey. Elle arrêtait des inconnus dans la rue, examinait les visages des gens dans les bus et les trains, leurs rides, leur sourire, la forme de leurs yeux fatigués, et même les chaussures qu'ils portaient. Chaque jour qui passait, elle se sentait perdre un peu plus son équilibre, elle trouvait la tâche de poursuivre plus lourde et plus cruelle. Il lui manquait de tant de manières différentes : son odeur emplissait encore leur appartement, ce mélange de sueur et de savon bon marché. Ses fossettes lui manquaient, ses baisers, sa manière affectée de lire le journal, comme si son regard per-

çant avait pu percer un trou dans la page imprimée. Il le
pliait en trois dans le sens de la longueur et il était un peu
gêné en confessant qu'il ne se faisait plaisir qu'en lisant la
section consacrée au sport. Ce qui lui manquait aussi, c'était
son corps, le contact physique. Ses mains à lui caressant son
dos. Ses ongles à elle trouvant la colonne vertébrale, le grif-
fant comme si elle avait voulu déchirer la peau. L'expression
qu'il prenait, cette expression toujours angoissée, les paupières battant avant de se fermer, l'air de profonde concentration, tout cela lui manquait ; et lorsqu'il était derrière elle,
elle adorait ça, mais le fait de ne pas le voir lui était pénible,
ne pas voir le sang lui monter au visage, ses traits se brouiller,
puis se relâcher complètement. La nuit, elle restait éveillée et
pensait à lui, trop effrayée pour se caresser. La peur était
partout. Et s'il ne revenait jamais ?

Pendant dix ans, il avait existé en souvenir, dans ce monde
souterrain entre vie et mort – appelé de façon sadique, igno-
ble, *monde des disparus* – et elle avait vécu avec ce spectre,
avait continué comme si tout était normal, comme s'il était
parti pour de longues vacances, n'avait pas disparu, n'était
pas mort. Au début, elle avait joué les détectives et, en un
sens, tout avait été beaucoup plus facile depuis qu'elle avait
arrêté de le faire. Pas abandonné. Arrêté, tout simplement.
Au cours de la première année de son absence, elle était allée
voir chacun de ses collègues à l'université pour obtenir des
informations. Où était-il parti ? C'était un vieux gentleman
un peu voûté qui le lui avait dit : il n'en était pas tout à fait
sûr, mais il avait entendu parler de 1797. Qu'était-il allé
chercher là-bas ? Des plantes médicinales, avait répondu un
autre. Voilà ce qu'elle savait. Avaient-ils entendu quoi que
ce soit à son sujet ? Et ils avaient tous secoué la tête et regardé
ailleurs.

Un professeur lui avait dit que Rey avait un certain goût
pour les psychotropes, les pouvoirs magiques de la jungle,
mais cela ne lui apprenait rien de nouveau, n'est-ce pas ?

Norma avait secoué la tête. Bien sûr que non, bien sûr que non. C'était une belle journée d'automne, et la guerre était terminée depuis deux mois. La liste des dissidents avait été lue à la radio, une semaine auparavant. Le professeur s'était gratté la barbe et, l'air distrait, avait regardé par la fenêtre un pan de ciel bleu. Son bureau et sa personne même étaient dans un grand désordre. « Peut-être qu'il est devenu fou tout simplement.

— Je ne comprends pas.

— Je disais ça comme ça. Il a peut-être pris trop d'une substance quelconque. Il est devenu comme eux. (Il avait lissé les plis de son costume.) Peut-être qu'il va s'en sortir. Peut-être qu'il va retrouver le chemin du retour. »

Norma avait secoué la tête. Ça n'avait aucun sens. « Et la liste qu'ils ont lue ? Et la LI ? Rey faisait partie de la LI ? »

Pourquoi avait-elle posé la question ? Est-ce qu'elle avait même envie de savoir ? C'était chaque fois la même chose : un regard vide, une réponse bégayée, et puis un silence au moment où les collègues de son mari la jaugeaient. Les portes se refermaient discrètement, les rideaux étaient tirés, les téléphones débranchés – à la seule évocation de la LI. Mais la guerre était terminée, non ?

Ce professeur-là s'était tourné pour lui faire face. Ils s'étaient rencontrés à diverses occasions mondaines – fêtes de Noël, anniversaires, rien de plus.

« Avez-vous été suivie ? » avait-il demandé.

Ça ne lui était même pas venu à l'esprit. « Qui pourrait me faire suivre ? »

Le professeur avait soupiré. « Peu importe, avait-il dit. Je connaissais bien votre mari. Nous avons été à la Lune ensemble. Il ne faisait pas partie de la LI. C'était impossible.

— Que voulez-vous dire ?

— Tout le monde sait qu'elle n'existait pas. »

Norma était restée silencieuse. Elle respirait à peine.

« C'était une invention du gouvernement, une falsification. Un truc que les Américains avaient concocté pour nous faire peur.

— Oh !, était-elle parvenue à dire.

— Vous feriez bien d'être prudente quand vous posez des questions comme celle-là. » Il s'était interrompu et avait pris une longue inspiration. « Quelqu'un pourrait l'interpréter de travers. »

Norma l'avait remercié de l'avoir reçue, avait ramassé ses affaires et était partie rapidement.

Elle épluchait les journaux à la recherche d'une information, mais il y avait tant de choses à raconter sur la fin de la guerre. Qui avait le moindre temps à consacrer au cas d'un professeur disparu ? Il y avait tant de batailles à mener et toutes ces listes à établir. Le pays paraissait s'effondrer sur lui-même : une fusillade entre des soldats démobilisés avait éclaté dans un bar clandestin de Thousands. Un homme, dans Asylum Downs, avait été chassé du quartier, sa maison incendiée, après qu'on avait découvert que son nom figurait sur la liste des collabos. C'était la guerre à l'agonie, avec un nouvel épisode chaque jour, la violence cahotant vers son terme anarchique.

Pourtant, la ville s'habituait à l'idée de la paix. Norma savait désormais ce que son absence signifiait, mais lorsque la guerre avait pris fin, chacun avait éprouvé une sorte d'euphorie, s'était inventé une raison soudaine et inattendue de sourire. Norma s'était ainsi attendue à voir Rey rentrer, brûlé par le soleil et souriant, peut-être un peu hagard, mais vivant, secouant la tête en racontant comment il avait une fois encore échappé à la mort tandis qu'il recherchait des plantes médicinales à la limite de la zone de conflit. C'était un homme de science, avant tout, un ethnobotaniste voué à la préservation des plantes en voie de disparition. C'était en tout cas ce qu'il avait dit à Norma et, pendant longtemps, elle l'avait cru. Elle avait toujours voulu le croire. Alors qu'ils venaient de se marier, elle lui avait demandé : « Et la nuit où nous nous sommes rencontrés à cette fête, qu'est-ce que c'était que cette histoire de papiers d'identité ? Où est-ce qu'ils t'ont emmené ?

— Ils m'ont guéri, lui avait répondu Rey. Ils m'ont emmené à la Lune et ils m'ont arrangé tout de suite. Rien de plus. Je ne m'intéresse pas à la politique. Je veux vivre. »

Il était donc parti dans la jungle et en était revenu avec des histoires d'insectes de la taille d'une main, de vallées verdoyantes et denses remplies de mystères, d'oiseaux aux couleurs électriques. Et puis, il n'était pas revenu et Norma avait attendu. Ensuite, la rumeur avait filtré à la station de radio qu'une bataille avait été livrée près du village de 1797, dans la jungle orientale, des hommes capturés et d'autres tués. Le bruit courait que bon nombre d'entre eux avaient été enterrés et seraient bientôt perdus dans cette forêt incroyablement épaisse. On disait que cela avait tourné au massacre, une victoire célébrée par le creusement de fosses communes et une multitude d'exécutions anonymes — que signifie la fin de la guerre sinon qu'un des camps ne compte plus aucun homme décidé à mourir ? La paix approchait, elle était presque là. La bataille près de 1797 avait été ignorée. Et il y en avait eu d'autres : le point d'orgue de la guerre, une série de massacres en des lieux éloignés qu'on ferait mieux d'ignorer. Dans la ville, la bataille avait également fait rage, mais elle était terminée à présent. Ne pouvait-on pardonner à ceux qui, remarquant le ciel pour la première fois depuis des années et prenant son reflet d'opaline pour l'éclat du soleil, commençaient à oublier ?

Il y avait deux sortes de listes à cette époque, une officielle et l'autre officieuse, et chacune d'elles proposait des décomptes différents des morts et des disparus, des exilés et des emprisonnés. Avec l'aide de gens bien placés, se disait Norma, elle serait peut-être en mesure de consulter les autres listes, les vraies, le sinistre décompte des effets de la guerre — sa moisson. Mais elle n'avait jamais pu. Les mois suivants s'étaient déroulés dans une sorte de brume, Norma accomplissant tous les gestes de la vie. Elle faisait son apparition au studio, lisait les nouvelles sans comprendre – ou sans même tenter de comprendre ce qu'elle lisait. Elle avait demandé une suspension temporaire de son émission du dimanche soir. Mais ses nombreux fans avaient appelé pour exprimer leur inquiétude : est-ce que Norma allait bien ? Elle avait fait alors ses visites à l'université, là, on lui avait expliqué de bien des façons que la LI n'existait pas, que son mari finirait par rentrer, que c'était une question de temps, qu'il s'était bourré de drogue dans la jungle, qu'il avait été rattrapé par le stress. Bien des gens refusaient purement et simplement de la voir, invoquant un emploi du temps surchargé ou des obligations familiales, mais elle avait bien senti qu'ils avaient tout simplement peur d'elle. Elle ne mangeait pas, passait plusieurs nuits de la semaine à la station, effrayée à l'idée de rentrer chez elle et de devoir affronter l'appartement vide. Lorsqu'elle avait repris Lost City Radio, elle était démoralisée, sa voix se faisait plus lasse, mais les appels ne cessaient d'arriver, par douzaines : maintenant que les combats étaient terminés, les gens exigeaient de savoir où leurs proches pouvaient bien se trouver.

Un jour, lorsqu'il était devenu impossible d'ignorer l'état dans lequel elle se trouvait, Elmer avait suggéré d'aller faire un tour dans les prisons. Rey avait été pris par erreur pour un sympathisant de la LI, avait imaginé Elmer, ce qui expliquait pourquoi son nom figurait sur la liste qui avait été lue à l'antenne. On l'avait retrouvé perdu, errant dans la jungle orientale, et arrêté. C'était là, parmi les divers agonisants qui se trouvaient en prison, qu'elle pourrait le retrouver et, s'il était bien là, on pourrait faire jouer quelque influence. Elmer était alors un ami. Il l'avait encouragée. Des formulaires avaient été remplis, des permis accordés et la station, cherchant toujours à se faire bien voir du tout nouveau gouvernement victorieux, avait promis de faire un rapport positif sur les conditions de détention. La guerre était terminée depuis un an.

Norma et Elmer s'étaient donc rendus à la prison dans le 4 x 4 de la station, à travers des quartiers hérissés de constructions anarchiques, passant devant des maisons dont le numéro était inscrit à la craie sur le mur, mais aussi des baraquements en tôle ondulée. Ils avaient présenté leurs papiers à divers postes de contrôle, établis par des soldats en uniforme dans certains cas, par des gangsters de quartier dans d'autres, et tout avait été réglé moyennant quelques pièces de monnaie et par un échange de sourires déférents. Des enfants avaient couru après la voiture au moment où elle redémarrait, s'agitant dans de grands saluts à travers des nuages de poussière. Ils avaient traversé des communautés dont la caractéristique essentielle était la couleur : une tonalité de gris jaunâtre, brûlée et sèche, le tout baignant dans une lumière glauque. C'étaient les zones que Norma pouvait tout juste apercevoir depuis la station de radio lorsque le temps était clair, l'endroit où les montagnes commençaient à apparaître et où la ville semblait finir – mais ce n'était pas le cas. Elle ne finissait jamais. Chaque jour, des gens nouveaux arrivaient à mesure que la jungle et la sierra se vidaient de toute vie humaine. Les nouveaux résidents de la capitale s'installaient là, dans les plis inhospitaliers des contreforts de la montagne, dans les quartiers secs et grouillants de monde des serviteurs.

La prison était un immense complexe, avec des tours de guet qui s'élevaient très haut au-dessus du quartier environnant dans un district appelé Collectors. Il y avait foule devant l'entrée des visiteurs, des femmes qui vendaient des journaux, des sandwiches, des colifichets pour soudoyer les gardiens – des pièces de monnaie étrangères, des portes-clés en plastique, des vieilles bandes dessinées. Norma et Elmer avaient fait la queue en compagnie de mères énervées, d'épouses

64

et de petites amies impatientes. Elles avaient toutes été refoulées.

Norma et Elmer, quant à eux, avaient franchi la première d'une demi-douzaine de portes de sécurité. Ils avaient alors pénétré dans un long corridor qui conduisait à une autre porte et à un autre jeune homme armé. Chaque fois, on leur demandait de relever leur manche droite, et le gardien tamponnait leur avant-bras. À la porte suivante, le gardien comptait le nombre de tampons, ajoutait le sien, et les faisait passer. À la fin, on les avait fait entrer dans une pièce vide et sans fenêtre où vibraient des tubes fluorescents. Il n'y avait que trois chaises métalliques. Ils s'étaient assis pour attendre.

« Ne sois pas nerveuse, avait dit Elmer au bout d'un moment. Ce n'est pas si mal. Regarde ton bras. »

Elle avait donc relevé sa manche une nouvelle fois et examinait maintenant les tampons violets un peu flous. Nul sceau officiel, nul drapeau ou numérotation d'aucune sorte. Elle avait souri. MEILLEURES FOURNITURES DE BUREAU DE LA VILLE, CONSERVERIE VECHTER & FRÈRES, A-1 VITRIER, HÔTEL MÉTROPOLE, ÉLÉGANCE SANS COMPROMIS. Tel était son code de sécurité.

« Je m'attendais à quelque chose de plus officiel, avait dit Norma.

– C'est parce que tu n'es jamais venue ici auparavant. »

Puis, un homme à l'air bourru, à l'uniforme vert pâle délavé, avait fait son apparition et les avait conduits à son bureau. Il ne leur avait pas serré la main, il ne les avait même pas regardés. Le badge sur son uniforme portait le nom de ROSQUELLES. Il s'était assis à son bureau et avait annoncé que personne ne l'avait prévenu de leur visite. « Comment puis-je même savoir qui vous êtes ? » avait-il demandé.

Ils avaient décidé qu'il vaudrait mieux laisser Elmer parler, afin de ne pas offenser le fonctionnaire. Après un hochement de tête en direction de Norma, Elmer avait sorti des papiers de la poche intérieure de sa veste. « Nous avons des lettres. »

Mais Rosquelles avait préféré dévisager Norma, et son regard hésitait entre l'agressivité et le dédain. « Femme, avait-il dit, pour quelle raison vous voudriez entrer là-dedans ? »

Le bureau était froid et humide, en désordre, bourré d'armoires métalliques qui semblaient sur le point de vomir leur contenu sur le sol. Une photo d'une montagne suédoise, dans un encadrement bon marché, était suspendue de travers. C'était fréquent à l'époque, cette façon d'idéaliser la vie des provinces du pays en substituant à tous ces hameaux ravagés par la guerre de jolis petits villages suédois environnés de cours d'eau cristallins, de coquets moulins à vent et des collines couvertes de vastes prairies verdoyantes. Norma en aurait presque souri. Mais nos montagnes ne ressemblent vraiment pas à ça.

Elle avait envisagé de parler de Rey, en expliquant qu'il devait y avoir eu une sorte d'erreur, mais elle avait changé d'avis. « Nous avons une autorisation, Monsieur.

— Ce n'est pas ce que j'ai demandé.

— Je suppose alors que je ne comprends pas votre question. »

Rosquelles avait soupiré. « Dans cette prison, nous surveillons les tueurs, les animaux et les assassins dont nous aurions dû nous débarrasser lorsque nous avons mis la main sur eux. Ce sont ces gens que vous voulez voir ?

— Je suis journaliste, Monsieur.

— Je déteste les journalistes. Vous donnez des excuses à ces meurtriers.

— Personne ne leur trouve plus d'excuses, avait dit Elmer. La guerre est finie.

— Elle ne l'est pas ici.

— Oui, Monsieur.

— Combien avez-vous de prisonniers ici ? » avait demandé Norma.

Rosquelles avait haussé les épaules. « Nous avons cessé de compter depuis des années. C'est une population stable à

66

présent. Plus de croissance. Nous ne prenons plus de prisonniers.

— Je vois, avait dit Norma.

— Nous les tuons avant.

— Je vois », avait-elle répété.

Il s'était levé. Rosquelles avait pris du dessus d'une armoire métallique une bouteille d'alcool et un sac de boules de coton. Il avait ouvert la bouteille et imbibé une boule de coton et l'avait tendue à Norma. Il avait pointé le doigt vers son avant-bras. « Vous n'en avez plus besoin. Vous êtes avec moi. »

Elle avait hésité.

« Tenez. Vous feriez mieux de vous nettoyer maintenant. Les gamins dehors vont vous demander cinquante cents pour le faire. »

Une fois le nettoyage des tampons terminé, Rosquelles les avait emmenés, en agitant des clés, le long d'un corridor sombre, puis dans un escalier en colimaçon jusqu'à un système de passerelles grillagées au-dessus de la prison même. Ils avaient parcouru le périmètre de la cour : de la hauteur où elle se trouvait, Norma avait pu voir les montagnes ocre constellées de bidonvilles et, au-dessous d'elle, les prisonniers debout dans la cour poussiéreuse qui la regardaient. Un groupe d'hommes effectuait des exercices d'assouplissement sous la direction d'un autre prisonnier, tandis que d'autres encore semblaient en pleine discussion. Certains levaient les yeux en affichant un air dégoûté, d'autres paraissaient complètement inaccessibles. Le soleil était éclatant et ils plissaient les yeux pour regarder les visiteurs. Des sifflets et des miaulements avaient été adressés à Norma ; après tout, c'était une femme qui se promenait ainsi dans une communauté d'hommes enfermés. Quelques prisonniers l'avaient suivie, se rassemblant et poussant des cris dans la cour, traînant les pieds pour soulever des nuages de poussière, riant fort. « Baby », criaient-ils, et ils avaient dit d'autres choses encore :

sur sa chatte et le goût qu'elle avait, et ce qu'ils voulaient lui faire. Norma avait instinctivement cherché la main d'Elmer et il la lui avait donnée. Elle ne s'était pas sentie en sécurité. La passerelle grinçait à chaque pas et elle avait imaginé toute la structure s'effondrant et la déposant dans la cour pour y être dévorée. Personne ne pourrait la sauver, pas même avec un couteau, un pistolet ou une armée. Rosquelles frottait ses clés contre le grillage de la passerelle. Ses cheveux grisonnants étaient gras et il avait la nuque luisante. Régulièrement, il crachait sur les prisonniers à travers le grillage.

Il y en avait d'autres, avait expliqué Rosquelles, qui étaient enfermés dans des cellules sous terre, dans des tombes privées de lumière et dans lesquelles régnait une chaleur étouffante. « Ceux-là, avait-il dit en faisant un geste en direction de la cour, ce sont les bons.

— Pouvons-nous les voir ? avait demandé Elmer.

— Les autres ? »

Rosquelles avait secoué la tête. Les autres étaient ceux qui avaient profondément ébranlé le pays. Ici, c'était les soldats, ceux qui avaient appuyé sur la gâchette. Les chefs étaient sous terre, condamnés au silence, à peine conscients que la guerre avait pris fin et qu'ils l'avaient perdue. « Vous cherchez quelqu'un en particulier ?

— Oui », avait dit Norma à l'instant même où Elmer disait « Non. »

Rosquelles avait souri. « Eh bien, oui ou non ?

— Mon mari, avait dit Norma. C'était une erreur. »

Un groupe d'hommes avaient suivi la progression des visiteurs autour de la cour, mais la plupart d'entre eux avaient renoncé à obtenir une réponse quelconque et s'étaient dispersés. Seuls quelques-uns s'étaient accroupis, fumaient et crachaient. Le soleil brillait et Norma s'était sentie un peu faible. Elle avait passé les doigts à travers la grille pour retrouver l'équilibre.

Un prisonnier avait invité Norma à venir s'asseoir sur son visage.

« Animal ! » avait crié Rosquelles. Il s'était alors tourné vers Norma. « Je suis désolé, Madame. Nous ne commettons pas d'erreurs. »

Les prisonniers avaient répondu par des insultes et des rires, et l'avaient appelé par son nom. « Rosquelles ! Assassin ! C'est ta petite amie ? »

Il avait froncé les sourcils. « Vous avez des fans. Ce n'est pas un endroit pour une femme. Vous ne vous sentez pas bien ? »

Norma avait hoché la tête. « Pourrions-nous voir les listes ?

— Il n'y a pas de listes. »

Ils avaient poursuivi leur parcours sur la passerelle au-dessus de la cour. Les hommes, au-dessous d'eux, n'étaient pas rasés, ils étaient sales, torse nu et brûlés par le soleil. Le corridor métallique suspendu s'ouvrait tous les cinquante mètres sur une tour de guet. Rosquelles saluait chaque gardien de la même manière – « Amis en vue ! » Pourtant, on pouvait lire la peur dans les yeux des jeunes gardiens et ils gardaient leur fusil braqué sur Norma et Elmer jusqu'à ce qu'ils fussent passés.

Rosquelles les avait conduits jusqu'à la tour d'observation, la plus élevée de toutes, deux étages au-dessus de la passerelle. Il y avait deux soldats à l'intérieur et toute une batterie d'armes automatiques braquées sur les prisonniers au-dessous. Norma avait jeté un coup d'œil dehors : à cette distance, les hommes emprisonnés ressemblaient à des fourmis dans leurs déplacements, vision à la fois chaotique et vertigineuse. Elle les avait observés à la jumelle : leur visage, la ligne de la mâchoire, leur front, et elle n'avait rien vu qui puisse ressembler à son mari. Il l'aurait reconnue, non ? Et il l'aurait appelée ? Mais il n'était pas là. Elle le savait d'ailleurs, mais elle ne s'était pas autorisée à y penser trop. Quelles étaient les options ? Il s'était trouvé tout près d'une zone de conflit. Il y avait eu des prisonniers et il y avait eu des morts : n'aurait-il pas mieux valu le trouver là, enfermé avec les combattants ? Ou bien était-il un chef, enterré au-dessous ?

Personne ne l'avait jamais accusé d'une telle chose.

Peut-être qu'ils l'avaient aperçue en train de les regarder. Peut-être que c'était leur manière à eux de se moquer de son intérêt. La foule grondante s'était dispersée et se regroupait maintenant en rangées bien ordonnées d'hommes minces et noirs. « Assassins ! » chantaient-ils. Ils n'avaient pas peur. Certains souriaient.

Norma s'était tournée pour regarder fixement les montagnes. Sans les bidonvilles, ç'aurait été une carte postale.

Rosquelles avait secoué la tête. « Ils vont chanter. »

Là où avait régné la confusion, régnait à présent l'ordre. Étaient-ce les mêmes hommes qui les avaient poursuivis autour de la cour, la même meute sauvage de prisonniers affamés et brûlés par le soleil ? Un murmure s'élevait à présent, un brin de mélodie, rien de plus. On devinait quelque chose de codé, les hommes avaient les bras plaqués le long du corps, une allure à la fois sculpturale et militaire. Que pouvait bien faire Rey, s'il se trouvait ici ? Rien moins qu'humain, cette façon de gonfler la poitrine et de se tenir si droit. Leurs visages disaient la dureté à présent. Ils étaient comme autant de rouages d'une même machine. Ils chantaient.

« Est-ce que la LI existe vraiment ? » demanda Norma. Aucune autre question ne lui était venue à l'esprit.

Rosquelles l'avait regardé, incrédule. Il s'était tourné vers Elmer : « Qui est-elle ?

— Je suis désolée, avait dit Norma. C'est simplement que...

— Pourquoi est-ce que vous ne leur posez pas la question ? avait dit Rosquelles, en pointant le doigt vers les prisonniers au-dessous d'eux.

— Et la Lune ? Est-ce qu'il y a encore des gens là-bas ?

– Femme, vous êtes folle ou quoi ? »

Norma n'avait plus rien dit. Elle avait fermé les yeux et écouté Elmer présenter des excuses en son nom. Son Rey s'était aventuré dans la jungle et il avait respiré les senteurs de la forêt détrempée, il adorait les oiseaux et la verdure, et l'odeur de la fumée du bois. Il ne faisait pas partie de la LI, parce qu'il avait dit à sa femme qu'il n'en faisait pas partie. C'était lui qui avait prononcé ces mots, n'est-ce pas ? Il ne faisait pas partie de la LI, parce que la LI n'existait pas.

« Pourquoi sommes-nous ici ? » avait murmuré Norma.

Elmer avait cligné des yeux. « C'est toi qui l'as voulu.

– Tire un coup de feu d'avertissement », avait lancé Rosquelles au gardien.

Le gardien avait visé le sol devant les prisonniers et tiré plusieurs fois. La poussière s'était soulevée sous l'impact comme autant de petits champignons. Mais les hommes avaient continué à chanter. Norma avait alors jeté un coup d'œil à Elmer par-dessus son épaule et celui-ci avait haussé les épaules lorsqu'il avait croisé son regard. Les coups de feu étaient tirés à intervalles réguliers, s'approchant un peu plus, chaque fois, des hommes alignés. Ils chantaient toujours et Rosquelles jurait. Il y avait quelque chose de totalement mécanique chez ces hommes, quelque chose d'effroyablement discipliné. Les planificateurs de la guerre n'avaient pas imaginé un tel délire. Cela avait été la clé de leur succès. L'histoire du pays était constellée d'épisodes de guérilla d'intensité variable : ici et là, une milice désorganisée propulsée par une idéologie creuse ou une revendication régionale, une bande plus ou moins armée, menée par un marginal de bonne famille donquichottesque – cela arrivait constamment, deux fois par génération, et se terminait toujours de la même façon : les insurgés se condamnaient eux-mêmes à la famine, étaient abattus par la malaria. Ils jouaient à la guerre aux confins du pays, puis laissaient tomber dès que ça commençait à tirer. La LI, ça avait été une autre histoire. Ils n'avaient

71

pas abandonné. Ils avaient déclenché les hostilités et n'avaient jamais envisagé la moindre trêve. Ils voulaient tout.

Le gardien avait tiré encore quelques coups de feu qui avaient percuté le sol juste devant les prisonniers qui chantaient. Norma avait observé le jeune soldat, les gouttes de sueur qui perlaient juste au-dessous des cheveux, le puissant recul du fusil contre son épaule. Les balles se rapprochaient et les hommes chantaient, en une harmonie intacte, à propos de la guerre et de l'avenir, des hymnes à des rêves dépassés. Certains avaient les yeux fermés. C'était un opéra en prison, plein de coups de feu, de poussière et de chaleur torride. Le jeune soldat continuait à tirer régulièrement autour des prisonniers. Ils ne bronchaient pas. « Monsieur, avait demandé le soldat, je peux ? »

Rosquelles avait secoué la tête. « Je ne suis pas autorisé à faire tirer sur eux », avait-il expliqué aux visiteurs.

Norma avait perçu la déception sur le visage du jeune soldat. Elmer prenait des notes, étudiait la scène. L'éclat du soleil avait tout délavé. Norma pouvait s'évanouir à tout moment.

Les balles sifflaient maintenant et le chant des prisonniers prenait de plus en plus d'ampleur. Rey aimait chanter, lui aussi, il avait toujours chanté pour Norma de cette mauvaise voix presque comique, cette voix de fausset multipliant les trilles forcées. Il chantait, au fond, parce que cela la faisait rire. Parfois, il se mettait à chanter au beau milieu d'une rue pleine de monde, dans le parc près du Métropole, indifférent aux mines chagrines qu'affectaient les passants. Un dingue ? Qu'y faire ? Je suis fou, devait-il lui dire plus tard, je chante parce que je suis fou de toi. Norma rougissait, elle avait le visage en feu. Chez eux aussi, des chansons d'amour, des mélodies sucrées de l'époque des troubadours. À présent, elle entendait l'urgence dans les coups de feu, l'impatience du jeune soldat d'en abattre un, ne fût-ce qu'un seul, le blesser simplement, une balle dans l'épaule, un pruneau dans le gras de la cuisse. Voir un homme tomber – quelle joie ! Il était impossible que Rey fût mort. Le chant qui continuait avait obligé Norma à fermer les yeux, et elle avait éprouvé la brûlure du soleil sur ses paupières. Un accord mineur, une mélodie triste, une image : Rey en caleçon, accroupi au pied du lit, en train de chanter. Quelque chose de romantique, de sentimental. Tu es le soleil de ma vie... ou quelque chose d'encore plus minable que ça.

« Il n'est pas ici », avait murmuré Norma à l'oreille d'Elmer.

Le soleil les avait fait disparaître sous une nappe de lumière blanche. Les coups de feu continuaient de retentir à intervalles réguliers, en rythme. Les mélodies montaient vers le ciel.

« Un seul, Monsieur ? » avait supplié le soldat.

Rosquelles avait froncé les sourcils, préoccupé. Il avait pris le bloc-notes des mains d'Elmer. « Je vais devoir garder ceci, avait-il dit. Vous comprenez. »

Elmer n'avait rien dit. Il avait tendu la main vers celle de Norma, et elle l'avait laissé la prendre. Elle s'était rapprochée de lui.

« Montrez-moi les listes, avait dit Norma. S'il vous plaît.

– Quel est le nom ? Le nom de celui que vous cherchez... »

Elle le lui avait dit.

Rosquelles avait dressé un sourcil. « Jamais entendu parler de lui. Il avait d'autres noms ? »

Elle s'était mordu la lèvre. « Je ne sais pas.

– Comment pouvez-vous obtenir une réponse si vous ne posez pas les bonnes questions ? avait dit Rosquelles en soupirant. C'était une guerre importante, madame. Une guerre très importante avec de très nombreux acteurs, très nombreux.

– Monsieur ? » avait supplié de nouveau le soldat.

Le fonctionnaire avait hoché la tête dans un sourire. « Oh, pouvoir être jeune et idiot de nouveau ! »

Puis, il y avait eu un dernier coup de feu et un homme s'était effondré : troisième rang, deuxième depuis le fond, afin que la plupart des prisonniers puissent le voir tomber. Ils continuaient à chanter, le regard fixé droit devant eux. L'homme à terre avait été touché à l'estomac. Il était tombé à genoux et s'était effondré en avant, et restait prostré dans la poussière. Son dos cuivré était arc-bouté, ses bras étaient coincés sous lui. Il priait. Norma aussi : les doigts repliés sur le grillage, les ongles enfoncés dans les paumes. Rey ne reviendrait pas.

Elle dormait avec la porte ouverte toutes les nuits. À une époque, lorsqu'elle avait plus d'espoir, elle s'était dit : si Rey devait revenir cette nuit, il pourrait voir immédiatement que je dors seule. C'était la logique qui avait présidé au début à cette mise en scène, mais à présent il n'aurait pas été honnête de dire qu'elle s'attendait à ce qu'il se passe une chose pareille. C'était devenu une habitude, purement et simplement, de celles dont on se souvient vaguement de l'origine, mais qui se prolongeaient quoi qu'il en soit, devenaient un fait constant et immuable de l'existence. Sa porte était ouverte.

Mais, cette nuit-là, le garçon était arrivé. Il était là, couché sur le canapé. L'appartement était petit : depuis la salle de séjour, on pouvait voir à travers la cuisine jusque dans la chambre. Ce n'était pas de la gêne que ressentait Norma ; c'était une conscience, soudaine et nette, de sa propre solitude. Ce n'était pas le garçon. Victor parlait peu. Il était un enchevêtrement d'émotions et d'observations lucides, étouffées par un silence strict. Elle ne savait pas ce qu'il avait bien pu voir, mais cela l'avait rendu presque muet. Il était petit, chétif, et il n'y avait rien d'imposant chez lui. Elle avait pensé qu'il aurait été aussi content de dormir à même le sol frais de la cuisine que sur ce canapé confortable, couvert de cousins. Mais il était là. Elle aurait tout aussi bien pu cacher son corps frêle dans un placard sous l'évier, qu'elle aurait encore senti sa présence. Ce n'était pas lui : c'était son souffle, sa qualité d'humain, si proche d'elle dans l'appartement. Dans l'espace qui avait été le sien et celui de Rey, qui n'avait été qu'à eux. Un endroit scellé, une réserve imprenable de souvenirs où le temps s'était arrêté pendant presque une décennie. Des visiteurs ? Elle aurait pu les compter sur les doigts d'une main. Sans Rey, elle avait vécu ainsi : spectaculairement seule.

Victor dormait sur le canapé, respirant doucement dans la lumière bleue bourdonnante de la pharmacie. La couverture le couvrait presque entièrement, à l'exception de la tête et des pieds, qui dépassaient, ses doigts de pied se repliant et se redressant tandis qu'il rêvait. L'endroit était tout petit. Ils avaient toujours eu l'intention de déménager dans un appartement plus grand, lorsqu'ils auraient des enfants, et ils avaient essayé. Elle avait trente-deux ans lorsque Rey avait disparu. Ils avaient essayé sans cesse. Lors de leur dernière nuit passée ensemble, ils avaient essayé. Les médecins avaient dit qu'il n'y avait aucun problème du côté de Norma, que Rey était parfaitement en forme, que ces choses-là prenaient tout simplement du temps. Le temps avait donc passé. Lorsque Norma et Rey s'étaient mariés, ils avaient imaginé, pour rire, qu'ils auraient un troupeau d'enfants, une demi-douzaine, tous plus beaux les uns que les autres, chacun témoignant plus parfaitement encore de leur amour. Ses yeux noisette à lui, ses cheveux frisés, dressés sur la tête. Ses mains à elle, délicates et longues, avec des doigts immenses. Le nez aquilin de Norma – pas celui de Rey, qui était crochu et penché sur la gauche –, mais le teint de Rey, mieux adapté aux endroits ensoleillés où ils passeraient leurs vacances une fois la guerre terminée. Ils avaient élaboré ces variations d'eux-mêmes, ces portraits de leurs enfants à naître, amalgames uniques de ce que chacun d'eux avait de mieux. Ma voix, avait dit Norma, pour parler. Non, avait répliqué Rey, en riant : la mienne, pour chanter.

Ils faisaient l'amour régulièrement, pleins d'espoir, comme l'avait prescrit le docteur. Mais rien. Passionnément et désespérément – toujours rien. Lorsqu'il n'était plus revenu, Norma n'avait pas eu ses règles pendant quatre-vingt-dix jours atroces. Elle avait lutté avec l'éventualité de devoir élever seule leur enfant, s'accordant presque cette lueur de bonheur – mais c'était seulement le stress, son corps, autant traumatisé que son cœur, refusant de fonctionner, ralentissant au point de s'arrêter ou presque. Elle avait découvert dans le miroir, un jour, qu'elle avait perdu du poids, qu'elle était aussi épuisée, éreintée, que les soldats qui revenaient de la campagne. Un sac d'os, décharnée et pâle. Elle n'était pas enceinte : elle était mourante.

À présent, le garçon dormait, le visage enfoncé dans les coussins du canapé. Norma a allumé la radio : doucement, une mélodie, des instruments à corde, une voix mélancolique. Le garçon n'a pas bougé. Elle a refermé délicatement la porte, la lumière bleue s'est évanouie. Elle était de nouveau seule, dans l'obscurité. Elle s'est déshabillée.

4

Des années auparavant, une vie entière auparavant, ça s'était passé comme ça : au cours d'une nuit sans lune, Rey et quelques amis avaient vidé cul sec quelques verres d'alcool de grain et étaient ensuite allés voir s'ils visaient toujours aussi bien, en jetant des cailloux sur la façade et les fenêtres de leur école. Ils étaient jeunes et ivres, tout simplement des adolescents jouant un mauvais tour. Mais, au cours de la même nuit, quelque chose d'autre s'était produit : une petite bombe artisanale avait explosé dans le bureau du maire. On en était à la préhistoire de la guerre, à sa mise au monde non naturelle, plus de dix ans avant que les affrontements sérieux ne commencent. Cela s'était passé dans une ville lointaine, dans un pays encore inaccoutumé à de tels événements. L'explosion avait réveillé une foule troublée et agitée. Le toit avait pris feu et la rue était jonchée des éclats de verre scintillants de toutes les fenêtres qui avaient explosé. Les hommes avaient formé une colonne pour acheminer des seaux d'eau, mais en vain. L'eau avait rapidement manqué, à moins que ce ne soit la détermination, et ils s'étaient donc arrêtés. Le ciel était noir, une brise douce soufflait. Le bâtiment avait été réduit en cendres. C'était une nuit magnifique pour un incendie.

Rey n'avait que treize ans, mais il allait passer cette nuit-

77

là en prison, enfermé pour son bien. Dehors, la foule réclamait sa tête, saisie d'une paranoïa que seule une foule déchaînée peut manifester. Le responsable de la prison, le frère de son père, Trini, prêchait le calme. À l'intérieur, le père de Rey, proviseur de l'école lapidée, était rouge de colère et hurlait : « Mais qu'est-ce qui t'a pris, mon garçon ? Qu'est-ce qui t'a pris ? »

La prison de la ville se trouvait à deux pâtés de maisons de la place centrale, partageant un côté tranquille de la rue avec les humbles maisons des domestiques et des tailleurs de pierre. L'extérieur du bâtiment était bleu pâle, décoré d'une peinture rudimentaire de l'emblème national, qui, examiné de près (comme l'avait souvent fait Rey), était aussi floue et inexacte que les photos digitales qui couvraient la une de l'unique quotidien de la ville. Une vieille maxime indienne — NE MENS PAS, NE TUE PAS, NE VOLE PAS — était inscrite en lettres d'un noir sévère au-dessus des jambages de la porte, qui donnait sans doute à la prison assoupie une importance qu'elle ne méritait pas. Rey aimait la prison : il aimait s'asseoir avec son oncle, dont le métier, semblait-il, consistait à attendre que les ennuis se produisent. Selon Trini, il n'y en avait jamais assez. Il se plaignait amèrement de la ville paisible et aimait raconter les histoires de son année passée dans la capitale. Il n'y avait pas moyen de savoir lesquelles étaient vraies et lesquelles étaient fausses. À en croire Trini, la ville était peuplée de voleurs, de pilleurs et d'assassins, en proportions égales. À en croire Trini, il avait été à lui seul une machine à combattre le crime, la justice patrouillant dans les rues, le courage et le cran incarnés. La capitale ! Il était difficile d'imaginer un endroit pourri, agonisant, même à l'époque, décrépit et rempli d'ombres. À quoi ressemblait-elle ? Rey ne pouvait se l'imaginer : l'océan noir, tumultueux, la côte déchiquetée, les nuages lourds, les millions d'habitants enveloppés dans un crépuscule permanent. Ici, le soleil était éclatant et les sommets de vraies montagnes couverts de neige. Il y avait un ciel d'azur, une rivière qui serpentait, une place entièrement pavée avec cette fontaine qui crachait un filet d'eau. Les amants se tenaient les mains sur les bancs du parc, les fleurs s'épanouissaient sur les parterres de la municipalité, et l'odeur du pain frais embaumait les rues, le matin. La ville natale de Rey n'avait pas plus de dix blocs de maisons de chaque côté de la place centrale, cédant rapidement le pas à des ruelles poussiéreuses, des champs irrigués et des fermes aux toits de chaume rouges. Trini décrivait un endroit que Rey était incapable d'imaginer : une ville joliment décadente, une concentration de néons et de diamants, d'armes à feu et d'argent, un endroit à la fois scintillant et sale. Ici, tout ennuyait l'oncle de Rey : la campagne vallonnée, les dents pointues des montagnes grises, le bleu scandaleux du ciel. Et surtout, ces gens trop simples, incapables de comploter les uns contre les autres, ou peu disposés à le faire. Innocents et donc décevants. « Pourquoi alors être revenu, Oncle Trini ? » L'oncle adoré de Rey avait sombré à cet instant dans un mutisme complet, comme si on lui avait jeté un sort.

« Il y avait une femme », avait-il dit et il s'était tu. Il avait tripoté les clefs de son royaume, cette prison vide. « Il y a toujours une femme. »

Oncle Trini racontait des histoires et mettait en prison les ivrognes, qui arrivaient en délirant. Ils le connaissaient par son nom, et commençaient tous leur confession par les mots suivants : « Je m'occupais de mes affaires quand, tout à coup... » Bref, le lieu était tout à la fois une prison et un hôtel pour alcooliques désespérés, mais il servait aussi de clinique psychiatrique où l'on traitait les éléments hauts en couleur, sinon criminels, de la ville. Et la plupart des nuits, Rey faisait ses devoirs à toute vitesse, parcourait les quatre pâtés de maison qui le séparait du petit commissariat de police bondé, et s'asseyait sur les marches avec son oncle. Ensemble, ils attendaient qu'il se passe quelque chose. Les crimes ordinaires à la campagne : le vol de sac à main était aussi courant que le vol à l'étal. Quant aux meurtres, il n'en était commis que deux tous les dix ans, en conclusion, généralement, de longues disputes à propos de terres, d'animaux ou de femmes.

Les ivrognes. « Trini ! » protestaient-ils quand le sergent les ramenait et que l'oncle de Rey, impassible, levait les bras au ciel avant de décrocher les clés de sa ceinture. « Content que tu sois de retour ! » disait-il dans un sourire, quoi qu'il en ait. « Trini », suppliaient les ivrognes, tout en sachant fort bien que c'était inutile, et Rey les regardait baisser la tête et entrer en titubant, brusquement assagis. Plus tard, une fois le sergent parti, Trini envoyait Rey acheter de l'alcool et son neveu bondissait dans les rues vides jusqu'à la bodega de Madame Soria, ouverte toute la nuit, où il fallait frapper d'une certaine façon – *taptap tap tap tap* – pour qu'elle vous ouvre la fenêtre et vous montre son visage ratatiné, les yeux plissés dans la pénombre : Qui est-ce ? C'est moi, Madame. C'est Rey. Elle lui tendait une bouteille couverte d'un morceau de sac en plastique serré avec un élastique, ah, le truc fait maison... Des cuves en bois et des vieilles baignoires qu'elle gardait dans sa cour, d'où émanaient des odeurs qui faisaient grogner ses locataires, sortait un truc parfaitement limpide, qui puait comme du poison, ce truc que buvait Trini en grimaçant, un spasme involontaire lui fermant alors l'œil droit. Mais l'oncle de Rey était un ivrogne magnanime. Il décrivait volontiers la sensation de chaleur dans sa poitrine, la douce étreinte de l'alcool, décrivait l'état de son esprit sous son influence comme une tour instable, construite en brique, mais sans mortier, et parlait à n'en plus finir de la femme, de celle qui l'avait séduit, dont le cul était la chose la plus délicieuse qui soit, celle aux yeux bleus et à la petite cicatrice dans le cou, qu'elle cachait avec ses cheveux bruns et bouclés. En tombant enceinte, elle avait lâché la capitale pour lui.

80

Elle avait envoyé ses frères après lui. « Ils m'ont donné une bonne raclée, disait Trini avec de l'incrédulité dans la voix, des années après pourtant, et au beau milieu de la rue, en plein jour. Moi ! Un officier en uniforme ! »

Rey écoutait, les mots de son oncle perdant leurs repères tandis qu'il buvait, les syllabes épanchant leur sang l'une dans l'autre. Et les ivrognes se collaient aux barres rouillées de la cellule pour écouter, pour présenter leurs condoléances, pour donner tel conseil piquant de leur voix pâteuse : quitte-la, oublie-la, bois. Rey et Trini souriaient. Les confessions de Trini, comme celles des occupants de sa prison, présupposaient une innocence biaisée, une impuissance, une pureté d'intention. Il avait un fils – « J'avais un fils », hurlait Trini vers le ciel – quelque part dans la ville dont il avait été chassé. Au bout de quelques heures, Trini autorisait son neveu à boire un coup – un petit coup – ou à en verser un peu dans un gobelet en plastique à l'intention des ivrognes, excités par l'odeur d'ammoniaque. Rey voyait bien que les captifs l'adoraient dans ces moments-là. Ils prenaient le gobelet avec la dévotion d'un fidèle au moment de l'Eucharistie. Il leur faisait promettre d'être bons. Rey le leur faisait jurer. « Trini, criaient-ils, dis à ton neveu d'arrêter de nous torturer. »

Ils buvaient, et les heures défilaient comme ça, jusqu'aux premières heures du matin. Rey avait alors la tête qui tournait, et il jouait avec la radio jusqu'à ce qu'il parvienne à capter l'annonce des nouvelles en provenance de la capitale, de vieilles chansons cubaines ou bien encore les prévisions météorologiques à l'usage des fermiers indiens. À la fin, chacun s'endormait, ivre, à sa place assignée : les ivrognes à même le sol frais de la cellule, Rey et son oncle sur les marches de la prison, tandis que le ciel tournait à l'orange et que le jour pointait de l'autre côté des montagnes.

Et puis, alors qu'il avait treize ans, il y avait eu l'explosion dans le bureau du maire et, au cours de la même nuit, les fenêtres, les cailloux, l'école. Rey et ses amis s'étaient affublés de bandanas pour couvrir leur visage, tactique de guérilla naissante, comme on le voyait dans les journaux qui arrivaient de la capitale. Cette même semaine, il y avait eu une arrestation, un homme surpris dans une maison remplie d'armes. Il allait passer quelques années en prison, puis profiter d'une amnistie et être relâché. Plus tard, il réunirait cinq factions disparates et formerait la LI, mais à l'époque, personne n'en savait rien. La nouvelle avait fait sensation dans la ville de Rey, parce que l'homme qui avait été arrêté avait passé là une partie de ses années de formation, avant de partir pour la capitale.

Mais qui pouvait vraiment se soucier de telles choses ? Ne se trouvait-il pas constamment quelqu'un pour tenter de déclencher une guerre civile dans ce pays ?

Protégés par la nuit, Rey et ses amis rôdaient volontiers dans les rues. Chiens errants, un clochard couché sous une porte cochère, la ville endormie, les quatre garçons fonçaient dans les ruelles. Rey et trois amis – « Qui ? Lesquels ? » – avait demandé son père, mais Rey n'avait rien dit. Cela ne paraissait pas juste de les dénoncer. La ville, à cette heure-là, semblait abandonnée. Il était facile d'imaginer qu'elle vous appartenait : chaque recoin, chaque maison basse, chaque parc et chaque banc de parc. Les marches de la cathédrale, les palmiers qui penchaient légèrement vers l'ouest, les champs à la périphérie de la ville où les souris s'activaient et volaient le grain. Tout – à vous. C'était facile d'imaginer que vous étiez seuls à vous trouver dans la rue, mais vous aviez tort.

L'école. Il n'y avait pas de gardien, uniquement une barrière en fer forgé, fermée par un vieux cadenas. Facile à escalader. Plus tard : « Qu'est-ce qui t'a pris ? » demanderait son père, « et pourquoi ? » Les bras de Rey étaient couverts de bleus, là où la foule l'avait empoigné, là où les mains s'étaient serrées et les poings avaient frappé.

« Je n'ai rien fait.

– Rien ? »

Rey s'était mis à tousser. Dehors, la foule réclamait justice.
« Ce n'est pas moi qui ai fait ça, avait-il fini par dire.

– Explique-toi », avait commandé son père.

Et c'était ce qu'il avait fait : l'ennui qui avait conduit à
allumer des petits feux dans le champ derrière la clinique, les
flammes qui avaient projeté des ombres orangées sur la terre
caillouteuse, les pierres tendres qui reluisaient à la lumière
du feu, et puis la cible éclatante, évidente, qui les appelait
depuis l'autre côté de la ville. La soirée était fraîche et le ciel
dégagé. C'était une sensation agréable de courir, les poches
pleines de cailloux. Ils s'étaient arrêtés à la bodega de
Madame Soria – *taptap tap tap tap* – munis des pièces qu'ils
avaient mises en commun, et si l'alcool brûlait, ils avaient
tout avalé en fermant les yeux, tout leur paraissant flou et
déchiqueté ensuite. « Pourquoi ? » avait demandé son père de
nouveau, mais Rey était incapable de savoir ce qui l'avait
poussé à agir. Il avait regardé son père droit dans les yeux,
lui, à peine âgé de treize ans, toujours pas vraiment dans son
état, trois heures après la dernière gorgée, et il avait éprouvé
quelque chose qui ressemblait à de la pitié en voyant les yeux
noirs comme des flaques de pétrole de son père, les cheveux
grisonnants de son père, son visage plissé par la déception,
pas un méchant homme, en tout cas à la maison. À l'école,
c'était un tyran, bien sûr, mais de ce point de vue, il était
normal, pas meilleur ou pire que n'importe quel autre proviseur. Et Rey ne détestait pas l'école, du moins pas avec la
passion qui animait ses amis.

« Je ne sais pas », avait répondu Rey. Est-il possible de se
confesser sans accepter du même coup le blâme ?

Le fait est qu'il n'aurait même pas dû être pris. Des cailloux jetés sur la façade de l'école, n'importe quelle autre
nuit ? Insignifiant. Quelques vitres cassées. Qu'est-ce qui
aurait bien pu se passer ? Qui aurait pensé à en accuser le fils
du proviseur ? Il y avait des douzaines d'enfants pauvres dans

des familles pauvres, des enfants aux genoux sales et aux visages graves qui auraient été accusés les premiers. Personne n'avait vu Rey. Un voisin âgé avait prétendu apercevoir quatre garçons, mais ils n'étaient que des silhouettes qui riaient et jacassaient. Ils auraient pu être n'importe qui. Et puis, il y avait eu un éclair et une explosion, et cela avait tout changé. L'explosion avait provoqué l'arrivée de l'armée dans la ville, le lendemain. Ils étaient arrivés avec des fusils, bien décidés à dénicher le coupable.

Quoi qu'il en soit, cette nuit-là, il n'y avait aucune raison de se faire prendre. Rey et ses amis avaient couru jusqu'à la place pour voir ce qui se passait. Par curiosité, rien de plus. Ses amis avaient disparu dans la foule, c'est bien ça ? N'étaient-ils pas ivres, eux aussi, n'étaient-ils pas saturés d'adrénaline et impressionnés par l'incendie ? Pourquoi avez-vous jeté des cailloux sur l'école (un crime dérisoire, en fin de compte, quelque chose que personne n'aurait même remarqué, une autre nuit), avait demandé son père, mais tout aussi logiquement il aurait pu demander : Mon fils, comment as-tu fait pour te mettre toute la ville à dos ? Pourquoi avoir provoqué une chose pareille contre toi ? Contre nous ?

Quelque chose d'important s'était passé. Rey l'avait compris immédiatement. Le bureau du maire était un petit bâtiment et, lorsqu'il était arrivé sur la place, Rey avait l'impression qu'il allait s'effondrer. Les flammes dévoraient les poutres en bois du toit. Le verre avait fondu pour prendre des formes jaunes et rouges transfigurées. Des papiers brûlaient, des chaises brûlaient. Quelqu'un était parti en courant avertir le maire. Une colonne de fumée s'élevait dans le ciel et il faisait très chaud. Tout avait cette allure d'urgence, de chaos longtemps souhaité et longtemps attendu. Et Rey était encore ivre. Il le sentait à son haleine, à l'étrange lueur de l'incendie. Il se sentait pris de timidité et gêné. Le feu craquait et les poutres du toit s'étaient affaissées en une pluie de braises. La fumée. Les gens dans la foule avaient du mal à respirer. Rey s'était de nouveau couvert le visage avec son bandana, avait décidé de trouver Trini pour partager l'excitation du moment. Ses amis étaient partis, et Rey se croyait invisible à la périphérie de la foule, mais il ne l'était pas. Il n'avait même fallu que quelques instants pour qu'il se fasse repérer : marchant d'un pas mal assuré dans les ombres de la place, le regard égaré, un bandana sombre couvrant sa bouche et son nez. Comme si les terroristes avaient cette allure ! Comme s'il y avait un uniforme ! Mais le fait est qu'il était là, sur le lieu du crime, habillé pour le rôle.

Des photos du même genre avaient été à la une des journaux, cette semaine-là, des photos du jeune homme arrêté lors d'une manifestation contre l'augmentation des frais de scolarité, et il n'en avait pas fallu davantage.

« Je suis innocent, avait-il dit à son père, plus tard dans la cellule.

— Tu es un idiot, avait dit son père. Ils pensent que tu as essayé de tuer le maire. »

Et, en effet, la ville avait failli tuer Rey, là, sur la place. Le tailleur, qui lui avait confectionné son premier costume, l'avait empoigné par le bras et avait crié : « C'est lui ! » Rey s'était débattu. La foule en colère l'avait entouré alors qu'il avait encore le bandana sur le visage, et s'était mis à hurler :

Incendiaire !

Criminel !

Terroriste !

Ils ne savaient pas encore qui il était. Le feu était brûlant, ils crachaient leurs poumons, une véritable meute qui criait vengeance. Ça n'avait duré qu'un instant, un instant avant que son bandana ne lui soit retiré et que la foule alors ne sursaute : le fils du proviseur ! Un terroriste ! Ils avaient reconnu son visage et il connaissait les leurs : le boucher avec sa grosse moustache ; la secrétaire du maire avec son air perpétuellement inquiet ; le vieux gardien de l'école, voûté, la peau de serpent de son visage toute luisante. Horreur, sa ville, les gens qui l'avaient élevé le trahissaient. Ils avançaient vers lui pour le dévorer, avait imaginé Rey. Il allait devoir faire face à ce genre de colère. Comme un animal au moment du sacrifice. Juste à temps, Trini s'était extrait de la foule, avait entraîné son neveu par le bras et l'avait conduit jusqu'à la prison, la ville entière paradant derrière le fils du proviseur, persuadée que le terroriste avait été capturé.

Des années plus tard : la fête au cours de laquelle il avait rencontré Norma, la soirée où il avait joué avec elle. Tu ne sais pas qui je suis, hein ? Ils avaient dansé jusqu'à ce que la question eût acquis son propre poids, jusqu'à ce que Rey lui-même se demande qui il était et pourquoi il l'avait posée. Était-il le garçon qui était tombé par hasard sur la scène d'un crime, le garçon qui avait dû fuir la ville finalement, pour se rendre dans la capitale avec son père et son oncle ? Il y avait un tambour et puis une cymbale, un rythme syncopé qui avait été brisé et restauré. Qui suis-je ? Qui suis-je ? Impliqué, s'était-il dit, je suis impliqué. Dans quoi ? Ah, il se posait trop de questions. Danse, ne pense pas. À des choses dont je ne peux pas parler, pas même à moi. Certainement pas à elle. Une sympathisante ? Le mot avait une sonorité molle et disait l'ineptie. Il l'observait, son visage dans l'ombre, dans la lumière à présent. Je suis l'avant-garde, s'était-il dit, et il avait dû froncer les sourcils en entendant la sonorité pompeuse de sa phrase. Assez comme ça : l'orchestre jouait, ses pieds bougeaient et ses yeux suivaient le balancement des hanches de Norma. Est-ce qu'elle peut me voir ? Il appuyait fermement la main dans son dos. Musique ! Puis, ils s'étaient retrouvés dans le bus, il y avait eu le contrôle de police et, dans un moment de panique, il lui avait livré tous ses secrets, les avait fourrés dans sa poche. Elle ne soupçonnait rien. Il s'attendait au pire.

Il était monté dans le camion vert, ce matin-là, ce qui lui avait fait penser à son oncle Trini et à d'autres prisons, plus accueillantes. Trini allait le tirer de là, il téléphonerait à un ancien collègue. Il y avait d'autres types dans le camion : est-ce qu'ils seraient aussi chanceux ? Un barbu dans un costume froissé avait l'air hébété de celui qui s'est habillé à toute vitesse. Pourquoi mettre un costume pour aller en prison ? se demandait Rey. Deux jeunes gens au regard froid, l'air pétrifié et ennuyé. Le plus jeune des deux se grattait l'oreille avec un ongle de petit doigt démesurément long. L'autre essayait différentes poses pour manifester son indifférence, le regard perdu dans le vide comme si son pire ennemi y avait flotté, suppliant qu'on le tue. Quelques étudiants étaient assis en face de Rey, l'air ivre et perplexe, indéniablement inquiets. L'un d'eux ne se contrôlait plus et sanglotait, le visage caché dans ses mains. Ses oreilles avaient pris une couleur rouge surnaturelle, comme si elles étaient sur le point de saigner. Personne ne le consolait. Un soldat était assis à l'avant, le fusil posé sur les genoux, et semblait peu impressionné par le groupe.

C'était juste avant le jour, et le camion hoquetait à travers les rues désertes. Chaque nid-de-poule faisait trembler le vieux camion, mais ça n'avait pas empêché Rey de somnoler. Il n'y avait plus de couvre-feu, mais tout était calme à cette heure-là. La nuit de l'incendie, Rey avait appris à se méfier du calme : quelque part, quelque chose était en train de brûler. Bien sûr. Bien sûr – puisque l'armée était arrivée dans sa ville, le lendemain, pour poser des questions. Puisque ses amis n'étaient pas venus pour le disculper. Rey avait pensé qu'ils viendraient spontanément, mais ils ne l'avaient jamais fait. Ils avaient eu peur ou on leur avait dit de se tenir tranquilles. Puisque Rey avait passé la nuit sur le sol de la cellule, enveloppé dans une couverture qui laissait ses pieds exposés au froid et ses joues en contact avec le sol humide de la prison. Rey était grand et efflanqué – un idiot, avait dit son père, mais pas un méchant garçon.

Lorsque sa colère s'était dissipée, le père de Rey avait dit : « Nous allons devoir partir, mon fils. »

La perspective de devoir partir avait rendu Rey incroyablement triste. « Où ça ? » avait-il demandé, sachant très bien quelle serait la réponse. La capitale, la capitale : c'était là que tout le monde allait. Ils avaient pleuré tous les deux, le père et le fils, et puis ils s'étaient endormis sur le sol. Comme des criminels. C'était le seul endroit de la ville où ils seraient en sécurité. Trini avait relâché les ivrognes afin que le père et le fils aient la cellule pour eux seuls.

Le maire, affable et corrompu, se tenait dehors, la foule derrière lui. Trini les avait suppliés de rentrer, leur avait dit que tout serait réglé dans la matinée. Et c'était vrai : les camions verts de l'armée s'étaient garés le long de la corniche, déchargeant une division de soldats prêts à spéculer, fusils en main, sur les origines de l'incendie. Ils avaient fouillé dans les décombres du bureau du maire et, ensuite, dans la maison du principal suspect. Même les soldats l'avaient trouvé bien jeune. La foule en colère se cachait dans les maisons, redoutant de paraître trop intéressée par l'affaire, soucieuse de laisser les autorités faire leur travail. Dans la maison de Rey, les soldats avaient mis la main sur des livres qui traitaient de sujets louches, épousant des vues qui avaient été jugées dangereuses dans la capitale, même si le décret n'était jamais parvenu jusqu'à la ville de Rey.

Ils avaient emmené le père de Rey pour un interrogatoire. Il avait été relâché une semaine plus tard, avec quelques ecchymoses et une côte cassée. Le père de Rey n'avait-il pas été le professeur de cet homme arrêté dans la capitale, celui qu'on avait trouvé dans une maison remplie d'armes ? Et comment se faisait-il que ce jeune homme, issu de cette ville de citoyens respectables, se fût transformé en criminel ? Et qui était responsable d'une telle tragédie ? Les rumeurs circulaient en tous sens. Le comité de l'école avait déclaré regretter d'avoir à se séparer du père de Rey. Ils lui avaient donné deux semaines pour quitter la maison qu'ils lui louaient, et avaient organisé une petite fête à laquelle aucun des professeurs n'avait assisté. Rey s'y était rendu, en son costume, pour dire au revoir aux collègues de son père. Il en était revenu furieux. « Ils ont peur, mon fils, avait dit le père de Rey. Ne leur en veux pas. »

À présent, Rey sentait la crosse d'un fusil le frapper au ventre. « Debout, petit ami. » C'était le soldat qui l'avait fait descendre du bus. Il souriait.

Rey n'avait pas l'énergie de protester. Son cou lui faisait mal et ses tempes bourdonnaient. En descendant du camion, Rey avait constaté qu'il faisait jour. Ils ne se trouvaient plus dans la ville, mais au milieu d'un espace complètement vide : sur une planète sans oxygène et sans couleurs. Le sol était cassant et couvert de verre pilé, troué de cratères de toutes tailles qui se déployaient tout autour de lui. Au-delà, des dunes et des collines qu'il pouvait à peine distinguer.

« Où sommes-nous ? » avait demandé Rey au soldat.

Le soldat n'avait pas répondu.

« La Lune », avait lâché le barbu en costume froissé.

Les prisonniers avaient été enchaînés les uns aux autres. « Marchez droit devant vous, avait ordonné un des soldats, exactement dans les traces de celui qui vous précède. »

La Lune est un champ de mines, avait pensé Rey. Le type en costume se tenait devant lui et il s'était retourné en souriant. Il avait soulevé ses mains enchaînées et s'était gratté la barbe. « C'est facile pour moi, avait-il dit. J'ai des petits pieds. Ce sera plus difficile pour toi.

— Ça va aller », avait dit Rey.

Un coup de feu avait retenti, pas tout près, quelque part au loin. La procession s'était interrompue un instant. On avait entendu des rires étouffés.

« Tu as déjà été amené ici ? » avait demandé Rey au type devant lui.

Le type s'était mordu la lèvre supérieure et avait hoché la tête. « C'est ma résidence secondaire. »

Ils avaient marché, enchaînés, en direction de l'horizon.

5

Norma n'est pas mère. À aucun égard, pas le moins du monde. Dans son appartement, il y a deux plantes vertes qui pourraient témoigner de ce fait, deux plantes vertes dont les feuilles poussiéreuses et mourantes s'étaient penchées pleines d'espoir, puis de désespoir, vers la lumière, et avaient désormais renoncé, flétries et oubliées. Elle vivait seule – non pas pour elle-même, non pas égoïstement, mais seule. Sa vie publique, c'était la radio, où elle était mère d'une nation imaginaire, composée de personnes disparues. Sa vie privée était aseptisée et vide, un simple espace pour le souvenir, la musique et la solitude. Norma, qui n'était pas mère, était incapable de réconforter un enfant qui souffrait d'une rage de dents ou de réprimander celui qui aurait brisé un objet en porcelaine. Elle ne pouvait brosser des cheveux emmêlés sans faire mal ou coudre une pièce sur un pantalon déchiré au genou. Ces choses ne lui étaient absolument pas naturelles. Elle n'avait pas d'animaux domestiques : ni de chien maladroit grattant derrière la porte quand elle rentrait ; ni de chat tigré caché sous le lit, s'étirant en la regardant de ses yeux jaunes avant de s'éloigner furtivement. Il n'y avait aucun être vivant susceptible d'exiger quoi que ce soit d'elle, à l'exception de ses plantes agonisantes, dans son appartement solitaire, pas depuis que Rey avait disparu. Personne n'avait demandé à être nourri, n'avait éprouvé le besoin d'être lavé, personne ne s'était réveillé de ses cauchemars d'adolescent, en sueur et en poussant des cris furieux.

Il était donc là et c'était la première leçon pour Norma : ce matin-là, juste avant l'aube, Victor s'est réveillé en poussant des cris.

C'était une torture que d'avoir à se rappeler ce genre d'émotions, celles que les mères éprouvent continuellement : ces sentiments d'amour désintéressé qui gonflent le cœur. C'était assez difficile comme ça d'avoir à faire semblant tous les dimanches à la radio. Comment pourrait-elle y parvenir maintenant ? Son réflexe aurait été de fermer la porte, d'étouffer le bruit – sauf que la porte était déjà fermée. Il n'y avait pas moyen de lui échapper : un être humain, un enfant et sa douleur envahissant son espace à elle. Elle a frotté ses yeux bouffis et s'est levée.

Elle a trouvé le garçon tremblant, épuisé par la force de son hurlement, à bout de souffle, torse nu, maigre, les yeux rouges, ressemblant à tout point de vue à un animal échappé d'un zoo. « Victor », a-t-elle dit. Norma avait l'impression qu'elle devait le toucher, mais où ? Comment ? Elle a posé la main sur sa tête et s'est assise sur le canapé – son canapé, le canapé de Rey et d'elle – et le garçon s'est collé contre elle. C'était naturel, instinctif : il n'a pas du tout hésité. Ses bras se sont serrés autour d'elle. « Tout va bien, a dit Norma, ce n'était qu'un rêve. » C'était une phrase qu'elle avait déjà entendue, dans un film ou dans un de ces feuilletons à la radio.

Il respirait avec difficulté et les battements de son cœur le secouaient. Elle le sentit trembler contre elle.

Rey avait disparu et elle ne l'avait pas revu pendant presque un an. Norma avait pris sa carte d'identité portant cet étrange nom à la consonance étrangère, et elle l'avait toujours gardée sur elle. L'avoir sur elle lui donnait l'impression d'être en danger. Elle était si curieuse. Elle aurait dû interroger quelqu'un à ce sujet, s'était-elle dit, un de ses amis de l'université, mais presque aussitôt elle avait décidé qu'elle ne le ferait pas. Ce serait une sorte de trahison. Ce type avait des secrets, et Norma soupçonnait que c'était ces secrets qui donnaient cet air âgé au jeune visage de Rey. Comme tout avait paru dramatique, exagéré, la musique et les lumières, et cette question absurde et suffisante sur lui-même. Ensuite, une fois qu'il avait été emmené, les regards des passagers dans le bus qui l'accusaient – fille riche, fille blanche, qui venait troubler leur trajet du matin avec ses idioties, mettant leurs vies en danger, provoquant le soldat. Elle se sentait un peu honteuse, mais que pouvait-elle faire maintenant qu'il avait disparu et que Norma n'avait plus que le souvenir de la nuit et cette étrange carte d'identité pour le garder dans sa mémoire ? Elle redoutait de demander à quiconque s'il l'avait vu ou avait entendu parler de lui depuis la fête. Elle redoutait de raconter à qui que ce soit qu'il avait été emmené, qu'elle en avait été témoin. De toute façon, elle ne savait même pas à qui elle aurait dû en parler.

Parce que les gens qui savaient n'auraient jamais rien dit. Et ceux qui en savaient assez pour être inquiets n'auraient jamais osé demander.

Norma restait silencieuse, mais elle s'était rendu compte qu'elle développait de l'affection pour Rey en son absence, alors même qu'elle ne l'avait rencontré qu'une fois, à cette soirée. Ou peut-être que c'était à cause de cela : c'était comme si elle l'avait vu mourir – et quoi de plus intime ? Et si son visage avait été le dernier visage amical qu'il eût vu ? Le dernier contact amical ? Elle pensait à lui la nuit, et se demandait quand il réapparaîtrait. Elle rêvait de l'épouser, parce qu'elle avait l'impression que c'était l'acte le plus romantique qui fût. Elle pensait aux moyens d'enquêter sur lui sans attirer l'attention : une note ? un coup de téléphone ?

Chaque jour, la tension montait et, chaque jour, à l'université, elle s'attendait à le trouver au milieu de la foule empressée, au cœur d'un cercle d'étudiants, relatant avec insouciance, une cigarette à la main, son bref emprisonnement. Et si elle le voyait ? Et s'il lui demandait sa carte d'identité ? Elle en rêvait éveillée : je l'ai gardée sur moi, dirait-elle. Elle s'assurerait de sourire comme sa mère lui avait appris à le faire, de cette façon qui subjugue les hommes sans trop leur donner, avait assuré sa mère. Sa mère, l'experte en matière d'hommes. En rentrant de l'université, Norma la trouvait souvent seule, l'œil vitreux, la radio hurlant à tue-tête dans la maison vide. « Ton père est allé faire la noce, disait-elle d'une voix pâteuse. Il m'a abandonnée. »

Norma l'aidait à regagner sa chambre au bout du couloir, la déshabillait et la mettait au lit, tout en répétant des histoires auxquelles ni l'une ni l'autre ne croyait. « Il travaille tard, Maman. Ne sois pas suspicieuse, ça va te faire vieillir. »

D'autres fois, pendant le dîner, le père et la mère de Norma parlaient en échangeant de brèves monosyllabes, et Norma jouait le jeu. Elle tenait parfaitement son rôle d'actrice d'une vie familiale plaisante, jusqu'à ce qu'elle se mette à loucher et que ses pensées lui échappent, et il était là, Rey, soufflant la fumée de sa cigarette par la vitre du bus, ce sourire accroché à ses lèvres, ignorant qu'il était sur le point de disparaître. Passe-moi le riz, disait son père, et il fallait quelques secondes à Norma pour qu'elle revienne parmi eux. Qu'est-ce qui ne va pas ? Rien, Papa. Elle passait le plat d'une main tremblante, son père fronçait les sourcils et disait à sa mère : Tu as trop gâté cette fille. Et sa mère hochait la tête en signe d'humilité, acceptant le blâme pour toutes les erreurs commises, pour le comportement décevant de sa fille dont l'éducation leur coûtait tout ce qu'ils avaient. Rien de tout cela n'avait besoin d'être dit. Norma connaissait tout par cœur, la froide logique de son père notamment, mais elle préférait ne pas y penser et consacrer toute son énergie à Rey, si mystérieux et courageux, et non à cette famille figée dans son immobilité, ses tensions et ses secrets.

Plus tard, lorsque Rey et elle vivaient ensemble, elle lui avait raconté combien elle avait pensé à lui pendant son absence, avant même de le connaître vraiment, et s'était demandée à voix haute comment son esprit avait dérivé vers lui. Il avait souri. « Je suis irrésistible », avait-il dit comme s'il se contentait de dire une évidence.

C'était vanité de la part de Norma, mais elle avait besoin de savoir : « Et toi, tu as pensé à moi ?

– Bien sûr.

– Vraiment ?

– C'est une vieille histoire. »

Ils se trouvaient près du centre, dans un quartier appelé Idorú, devant un cinéma qui ne passait que des films de Bollywood, des monstruosités en anglais-bengali-hindi. Deux ans avaient passé depuis la nuit où ils s'étaient rencontrés, un an depuis que Rey avait réapparu. Il avait acheté les billets, et à présent il la dirigeait vers la salle. Elle avait cherché sa main. Le cinéma passait le même film depuis deux mois ou plus, une épopée riche en couleurs qui attirait des hordes de jeunes filles pour les numéros de danse, et des nuées de garçons pour les batailles à coups d'épées et de sabres ornementés. « Je ne comprends pas le hindi », avait murmuré Norma. Rey avait expliqué que ce n'était pas indispensable, que les histoires étaient très simples à comprendre. Et c'était vrai : les méchants étaient si facilement reconnaissables qu'ils étaient accueillis par des sifflets et des huées, chaque fois qu'ils apparaissaient à l'écran. Quant aux héros, ils étaient applaudis à tout rompre, bien entendu, et Rey s'était joint au public. Il avait aussi pris les mains de Norma et les avait claquées l'une contre l'autre, et, dans la pénombre, elle avait pu entrevoir son sourire. Norma avait chaud, elle était mal à l'aise, la salle était bruyante et sentait la sueur et l'alcool. Sur l'écran, les acteurs échangeaient des propos incompréhensibles. « Pourquoi est-ce que tu m'emmènes dans des endroits pareils ? avait murmuré Norma.

— Parce qu'ils existent. Tu n'es pas curieuse ? »

Le film était projeté en boucle et les lumières ne se rallumaient jamais. « Il se passe toutes sortes de choses ici, avait dit Rey, et toutes sortes de gens viennent. » Il s'occupait d'éduquer Norma, de lui faire connaître sa ville. « Tu vis trop bien, lui avait-il dit, un jour, sur un ton important. Tu ne sais pas ce qu'est vraiment cet endroit. Je vais te le montrer.

— C'est mignon, petit paysan. Mais je suis né ici. »

Il avait insisté.

Le cinéma, ses boyaux sombres, était quelque chose qu'elle n'avait jamais vu. Les gens venaient en masse, partaient au milieu d'une scène, allumaient des cigarettes et jetaient leurs mégots sur l'écran, riaient aux éclats. Le film était aussi impénétrable que les réactions du public : les hommes chantaient, les femmes dansaient, ils échangeaient des regards lourds de désir. Le public poussait des cris de joie lorsqu'un bandit à moustache enlevait une femme, et applaudissait lorsque le même homme était tué. On entendait des huées quand un baiser ne se concrétisait pas et des sifflets pour la svelte actrice principale aux yeux de biche, dont les cheveux noirs et soyeux avaient des reflets dorés surnaturels. Les disputes se terminaient en chansons, et les gens entraient et sortaient comme s'ils s'étaient trouvé dans une salle d'attente, comme si le film n'était qu'un prétexte et qu'ils n'étaient pas venus pour lui. Les portes grinçaient sans arrêt, inondant l'écran d'une lumière jaune pâle, et Norma trouvait difficile de se concentrer sur quoi que ce soit. Le langage, moins que tout : dans un coin de la salle, un ivrogne plaquait des accords sur une guitare désaccordée ; dans l'obscurité, une multitude de voix lui promettaient de le tuer avec son instrument.

Au bout d'une heure, Norma avait demandé à partir.

Mais Rey n'en avait pas fini avec son éducation. Il l'avait

96

entraînée dans les quartiers denses à la périphérie du centre-ville, au-delà des maisons fin de siècle dont les façades pelaient et dont les fenêtres dépourvues de vitres étaient couvertes de minces planches blanches. Des maisons qui ressemblaient à des tombes, dont les couleurs autrefois éclatantes étaient recouvertes de plusieurs couches de suie – dont émergeaient, finalement, des têtes, toujours une femme au regard farouche, tendant le cou pour voir ce qui se passait, quel était ce bruit – qui remontait la rue, qui sortait et avec qui. Femmes parées, hommes au visage sombre, bandes de garçons bruyants qui portaient leurs baskets sans lacets, tirant la langue en d'étranges saluts. Des quartiers comme celui-là sont des réseaux de sensations, avait dit Rey, humaines, électriques, biologiques, comme dans la forêt : pendant l'été, d'inexplicables carnavals de la chair ; pendant l'hiver, fenêtres calfeutrées et obscurité dans les maisons. C'était l'hiver, ce jour-là. « Ils utilisent des bougies, avait dit Rey. Comme dans les montagnes. »

Si Norma avait pu connaître l'avenir, elle aurait pu dire : « Comme nous le ferons tous quand la guerre arrivera dans la capitale », mais elle ne pouvait le savoir et n'avait donc rien dit.

Personne ne savait à quel point les choses iraient mal.

Elle avait serré sa main et s'était collée contre lui tandis qu'ils marchaient sur le trottoir encombré. « C'est comment, la forêt ? » avait-elle demandé.

Il avait réfléchi à la question, qu'elle avait posée plus d'une fois, simplement parce qu'elle aimait l'entendre en parler. « Elle n'en finit pas. C'est une invention sans fin, c'est bariolé, c'est des troncs noueux et des cosses en train de pourrir, c'est le soleil qui perce à travers la canopée, et c'est la pluie qui tombe sur le toit de cette forêt qui résonne comme du métal. Et la couleur, la couleur, la couleur...

– On ne croirait pas entendre un scientifique, mais plutôt un poète. »

Rey avait souri. « Je ne peux pas être les deux ?

— Mais tu préférerais être un poète.

— Qui ne le voudrait ? »

Ils avaient continué à marcher et Norma ne voulait parler que d'amour. Les trottoirs étaient sales, ainsi que les caniveaux et les rues, et elle imaginait la jungle telle qu'il l'avait décrite : son immensité, ses impuretés étonnantes, la beauté des gens qui y vivaient et de leurs coutumes. Elle ne voulait pas voir la ville, pas cette partie-là, pas la partie laide. Elle était fatiguée et ses pieds lui faisaient mal, et de l'autre côté de la ville, il y avait des cafés et des restaurants, des parcs où les gens ne s'apprêtaient pas à vous dévaliser. « Tu as toujours été comme ça ? avait-elle demandé. Tu ne sais pas comment on traite une femme ?

— C'est ici que nous avons habité, avait-il dit, l'ignorant complètement, quand nous sommes arrivés dans la capitale. » Il pointait le doigt vers les vitres d'un jardin d'hiver au deuxième étage. « Tu ne veux pas aller voir ?

— Non, avait-elle répondu. Pas vraiment. »

Son visage s'était affaissé sur un sourire triste. Il était blessé.

« Tu as l'air fatigué, chéri, avait dit Norma. Rentrons à la maison. » Par maison, elle entendait la chambre qu'elle louait près de l'université. Elle y dormait certains après-midi, jusqu'en début de soirée, puis elle prenait un bus pour se rendre chez ses parents, se coucher dans son lit et rester éveillée en pensant à Rey. Norma s'était alors approchée de lui, dressée sur la pointe des pieds et l'avait embrassé sur la tempe. « Tu fais toujours des cauchemars ?

— Pas autant.

— Quand vas-tu me dire, avait-elle demandé, quand vas-tu me raconter ce qu'ils t'ont fait ? »

Cette fois, Rey avait froncé les sourcils, puis s'était ressaisi. « Quand nous serons mariés », avait-il dit.

Norma a tenu Victor dans ses bras jusqu'à ce que sa respiration redevienne normale. Il l'a regardée de ses yeux implorants, puis il les a fermés. « Ça va ? » a demandé Norma, mais Victor ne voulait pas parler. Il voulait dormir encore un peu, a-t-il expliqué, si c'était possible. « Tu veux que je reste près de toi ? » a demandé Norma, et le garçon a répondu que oui. Elle s'est allongée à côté de lui sur le canapé, il était mince, après tout, et ils pouvaient tenir à deux. Il a fourré son visage contre son flanc et elle l'a laissé faire. Au bout d'un moment, Victor s'est endormi. Elle aurait voulu lui demander ce dont il avait rêvé, mais, pour une raison quelconque, elle avait eu le sentiment que ce n'était pas la chose à faire. Dans un endroit inconnu, au milieu de gens inconnus, il avait le droit de garder ses cauchemars pour lui.

Elle s'est levée de nouveau au point du jour. Sans réveiller Victor, Norma s'est dirigée vers la cuisine pour faire du café. Elle a allumé la radio, réglant le volume de façon à tout juste entendre le crépitement et le bourdonnement du signal, la voix râpeuse du speaker annonçant les nouvelles du matin. Il faudrait qu'ils soient à la station dans quelques heures, Victor et elle, et Dieu sait ce qui les attendait. Pas tant pour elle, elle était tranquille, que pour lui. Elmer avait promis un vrai mélo. Elle a tourné la tête vers la salle de séjour. Le garçon dormait toujours. À cette heure matinale, on organisait déjà des choses pour lui, alors qu'il dormait encore. Pas étonnant qu'il ait des cauchemars ; cela ne devait pas être très difficile pour lui d'éprouver sa propre impuissance. Il avait dû le comprendre hier, à la station, et à nouveau, quand il s'était échappé du bus. Pauvre garçon, pauvre famille, pauvres amis qui avaient cru au mensonge de son affection et l'avaient envoyé ici, envoyé à elle. Comment leur expliquer que c'était du spectacle ? Lost City Radio, c'est la réalité et ce n'est pas la réalité. La voix de miel, ce n'était pas quelque chose qu'elle contrôlait, c'était comme ça, tout simplement.

Le speaker du matin qui la remplaçait débitait tout sur un ton monotone. Il n'avait aucun charisme. Un atterrissage d'urgence à Rome sans blessés, une dépression tropicale qui menaçait de se transformer en ouragan, les résultats d'une étude sur les causes du diabète. Elle ne pouvait s'empêcher de penser à la façon dont elle-même aurait lu, différemment, mieux bien sûr. Pour les nouvelles locales, rien : des nids-de-poule réparés en fanfare, des cérémonies d'inauguration annoncées pour des bâtiments repeints, un écrivain célèbre surpris avec une prostituée sur les quais. À Miamiville, un incendie avait détruit une maison dans la nuit, laissant dix-sept personnes sans abri. Problèmes électriques, annonçait le speaker. Puis, il s'était éclairci la voix pour continuer – avait-elle bien entendu ? Norma était frappée par l'image d'une maison minuscule dans ce quartier, éjectant dix-sept person-nes de sa charpente en flammes. Dix-sept personnes ? a-t-elle pensé. Elle a bu une gorgée de son café et s'est mis à compter sur ses doigts : un père, une mère, quatre enfants, une grand-mère qui ne parlait que la langue ancestrale, un oncle, une tante, quatre autres enfants, un cousin en visite avec sa petite amie du moment, le neveu préféré d'une grand-tante éloi-gnée et sa femme enceinte, et combien d'autres encore ? Un village entier était sur le trottoir à présent, dans les rues, s'est dit Norma. Ils allaient dormir dans le parc, tous, ou sur les plages rocailleuses, avec les couvertures qu'ils avaient pu sau-ver, avec toutes les babioles qui pourraient leur rappeler la vie qu'ils avaient perdue. Norma en a frissonné. Ils vont secouer les cendres et rester ensemble, il le faut : une fois séparée, une famille ne peut plus jamais se réunir, pas ici. Ses membres disparaissent comme des ordures emportées par le vent.

La famille de Norma n'était pas comme ça, pas de lignage étendu et pas de souvenirs d'enfance encombrés de cousins. Personne qui puisse disparaître de sa vue ? Ses souvenirs de famille étaient tellement réduits que c'en était oppressant :

100

elle et ses parents. Elle pouvait compter leur aversion réciproque comme une personne de plus, un monstre qui les hantait, elle pouvait encore compter deux fois chacun d'eux : les gens qu'ils étaient ensemble – défigurés, malheureux, pleins de ressentiment – et ceux qu'ils auraient pu être s'ils n'avaient pas été mariés. Ou bien, si elle avait tenu vraiment à étendre l'arbre généalogique, elle aurait pu compter les maîtresses de son père : une douzaine de femmes aux cheveux noirs, bien habillées, que sa mère haïssait et enviait, et que Norma détestait tout simplement. Elles allaient et venaient, changeaient de nom et de visage, mais Norma était toujours consciente de leur présence : leur parfum, la grimace coupable de son père.

Rey avait une famille plus réduite encore : il était le seul à avoir survécu. Sa mère était morte si jeune que Rey se souvenait à peine d'elle, et son père, lui avait-il dit, était mort quelques années après leur installation dans la capitale. Ni frères, ni sœurs. Rey avait ensuite vécu avec son oncle Trini. Mais qui pouvait vraiment savoir ? Il jouait à un drôle de jeu avec le passé. Il l'avait toujours fait. S'il est vivant, pensait-elle, il y joue encore, même aujourd'hui. Lors de cette journée froide, blafarde, devant son premier logement dans la capitale, Rey avait insisté pour frapper à la porte, juste pour voir. Norma n'était pas très convaincue.

« Tu te souviens de quelqu'un dans l'immeuble ? avait-elle demandé. Est-ce qu'ils se souviendront de toi ? »

Il avait haussé les épaules. « Je leur dirai que j'habitais ici autrefois. Ce n'est pas si compliqué. » Il avait l'air certain que ça suffirait. « Ça, plus mon sourire, plus la ravissante jeune fille... »

Norma avait rougi. Les marches avaient craqué alors qu'ils montaient au deuxième étage.

Rey lui avait demandé de frapper. La porte était ancienne, d'un bois qui avait gonflé, puis dégonflé, vieilli au long de décennies de chaleur estivale et d'humidité hivernale. Il y avait quelque chose d'illicite dans sa présence à elle, du mauvais côté de la ville, frappant à la porte d'un inconnu, visitant le musée de la vie antérieure de son amant. Elle avait embrassé Rey. Elle avait frappé de nouveau. De l'autre côté de la porte, elle avait pu entendre le frottement des pieds qui avançaient lentement, puis le claquement métallique de plusieurs verrous. On aurait dit que la porte allait s'ouvrir, mais il y avait eu un temps d'arrêt. « Oui ? » avait crié une voix. C'était la voix à la fois faible et insouciante d'un vieil homme. « Qui est là ? »

Il y avait eu un silence. Rey avait souri, mais n'avait pas dit un mot. Norma lui avait donné un coup de coude. « Allez », avait-elle murmuré. Ne l'avait-il pas traînée jusqu'ici ?

« Qui est là ? » avait répété le vieil homme, un accent troublé dans la voix. Rey était résolu à tenir fermé le zip de ses lèvres. Norma s'était sentie rougir, horrifiée par son impolitesse. Elle avait envie de rire aussi. « Dis quelque chose ! » avait-elle dit d'une voix sifflante, mais il s'était contenté de mettre la main derrière son oreille comme si elle l'avait appelé de très loin.

Elle s'était éclairci la gorge et s'apprêtait à parler, mais Rey lui avait mis la main sur la bouche.

« Père, avait-il dit. C'est moi, Rey. »

En milieu de matinée, Norma et Victor se sont retrouvés dans la salle de contrôle, avec de vieux écouteurs sur les oreilles pour entendre des acteurs imiter l'accent de la jungle. Toute une série d'entre eux avaient défilé. Ils n'avaient cessé d'apporter des bonbons et des pâtisseries à Victor, et lui avaient fait visiter la station comme s'il avait été un membre d'une famille royale. Tout le reste semblait avoir été rapidement oublié. Pourtant, ils étaient bien là, les lumières rouges de la console montant et descendant au rythme de la voix des acteurs, Len dans le studio, tapant furieusement sur sa machine à écrire ses inimitables scénarios mélodramatiques. Elmer observait la pièce comme un duc contemple son duché. Derrière la vitre sale, un homme à la triste figure racontait comment il avait quitté son village pour aller travailler à la construction d'un barrage, qui avait été détruit pendant la guerre. C'était un acteur, bien sûr. « Des bombes ! s'est-il écrié. Le bruit s'est noyé... » Il s'est interrompu et a toussé dans sa main. « C'est bien ça ? a-t-il demandé. Ça ne sonne pas juste. Qui a écrit ce truc ? »

Norma a eu un mouvement de recul. Ils en étaient à la cinquième ou sixième prise. L'acteur avait reçu une formation shakespearienne, c'était du moins ce que disait son CV. Chaque fois qu'il parvenait à la fin de son texte, il levait des yeux plein d'espoir vers Len, qui regardait Elmer, lequel secouait la tête. Nouvelle prise. Norma a retiré ses écouteurs et soupiré. Elmer a laissé la fumée de sa cigarette s'échapper de sa bouche. Il avait l'air de s'ennuyer. Son costume marron était lustré aux coudes et aux genoux. Victor, lui, avait l'air de s'amuser, riant et corrigeant même l'acteur lorsqu'il prononçait un mot de travers. Norma, une fois ses écouteurs retirés, a ressenti toute l'absurdité de la scène : l'acteur plongeait pour la nouvelle prise, regardant intensément son texte, lisant sans proférer le moindre son derrière la vitre. À la moitié, Elmer secouait déjà la tête pour dire non. Len a tapé sur l'épaule de l'acteur incapable. L'homme a posé sa feuille de papier et il est sorti du studio, l'air abattu. Victor a ri.

« La promo passe dans trente secondes », a lancé Elmer sur l'interphone, une fois l'acteur congédié. Len a tapé dans ses mains, pour deux fois. On avait bien dit à Victor de ne toucher à rien, mais il n'avait jamais vu un endroit pareil et, de toute évidence, la curiosité le démangeait. Il avait interrompu plusieurs prises en appuyant sur un mauvais bouton. Il s'en était excusé, tout le monde riant à l'exception de l'acteur, et, quelques minutes plus tard, Norma avait surpris

Victor regardant fixement une lumière clignotante, comme s'il avait été sur le point d'appuyer.

« C'est comme un hélicoptère », avait-il répété lorsqu'on l'avait fait entrer. Il les avait vus flotter dans le ciel au-dessus de son village, avait-il dit. Les opérations d'éradication de la drogue, avait supputé Norma. Il avait fait un dessin et demandé à son instituteur ce que c'était. « Il y a un mot indien pour ça, mais je voulais connaître le *vrai* mot.

– C'est quoi le mot indien ? »

Victor avait réfléchi un instant. « Je n'arrive pas à me souvenir. »

À présent, le garçon est en train de jouer. Elle peut le voir dans ses yeux : la station était un hélicoptère, la salle de contrôle tournait à toute vitesse au-dessus du pays, au-dessus des vallées et des rivières, le long de la côte et au-dessus des déserts. Elle rêvait avec le garçon et elle était heureuse de le voir se distraire. Il avait l'air tout à coup plus jeune que son âge – ou bien était-ce le contraste avec hier, quand il avait paru si vieux ?

Len a fait entendre ce que diffusait la radio. Une publicité pour un détergent prenait fin, des cris d'enfants qui jouaient. Ils se sont tous installés pour écouter. Il y a eu un crépitement au début, puis le son plaintif d'un violon émergeant d'un grondement sourd. Et la voix s'est fait entendre :

Dimanche sur Lost City Radio... De la jungle nous arrive un garçon... Pour nous raconter une histoire incroyable... qui va vous émouvoir... Elle va vous faire pleurer... Elle va vous remplir de joie et d'espoir... Écoutez le récit déchirant de son voyage... À pied jusqu'à la capitale... Et des rêves qui l'ont fait venir jusqu'ici... Norma peut-elle l'aider à retrouver les siens ?... Dimanche, une émission très spéciale sur Lost City Radio...

Le violon a fait place à des bruits de la forêt, pépiements d'oiseaux, eau déferlant sur des rochers, et puis la voix tremblante du garçon disant simplement : « Je m'appelle Victor. »

Len a applaudi. Victor a souri.

« Bravo ! a dit Elmer. Norma ?

— C'est bien, a-t-elle dit. Il n'y a pas de problème.

— Tu plaisantes ? Il a fait ça en une prise ! Ce garçon est doué. »

Victor a tripoté un bouton sur la console et on a entendu sur les haut-parleurs un son qui a disparu aussitôt. Ils se sont tournés vers le garçon. « Je ne suis pas venu à pied, a-t-il dit.

— Bien sûr que tu n'es pas venu à pied. » Elmer s'est gratté le front et a allumé une autre cigarette.

Norma s'est levée et a poussé sa chaise dans un coin de la petite salle de contrôle. « Ce n'est même pas faisable, n'est-ce pas ?

— Ça sonne juste », a dit Len.

Elmer s'est éclairci la voix et a fait sortir le garçon en lui promettant qu'il allait trouver à manger de l'autre côté de la porte. Victor est sorti sans protester. Len a baissé le volume et suivi le garçon. La porte s'est refermée derrière eux.

« Qu'est-ce qui ne va pas, Norma ? » a demandé Elmer, une fois qu'ils ont été seuls. Il y avait un léger bourdonnement sur les haut-parleurs, un peu comme le son d'un ballon qui se dégonfle. Elmer s'est passé la main dans les cheveux. Norma n'a pas répondu immédiatement. Il a desserré sa cravate et défait le premier bouton de sa chemise. « Parle, a-t-il dit. Je t'écoute.

— Je suis fatiguée. » Norma s'est écroulée sur sa chaise. « Je ne suis pas très bonne pour ce genre de chose. Il s'est réveillé en larmes, ce matin.

— Les enfants pleurent, Norma. Qu'est-ce que tu veux y faire ?

— C'est exactement le problème. Je ne sais pas. » Elle s'est mordu la lèvre. Rey avait l'habitude de pleurer comme ça, de se réveiller en sueur, fébrile, agité. Ces cauchemars.

« Cette émission t'embête ? » a demandé Elmer. Il a retiré

105

sa veste et l'a étalée sur la console, faisant disparaître les petites lumières rouges.

« Il n'est pas venu à pied, Elmer. Et nous ne pouvons pas le renvoyer. Nous ne pouvons pas lui faire ce genre de coup.

— Norma, tu sais comment ça marche.

— Promets-moi. » Elle l'a regardé droit dans les yeux. En dépit de tout, il avait une bonne tête, bien ronde et bien pleine, un visage si doux qu'on l'aurait volontiers dit dépourvu de caractère. Quand il souriait, comme il le faisait à présent, ses joues gonflaient et ses yeux se plissaient pour se fermer presque complètement. Il avait vieilli, mais ils étaient amis depuis longtemps. Un jour, alors que sa tristesse avait été si profonde qu'elle pouvait à peine parler, Norma l'avait même laissé l'embrasser. C'était après la prison, quand tout était perdu. Des années s'étaient écoulées depuis, et tout cela remontait si loin dans le passé qu'elle pouvait à peine s'en souvenir.

« Je vais essayer, a dit Elmer.

— Merci. »

Il s'est levé, a fouillé ses poches à la recherche d'une cigarette. « Qu'est-ce que tu vas faire avec lui ? a-t-il demandé. Est-ce qu'il parle ?

— Un peu, a dit Norma. Il a l'air assez gentil.

— Fais attention à ce qu'il ne vole rien. »

Norma a souri. « Qu'est-ce qu'il y a à voler chez moi ? Tu ne me paies pas assez.

— Plains-toi au gouvernement, pas à moi, a dit Elmer, une cigarette pendant aux lèvres. Je ne peux rien faire, Norma, tu le sais bien. » Il lui a offert une cigarette, mais elle a refusé en secouant la tête.

« Laisse-moi faire des recherches sur ses disparus, a-t-elle dit. Je vais prendre la liste et m'y mettre. »

Elmer a levé la tête. « Pourquoi ?

— Il s'est enfui hier soir. Il est descendu du bus et il est

106

parti en courant dans un quartier près du Cantonnement. Tu imagines à quel point il doit avoir peur ?

— Il n'avait pas l'air d'avoir peur ici.

— Elmer, tu ne m'écoutes même pas. Il s'est réveillé en poussant des cris, ce matin. »

Ils sont restés silencieux un moment. Elmer se grattait la tête. « Qu'est-ce que je t'ai promis ? Un jour de congé ?

— Deux.

— Tu as regardé cette liste ?

— Non. Et toi ?

— Pas eu le temps. » Il a soupiré. « Nous n'avons rien sur ces gens, tu sais ? Pas même les districts. Simplement des noms. Je dirais qu'ils sont dispersés quelque part à Newton, mais après ça, qui sait ? »

La capitale était une chose impossible à connaître, tentaculaire et d'une densité impénétrable, mais il y avait près de soixante noms sur cette liste et quelques-uns devaient appartenir à des personnes encore en vie.

« Il faut que j'agisse de manière légale, bien sûr. Que je passe en revue tous les noms, a-t-il dit.

— Bien sûr. »

Ils ont été interrompus par une série de coups frappés à la fenêtre. Victor était entré dans la salle d'enregistrement par la porte latérale. Len était derrière lui. Le garçon a fait signe de la main. Elmer et Norma ont fait de même.

Elmer a appuyé sur le bouton de l'interphone. « Comment ça va, petit ? »

Victor a souri. Len a levé le pouce. Sa voix s'est fait entendre quelques secondes après. « Il veut savoir quand nous pouvons partir. »

Elmer a fait un sourire à Norma et appuyé sur l'interphone. « Où est-ce qu'il veut aller ? »

Le garçon a donné une réponse muette et, de nouveau, la voix s'est fait entendre : « Partout. Il dit qu'il veut aller partout.

— C'est quelque chose, non ? a dit Elmer à Nora.

— C'est génial. » Elle voyait que le garçon était content.
« C'est merveilleux.

— C'est un progrès, a dit Elmer. Vas-y, Norma. Fais ce
que tu veux. Ce n'est pas ce que j'avais en tête.

— Qu'est-ce que tu avais en tête ?

— Je n'en suis pas sûr exactement. J'en ai marre de te voir
triste. C'est tout. J'ai pensé que ce serait bien pour toi. Tu
étais un peu enlisée dans la routine.

— Ce n'est pas comme si tu m'offrais un petit chien,
Elmer. C'est un enfant.

— Je sais. » Elmer s'est penché vers elle. « J'ai pensé que
ça te secouerait un peu. J'ai vu 1797 et j'ai pensé à toi.
Qu'est-ce que tu veux que je dise ?

— Rien. Tu ne peux rien dire. Tu n'as jamais pu.

— De quoi tu parles ?

— Je ne sais pas. »

Il a levé les bras au ciel. « Norma, je peux te dire quelque
chose ? » Il a soupiré. « Quand je dis que tu comptes pour
moi, c'est parce que c'est vrai. C'est tout. Maintenant, tu
veux te mettre à la recherche de sa famille, très bien. Vis ta
vie.

— Merci. »

Elmer lui a alors demandé la liste. Elle l'avait, non ? Pendant qu'elle cherchait le morceau de papier dans ses poches,
Elmer est retourné vers l'interphone. « Bravo. Tu es un bon
garçon. »

Dans la salle d'enregistrement, Victor a gonflé ses biceps.

C'était la faute de Rey si elle avait tant de mal à laisser
tomber. Il adorait les mises en scène de disparition. Sous les
yeux de Norma, un soldat fusil pointé sur sa poitrine le fait
descendre d'un bus. Il refait surface un an plus tard : « La
Lune », c'est tout ce qu'il trouve à dire quand elle lui

demande où ils l'ont emmené. Et puis, devant la porte d'un appartement du deuxième étage d'un petit immeuble vert à la limite ouest du centre-ville, Rey ressuscite son propre père, qu'il avait, non sans perversité, déclaré mort, comme ça. Pourquoi ? Ces choses s'étaient imprimées en elle, elles s'étaient transformées en structures solides dans son esprit : mon mari peut s'aventurer dans une zone de guerre et en revenir indemne. Il peut le faire, il l'a fait, il le fait, il le fera encore. Les morts reviennent à la vie. Il existe en dehors de la mort. Une étrange foi à partager, très certainement, mais était-ce sa faute à elle ?

Le père de Rey avait ouvert la porte et regardé son fils des pieds à la tête. Norma se tenait sur le côté et se sentait mal à l'aise. « C'est bien toi ? avait murmuré le vieil homme. C'est toi ?

— C'est moi, Père », avait répondu Rey, et le vieil homme avait semblé ne pas y croire, ne pas en croire ses yeux. Il avait tendu la main et touché le visage de Rey, le nez légèrement busqué, le sourire avec les fossettes, les sourcils épais. Rey s'était prêté au jeu de la caresse de son père comme l'aurait fait un chat. Norma s'était détournée, soudain gênée, préférant se concentrer sur un dégât des eaux le long d'un mur.

L'appartement ne paraissait même pas assez grand pour une personne. Partout, des papiers étaient empilés à même le sol, chaque pile couronnée avec optimisme par une pierre de la taille d'une main, afin de maintenir le tout en équilibre. Il y avait des dictionnaires dans tous les coins, sur le bureau, sur la table basse : français-wolof, anglais-russe, espagnol-hébreu, quechua-catalan, allemand-portugais, italien-hollandais. Norma et Rey s'étaient assis sur le sofa, dont les ressorts pointaient inconfortablement à travers le tissu, et ils avaient attendu que le vieil homme apporte de l'eau. Norma avait écouté les complaintes des vieux tuyaux, un gargouillement, un grognement qui venait de l'intérieur des murs. Elle s'était tournée vers Rey. « Tu es vraiment un con », avait-elle dit.

Il avait souri et hoché la tête pour marquer son approbation, mais elle ne plaisantait pas. Elle ne comprenait pas l'inhumanité du truc : lui annoncer que son père était mort, et puis le faire sortir comme un diable de sa boîte devant elle.

Le vieil homme perdait la vue, mais il manœuvrait habilement dans l'appartement. Le plateau tremblait à peine dans ses mains et il n'avait pas renversé d'eau. Rey avait dégagé un espace sur la table basse, et après que le vieil homme avait refusé de prendre place sur le sofa et préféré s'asseoir sur une pile de journaux, chacun d'eux avait pris son pichet d'eau et l'avait levé pour porter un toast. « Aux retrouvailles », avait dit le vieil homme. Ils étaient restés silencieux un moment, buvant cette eau du robinet un peu turbide. Le père de Rey s'était alors mis à tousser dans sa main ridée. La pièce était sombre et tombait en poussière. « Où étais-tu passé ? avait demandé le père à son fils. Tu attendais que je meure ? »

Un silence un peu gêné s'était installé. Rey était resté assis sans bouger, comme s'il réfléchissait à ce que son père venait de dire. Norma avait cligné des yeux pour chasser une mouche qui s'était posée sur son visage.

« Bon, ne démarrons pas comme ça », avait dit le vieil homme en riant, et il avait chassé de la main la question, comme pour écarter de la fumée ou du brouillard, comme si elle n'avait rimé à rien. Il avait le visage jauni et fatigué, et ses rares cheveux étaient plaqués en arrière. Son crâne chauve était sévère et pâle. « Te portes-tu bien, mon fils ? »

Rey avait secoué la tête.

« Moi, je ne m'en tire pas trop mal, avait poursuivi le vieil homme. Et merci de m'avoir posé la question. Tu as vu ton oncle ?

– De temps en temps. »

C'était un échange à deux, et la présence de Norma était

parfaitement superflue. Le vieil homme avait à peine admis sa présence et Rey ne l'avait pas présentée. Elle était assise, essayant d'être la moins visible possible, pendant que père et fils se dévisageaient, se renvoyaient les questions comme dans une partie de ping-pong : études, santé, argent, relations familiales éloignées.

Lorsqu'ils avaient semblé à court de sujets, le vieil homme avait sorti un paquet de cigarettes d'un tiroir et en avait offert à son fils. Rey en avait pris une et tous les deux s'étaient mis à fumer. Ils tenaient leur cigarette de la même manière, entre l'annulaire et le majeur. Cela faisait un effet étrange. « Tu devrais arrêter de fumer, mon fils.

— Je vais le faire. Tu devrais, toi aussi. »

Le vieil homme avait hoché la tête. « Alors qui est la jolie jeune femme ?

— Je te présente Norma. »

Le moment appelait un sourire. Norma avait fait de son mieux. Le vieil homme avait hoché la tête et incliné un chapeau imaginaire. Puis, il avait posé les mains à plat sur ses genoux et dit : « Mon enfant, vous méritez mieux que mon clochard de fils.

— Ne va pas lui donner des idées, avait coupé Rey.

— Est-ce qu'il vous l'a dit ?

— Dit quoi ? avait interrogé Norma.

— Qu'ils l'avaient emmené à la Lune. » Les yeux du vieil homme brillaient. Il s'était déplacé vers une pile de journaux et lui avait adressé un sourire narquois. « Mon fils est un homme recherché par la police, avait-il dit.

— Voilà précisément pourquoi je ne te rends pas visite, Père, avait dit Rey en secouant la tête. Tu racontes n'importe quoi.

— Combien de temps s'est-il écoulé depuis la dernière fois que vous vous êtes vus ? » avait demandé Norma. Mais aussitôt après avoir prononcé ces mots, elle avait regretté de s'être mêlée à la conversation.

Ils avaient haussé les épaules simultanément, comme à un signal donné. « Pas si longtemps, avait dit le père de Rey. Un an. Il vivait ici quand il est revenu. Tu lui as raconté ? avait-il demandé de nouveau.

— Revenu d'où ?

— De la Lune, avait dit Rey.

— Je sais qu'ils l'ont arrêté, avait dit Norma. J'étais là. C'était il y a deux ans.

— Vous étiez à la Lune ? Comme c'est romantique. Vous avez rencontré mon garçon à la Lune ?

— Non, Monsieur !

— Mon fils, le terroriste, avait marmonné le vieil homme. Voilà ce que vous obtenez dans ce pays quand vous parlez trop fort.

— Mais j'étais là quand ils l'ont emmené », avait-elle dit. Son souvenir le plus intime : le bus, la disparition. Les longues semaines d'attente passées à tomber amoureuse d'un inconnu. « Je...

— Nous allons nous marier, avait coupé Rey. Norma est ma fiancée. »

Norma avait jeté un regard furibond à Rey. Il avait pincé sa jambe.

« Ah, ah », s'était exclamé le vieil homme, en posant son verre d'eau. Il avait tapé dans ses mains et souri comme un enfant à qui l'on présente un nouveau jouet. « Je savais bien qu'il y avait une raison à ta visite ! »

On pouvait à peine respirer dans cet appartement, et il était à peine éclairé. La fumée de cigarettes s'était accumulée en formant de petits nuages collés au plafond. Se marier ? Le vieil homme avait l'air vraiment ravi, regardant intensément Rey alors que celui-ci écartait la table basse du sofa défoncé. Il avait mis un genou au sol. Confuse, sidérée, Norma avait dévisagé Rey, puis le vieil homme. Ensuite Rey avait parlé, et ça s'était passé à rebours de tout ce qu'elle avait pu imaginer : dans un appartement encombré, du mauvais côté de la ville, en hiver, devant un vieil homme revenu d'entre les morts. « Norma, avait-il demandé, veux-tu être ma femme ? » Ils s'étaient rencontrés deux ans plus tôt, et le temps avait passé si vite. Rey avait arboré un sourire un peu fou, le vieil homme avait applaudi, et la scène dans son ensemble avait été vraiment étrange.

« Oui », avait-elle répondu, sans cesser de dévisager Rey et son père. C'était la seule réponse qui lui était venue à l'esprit. On avait l'impression que les murs allaient s'effondrer. Le père de Rey était debout de nouveau. « Liqueur, s'était-il exclamé. Il faut boire ! » Norma regardait l'anneau en argent tout simple que Rey venait de lui passer au doigt. « S'agit-il d'un simple numéro ? avait-elle demandé. Pour lui ?

— C'est pour nous », avait dit Rey.

Le vieil homme était revenu avec une bouteille de liqueur transparente à la main, avait vidé son eau sur une plante en pot qui dépérissait à côté d'une pile de livres, et fait signe à Norma et à Rey d'en faire autant. Il leur avait versé des doses généreuses et avait proposé de nouveau de porter un toast. « Si seulement ta mère était encore en vie. Tu l'as dit à Trini ? » Il avait parlé rapidement, presque essoufflé. Il était excité. « Quand la cérémonie aura-t-elle lieu ?

— Nous ne savons pas, Père. »

Le vieil homme avait plissé les paupières. « Est-ce que je serai invité ?

— Bien sûr ! avait dit Norma.

— Bien sûr », avait ajouté Rey.

Il se passait des choses que Norma ne comprenait pas. Le vieil homme avait versé de la liqueur sur son mouchoir et nettoyait les verres de ses lunettes avec. « Faites-moi voir cet anneau », avait-il dit. Norma avait tendu sa main gauche et le vieil homme avait secoué la tête. « Je vois que ta carrière n'est pas très lucrative, mon fils.

— J'aurais dû être poète comme toi », avait répliqué Rey,

113

et le vieil homme avait ri. Ils avaient levé leurs verres de nouveau, et tout le monde avait souri.

« Mais, mon enfant, avait dit le vieil homme en se tournant vers Norma, affichant un air sérieux tout à coup, si vous êtes intelligente, vous ne devriez pas porter notre nom.

– Que voulez-vous dire, Monsieur ? »

Le vieil homme et sa peau jaunie ; le vieil homme et les dents tordues et jaunies de son sourire. Son visage ridé de solitaire. Sa pièce remplie de fumée. « Ce n'est pas le moment de jouer les idiotes, mon enfant.

– Ne l'écoute pas, avait dit Rey. Mon père dit n'importe quoi. »

Dans la salle de contrôle, des années plus tard, Elmer passait la liste en revue. « Norma, a-t-il dit brusquement. Nous avons un problème. »

« Je t'aime, Norma », avait dit Rey.

Ces cauchemars, Rey, d'où viennent-ils ? Qu'est-ce qu'ils t'ont fait là-bas ?

« Notre nom est entaché, mon enfant. » Le vieil homme s'était mordu la lèvre et avait baissé les yeux. « J'en suis en partie responsable, et mon fils en partie aussi. Je vous l'assure : vous ne voudrez pas porter ce nom. »

« Et je t'aime aussi, Rey. »

Le garçon a frappé sur la vitre. Il a pressé son visage dessus et a gonflé les joues. C'était un beau garçon.

« Norma, je suis désolé, a répété Elmer, mais nous avons un problème. »

DEUXIÈME PARTIE

6

Elijah Manau était un homme de la capitale, aux joues roses, et il vivait depuis six mois à 1797 lorsque les soldats étaient arrivés. C'était un homme timide, et ce n'était pas sans motif. Avoir été exilé pour aller enseigner dans ce trou perdu et humide était l'indice d'une médiocrité constante. Il avait obtenu une note proche de la limite inférieure à l'examen de placement régional, bien au-dessous de celle qu'il lui aurait fallu obtenir pour s'assurer d'un travail dans la capitale, dans l'une des bonnes écoles. Ces résultats démoralisants avaient été annoncés à la radio, quelques nuits après l'examen, par ordre alphabétique. Cela avait pris plusieurs heures. Sa famille n'était pas fortunée, n'avait pas de relations, et donc on n'avait rien pu faire. Il avait trente ans lorsqu'il était parti de chez lui. Il n'était jamais allé dans la jungle auparavant. En fait, il n'était jamais sorti de la capitale.

Manau emportait avec lui la honte d'un homme démasqué qui s'était imaginé que sa médiocrité était un secret. Il se rendait enfin compte qu'il était peut-être devenu le raté que son père avait toujours prédit qu'il serait. La petite ville, son nouveau foyer, était perpétuellement détrempée et étouffante de chaleur. La pluie qui tombait n'apportait qu'un bref soulagement. Il avait loué une chambre à un homme nommé

Zahir, qui avait perdu ses deux mains à la guerre. Le fils de Zahir, Nico, était un élève peu motivé et semblait n'avoir aucune confiance en son instituteur, locataire de son père. De temps en temps, Manau travaillait avec eux sur leur petite propriété, mais, en vérité, il n'était pas très doué pour ça. La terre n'avait rien de romantique à ses yeux. Manau avait la nostalgie du béton et de tout ce qu'il avait laissé derrière lui. Le père handicapé de Nico creusait des trous avec ses moignons, portait des charges énormes sur son dos, soulevait des sacs sur ses épaules avec l'aide de son fils. Ce type était un véritable roc. La nuit, Manau écoutait les moustiques vrombir dans l'air humide, les croassements et les cris mêlés au loin dans la jungle et, une fois son mince rideau tiré, il explorait son corps nu à la recherche des démangeaisons et des plaies qu'il ne cessait de collectionner. C'était sa corvée quotidienne, un exercice d'hygiène personnelle où la vanité avait fini par trouver son compte. Sa pitoyable condition physique jouait un rôle central dans ses fantasmes sexuels. Être soigné pour retrouver un corps en bonne santé ! Être massé et oint avec des essences de fruits, des potions à base de plantes ! À l'aide d'un miroir taché et d'une lampe à pétrole, il s'examinait – les anthrax fleurissant sur son dos et ses fesses, sur les aisselles – et il souriait à l'idée qu'un jour, son aspect serait tellement déplorable que le cœur d'une femme compatissante en serait attendri. Dans la capitale, on disait que la chaleur rendait les femmes de la jungle plus libres, et l'idée de ces femmes inconnues, celle de leurs belles jambes bronzées largement écartées, avait été de fait la seule consolation de Manau lorsqu'il avait été informé de son affectation.

La plupart du temps, le matin après la pluie, Manau arrivait en avance à l'école afin de balayer les flaques d'eau. Il y avait des fuites dans le toit, et on n'y pouvait rien. Sa reconnaissance allait au fait que le plancher de l'école, du moins, était surélevé. Zahir avait dit qu'il faudrait le remplacer dans quelques années, mais que rien ne pressait : il résistait sans trop craquer aux allées et venues agacées de Manau. Le gouvernement avait jugé utile d'envoyer quinze pupitres assez grossiers où s'asseyaient, avec un air de défi, ses élèves en attendant qu'on les amuse : vingt avaient été promis, mais un fonctionnaire de 1791 en avait gardé cinq pour lui, et personne ne s'en était plaint – Manau non plus. Il faisait son cours sans joie, tous les matins, et renvoyait ses élèves pour le déjeuner, un peu plus tôt chaque jour. C'étaient des primitifs. Manau avait espéré qu'il serait, du coup, considéré comme un gentleman cultivé et raffiné venu de la capitale, mais ses élèves se montraient plutôt amusés par son ignorance des arbres et des plantes, déçus par son incapacité à distinguer les différents cris d'oiseaux. « Je me fiche des oiseaux », avait-il dit un jour et, à sa grande surprise, il avait prononcé ces mots avec colère.

Ce n'était pas tant que les enfants ne l'aimaient pas. Manau était d'un ennui inoffensif, enseignait sans enthousiasme, mais il les laissait partir de bonne heure, annulait purement et simplement la classe certains jours, et personne n'avait l'air de s'en soucier. Le jour où les soldats étaient arrivés dans deux camions verts, rouillés et grinçants, Manau s'était empressé de supprimer la classe : il lisait sur le visage de ses élèves une excitation avec laquelle il aurait été incapable de rivaliser. Il avait écrit au tableau quelques règles à propos des fractions – mais il n'avait jamais aimé l'arithmétique. Dehors, les moteurs grondaient et les soldats déployaient des toiles de bâche sur la place. C'était la première fois depuis plus d'un an, apprendrait-il par la suite, que les soldats venaient. Leur présence avait quelque chose de déconcertant et d'électrisant. Les regards des élèves s'échappaient de la classe. Manau entendait des ongles tambouriner nerveusement sur les pupitres. Il perdait son temps. Allez, dans les rues, avait-il ordonné, allez apprendre la vie ! Il avait souri fièrement alors que la classe se vidait, comme s'il avait inventé, inspiré par sa paresse, une nouvelle forme de pédagogie, comme s'il avait réussi un coup de maître en matière d'éducation. Ses élèves étaient tous sortis, à l'exception de Victor, à qui il avait demandé de rester.

Dans les fantasmes de Manau, c'était la mère de Victor, une veuve, qui prendrait éventuellement soin de lui un jour. Elle était plus âgée, il le savait, mais avec ces gens de la jungle, on ne pouvait jamais vraiment savoir. Depuis qu'il était arrivé dans le village, Manau avait appris des choses sur son passé : elle était tombée amoureuse d'un étranger auparavant, un type de la capitale qui avait disparu dans la jungle à la fin de la guerre. Les gens disaient qu'il était mort. C'était donc une femme libre, et Manau n'était-il pas, lui aussi, un étranger venu de la capitale ? Tout était possible, c'était évident. Mais ce qui excitait Manau, c'était surtout ce qu'il avait sous les yeux : une vraie femme, dotée de fortes cuisses et d'un poids conséquent. Ses cheveux noirs étaient retenus par un bandeau rouge, et sa petite bouche semblait toujours prête à sourire. Elle avait des yeux de biche et ses joues avaient une teinte légèrement rose. Elle s'appelait Adela.

La salle de classe était vide à présent, et le garçon, debout devant Manau, attendait. « Victor, est-ce que ton père était un soldat ? »

Le garçon avait pris l'air perplexe. Manau lui-même ne savait pas très bien pourquoi il avait posé la question. Son isolement n'était devenu évident, complet, que depuis peu, et sa décision d'y mettre un terme était récente. Il la voyait tous les jours dans le village, portant sur la tête un plateau de poissons argentés. Son fils, petit pour son âge, était toujours assis au premier rang, à côté du fils de Zahir. Manau les avait l'un et l'autre sous les yeux en permanence. Il n'avait plus qu'une chose à faire : lui parler.

« Non, Monsieur, avait répondu Victor. Je ne crois pas.

– Oh », avait lâché Manau en hochant la tête. Le garçon était impatient de partir, tournant la tête régulièrement du côté de la porte. « Tu veux devenir soldat ? avait demandé Manau.

— Je ne sais pas, Monsieur.

— Ta mère aurait le cœur brisé si tu partais.

— Vous connaissez ma mère, Monsieur ? » avait demandé le garçon très poliment.

Manau avait soudain senti sa peau enflammée sous ses femmes entamer sa complainte. Il avait résisté à l'envie pressante de se gratter. « Oui, je la connais, avait-il répondu.

— Oh...

— Mais pas très bien, avait ajouté Manau. Pas très bien. »

Approcher une femme par l'intermédiaire de son enfant, s'était dit alors Manau, est une chose tellement méprisable et lâche ! Il voulait en finir. Il avait sorti un crayon à papier de son sac. Il l'avait offert à Victor, et le garçon l'avait pris sans hésitation. Dans l'esprit de Manau, il ne lui restait plus qu'à filer, mais Victor avait toussé dans sa main et demandé la permission de parler. Lorsque Manau avait acquiescé, le garçon avait dit : « Monsieur, quel âge aviez-vous quand vous êtes parti de chez vous ?

— Quelle étrange question !

— Je suis désolé, Monsieur. »

Manau s'était demandé ce qu'il allait bien pouvoir répondre. Un voyage autour du monde à l'âge de douze ans, passager clandestin à bord d'un navire qui partait vers le nord ? Allait-il mentir au point de dire qu'il s'était rendu de l'autre côté du continent ou plus loin encore... en Afrique ? Dirait-il qu'il avait vu les grandes cathédrales en Europe, les gratte-ciels à New York, les temples d'Asie ? Bien entendu, en disant « parti de chez vous », le garçon avait tout autre chose en tête. Voir le monde était accessoire : quand on était né dans un endroit comme 1797, partir était ce qu'on faisait pour commencer sa vie.

« Je suis de la capitale, mon garçon. Nous n'avons pas besoin de partir. »

121

Victor avait hoché la tête et Manau était conscient que ce qu'il venait de dire était à la fois terrible, cruel et faux. Dans la capitale, comme ici, les enfants rêvaient de s'échapper.

« J'ai trente ans et je viens à peine de partir de chez moi, avait dit Manau. Pourquoi ? »

Le garçon s'était mordu la lèvre, avait jeté un coup d'œil du côté de la porte et de nouveau vers son instituteur. « C'est Nico, avait-il dit. Il a toujours dit qu'il partirait avec les soldats. Il dit qu'il se fiche pas mal que sa famille crève de faim une fois qu'il sera parti. »

Manau avait hoché la tête. Son propriétaire avait souvent confessé cette peur : « Sans les mains de Nico, nous serions dans la famine. Qu'est-ce que je peux faire avec ces moignons ?

— En quoi ça te concerne ?

— Quelqu'un devrait faire quelque chose, avait dit Victor. C'est mon ami.

— Tu es un bon garçon », avait dit Manau. Il avait remercié Victor en lui tapant sur l'épaule, et lui avait dit de ne pas s'inquiéter. « Je vais parler à son père. » Il avait conduit le garçon jusqu'à la porte et l'avait regardé filer pour rejoindre ses camarades. L'instituteur était alors retourné à son bureau, avait mis de l'ordre dans ses papiers, puis effacé le tableau à l'aide d'un chiffon humide. Dehors, les garçons ravis tournaient autour des soldats. Bientôt, leurs mères allaient arriver pour les éloigner et les envoyer se cacher dans la jungle. Mais cette peur était d'un autre temps et les garçons le savaient. Lorsqu'il était passé près d'eux, Manau avait pu voir un air d'excitation dans leurs yeux, un air qu'il n'avait jamais vu pendant ses cours.

Par la suite, alors que sa mère était morte et qu'il avait quitté 1797, Victor se souviendrait de ce jour comme marquant le début de la dissolution du village. Nico parlait de partir et Victor était inquiet. Tous les deux, ils avaient observé les soldats, les avaient admirés de loin, puis de près, leur avaient apporté de l'eau et des fruits quand ils en avaient reçu l'ordre. Au bout d'une heure, Nico avait demandé à un soldat d'où il venait. Le jeune homme devait avoir dix-huit ans, à peine. Il avait donné un numéro et dit que ça se trouvait dans les montagnes. Victor et Nico avaient hoché la tête simultanément.

« Comment vous pouvez supporter cette chaleur ? » avait demandé le soldat, le visage congestionné et renfrogné. Il était assis à l'ombre d'une bâche, complètement avachi.

« On ne supporte pas, avait répondu Nico. On déteste vivre ici. »

Le soldat avait ri et appelé quelques-uns de ses camarades. « Ils détestent l'endroit, eux aussi », avait-il dit, et tous avaient été d'accord pour dire qu'ils étaient des garçons intelligents.

Victor, lui, ne détestait pas le village. Il avait écouté son ami énumérer tous les défauts de l'endroit à l'intention du soldat, et il avait éprouvé de la honte. Il n'y a pas de travail ici, avait encore dit Nico, or ce n'était pas tout à fait vrai : les gens ne faisaient que ça, travailler. Nico avait ajouté qu'il n'y avait rien à faire, mais Victor considérait que grimper aux arbres était une activité. Tout ce dont se plaignait Nico était dit avec cruauté, d'une façon peu charitable. L'après-midi, ils allaient se baigner dans la rivière – c'était comme ça qu'ils supportaient la chaleur, avait-il expliqué. Or, c'était un moment génial. Magnifique. L'eau était fraîche et trouble, et on pouvait enfoncer ses doigts de pied dans la boue froide au fond, la sentir tout autour de ses pieds vous sucer comme si elle avait voulu vous noyer. Cette simple pensée l'avait fait sourire. Et l'on en ressortait tout propre. Mais Nico n'avait rien dit de tout ça. Et il parlait avec une telle assurance que le contredire lui paraissait presque dangereux. Victor avait

123

écouté en silence jusqu'à ce que le soldat le regarde et lui dise : « Et toi, petit homme ? Qu'est-ce que tu as à dire ? »

Le soldat avait pointé vers lui un doigt fin et osseux. Victor avait regardé furtivement par-dessus sa propre épaule et tout le monde avait ri.

C'était à ce moment-là que les mères étaient arrivées et avaient dispersé leurs enfants. La propre mère de Victor se trouvait là elle aussi, et elle avait jeté un regard furieux au soldat. « Quelle honte », avait-elle dit et le soldat avait reculé comme s'il s'était trouvé nez à nez avec un animal sauvage.

« Tout va bien, Ma », avait marmonné Victor, mais c'était parfaitement inutile. Elle n'écoutait pas. Les mères insultaient tout à tour les soldats ; les enfants baissaient la tête et écoutaient. La mère de Victor serrait la main de son fils dans la sienne ; sa voix s'élevait au-dessus de toutes les autres. Un doigt accusateur levé vers le ciel, elle adressait de sérieuses remontrances au capitaine. « Qu'est-ce que vous attendez de nos enfants ? disait-elle. Vous ne voyez pas qu'ils sont tout ce que nous avons ? »

Le capitaine était un géant imposant, avec de grands yeux ronds et une moustache clairsemée de gris. Pendant que la mère de Victor parlait, il hochait la tête en signe d'excuses. « Madame, a dit le capitaine quand elle a eu fini. Mes excuses les plus sincères. Je donnerai l'ordre à mes soldats de ne plus parler à vos garçons.

— Merci, avait dit la mère de Victor.

— Vous avez entendu, soldats ? » avait crié le capitaine.

Une série de *Oui, mon capitaine* avait été proférée par les hommes. Ils s'étaient mis au garde-à-vous en signe de respect pour les femmes.

Les excuses ont continué. Tout en parlant, le capitaine tortillait la visière de sa casquette. « Je crains que nous ayons compliqué les relations avec les habitants de ce beau village, avait-il dit en secouant la tête. Nous sommes ici uniquement pour vous aider. C'est notre mandat solennel. »

Toutes les femmes avaient hoché la tête, mais Victor savait que le capitaine ne s'adressait qu'à sa mère. Il pouvait le voir au regard de l'homme. Elle avait serré la main de Victor et il avait fait de même.

« Je vous assure que nous ne voulons rien de vos garçons, Madame, avait poursuivi le capitaine, un sourire retroussant ses lèvres. Ce sont les femmes, dans ce village, qui sont captivantes. »

Ce soir-là, la cantine était envahie de soldats. Ils étaient en maillot de corps, ils avaient retiré leurs godillots et s'étaient couchés près de la porte. La chaleur, dans la journée, avait eu quelque chose d'animal : brûlante, lourde. Tout le village avait cédé sous son poids, attendant la soirée pour récupérer. Une brise soufflait de temps en temps à travers les fenêtres ouvertes de la cantine. À l'intérieur, planait une odeur de bière et de pieds. Les soldats étaient en train de boire jusqu'à la dernière goutte d'alcool, tout en chantant sur des airs diffusés par la radio. Le plancher était brillant et glissant. Manau se sentait d'humeur sombre, partageant des bouteilles d'un litre avec quelques hommes désœuvrés et malheureux. Ils ronchonnaient à propos du manque de bière et de la présence de tous ces soldats assoiffés. Il n'y avait là qu'un verre, et ils buvaient donc chacun à son tour. « Pour qui se prennent-ils ces mômes ? s'était plaint un homme assis à côté de Manau. Ils ne vont rien nous laisser. »

C'était un vrai souci pour les habitués. De temps en temps, quelqu'un souriait tristement et portait un toast aux soldats, avant de marmonner des insultes.

Le père de Nico était arrivé, avait posé ses moignons sur le bar et confirmé leurs pires craintes. Il n'y aurait pas d'autre camion avant dix jours. « À supposer que les routes n'aient pas été emportées », avait ajouté Zahir. Il connaissait bien le calendrier des livraisons. Lorsque le camion de bière, ou

n'importe quel autre, arrivait, le chauffeur faisait appel à
Zahir et à son large dos pour charger ou décharger. Zahir
possédait un chariot spécial qu'il attachait autour de sa poitrine, afin de pouvoir le manipuler sans l'aide de ses mains.

Manau avait salué de la tête son propriétaire et s'était senti
toléré par les hommes assemblés. Rien ne soude autant une
communauté que les plaintes. Il avait regardé Zahir droit
dans les yeux : il savait qu'il avait quelque chose à lui dire.
Et si Nico partait pour de bon ? Victor en avait parlé comme
en parle un enfant : sans nuance, assuré du vrai et du faux.
« Il se fiche pas mal que sa famille crève de faim, une fois
qu'il sera parti », avait dit Victor, horrifié, en parlant de son
ami. Manau ne voyait pas les choses aussi clairement : quel
endroit pour devenir adulte ! Et personne ne crèverait de
faim – même Zahir devait savoir ça ! Bien sûr que le garçon
avait envie de partir. Il était le plus vieux de l'école, près de
deux ans de plus que les autres. Il avait fêté son quatorzième
anniversaire quelques mois plus tôt, au cours d'une journée
de pluie sinistre, entouré d'enfants qui lui arrivaient à peine
à l'épaule. Tous les autres garçons de son âge étaient partis
pour la capitale. Laissez-les partir, avait pensé Manau. Laissez
Nico partir aussi. Manau était frappé par le côté comique de
l'affaire : la lente disparition du lieu, ces maisons aux fenêtres
bouchées le long des rues qui couraient autour de la place
couverte de boue. Fermées à double tour, les volets barricadés
avec des planches, tout pourrissant à l'intérieur. Leurs pro-
priétaires ne venaient plus les voir, ils n'envoyaient plus d'argent. Ce ne serait plus très long maintenant. Bientôt, ils
cesseraient de faire semblant, ils partiraient en masse et fer-
meraient le village pour de bon. Ils diraient une prière, tour-
neraient le dos à ce lieu et laisseraient la jungle le cerner, le
coloniser et le détruire.

Après que les mères avaient dispersé leurs enfants, quelques parents étaient venus se plaindre auprès de Manau :
Comment se fait-il que vous les ayez laissé sortir ? Pourquoi

126

ce jour-là ? Les mères voulaient désespérément voir leurs enfants rester, parce que les mères sont les mêmes partout. Qu'adviendra-t-il s'ils nous quittent ? La mère de Manau s'était, elle aussi, inquiétée pour son fils, avait veillé avec lui la nuit où il avait attendu nerveusement les résultats de son examen à la radio. Elle avait pleuré quand ils avaient été annoncés ; elle savait ce qu'ils signifiaient. Où vont-ils t'envoyer ? avait-elle demandé. Et il était ici, désormais. Pendant un certain temps, Manau avait regardé comme irréelles ses propres actions. Rien n'avait le poids, la forme ou la couleur de la vie : c'était ce qui lui permettait d'observer avec un détachement amusé son corps nu se dégrader ; d'imaginer, en fermant les yeux, Adela lui faire l'amour sur les planches qui craquaient dans sa hutte surélevée, près de la rivière. C'était aussi ce qui lui permettait à l'instant de jeter un regard furieux au capitaine de l'autre côté de la cantine fétide et enfumée, sans peur, certain que les hommes démoralisés du village le soutiendraient, quoi qu'il puisse dire ou faire. Il chantonnait l'air qui passait à la radio, sentait le battement lointain de son propre cœur et s'adressait un sourire à lui-même.

Dehors, Victor, Nico et quelques autres garçons se tenaient debout sur des caisses en plastique, pour regarder par la fenêtre à l'intérieur de la cantine. La sœur de Nico, Joanna, était là elle aussi, en compagnie d'une amie et elle se moquait des garçons. « Espèces de singes, disait-elle. Vraiment rien dans la tête. » Les garçons avaient haussé les épaules en signe d'indifférence à ses insultes. Nico avait passé la journée à suivre les soldats dans le village, allant même jusqu'à accompagner quelques-uns d'entre eux en reconnaissance dans la jungle. Il en était revenu très déçu, disant à Victor qu'ils n'avaient pas tiré un seul coup de feu.

« Pas un seul. »

La cantine était pleine de vie et de bruit. C'était une vision tellement bizarre : ces quinze étrangers et, tout au fond, ces

127

quelques habitués presque entièrement dissimulés derrière un rideau de fumée. Quelqu'un s'était essayé à chanter, mais sa mélodie incertaine avait été rapidement éclipsée par les sifflets et les rires. Victor s'était hissé sur la pointe des pieds pour tout voir. Était-ce son instituteur, là-bas, maintenant tourné, qui adressait ce sourire narquois aux soldats ? Le capitaine, qui avait souri à la mère de Victor, était assis au centre du cercle formé par ses soldats, dont les yeux étaient brillants d'admiration. Il racontait des histoires de guerre sans cadavre, ni mort : uniquement de longues marches avec des fusils prêts à faire feu. « Rien sur quoi tirer. Uniquement la marche. De quoi user deux paires de godillots. De quoi vous pourrir les pieds.

— Vous n'avez pas connu la bataille ?

— La jungle est sans fin, a-t-il dit. Nous avions appelé notre chef d'escadron Moïse. Nous étions la tribu errante. »

Victor faisait des efforts pour voir. Nico, au contraire, était parvenu à poser les coudes sur le rebord de la fenêtre. Mais il pouvait tout entendre, et à présent, il regardait son ami, peu impressionné par ce banal récit de la vie militaire. « C'est ça ce que tu veux faire ? avait-il demandé. Passer ton temps à marcher ? »

Nico avait haussé les épaules. « De quoi tu parles ? avait-il dit. Il n'y a pas de guerre, de toute façon.

— Ça a l'air complètement idiot.

— C'est toi qui est complètement idiot, avait coupé Nico. Au moins, on voit du pays. »

Victor lui avait donné un coup de poing dans le bras, et son ami était tombé de la caisse. Victor n'avait pourtant pas eu l'intention de le faire tomber. Les autres garçons avaient reculé, en silence.

Nico s'était relevé. Un des plus jeunes garçons avait commencé à essuyer la poussière sur son dos, mais Nico l'avait repoussé brutalement. Il souriait. « Un accident, hein ?

— Ouais.

— Tu es bon pour ce genre de truc, hein ? »

Victor n'avait pas répondu. Il ne respirait plus.

« Dis que tu es désolé.

— Je suis désolé », avait murmuré Victor. Il avait tendu la main et avait senti alors les mains de Nico lui frapper la poitrine. Il était tombé en arrière, sa tête frappant violemment contre le mur. Il avait entendu un cri étouffé. Il était sûr qu'une des filles avait crié. Le noir, puis la lumière. Victor, la bouche ouverte, aspirait l'air. Il avait cligné des yeux : Nico se tenait au-dessus de lui, en compagnie d'une douzaine d'autres garçons. Des halos de lumière entouraient ces visages familiers.

« Tu ne dois le dire à personne.

— Ça va, il est bien.

— Tu l'as tué... »

Un jour, en grimpant dans des arbres au bord de la rivière, Victor et Nico avaient vu un hélicoptère tourner au-dessus des arbres, en aval, en vol stationnaire mais instable dans le ciel. Une vision d'un jour de vent, il y a bien longtemps ; ils avaient grimpé dans l'arbre à toute vitesse, manquant de tomber par deux fois, afin de mieux le voir. Fasciné par ce vol stationnaire, Victor s'était demandé où l'engin allait atterrir, où il allait se diriger. Il n'avait pas imaginé une seconde que la machine contenait des passagers ; pour lui, cet appareil brillant et métallique vivait de sa propre vie. C'était, mâle ou femelle, un être en soi. Il imagina son passé et son avenir. Il vivait au sommet d'une montagne qui surplombait la ville. Il avait son propre sang et son cœur battait. Et puis, juste avant de disparaître de leur champ de vision, l'hélicoptère avait reflété la lumière du soleil : une explosion de lumière argentée, comme une étoile dans le ciel éclatant du matin. Le bourdonnement lointain avait diminué d'intensité, mais plusieurs minutes après, Victor avait fermé les yeux et pu voir l'éclat de l'hélicoptère bordé de rouge, brûlant sur le noir de ses paupières.

C'était seulement lorsqu'il avait plongé dans la rivière que les dernières traces de ce moment s'étaient effacées.

Étrange, s'était dit Victor, qu'ils aient même été des amis.

Du bruit, des cris : ses pairs forment un mur autour de lui. Nico est accroupi à son côté. « Je suis désolé, Vic. Ça va ? » Victor avait eu l'impression de hocher la tête. Une des filles avait passé ses doigts dans ses cheveux et il avait senti qu'il l'aimait.

Au bar, les hommes du village écoutaient, en tournant le dos aux soldats. Des histoires de guerre. Manau avait remarqué que son propriétaire avait laissé tomber sa tête contre sa poitrine, comme s'il avait cherché à voir comment fonctionnait son cœur. C'était son tour de boire et il prenait son temps. Un autre homme lui frottait le dos, et il avait fallu un long moment avant que le propriétaire de Manau ne relève la tête. Il plissait les paupières. « Je n'ai pas aimé cette conversation », avait-il dit. Il avait levé le verre entre ses deux moignons, sans effort, l'avait porté à ses lèvres et avait bu. Pas une goutte n'avait été perdue. Il avait ensuite passé le verre à Manau.

Quelle élégance, avait pensé Manau. Il avait vidé la mousse sur le sol et fait un signe de la tête à son propriétaire. Les soldats étaient bruyants et joyeux, et Manau était conscient qu'il les détestait. Ils étaient venus et ils allaient repartir, ils oublieraient. Lui, il allait rester. Nous allons rester, avait pensé Manau, et ce pronom avait crépité dans son cerveau. Dans le dialecte local, il y avait deux sortes de *nous* : un *nous* qui incluait *vous*, et un autre qui ne l'incluait pas. Presque plus personne ne parlait ce dialecte – quelques-unes seulement des vieilles femmes du village, et personne d'autre. Mais quelques-uns des mots anciens s'étaient glissés dans la langue nationale, qui les avait inclus. Le *nous* qui incluait le *vous* était un des mots préférés de Manau. Ce soir-là, alors qu'il observait son propriétaire lever son verre et se plaindre de la guerre lointaine, il avait éprouvé quelque chose comme un sentiment de parenté. C'était l'alcool. C'était la chaleur qui brouillait tout dans une sorte de clarté à demi voilée. Les soldats étaient des étrangers impénitents, le capitaine un comédien morbide, mais Manau appartenait au village.

La mère de Victor était entrée dans la cantine. Elle avait été accueillie par les cris de joie des soldats. Le capitaine, le visage rougeaud et souriant, avait proposé de porter un toast – Aux enfants ! avait-il crié avec sérieux. Manau avait observé Adela rougir et froncer les sourcils. Est-ce qu'ils se moquaient d'elle ? L'idée l'avait scandalisé. Elle portait une jupe bleue toute simple et un t-shirt blanc et fin, décoré d'un bateau à voile sur la poitrine. Le t-shirt était usé et son col assez distendu pour laisser apparaître l'épaule droite. Adela était pieds nus. Une fois le toast porté, le capitaine avait insisté pour qu'elle vienne s'asseoir avec eux. « Pour un instant seulement, Madame », avait-il dit. Elle avait décliné, puis s'était approchée de Manau et lui avait demandé si elle pouvait lui parler. En privé.

Ça lui avait coupé le souffle. « Bien sûr », avait-il répondu trop rapidement. Il aurait presque ajouté « Madame », mais il s'était retenu, se demandant si ce n'était pas de mauvais goût. Est-ce que son haleine puait la bière ? Avait-il l'air ivre ? Il lui avait souri et avait chassé ces pensées. Pouvait-on lire le moindre signe de romance dans ces pulpeuses lèvres serrées ?

Il l'avait suivie dehors. Les enfants n'avaient même pas pris la peine de se disperser. Ils étaient restés groupés autour de la fenêtre, préparant sûrement un mauvais coup. Ce soir, avait pensé Manau, nous sommes le carnaval. Nous sommes le cirque au centre du monde. Laissons le générateur bourdonner et la musique résonner ; les verres et les bouteilles tinter ! Que Dieu bénisse les hommes grossiers et leurs sourires vulgaires, les soldats hébétés par la boisson – ce sont les héros des enfants ! De nouveau, le mot *nous* était passé

131

devant lui, telle une bannière claquant au vent, et Manau
avait pris la résolution d'améliorer sa situation générale dès
le lendemain. Ce serait comme une renaissance, et l'endroit
était idéal pour un commencement. Il allait tout améliorer
chez lui. Devenir un homme meilleur et rendre sa mère fière
de lui. Il avait suivi Adela dans l'obscurité qui commençait
à quelques mètres seulement de la cantine. Elle l'avait pris
par le bras, comme s'il avait été susceptible de s'en aller.
« Votre fils est un bon élève, » avait-il dit tandis qu'ils marchaient. Est-ce qu'il avait la voix pâteuse ? « Vraiment intelligent.

— Je le vois lire sans arrêt, avait-elle dit. Les vieux livres
que son père lui apportait. »

Ils étaient maintenant à bonne distance de la cantine. Il
n'avait pas plu de toute la journée, et l'atmosphère était
humide et saturée d'insectes. Ils marchèrent lentement le
long des chemins vides du village, presque jusqu'au bout, là
où commençait la jungle.

« Vous lui avez posé la question, Monsieur Manau ? À
propos du père de mon fils ?

— Oui.

— Pourquoi ? »

Il y avait une force chez elle qu'il admirait. Quand elle
traversait le village, Manau remarquait toujours ses mollets,
les muscles souples de ses jambes. Ils lui donnaient l'impression d'être faible. Sa main n'était plus que vaguement serrée
autour de son biceps, mais il savait qu'elle le tenait. Son
corps à lui, défiguré, déformé par la chaleur, ne serait jamais
à son goût à elle. Sa peau qui le démangeait lui faisait l'effet
d'être écrasée sous la faible pression qu'elle exerçait. Il
éprouva à cet instant le désir irrésistible d'être honnête. Cela
ne lui arrivait pas souvent.

« Je suis très seul », avait-il murmuré en fermant les yeux.

Il les avait réouverts un peu après – quelques secondes,
une minute – et elle était toujours là. Adela s'était adoucie

un peu, ou semblait l'être en tout cas. C'était difficile à dire dans une lumière si faible. Elle avait touché son visage. « Nos instituteurs ne tiennent jamais très longtemps, avait-elle dit. Ce n'est pas facile.

— Ce n'est pas facile », avait-il répété tout bas.

La nuit avait alors semblé provisoirement privée de tout son. Il n'y avait que sa main posée sur son visage, et rien d'autre. L'espace d'un instant, c'était passé. Elle avait retiré sa main et, dans l'obscurité, il l'avait suivie du regard. Elle pendait sur le côté, une sorte de lueur, et puis elle l'avait serrée dans l'autre, avant de les cacher dans son dos.

« Je suis désolé », avait-il dit.

Adela avait secoué la tête. « Victor ne connaît pas toute l'histoire. Il était très jeune.

— Je ne lui poserai pas la question, avait-il promis.

— Tout va bien, avait-elle dit. Vous ne pouviez pas savoir. Je m'apprête à lui raconter. Bientôt.

— Je devrais y aller.

— Bien sûr. »

Il voulait partir – il avait vraiment l'intention de le faire – mais il s'était remis soudain à regarder ses propres pieds, immobiles, plantés dans la terre devant elle. Il avait croisé son regard. Elle l'attendait.

« Oui ?

— C'est une chose horrible à vous demander. »

Elle secouait la tête, sans comprendre.

« C'est ma peau, avait-il dit. Ça me démange. »

La tête d'Adela tourna presque imperceptiblement. « Est-ce que vous allez me demander de vous gratter ? »

Il avait hoché la tête – est-ce qu'elle souriait ?

« Où ? » avait demandé Adela.

Cent mètres à peine les séparaient de la cantine, des enfants et des soldats, et des histoires de guerre. C'était un tout autre univers. La nuit était percée d'étoiles. Lorsqu'elle était morte, il s'était souvenu de ceci, de son toucher : ses

133

doigts grattant son dos, doucement d'abord, puis vigoureusement, comme si elle avait creusé la terre à la recherche d'un trésor.

Il y avait des douzaines d'enfants au moment où il était revenu, et Manau avait dû se faufiler au milieu du groupe pour arriver jusqu'à la porte de la cantine. C'était comme s'ils s'étaient enivrés du simple fait de se trouver là. Ils étaient tous ses élèves. « Monsieur Manau, avaient-ils crié. Pas d'école demain ! Pas d'école ! » Il avait souri et s'était senti revigoré. Certains enfants tiraient sur les jambes de son pantalon. La tête d'un soldat était apparue à une fenêtre et lui avait fait signe. Manau n'avait aperçu ni Victor ni Nico parmi les enfants et, de nouveau, l'idée lui avait traversé l'esprit qu'il devrait parler à son propriétaire de son fils, mais cette pensée n'avait fait que l'effleurer, et il s'était retrouvé à l'intérieur de la cantine.

En fait, Victor était là, caché au milieu des enfants, appuyé contre le mur de la cantine. Je vais bien, se répétait-il, mais il y avait quelque chose de mou dans tout ce qui l'entourait, une malléabilité qu'il trouvait déroutante. Il avait l'impression qu'il pourrait tordre une chose rien qu'à la regarder – un arbre, un rocher, un nuage – et cela l'inquiétait un peu. Délicatement, il avait touché cette bosse sur son crâne. Pas de sang, juste cette chaleur en lui. Il se sentait faible. Les murs de la cantine tremblaient, la structure tout entière était secouée par un rire.

À l'intérieur, tout allait à la dérive. L'ivresse avait explosé et personne n'avait pu être sauvé. Les soldats s'étaient répandus dans la salle comme du lierre, deux d'entre eux étaient penchés à une fenêtre et discutaient avec les enfants, soufflant une fumée qui s'élevait au-dessus de leurs têtes ; les hommes du bar avaient rejoint le petit groupe qui s'était formé en un cercle légèrement oblong autour du capitaine. Lorsque

Manau était entré, le père de Nico avait poussé un cri et tout le monde s'était mis à applaudir l'instituteur. Son dos gratté était encore chaud, les traces des ongles d'Adela étaient encore brûlantes, et maintenant ceci : à cet instant il avait éprouvé l'envie de pleurer. Il avait pourtant accepté l'ovation en levant une main, et il était allé prendre place entre son propriétaire et le capitaine. Un verre avait été rempli à son intention et il l'avait porté à ses lèvres après avoir salué les hommes qui l'entouraient.

« Monsieur Zahir était en train de nous raconter l'histoire de ses mains, avait dit le capitaine tandis que Manau buvait. N'est-ce pas ? »

Le propriétaire de Manau avait hoché la tête et s'était éclairci la gorge. Il était complètement ivre, le regard perdu et trouble. « Ça s'est passé pas très loin d'ici, vous savez. » Il avait fait un geste en agitant un moignon et Manau avait pu voir la chair cicatrisée, avec cet aspect de cuir entaillé qui se repliait là où les bras se terminaient si brutalement.

Le capitaine avait versé à boire à Zahir. « Horrible », avait-il dit.

« J'avais été accusé d'avoir volé sur le terrain communal. L'endroit est envahi par la jungle maintenant, et plus personne ne s'en occupe, mais il était autrefois en lisière de la forêt, au-delà de la place. Ils y faisaient pousser du *tadek*. »

Du *tadek*, avait pensé Manau, en secouant la tête. « Ici ? qui donc ?

— Mais quoi, la LI, mon ami. Qui d'autre pourrait commettre une telle atrocité ? avait dit le capitaine. S'il vous plaît, continuez.

— C'était le garçon d'Adela qui m'avait désigné, avait poursuivi Zahir. Il n'avait que quatre ans. Allons-y, avaient-ils dit. J'y étais allé. » Il avait fait signe qu'on lui serve encore de la bière, et l'un des soldats avait rempli le verre et le lui avait passé. Zahir avait alors commencé son numéro d'équilibriste, mais le verre avait glissé entre ses poignets. Il s'était arrêté.

« Mais pourquoi parler de tout ça ? s'était-il écrié en se tournant vers le capitaine.

— Ces soldats ne se souviennent pas, Don Zahir. Ils ne savent pas. Même votre instituteur, cet homme éduqué, même lui ne se souvient pas.

— Mais je ne vivais pas ici à l'époque. Je suis de la capitale.

— Évidemment.

— Et dans la capitale, a dit Zahir, tout allait bien ? »

Manau a croisé le regard de son propriétaire. Son fils allait partir, sinon maintenant, du moins bientôt. Et il allait crever de faim. Sa femme et sa fille aussi. Le village, avec un peu de chance, allait disparaître dans la jungle. Manau avait secoué la tête. « Non, tu as raison. Dans la capitale, tout se passait...

— Horrible », avait coupé le capitaine. Il souriait. « Pardonnez-moi, mon bon monsieur. Mais il faut bien le dire : tout était horrible. »

Manau avait hoché la tête. « Je suis désolé, Zahir. Je ne voulais pas t'interrompre.

— C'est tout. Ils m'ont pris mes mains ! Et cependant je ne suis pas un homme impuissant.

— Certainement pas, Don Zahir, avait murmuré le capitaine.

— Et vous savez ce qui me manque le plus ? » avait demandé Zahir à voix basse. Il s'était penché en avant.

« Jouer de la guitare », avait dit un des autres hommes. « Don Zahir, tu jouais tellement bien ! » Il avait chanté une mélodie entraînante et fait semblant de jouer avec passion sur un instrument invisible.

« Non, non, ce n'est pas ça.

— La terre, fertile et humide, dans tes mains. »

Zahir avait secoué la tête. « Tu parles comme un mauvais poète !

— Quoi alors ? avait demandé Manau.

— Je vais te le dire. » Il avait passé un bras sur les épaules

136

de Manau, l'autre sur celles du capitaine. « Mes doigts, avaient murmuré Zahir, à l'intérieur de ma femme.

— Non ! s'était écrié le capitaine, fou de joie.

— Oui !

— Don Zahir ! Quelle vulgarité ! »

Mais il avait la tête d'un oblat en train de prier pour obtenir la grâce. Manau était sidéré. Il aurait prêté ses propres mains à Zahir pour une nuit d'amour, si la chose avait été possible.

« Elle était tellement mouillée, avait dit Zahir, et tellement chaude... Mon Dieu !

— Aux femmes ! avait dit le capitaine.

— Aux femmes ! » avait crié la salle remplie d'hommes.

Et même dehors, quelques-uns des enfants s'étaient joints à eux. Les filles avaient rougi et tiré leur révérence.

« Je suis encore une jeune fille, avait dit Joanna dans un sourire béat.

— Victor, ça va ? » avait demandé Nico pour la centième fois. Il commençait à être inquiet.

À l'intérieur, le père de Nico s'était tu et Manau avait senti quelque chose de chaud descendre sur lui, quelque chose de narcotique. Le verre était de nouveau parvenu jusqu'à lui. Personne n'avait fait allusion au camion de bières ni aux routes infranchissables. Ils allaient tout boire. C'est quoi demain ? Une idée, rien de plus.

Lorsque Victor avait été transporté à l'intérieur de la cantine, quelques minutes plus tard, les hommes et les soldats étaient toujours en extase devant la confession de Zahir. On entendait de la musique à la radio, et pas une voix ne l'accompagnait, chaque homme étant plongé dans une rumination intime à propos des vagins chauds qu'il avait connus. Des années auparavant, des décennies auparavant, peu importait le temps qui s'était écoulé depuis : l'odeur et l'aspect du sexe imaginé étaient partout dans la salle. Ils regardaient tous leurs mains et leurs doigts avec une dévotion sans espoir. La bière avait été renversée en grande quantité et le plancher était assez humide pour qu'on puisse y patiner.

Tout autour de Manau, les hommes faisaient des rêves lubriques. Le capitaine et Zahir tenaient des propos de conspirateurs sur les plaisirs de la chair. Quelques soldats s'étaient endormis, avachis sur le plancher, des godillots moisis sous la tête en guise d'oreillers. Manau avait épuisé ses souvenirs de femmes ; elles avaient été si peu nombreuses, d'ailleurs... Il avait soudain levé les yeux et découvert Nico, debout dans l'entrée, tenant maladroitement dans ses bras le fils d'Adela, amorphe et l'air ahuri.

Victor était un enfant fragile et maladif. Mais cela, Manau ne l'avait pas tout de suite remarqué. C'était un gamin souriant et d'humeur alerte, et sa mère veillait à ce qu'il soit toujours propre et bien habillé. Mais à présent, Manau était convaincu qu'il n'avait jamais vu un être humain aussi fragile.

« Je suis tombé, avait dit Victor, avant même que Manau ait eu le temps de poser la question. Est-ce que quelqu'un pourrait aller chercher ma mère ? »

La voix du garçon aurait effacé n'importe quel rêve érotique. Le capitaine avait sursauté, le visage tordu par une expression d'inquiétude exagérée. Ces types de l'armée, ils adorent les situations de crise, s'était dit Manau. Mais Zahir s'était immédiatement levé et avait pris Victor des bras de son fils. Ceux, bien maigres, du garçon s'étaient alors accrochés au cou de l'homme. « Ça va aller », avait dit Zahir. De son moignon droit, il donnait de petites tapes sur la tête du garçon.

« Je l'ai poussé, avait dit Nico. C'est ma faute. »

Mais personne ne l'écoutait. Le capitaine s'était levé. « Nous allons le ramener chez lui, avait dit Zahir.

— Il va s'en tirer ? avait demandé Nico.

– Mais oui, avait rapidement répondu Manau. Il va s'en tirer.

– Il ne va pas mourir ?

– Bien sûr que non. » Manau s'était tu.

Nico avait hoché la tête.

Ce n'était plus un petit garçon. On pouvait lui tenir des propos raisonnables. Le bar s'était vidé et ils étaient seuls. « Tu ne peux pas partir, dit alors Manau. Pas maintenant. Victor m'a tout raconté. Et je t'interdis de partir. »

Manau avait laissé cette dernière déclaration résonner. « Je t'interdis de partir. » Elle avait de l'autorité, du poids. « Tu m'entends ? »

Nico avait hoché la tête.

« Tu as quelque chose à dire ? » avait demandé Manau.

Mais il n'avait rien à dire. Ou ne voulait rien dire. Manau l'avait donc abandonné dans la cantine vide et était parti dans la nuit pour aller voir le fils d'Adela.

Jamais sa maison ne serait autant envahie de monde avant la mort de sa mère. Il serait alors, une fois encore, au centre de toutes les attentions, celles des femmes, des amis et des inconnus massés autour de lui, craignant de parler et craignant de se taire. Mais cette nuit-là, la nuit qui avait précédé le départ de Nico, un capitaine de l'armée ivre lui avait dit qu'il était un garçon solide, un vrai fils de la patrie. Cette nuit-là, le père sans mains de son meilleur ami l'avait porté à travers le village, et son instituteur, nerveux et terrifié, n'avait cessé d'aller et venir tout en se grattant aussi discrètement que possible. Une procession de minuit sous une infinité d'étoiles, et les enfants avaient suivi, inquiets pour leur condisciple. Ils avaient chanté des chansons, ils avaient salué les femmes. Auparavant, ils avaient essayé de le faire tenir debout contre le mur de la cantine, avant que Nico finisse par dire « Ça suffit, je vais l'emmener. » Au bout du compte, cela avait été la même agitation et la même folie que celle qui entourerait la mort de sa mère – sauf qu'il s'agissait, dans son cas, d'une célébration. Il était vraiment le centre du monde. Un bataillon de soldats montaient la garde devant chez lui. Don Zahir l'avait déposé sur son lit. Victor avait entendu la voix de sa mère, trop inquiète pour le gronder. On avait couvert son front de chiffons chauds et il avait rêvé d'un hélicoptère fait de lumière argentée. Les vieilles femmes étaient venues à son chevet pour dire des prières dans le dialecte ancien.

Avait-il murmuré quelque chose à l'oreille de Don Zahir, lui avait-il dit que Nico allait partir ? Il avait voulu le faire. Plus tard, il s'était dit qu'il l'avait fait. Cela n'avait servi à rien : le lendemain matin, son meilleur ami était parti.

7

Elle l'avait eue entre les mains, elle avait jeté un coup d'œil à chaque nom, mais pas un ne lui était resté en mémoire. Comment avait-elle fait pour ne pas le voir, le premier jour ? Tandis que Victor jouait dans la salle de contrôle, appuyant sur les boutons, tournant les potentiomètres au hasard, et que Len le surveillait, Elmer avait pris la liste et sorti un feutre noir. Norma en avait le souffle coupé. Qu'est-ce qui était pire : réaliser que le nom de Rey était bel et bien là et qu'elle l'avait manqué, ou bien le voir disparaître de nouveau ?

« Attends. Laisse-moi regarder. » Elle a tendu la main vers celle d'Elmer. « Pourquoi faire ça ?

— C'est dangereux.

— Laisse-moi regarder. »

Il a cédé en poussant un soupir et lui a rendu la feuille de papier. « Tu étais au courant ? » a-t-il demandé.

Norma a posé la liste sur sa cuisse et a lissé le papier froissé du plat de la main. « Bien sûr que non, a-t-elle répondu sans lever les yeux. Je n'ai jamais su. » Elle faisait courir ses doigts sur les lettres du nom de son mari. Il était là, le faux nom de Rey, caché parmi deux douzaines d'autres noms. « Et toi ? »

Il a secoué la tête. « Je suis désolé, Norma, a dit Elmer.

141

Soit je détruis cette liste, soit nous allons à la police. Ce sont peut-être des dissidents, des sympathisants. Rey est toujours un homme recherché. »

Même s'il est mort.

C'est ainsi que tout allait être annulé, que la liste ne serait jamais lue, que l'émission spéciale pour Victor et les autres, les fils et les filles de 1797, n'aurait jamais lieu, que personne ne prendrait plus soin de leur mémoire. Les gens disparaissent, ils s'éclipsent. Et avec eux l'histoire, afin que de nouveaux mythes remplacent les anciens : la guerre n'avait jamais eu lieu. Ce n'était qu'un rêve. Nous sommes une nation moderne, une nation civilisée. Puis, des années plus tard, un faible écho de ceux qui ont disparu se fait entendre. Vous l'ignorez ?

« C'est une erreur, ce doit être une erreur. » Elle avait envie de rire et elle l'a fait – mais c'était un rire nerveux, embarrassé, comme si elle avait caché quelque chose. Elmer a froncé les sourcils. « Je vais la garder, a dit Norma. Je peux tout aussi bien faire l'émission sans mentionner son nom.

– Mais je vais garder la liste.

– Tu ne me fais pas confiance ? »

Elmer a soupiré. « Chaque nom sur cette feuille de papier pourrait être celui d'une personne coupable de quelque chose. Je ne veux pas prendre ce risque. C'est aussi ma vie, tu sais. Je suis responsable de cette station.

– Je vais découvrir le fin fond de cette histoire. »

Elmer a secoué la tête et il avait certainement des raisons de le faire – de bonnes raisons, bien solides –, mais elle ne l'écoutait plus. Il parlait, il expliquait avec ses mains, ses poings s'ouvrant et se refermant. Il avait un visage doux et compréhensif – mais cela n'avait aucune importance. Il a certainement invoqué la propre sécurité de Norma, leur amitié, mise à rude épreuve parfois, mais réelle – peu importe, elle ne pouvait pas l'entendre. N'avait-il pas toujours pris soin d'elle ? N'était-il pas resté à ses côtés pendant toute cette histoire, sans jamais la trahir ? Il y avait des hommes dans la vie de Norma – avait-il dit prudemment – qui ne pouvaient certainement pas prétendre la même chose.

Mais Norma ne l'entendait pas. Elle s'est levée pour aller frapper sur la vitre de la salle de contrôle jusqu'à ce qu'elle capte l'attention du garçon. Elle lui a fait alors un grand sourire et elle a senti les muscles de son visage travailler. Victor était jeune. Il lui a rendu son sourire.

Norma a mis la liste sous la lumière. Il y avait une tache d'encre noire à côté du faux nom de son mari, là où Elmer avait posé la pointe du feutre.

« Qu'est-ce que tu fais ? » a demandé Elmer.

Le garçon regardait à travers la vitre. Norma a plié la note en quatre. Sans dire un mot, elle a soulevé sa chemise et glissé la liste dans sa culotte.

Elmer s'est frotté le menton. « C'est une plaisanterie à toi ? »

Elle a pointé le doigt vers la porte pour Victor. De l'autre côté de la vitre, Len a haussé les épaules. Le garçon a disparu derrière la porte. Il allait l'attendre. Norma s'est tournée vers Elmer. « Je suis désolée », a-t-elle dit et elle est sortie de la salle de contrôle sans prononcer un mot de plus. Il me laisse donc partir, s'est-elle dit, en refermant la porte derrière elle. « Norma », a dit Elmer, mais ça s'est arrêté là.

Victor l'attendait dans le foyer bien délabré des artistes de la station. Il était assis sur un canapé aux coussins effondrés, enfonçant son petit doigt dans le tissu déchiré.

« Déjeuner, » a dit Norma de sa voix la plus douce. Son cœur battait à tout rompre : elle le sentait dans sa poitrine, dans sa gorge. « Tu veux aller déjeuner ? »

Victor a souri. Les garçons de son âge ont toujours faim. Bien sûr qu'il voulait aller déjeuner. En route pour l'ascenseur donc, et le hall d'entrée – salut et sourire au réceptionniste –, et dans la rue à présent. Elle a pris sa main.

143

Ils se sont éloignés de la station et dirigés vers Newtown Plaza, vers le cœur reconstruit de la ville, à une vingtaine de blocs de là. Dans la station qu'elle venait de quitter, Elmer devait fulminer. Elle en était sûre, elle pouvait presque le voir, marchant à grandes enjambées dans les couloirs de la station, tandis qu'il passait en revue ses options. Peut-être allait-il envoyer quelqu'un pour la rattraper ? Peut-être que la police l'attendrait quand elle serait de retour à son appartement, ce soir-là ? Norma en doutait. Elmer l'avait laissée partir, après tout, avec la liste. Elle pouvait la sentir tout contre sa peau. Elle était en sécurité pour le moment. Norma et Victor sont passés devant une série de restaurants et, à chaque fois, le garçon a ralenti et s'est attardé devant l'entrée. Des poulets tournant sur des broches en devanture, serveuses plantureuses tendant des menus aux passants – et Victor les avait tous pris, les fourrant dans sa poche tandis que Norma l'entraînait plus loin. Elle aurait voulu se montrer plus tolérante, respecter sa curiosité, mais c'était vraiment difficile en un moment pareil. Il y avait des soldats dans tous les coins, et ils faisaient tellement partie du décor qu'ils en étaient devenus invisibles ou presque : les mêmes gamins armés de fusils qui l'avaient tourmentée autrefois, qui avaient emmené son Rey quelque vingt ans auparavant. Les piétons avançaient de façon erratique entre les immeubles modernes, sans caractère, sous un ciel nuageux sur le point, peut-être, de se dégager. Les taxis klaxonnaient, les marchands ambulants criaient, les sifflets de la police retentissaient.

Ils ont déniché un endroit et se sont assis tout au fond, loin du bruit de la rue, dans un coin aux murs couverts de miroirs et d'enseignes en néon aux noms de bières locales et d'équipes de sport. La serveuse était jolie, mais elle avait les dents tordues, et un accent de la jungle qu'elle essayait, semblait-il, de masquer. Les plats sont arrivés rapidement. Victor a bu à la paille un soda à l'orange et mangé avidement avec ses doigts, content de le faire en silence. Norma attrapait des frites du bout des doigts et buvait de l'eau. Onze ans : dans douze mois, Victor serait une personne différente ; dans cinq, méconnaissable déjà et presque un homme. Il mangeait et souriait, des morceaux de poulet coincés entre les dents. Il aspirait de grandes gorgées de son soda et gonflait les joues et les lèvres. Elle éprouvait une forte envie de passer la main sur son crâne : elle devait gratter, comme du papier de verre. Dans sa tête à elle, défilaient des moments de ces dix dernières années, et puis de la décennie précédente, des images de Rey et de ses différents noms, de ses histoires clandestines, de ses évasions, de ses disparitions et de ses déguisements. Le garçon avait le droit de savoir.

« Il y avait un nom sur la liste. » Elle a inspiré profondément et soufflé. Lentement. Norma a pris un stylo dans son sac et écrit le nom sur une serviette en papier, en lettres capitales. Elle l'a observé. Combien de temps s'était-il écoulé depuis qu'elle l'avait écrit pour la dernière fois – ce nom de son passé à l'orthographe bizarre ? Une décennie... ou plus ? Puisqu'elle lui écrivait des lettres d'amour dans les semaines qui avaient suivi sa disparition, qu'elle envoyait au nom et à l'adresse qu'elle avait trouvés sur la carte d'identité glissée dans sa poche – si longtemps que ça. Elle a soupiré. « Tu le reconnais ? »

Victor mastiquait une bouchée de son poulet. Après avoir regardé attentivement le nom, il a secoué la tête. « Comment tu le prononces ? »

Norma a souri. Elle a bu un peu du soda de Victor. La bouteille était froide et humide contre sa paume. Elle l'a essuyée sur son front. Le mal de tête qu'elle avait depuis qu'elle était arrivée à la station s'est dissipé un instant. Sa voix a failli dérailler.

Victor a répété le nom. « Il était comment ? »

Le garçon voulait savoir comment il était. Elle n'avait jamais entendu personne prononcer ce nom. Ça l'a fait sourire.

145

Ou plutôt presque pleurer. Un de ces sourires qui cachent tant de choses, un sourire malhonnête. Par où commencer ? Dans les miroirs, Norma pouvait voir la rue et ses mouvements furieux se refléter, les hommes et les femmes pris au piège de la plaisanterie fébrile de la reconstruction. Cela valait la peine de poser la question : y avait-il jamais eu une guerre ? Était-ce quelque chose que nous avions tous imaginé ? Newtown Plaza était à quelques blocs de là seulement, un monument dédié à l'oubli, construit sur les ruines du passé. *Il était comment ?* Merci pour les miroirs, s'est dit Norma, et pour tous ces gens qui passent en courant, pour le travail frénétique de la survie, mais aucun d'entre eux n'était Rey et aucun d'entre eux ne connaissait son nom : c'était un menteur, un homme magnifique qui racontait des mensonges magnifiques. Dans le restaurant, il y avait des néons et des serveuses aux jambes longues et aux seins jaillissant de leurs bustiers orange, des femmes qui s'habillaient comme des bonbons à croquer, dans des couleurs dignes de boîtes de lessive. De jeunes pécores bien propres ! Cette ville allait la rendre folle, ou bien ce serait sa solitude, et pourtant Victor la regardait dans le miroir, des yeux les fixaient, une nation à l'heure du déjeuner, le blanc de poulet était détaché de l'os, dévoré, une douzaine de visages jeunes et vieux étaient ornés de sourires graisseux. Une mélodie insipide flottait juste au-dessous du niveau sonore des conversations, et Norma a eu l'impression que sa tête allait exploser.

« Est-ce que ça va ? » a demandé le garçon. Sa voix était douce.

Norma a secoué la tête. « Non.

– Ma mère était comme ça parfois. » Il s'est tu et penché en avant. « Comme si sa tête allait se dévisser. »

C'était exactement ça. Sa tête s'était dévissée. Norma a respiré profondément. Elle s'était dévissée le soir où elle avait rencontré Rey pour la première fois, et elle était restée comme ça pendant des décennies. Combien de temps encore allait durer cette pâmoison ? Victor s'essuyait soigneusement la bouche avec la serviette sur laquelle elle avait écrit. Norma l'a prise et l'a étalée sur la table. Elle était grasse et tâchée, l'encre presque illisible. Irrécupérable. Elle a senti le sang colorer ses joues.

Victor a fait des excuses, mais elle les a repoussées d'un geste de la main. « Tu vois, a-t-elle dit, je ne sais pas comment il était. Je croyais savoir. C'était un inconnu. Nous avons été ensemble pendant si longtemps. Et nous avons été séparés pendant si longtemps. » Elle a soupiré. « Puis, il réapparaît de temps en temps. Et aujourd'hui, ça fait l'effet... – quel effet ça fait ? – ... d'une plaisanterie. »

Le garçon avait l'air troublé. « Une plaisanterie, Madame Norma ?

– Non. Tu as raison, pas exactement une plaisanterie. » Elle a enroulé sa lèvre inférieure. « Je ne sais pas comment dire. J'ai attendu si longtemps... »

Victor était un enfant et un inconnu, un étranger aussi absolu que si elle s'était trouvée en Arabie ou en Ukraine – mais elle avait envie qu'il comprenne. Plus encore, elle avait l'impression qu'il le *pouvait*, si seulement il l'avait voulu.

Mais à quoi pensait-il vraiment ? Elle ne pouvait que deviner : au poulet probablement, à son goût qu'il conservait sur ses lèvres, et à la pesanteur satisfaisante au creux de son estomac. Au juke-box scintillant derrière elle, avec ses boutons brillants, ses compact-disques et sa sélection de chansons qu'il n'avait probablement jamais entendues ? À la serveuse plantureuse et à ses dents tordues ? C'était comme si Victor avait soudain pris une teinte nouvelle, qui le situait à part : ce n'était plus un petit garçon. Son regard pouvait se déplacer dans cent directions différentes, trouver cent distractions possibles, mais Norma ne voyait qu'une chose : il avait apporté ce morceau de papier du fin fond de la jungle. Et sur ce morceau de papier, un nom qui prouvait qu'il avait communié avec les morts.

« Je n'ai pas vu mon mari depuis dix ans », a-t-elle dit. Victor avait l'air d'écouter, et c'était bien assez pour elle. « Je ne suis pas idiote, Victor. Il n'a pas disparu. Il figure sur une liste qu'ils conservent au palais : son nom ne peut même pas être prononcé à voix haute. Chaque soir, à la radio – peux-tu comprendre ça ? –, j'ai envie de lui parler. Mais je ne le fais pas. Si je me permettais de prononcer son nom, ce serait terrible.

— Qu'est-ce qui se passerait, Madame Norma ?

— Pour le moins, des questions gênantes. Plus probablement, des arrestations, des enquêtes, des disparitions. » Elle a soupiré. « Ce serait pire que ça : si je prononçais son nom, j'admettrais que je crois encore qu'il peut m'entendre. Je ne suis pas sûre de pouvoir supporter ça.

— Et si je le disais, moi ? »

Elle a posé ses mains sur celles de Victor. « Je peux te dire quelque chose ?

— Oui », a dit Victor. Il a écarté son assiette et a pris son soda, lui a offert ce qui en restait. Lorsqu'elle a décliné, il a bu, fronçant les sourcils en aspirant sur la paille.

« J'ai un peu peur de toi. »

Il a dressé les sourcils un instant, puis il a laissé ses yeux redescendre vers la table. Il n'allait pas les relever.

« Ça va, a dit Norma. Je suppose que tu as peur de moi aussi, non ? » Elle a pressé ses mains ; c'était encore des mains de petit garçon, avec des doigts fins et la peau douce. « Un peu peur ? » a-t-elle demandé.

Le garçon a hoché la tête.

« Ça fait peur, a-t-elle dit, ni à l'intention de Victor ni pour elle-même, mais à l'espace qui les séparait. Ça fait peur.

148

– Je ne suis pas venu seul. » Victor s'est tu et a respiré. « Je suis venu avec mon instituteur. Peut-être qu'il sait. Il s'appelle Manau.

– Raconte-moi ce qui s'est passé. »

Le garçon a dégagé ses mains des siennes et s'est gratté la tête.

« Il était l'ami de ma mère. Son petit ami. Il devait s'occuper de moi. Mais il ne l'a pas fait. Il m'a laissé à la station de radio.

– Comme ça ? Qu'est-ce qu'il a dit ? »

Victor s'est emparé du verre vide et a piqué avec la paille la glace qui fondait. Il a sucé et un gargouillement s'est fait entendre. Puis, il s'est arrêté. « Rien. Il a dit qu'il s'occuperait de moi.

– Moi, je m'occupe de toi, a bégayé Norma. Je vais m'occuper de toi. Mais pourquoi a-t-il dit ça ? Pourquoi est-ce qu'il t'a laissé ? »

Victor a haussé les épaules. « Il était triste. Les vieux disaient qu'il aimait ma mère. »

Norma a basculé en arrière, soudain amusée. Comme si le fait d'être amoureux excusait tout ! Combien de choses pouvait-on expliquer aussi facilement, combien de son propre passé ? Ce Manau, il avait donc abandonné un garçon au milieu de la capitale parce qu'il avait le cœur brisé ?

« C'est comme quand on a le vertige, a-t-elle dit en soupirant. Essayer de donner sens à tout ça. C'est comme quand on a vraiment le vertige.

– Il sait. Je suis sûr que Manau sait. Il peut aider.

– Mon mari est... n'était pas un homme simple. Il aime jouer des tours.

– Ce n'est pas gentil. »

Norma s'est frotté les yeux : les lumières, le garçon, la note. « Tu as raison. Ce n'est pas gentil. J'ai le vertige, a-t-elle répété. C'est tout. »

La table avait été débarrassée, l'addition payée, lorsque Victor a confessé qu'il avait rêvé de sa mère. Elle est morte dans la rivière, a-t-il dit. « Je suis désolée, je suis désolée, mon pauvre petit », a dit Norma, mais ce n'était pas pour ça qu'il lui en avait parlé : peut-être que la rivière avait transporté sa mère jusqu'ici. L'heure du déjeuner était passée, les serveuses s'étaient réunies autour du bar éclairé par les néons et bavardaient en buvant des sodas.

« Alors qu'est-ce que tu veux faire ? a demandé Norma.

– L'océan. Je veux le voir. »

Les plages de la capitale sont désolées pendant une grande partie de l'année, vastes étendues désertes de sable balayé par le vent, au-dessous de falaises effondrées. Des vagabonds se réchauffent autour de feux sommaires, et parfois les vagues déposent sur le rivage un corps boursouflé. En hiver, la capitale tourne le dos à la mer, les nuages sont bas et lourds, la lumière est faible et plate, un plafond de coton sale. Quelle plage ? Quel océan ? De temps en temps, le vent tourne et apporte une vague odeur du large – une odeur d'eau saumâtre qui envahit la ville. Mais ces journées sont rares. Une route court le long de la côte ; le bruit des voitures qui passent et celui des vagues qui déferlent se mélangent pour ne plus rendre qu'un son brouillé. Certaines plages plus au nord servent de zones de travail où la tâche délicate de trier et de brûler les ordures est accomplie par une armée efficace de gamins maigres et endurcis, aux cheveux en bataille. Ils se servent de piques pour fouiller les tas de pourritures et en extraire la nourriture de leurs cochons.

Victor, a pensé Norma, pourrait être l'un d'eux. Ils avaient son âge, sa taille, sa couleur, leurs corps chétifs et bronzés escaladant avec expertise la décharge. Et s'il était l'un d'eux ? S'il était arrivé de 1797 et n'avait pas trouvé la radio, le premier jour, s'il avait erré dans les rues, affamé, hébété, s'il avait trouvé refuge dans les ruelles d'Asylum Downs, ou bien, s'il avait été ramassé par la police dans les bidonvilles derrière le Métropole, qu'est-ce que cela aurait de surprenant ? Un garçon comme Victor pourrait vivre et mourir dans n'importe lequel d'une douzaine de ces bidonvilles sordides, Le Campement ou Miamiville, Collectors, The Thousands ou Tamoé, personne ne le saurait jamais. Pas de mystère et pas de questions à poser : un enfant de plus aux origines obscures venu vivre sa vie dans l'enfer de la capitale, son succès ou son échec n'ayant de conséquences pour personne d'autre que pour lui-même.

Ils ont roulé sur la côte pour la chercher. Norma lui a expliqué – ou a commencé à lui expliquer – que ça ne marchait pas comme ça, que le fleuve coulait à travers le continent dans l'autre direction, que l'océan était infini. Mais elle s'est arrêtée. C'était à lui de le découvrir, et il serait guéri de son rêve quand il le verrait de ses propres yeux. Norma l'a laissé parler, il a bredouillé des choses sur son village, sur sa mère, sur Manau – « Nous allons le trouver ! » a-t-il dit, même si la ville était aussi vaste que la mer, et que ce Manau n'était qu'un homme. Norma était contente d'être assise dans ce taxi, les vitres baissées, l'air se ruant dans l'habitacle, en faisant un tel bruit qu'elle n'entendait plus son propre esprit chantonner. Elle voyait les lèvres de Victor bouger, entendait des mots dispersés, et lui tenait la main pour le rassurer.

Sur la plage, Norma et Victor ont regardé une petite femme voûtée tirer derrière elle un sac. Elle se déplaçait comme si elle avait été paralysée par le froid et l'arthrose, le long de l'écume montante et descendante. Personne d'autre sur la plage. Ils l'ont observée pendant un moment : elle passait le sable au tamis au-dessus de son sac, puis avançait un peu et recommençait. Le vent chassait des ordures à travers la plage. Une rafale particulièrement forte a soulevé du sable dans le ciel et jusque dans la mer. En dépit du fait que le soleil était caché, il ne faisait pas trop froid.

Victor s'est activé, défaisant ses lacets, retirant ses chaussettes, avec une détermination farouche. Il a agité ses doigts de pied, fourré ses chaussettes dans ses baskets, et les a rangées sous un banc de pierre au bord de la plage. Il a retiré le pull que Norma lui avait prêté – donné – le matin même, un vieux truc en laine que Rey avait fait rétrécir en le lavant, des années auparavant. Norma n'aurait pas dû être sidérée, mais elle l'était : pour Victor, le pull n'était qu'un truc servant à le protéger du froid. Il ne signifiait rien pour lui, ne représentait personne, vivant ou mort. Naturellement ! Il était libre de son passé à elle – et pourquoi ne l'aurait-il pas été ?

Norma et Victor se sont mis à marcher dans le sable. Elle n'a pas cherché à prendre sa main comme elle l'avait fait dans le taxi, même si elle en éprouvait le besoin. Elle a préféré le regarder bondir devant elle, presque jusqu'à l'eau, et revenir. Il agitait les bras dans toutes les directions. Elle l'a suivi jusqu'à l'eau et s'est arrêté là où le sable commençait à être mouillé et mou. Il y avait des années qu'elle n'était pas venue à la plage, depuis qu'elle était petite fille. Était-elle jamais venue en hiver ? Il paraissait possible que non. Norma a retiré ses chaussures, a roulé le bas de son pantalon et posé un pied sur le sable mouillé. Elle l'a ensuite enfoncé fermement, et le froid lui a paru agréable. Elle a ensuite ramené le pied sur le sable sec et s'est accroupie pour admirer son œuvre : une empreinte parfaite de son pied. Elle en a fait une autre, un peu plus loin, et elle a marché ainsi jusqu'à l'endroit où les vagues déferlaient sur le sable, fine pellicule d'eau avançant et reculant. Puis, elle a marché à reculons, reposant les pieds dans ses traces. Voilà : c'était sa disparition à elle. Elle avait marché jusqu'à l'océan et n'en était pas revenue.

Petite fille, elle avait passé un après-midi sur cette plage, sculptant d'immenses empreintes de pied, des pattes de géant en fait, autour de son père, tandis qu'il dormait, un chapeau de paille baissé sur les yeux. Quel âge avait-elle alors ? Huit ans ? neuf ans ? Norma a souri. Sa mère, elle s'en souvenait, portait un maillot de bain noir et un chapeau à grand rebord ondulé, tout à fait spectaculaire. Elle avait une allure de star du cinéma, se trouvait bien trop élégante pour aller nager, et donc alternait la lecture, les cigarettes et la contemplation de la mer. Norma se tortillait dans le sable brûlant autour de ses parents, sculptant toujours sa série d'étranges empreintes de pattes. Elle était totalement absorbée par la tâche : la courbure et la pointe des griffes, le talon imposant. Elle remplissait son seau d'eau de mer, venait mouiller le sable pour le travailler. Lorsque son père s'était finalement réveillé, Norma lui avait montré son œuvre. Elle était sérieuse et déterminée. La bête qu'elle avait imaginée en travaillant était terrifiante et vicieuse. « Un étrange animal est venu pendant que tu dormais, Papa. Il avait des crocs et des griffes. »

Il avait pris la cigarette que lui offrait la mère de Norma. Il avait plissé les yeux pour regarder les empreintes autour de lui. « Et qu'est-ce qu'il a fait, cet animal ?

– Il t'a mangé tout entier. »

Son père l'avait regardé en feignant l'inquiétude. « Alors je suis mort ? »

Elle avait répondu que oui, et il avait ri.

Une rafale de vent lui a envoyé du sable sur le visage et elle s'est rendu compte que Victor venait de lui parler. Son instituteur est venu avec lui jusque dans la capitale. Ils avaient quitté 1797 quelques jours plus tôt et sont restés ensemble jusqu'à l'arrivée dans la gare routière de la capitale. Puis, Manau a accompagné Victor jusqu'à la station de radio et l'a laissé là. Norma a hoché la tête : c'était incompréhensible et cruel. Abandonner un garçon dans la capitale, le laisser se débrouiller tout seul ? Et l'absence de rancune de Victor semblait tout aussi inexplicable. Pourquoi Manau était-il parti ?

« Il était chez lui », a dit Victor, comme si c'était aussi simple que ça. « Bien sûr, Manau m'a quitté, a dit Victor. Bien sûr : il avait le cœur brisé. »

Norma s'est assise sur le sable et a étendu ses jambes. Victor est parti en courant et il est revenu quelques minutes plus tard, les bras chargés de bois flotté et de laminaire, muni aussi d'une boîte en fer-blanc d'origine mystérieuse, dont les bords commençaient à rouiller. Ce garçon qui pardonnait, ce petit Bouddha, il était à bout de souffle, le visage congestionné. « C'est joli, a-t-il dit. Hein ? »

Elle a souri. Il était difficile de savoir s'il parlait de l'océan, du sable ou de sa collection de débris, mais en tout cas Norma s'est sentie incapable d'être en désaccord avec lui sur ce point, comme sur n'importe quel autre.

Le sable sale, l'horizon bouché, ces détails ne pouvaient obscurcir la beauté de ce qui se déployait devant lui : l'eau sans fin. Elle bougeait, elle était vivante : son odeur saumâtre, sa surface marbrée d'écume et de vagues déferlantes, eau et mousse à l'infini, montant et descendant, respirant. L'océan ne pouvait tout simplement pas décevoir.

Tout avait été teinté de vert, les corps, les mains et les visages de chaque habitant de 1797. Sa mère était là, elle aussi – il en était sûr –, mais au-delà de ça, son rêve ne lui avait absolument rien laissé : un goût amer dans la bouche peut-être, mais aucune image à interpréter, aucun récit à démêler. Au village, il y avait une vieille femme qui interprétait les rêves. Elle prétendait avoir vécu avec les Indiens au cœur de la forêt, prétendait connaître leur langage : *médicament*, avait-elle dit à Victor, et *arbre* sont exactement le même mot. Victor était allé lui rendre visite une fois avec sa mère, il avait attendu dehors, creusant la terre à l'aide d'un bâton pointu. Sa mère avait payé la vieille femme avec une liasse de tabac séché et une demi-douzaine de poissons argentés ;

« De quoi parlait le rêve ? avait alors demandé Victor.

154

– De ton père », avait-elle répondu, mais elle ne lui en avait pas dit plus.

Avant de sortir, le matin même, Victor avait demandé à Norma la permission de fouiller dans ses étagères de livres. Il n'en avait jamais vu autant. Il ne lui avait pas dit qu'il espérait trouver une sorte de carte où figureraient son village et la rivière. S'il avait pu suivre son cours tordu, sinueux, jusqu'à la mer, tout deviendrait peut-être possible. De quel côté coulait la rivière ? C'étaient des choses qu'ils n'avaient jamais apprises. Chez lui, épinglée dans le bois près de la porte, il y avait une carte, jaunie et moisie, avec des couleurs et des lignes qui commençaient à s'effacer. Elle datait d'avant la guerre, on y citait des noms, pas des numéros. La carte de son père. Mais Victor ne se souvenait de rien à son sujet, si ce n'est que, lorsqu'il avait demandé à sa mère de lui montrer leur village, elle avait soupiré.

« Nous ne sommes pas dessus, idiot. »

Lorsqu'il avait apporté la carte pour la montrer à son instituteur, Manau l'avait regardée et avait souri. Il avait indiqué la capitale, suivi la côte du bout du doigt, puis il avait pris son crayon rouge et barré l'ancien nom. A gauche de la ville marquée d'un astérisque, quelque part sur le vaste océan, Manau avait écrit le mot UN.

« C'est comment ? avait demandé Victor.

– Magnifique », avait dit Manau.

Comme devoir à la maison, ce soir-là, Victor avait dû corriger sa carte et remplacer les noms des différentes villes par un numéro sur la carte ronéotée que lui avait donnée Manau. L'ordre était devenu évident à mesure qu'il travaillait : moins de trois chiffres le long de la côte, au-dessous de cinq mille dans la jungle, au-dessus dans les montagnes. Les numéros impairs étaient habituellement près d'une rivière ; les numéros pairs près d'une montagne. Les numéros se terminant par un étaient réservés aux capitales régionales. Plus le dernier chiffre était élevé, plus l'endroit était petit.

Chez Norma, il avait feuilleté plusieurs livres et n'avait rien trouvé. Des livres sur l'histoire de la radio, des livres de photographies sur les plantes de la jungle, des dictionnaires consacrés à des langues dont il n'avait jamais entendu parler. Elle était assise dans la cuisine pendant qu'il soufflait la poussière des gros volumes reliés pleine peau, tournait les pages rognées, décomposées parfois, de livres qui n'avaient pas été ouverts depuis des années. On pouvait voir aussi des dessins d'oiseaux et de plantes réalisés au crayon dans des carnets en parchemin épais. D'autres étaient couverts d'une écriture si minuscule qu'il était incapable de la lire. Victor avait passé un moment avec un livre aux teintes grises, renfermant des visages, des photos de jeunes gens et de jeunes filles habillés de manière formelle. À chaque page, des visages avaient été barrés, avec une date sous la photo. Il était allé voir Norma, mais ne l'avait pas trouvée et avait remis le livre en place. En fermant les yeux, Victor revoyait sans cesse les mêmes images : sa mère contre le rocher, résistant au courant, flottant dans le courant, plongeant dans les eaux écumantes. De quel côté coulait la rivière ? En venant dans la capitale, est-ce qu'il s'était rapproché ou éloigné d'elle ? L'avait-il suivie jusqu'à la mer ?

Toute la journée, il avait pensé à l'océan. Il imaginait que le mot UN était inscrit quelque part sur la mer. Lorsqu'ils étaient arrivés à la plage en voiture et qu'il avait découvert sa dimension, il n'avait pas perdu espoir. Ça l'avait au contraire rempli d'énergie. Il avait eu la certitude que sa mère était là. À présent, assis près de Norma pour reprendre son souffle, il pensait à son rêve, et devant lui il y avait tant d'eau. Ses yeux étaient fixés sur le rivage et sur les vagues qui déferlaient à l'horizon. Il avait déposé son trésor sur le sable. « Qu'est-ce que tu as là ? » avait-elle demandé.

Il lui a montré. « Ça, a-t-il dit, c'est une épée. » Il avait saisi le morceau de bois flotté par une extrémité et frappé quelques coups dans l'air. « Tu vois ? »

Elle l'a pris de sa main et a dessiné son nom dans l'espace en quelques boucles rapides. « Dangereux. Et ça ? »

La laminaire lui rappelait son village, la mousse verte qui pendait aux branches basses des arbres. Était-il possible d'expliquer ? Comment elle formait des rideaux de verdure qui se balançaient dans le vent, l'extrémité frôlant la surface de la rivière ? Il a essayé. La couleur était parfaite : un vert sombre, profond, presque noir, saturé d'eau, détrempé. « Tu peux imaginer ? » a-t-il demandé.

Elle a répondu qu'elle pouvait.

Ils sont restés assis à écouter la mer. Il ne faisait ni chaud ni froid. La masse des nuages s'était fissurée, des pans de lumière déchiquetés apparaissaient. Victor a demandé : « Tu as toujours le vertige ? »

Norma s'est serrée contre lui. « Non, a-t-elle dit. Toi oui ?

– Qu'est-ce que je vais devenir ? »

Norma a souri. « Je ne sais pas, a-t-elle dit. Tu es un garçon solide, non ? Tu vas peut-être te retrouver coincé avec moi pendant quelque temps. »

Il a agité son épée de bois en l'air. Pendant un moment, il n'y a eu que l'océan et ses rythmes. « Est-ce que ça te va ? » a demandé Norma, et quelque chose dans sa voix a fait rougir Victor. Il n'a pas répondu tout de suite.

« Ma mère t'aimait, a-t-il dit. Tout le monde dans mon village t'aimait. »

Norma n'a rien dit.

La femme voûtée avait parcouru toute la plage en traînant son sac derrière elle. Victor s'est brusquement levé et a marché dans sa direction. Elle a souri et continué à travailler, passant le sable au tamis, laissant les grains les plus fins retomber. Ce qui restait, elle le versait dans son sac. « Tata, a dit Victor, je peux aider ?

– Gentil garçon », a dit la femme.

Il a pris du sable entre ses mains, l'a laissé couler entre ses doigts, puis lui a offert les petits galets qui étaient restés dans ses paumes. Elle a souri et les a jetés dans son tamis. Ils ne sont pas passés. Elle l'a remercié et les a versés dans son sac. Elle a caressé sa tête et incliné la sienne en direction de Norma. « Gentil garçon, a répété la femme. Aider une vieille femme comme moi...

— Vous ne voulez pas vous asseoir avec nous et vous reposer un moment ? » a demandé Norma.

La femme a souri, exposant des gencives rougeâtres. « Oh vous, les jeunes, vous avez le temps de vous asseoir et de vous reposer ! Pas moi !

— Je vais ramasser des cailloux pour vous », a dit Victor.

Elle s'est assise et a tendu son tamis à Victor. Il s'est agenouillé et a versé une poignée de sable dedans. Il a passé sa langue sur ses dents et regardé le sable passer à travers le réseau métallique du tamis. Quand il a eu terminé, il l'a apporté à la femme pour l'inspection.

« Très bien », a-t-elle dit. D'une poche, la femme a sorti un morceau de pain. Elle en a arraché un morceau et l'a proposé à Norma et à Victor, qui ont tous deux décliné. Elle n'a mangé que la mie blanche, mâchant lentement, méthodiquement. Après avoir fini son pain, elle a sorti l'unique pile de sa radio, l'a frottée entre ses mains, puis l'a replacée. La radio a repris vie, crachotant un son grésillant, de l'électricité statique et des voix.

Norma a jeté un coup d'œil à sa montre. « Une des émissions de la journée, Tata, a-t-elle dit. Conseils conjugaux ou rapports de police.

— Dimanche, a annoncé Victor, je vais passer à la radio. »

La femme a levé les yeux. « C'est bien.

— Je dirai votre nom. Si vous voulez. »

Elle a regardé Victor. « Ce serait très bien. »

Victor s'est agenouillé de nouveau, pour trier des petits galets. La femme a commencé à expliquer à Norma comment elle en était venue à faire ce travail, quand son mari travaillait dans le bâtiment. Elle avait envie de parler, elle ne pouvait s'en empêcher. Victor l'a écoutée tandis qu'elle racontait comment son mari était tombé d'une poutrelle et s'était tué, comment elle était allée voir son associé et l'avait supplié de lui donner du travail. Elle avait été une femme au foyer toute sa vie. Que pouvait-elle faire ? Voilà ce qu'on lui avait proposé. Elle vendait des petits galets à un type qui faisait du béton dans l'Avenue F.

« Il m'a trompée, a-t-elle dit d'une voix éraillée. Mon mari m'avait promis. Il avait dit qu'il ne me quitterait jamais.

— Ils font toujours ça, a dit Norma. Ils disent ces choses-là. Ils sont peut-être même sincères, Tata. »

Victor écoutait et vidait le tamis dans son sac de galets. Par deux fois, il a interrompu la femme pour lui demander son nom. Elle l'a ignoré en continuant à dévisager Norma. « Vous êtes de Lost City, Madame ? »

Norma a rougi et dit oui de la tête.

En souriant, la femme a pris la main de Norma et l'a serrée dans les siennes. « Pourquoi vous n'étiez pas sur la radio, ce matin ?

— Une journée de congé, Tata. C'est tout.

— Vous allez y retourner ? a demandé la femme. Demain ?

— Ou après-demain », a dit Norma.

Des mouettes tournoyaient au-dessus d'eux. Les nuages avaient maintenant la transparence de la gaze. « Je suis tellement heureuse, a dit la femme, au bout d'un moment. Je suis tellement heureuse que vous soyez réelle. »

Norma a tendu la main et caressé le cou de la femme. Victor s'est assis et a posé la main sur son dos. Elle était sale et elle sentait la mer. Elle s'était effondrée dans les bras de Norma et n'avait même pas remarqué le geste de Victor.

« Tata, a dit Norma, est-ce que je peux vous aider à retrouver quelqu'un ? »

La femme s'est redressée et a hoché la tête. « Oh, Norma », a-t-elle murmuré. Elle a sorti un morceau de papier de sa poche. « Un homme a tapé ça pour moi, a-t-elle dit. Qu'est-ce que ça dit ? »

Norma a lu deux noms et la femme a hoché la tête de nouveau. « Dieu est miséricordieux, a-t-elle dit. Dites-leur que je travaille sur cette plage. Ce sont mes enfants. » Puis, elle a ramassé ses affaires et les a remerciés tous les deux. « Mais surtout toi, mon garçon, a-t-elle dit. Donne un baiser à Tata. »

Elle s'est penchée et a tendu la joue. Victor, obéissant, l'a embrassée.

Une fois qu'elle s'est un peu éloignée, Victor s'est emparé de son épée. Puis, il a pris une poignée de sable et l'a fourrée dans sa poche. Il a regardé au loin, vers l'océan, parcourant l'horizon de droite à gauche. Sa mère, évidemment, n'était pas là. Mais Norma l'était, marchant devant lui en direction de la route, tenant la feuille de papier de la femme, bien serrée pour qu'elle ne s'envole pas.

8

Lorsqu'il était encore un jeune professeur, au moment où la guerre commençait pour de bon, Rey avait réutilisé son vieux pseudonyme pour publier une séries d'articles dans un des journaux les plus engagés de la capitale. Le comité central avait décidé que cela valait la peine d'en prendre le risque : c'était une provocation calculée. En dépit du tirage minuscule du journal, l'essai avait déclenché une sorte de controverse. Rey décrivait un rituel dont il avait été le témoin dans la jungle. Il avait appelé ce rituel *tadek*, d'après le nom de la plante psychotrope utilisée, même s'il affirmait que les Indiens du village disposaient de plus d'une demi-douzaine de noms distincts pour le baptiser, en fonction de l'époque de l'année à laquelle il était employé, le jour de la semaine, le crime qu'il était censé punir, etc. Le *tadek*, tel que le décrivait Rey, était une forme rudimentaire de justice, et il fonctionnait de la manière suivante. Confrontés à un vol, par exemple, les anciens du village choisissaient un garçon de moins de dix ans, le droguaient avec un thé puissant, et le laissaient découvrir le coupable. Rey en avait été le témoin direct : un garçon, titubant comme s'il était ivre le long des chemins boueux d'un village et jusque sur la place du marché, se ruait sur la chemise d'une certaine couleur de tel homme, sur le motif géométrique de la robe de telle femme, sur une odeur ou sur une sensation que seul le garçon, dans son état d'intoxication, pouvait saisir. L'enfant faisait une fixation sur cette personne, et cela suffisait. Les anciens déclaraient le *tadek* terminé et arrêtaient la ou le criminel ainsi identifié, avant de lui faire couper les mains.

Si Rey, dans ses articles, s'était contenté de décrire anthropologiquement un rituel rare, les choses en seraient restées là. Cela n'avait en soi rien de contestable, dans la mesure où les différentes régions de la jungle à cette époque-là étaient surtout connues pour être mal connues, et le profane pouvait difficilement être surpris qu'un rite païen violent puisse ainsi émerger de la forêt obscure. Mais Rey était allé plus loin. Le *tadek*, soutenait-il, avait été proche de l'extinction, mais connaissait à présent une sorte de renaissance. Plus encore, il refusait de le condamner, ne le qualifiait pas de barbare ou ne donnait aucun accent péjoratif à toutes les descriptions qu'il faisait de sa cruauté. Le *tadek*, aux yeux de Rey, était l'antique précurseur du système judiciaire absolument moderne à présent en vigueur dans la nation. La justice de temps de guerre, la justice d'exception, soutenait-il, était valide à la fois d'un point de vue éthique (on ne pouvait jamais savoir quels crimes couvaient dans le cœur et l'esprit des hommes) et d'un point de vue pratique (le châtiment expéditif, violent, s'il était le fait du hasard, pouvait renforcer la cause de la paix, en terrifiant les subversifs potentiels avant même qu'ils aient pris les armes). Au long d'une prose maîtrisée, il applaudissait à quelques cas bien connus de torture de dirigeants syndicaux et d'enlèvement d'étudiants, comme à autant d'exemples contemporains et réussis de *tadek*, dans lesquels l'État avait assigné la culpabilité à des signifiants purement extérieurs (jeunesse, activité, classe sociale), ni plus ni moins révélateurs en soi que le motif géométrique de la robe d'une femme. L'enfant intoxiqué était peut-être étranger au contexte moderne, mais, dans son essence, le système fonctionnait à l'identique. Bref, la présence du *tadek* dans la jungle n'était pas, à ses yeux, le vestige d'une tradition décli-nante, mais une réinterprétation nuancée de la justice contemporaine, vue à travers le prisme du folklore. L'État-nation, en période de guerre, avait finalement réussi à filtrer jusqu'aux éléments les plus isolés de la masse : les condamner à présent pour avoir voulu recréer nos institutions dans leurs propres communautés n'était rien d'autre que de l'hypocrisie.

Dans la capitale, au sein des milieux éduqués, le choc et le dégoût avaient accueilli l'article. Le *tadek* avait été discuté à la radio (il y avait alors une douzaine de stations) et, à la surprise d'un grand nombre de gens, des auditeurs, appelant souvent depuis des cabines téléphoniques des quartiers les plus sales de la ville, le défendaient. Ils n'employaient pas les arguments de Rey – personne ne le faisait –, mais invo-quaient plutôt la tradition, la communauté, la culture. Ils se disaient contents d'assister au retour de ce rituel. Ils racon-taient des histoires de mutilés dans les villages, véritables symboles vivants, qui avaient accepté leur châtiment sans se plaindre. Autant de leçons vivantes pour les enfants. Les détracteurs trouvaient le rituel rétrograde et barbare. Quel-ques études de cas de *tadek* furent ainsi publiées dans d'autres journaux locaux, accompagnées de dépêches troublantes en provenance de l'intérieur du pays : des fusillades éclatant des villages jusque-là calmes et complètement oubliés, des poli-ciers enlevés en plein jour, des embuscades contre des patrouilles de l'armée, dépouillées de leurs armes dans des cols de montagne battus par les vents.

Le gouvernement n'avait pas eu d'autre choix que d'inter-dire le journal engagé et quelques autres. Un homme de radio qui avait consacré une série d'émissions développant les thèmes des articles de Rey avait été brièvement mis en prison, interrogé, puis relâché. Un membre du Parlement, qui se regardait lui-même comme très progressiste, avait déposé une proposition de loi visant à mettre cette pratique hors la loi. La proposition avait été votée, chaque sénateur venant à la tribune exprimer son indignation. Le président lui-même avait dénoncé la pratique du *tadek* lorsqu'il avait promulgué la loi, en expliquant que le concept même de ce rituel offensait la dignité d'une nation moderne. Il avait prêché la foi, maintenue envers et contre tout, dans le progrès, et avait fait vaguement allusion – comme il le faisait à l'occasion de chacun de ses discours ou presque à l'époque – à une minorité insatisfaite, bien décidée à troubler le calme d'un peuple paisible et loyal. La guerre, qui avait mis tant de temps à éclater, était alors en cours, mais le discours officiel n'y avait fait référence que de manière oblique pendant les cinq premières années de son cours violent.

Au moment où Rey avait publié ses articles, la guerre faisait rage à l'intérieur du pays depuis près de trois ans, mais dans la capitale, elle se faisait à peine sentir. Tout dans cette ville était différent lorsque la guerre avait commencé, tellement propre et ordonné – avant que le Campement ne soit installé, avant que la Plaza ne soit rasée et remplacée par Newtown Plaza, à l'époque où le Cantonnement était un vrai cantonnement et non un bidonville se déployant furieusement à la limite septentrionale de la ville. Dans cette ville qui n'existe plus, donc, c'était un affront d'imaginer que le *tadek* puisse être une réalité. C'était une insulte à l'idée que la ville se faisait d'elle-même : en tant que capitale, en tant que centre urbain ouvert sur le monde. Mais ce n'était pas de cela seulement qu'il s'agissait : la guerre en soi était une insulte pour les classes éduquées et, par conséquent, le *tadek* avait été, légalement et patriotiquement, déclaré inexistant et, avec lui, la guerre – toutes les réalités déplaisantes de la nation étant interdites de publication dans les journaux et les magazines, interdites de diffusion à la radio.

Très tôt, le rédacteur en chef de Rey au journal était entré dans la clandestinité – cela avait été décidé bien auparavant –, mais avant de le faire, il avait promis à Rey que personne ne le dénoncerait. Le nom qu'il avait emprunté n'était plus en circulation depuis des années, et il n'avait jamais vraiment été une figure publique en dehors du petit monde de la politique sur le campus. Cependant, la tension était réelle : pendant les semaines qui avaient suivi, Rey s'attendait à voir des hommes armés débarquer chez lui, faire sauter sa porte à l'aube et le conduire en prison, à la Lune de nouveau. Personne ne lira ton article, lui avait-on dit. Mais Rey dormait d'un sommeil agité, collé à Norma, avec la certitude chimique, marquée dans son sang, que chaque nuit passée ensemble serait la dernière. Ils n'étaient mariés que depuis quelques mois et Rey ne l'avait même pas avertie.

Il avait pensé que, d'une certaine façon, il pourrait prendre cette position sans qu'elle soit jamais au courant. Un après-midi, avant que le pire n'advienne, il était rentré à la maison et avait trouvé sa femme dans la cuisine de leur deux-pièces, debout devant la cuisinière, remuant une casserole de riz. Il l'avait embrassée sur la nuque, et elle s'était recroquevillée. L'obscur journal que personne ne lisait était posé sur la table de la cuisine. « Ils vont te tuer. »

Il avait eu précisément la même pensée lorsque le projet avait été discuté : on l'avait alors assuré qu'il n'y avait aucun danger. Il s'était ressaisi avant de lui répondre : « Personne ne sait qui je suis. »

Norma avait éclaté de rire. « Tu plaisantes ? Tu ne peux pas croire ça. »

Mais que pouvait-il croire d'autre ?

« Pourquoi écrire des choses pareilles ? »

On lui avait demandé de le faire, bien sûr, et l'article avait été approuvé. Mais il ne pouvait pas lui dire ça. Rey avait tendu la main vers elle, et elle s'était écartée. Rey l'avait demandée en mariage et ils s'étaient mariés ; quatre ans s'étaient écoulés depuis leur première rencontre, et pourtant certaines questions n'avaient toujours pas été posées. Maintenant, avec ces articles publiés, connus de tous, Norma allait demander ce qu'elle avait le droit de savoir. Elle était sa femme, après tout, et lui son mari. Ces questions, il s'attendait à devoir y répondre un jour depuis qu'il l'avait demandée en mariage dans l'appartement de son père : « Qui es-tu ? » – sous des formes variables. Le moment était venu à présent. « Demande-moi ce que tu veux », avait-il dit, et elle avait commencé, comme le ferait n'importe quel journaliste, par le début : « Pourquoi ne m'avais-tu pas dit que ton père était en vie ?

– Je pensais que j'allais mourir. »

C'était vrai.

« Et j'étais sûr qu'ils allaient revenir me chercher. Je voulais te protéger. Moins tu en saurais sur moi, mieux tu te porterais. »

Il n'avait pas menti – pas encore. Ça le choquait encore parfois : le fait qu'il ne soit pas mort dans une fosse commune et qu'on n'entende plus jamais parler de lui. Mais la preuve était sous ses yeux : il était à cet instant dans son appartement, en compagnie de sa femme qui préparait le dîner pour deux. Des centaines d'hommes devaient faire la même chose au même moment. Des milliers. Qui pouvait dire en quoi il était différent d'eux ? Un grand nombre de ces hommes, supposait-il, ne s'attendaient pas à mourir ce jour-là. Rey avait soupiré. La cuisine était sombre et étouffante. Il aurait voulu une belle journée, des nuages légers et hauts dans le ciel, étirés comme un pan de mousseline. Il aurait voulu de l'air. Avant que la guerre ne gagne les beaux quartiers, il y avait des parcs où étaient plantés des rangs d'oliviers et de citronniers, des parterres de fleurs aux couleurs alarmantes, des endroits ombragés où étendre une couverture pour faire la sieste, des endroits où les couples pouvaient marcher, main dans la main, et discuter à voix basse de toutes sortes de questions personnelles. À cela aussi, la guerre devait mettre fin. La capitale allait devenir méconnaissable. Dans quelques semaines seulement, au paroxysme de la controverse sur le *tadek*, Rey allait écrire son testament, le revoir avec un collègue de l'université, professeur de droit, allait envisager toute cette histoire dans un état de paranoïa morbide. « Tu vas vivre vieux », ne cessait de répéter le professeur de droit, en riant nerveusement, en riant d'autant plus que Rey ne riait pas, lui. Rey laissait tout ce qu'il avait à Norma. Lorsque l'homme de radio avait été mis en prison, Rey avait su que son tour allait venir. Ce n'était qu'une question de temps : il avait rendu visite à son père pour lui promettre un petit-fils, mais il n'avait rien expliqué. Il avait supplié sa femme de lui pardonner. Tout cela n'interviendrait qu'un peu plus tard, mais pour l'heure, quand il s'était approché de Norma et qu'il l'avait touchée, il avait senti qu'elle était tendue. Il l'avait fait tourner jusqu'à ce qu'elle se retrouve face à lui, mais elle n'avait pas levé les yeux. Alors, il avait pris sa main, frotté son pouce contre ses phalanges, en faisant des huit. Il aurait pu aussi bien lui faire mal, il s'en était rendu compte, cela pouvait arriver si facilement. Cette pensée l'avait terrifié.

« Tu fais partie de la LI ? » avait-elle demandé.

Il avait pensé un instant lui dire ce qu'ils lui avaient appris, ce que le professeur barbu à la Lune lui avait dit : que la LI n'existait pas. Que la LI était une invention du gouvernement, destinée à effrayer et à distraire le peuple. Il allait le dire et elle avait alors cligné de l'œil. « Dis-moi la vérité, avait dit Norma, et je ne te poserai plus jamais de questions. »

Elle était sa femme, ils étaient chez eux ; les portes étaient fermées et même verrouillées, ils étaient en sécurité. Rey avait senti son cœur gonfler pour cette femme, pour cette illusion qu'on appelle la vie : demain, le soleil tant attendu allait peut-être se lever et ils pourraient marcher dans ce parc tranquille de la ville. Le pire de la guerre était si loin que c'en était inimaginable.

Et donc Rey s'était déclaré guéri, comme si la subversion avait été une maladie du corps. « Non, je ne fais pas partie de la LI. Laisse-moi t'expliquer. » À la Lune, avait-il raconté à sa femme, on l'avait enterré dans un puits et il était resté là pendant sept jours, sans pouvoir même plier les genoux, sans pouvoir s'accroupir. Le trou était bouché par des planches, et de minuscules rainures laissaient passer un peu de lumière : une minuscule portion du ciel, mais assez pour pouvoir prier. « Tu priais pour quoi, Rey ? – Les nuages », avait-il répondu. Le jour, lorsque le soleil tapait, il faisait une chaleur étouffante, on avait l'impression d'être brûlé vif, et on sentait des insectes partout, mais il était impossible de savoir s'ils étaient bien réels. Il s'était convaincu qu'ils ne l'étaient pas. S'il avait sauté, il aurait pu atteindre le bord, mais au bout d'une journée, il n'était plus capable de sauter. Rey avait passé des heures à essayer de se baisser pour masser les muscles perclus de crampes de ses mollets. C'était une procédure délicate qui exigeait de relever la jambe vers la poitrine, jusqu'à ce que le genou frotte contre la paroi qu'il avait fini par considérer comme une partie de son propre corps, puis à basculer sur le côté et à se pencher dans l'obscurité. « Mon trou n'était pas assez large », avait-il dit à Norma. Ma tombe, aurait-il mieux valu dire. Il avait creusé les côtés avec ses ongles, le fond avec ses doigts de pied repliés. Rey avait une envie folle de masser ses mollets, mais il avait dû se contenter de se gratter juste au-dessous du genou. Il s'était gratté jusqu'à ce qu'il ait mal, et puis il s'était gratté encore. La quatrième nuit, deux soldats ivres avaient retiré le couvercle en bois. Rey avait vu les étoiles, le firmament scintillant, et il avait su qu'il se trouvait loin de la ville. Le ciel était magnifique et, pendant un instant, il avait cru en Dieu. Puis, les soldats avaient ouvert leur braguette et uriné sur lui : une transaction sans mot et sans joie. Il s'était attendu à ce qu'ils rient, à ce qu'ils plaisantent, à ce qu'ils puisent un peu de joie dans leur cruauté, mais il n'avait rien constaté, rien que l'éclat des étoiles et la lueur marmoréenne des visages de ses tortionnaires. Rey avait dormi debout. Il pouvait sentir son odeur. Le cinquième jour avait passé, puis le sixième. Il avait

sombré dans l'inconscience lorsqu'ils l'avaient sorti au septième jour et mis dans une cellule avec une demi-douzaine
de prisonniers : le barbu en costume froissé et quelques
autres, tous rabougris, déformés, dans l'incapacité de parler,
seulement capables de s'étendre sur le sol.

Rey l'avait juré à Norma : toute ambition politique l'avait
alors quitté. « C'est simple », avait-il dit avec une telle ferveur
qu'elle aurait peut-être pu le croire. Et en effet, il disait la
vérité : « Je veux vivre. Je veux vieillir avec toi. Je ne veux
plus jamais y retourner. »

Tout avait commencé six mois seulement après son retour
de la Lune, quelques années avant la controverse du *tadek*,
au cours d'un trajet en bus dans la ville, le matin où Rey
avait repéré le barbu. Il portait le même costume froissé, il
avait le même air d'indifférence amusée. Était-ce bien lui ?
Ça l'était ; ça ne l'était pas. Rey s'était frotté les yeux. C'était
là, entouré d'inconnus, qu'il pensait habituellement le
mieux : divagations de l'esprit, brouillage et effacement de
ce dont il ne se souciait pas de se souvenir. La Lune, la
Lune : ça restait en lui, une chanson dont la mélodie le
tenait prisonnier. Son oncle Trini lui avait trouvé un travail
d'inspection des campements à Tamoé, pour le compte
d'une agence gouvernementale qui ratifiait les rachats de terrains. C'était un job temporaire, un poste invisible dans une
administration invisible, quelque chose pour l'aider à tenir
jusqu'à ce qu'il retrouve assez de force pour retourner à l'université. Il n'y travaillait que depuis trois semaines, errant dans
les bidonvilles, posant des questions à des mères qui le regardaient d'un œil suspicieux, comme s'il était venu s'emparer
de leurs maisons. Il notait des noms sur son porte-bloc, dessinait des cartes rudimentaires des quartiers sordides sur le
papier millimétré que lui fournissait le bureau. Il déjeunait
en silence au marché en plein air, et c'était ainsi que se

169

déroulaient ses journées. Il se souvenait de la Lune, l'imaginait derrière chaque colline. Le trajet en bus prenait une heure et demie dans chaque sens, passée à dormir ou dans une sorte d'autohypnose qu'il avait mise au point : il observait les passagers du bus jusqu'à ce qu'il se mette à loucher et qu'ils ne soient plus que des formes et des couleurs, et non plus des gens. La ville défilait à travers les vitres, de temps en temps un mot retenait son attention dans le journal que quelqu'un était en train de lire, il y était question de la guerre en gros titres, puis en page intérieure, encore un cauchemar lointain. Lui ne lisait jamais le journal ; il s'en était fait une règle.

Le bus avait pris un virage serré et les passagers avaient tous accompagné le mouvement – des danseurs, tous –, et Rey avait aperçu l'homme de nouveau : nous étions enchaînés l'un à l'autre, avait pensé Rey, et il avait fermé les yeux. Les rêves s'espaçaient un peu à présent, ce n'était plus toutes les nuits, mais deux fois par semaine, des explosions de violence cinématographique. Il grinçait des dents pendant son sommeil, et le matin sa mâchoire était endolorie, le matin, le grain de l'émail déposé sur sa langue. Il vivait avec son père, dormait sur le canapé, et Trini passait tous les soirs pour voir comment allait son neveu en état de choc. Ensemble, ils repensaient aux jours meilleurs, en buvant du thé brûlant. « Il te faut une femme », avait dit Trini, et c'était le seul sujet sur lequel son père et l'oncle de Rey parvenaient à se mettre d'accord.

Le type au costume froissé le regardait fixement. Ou peut-être que c'était Rey qui regardait fixement. C'était impossible à dire : on aurait pu imaginer que la capitale était l'endroit idéal pour vivre dans l'anonymat, le lieu rêvé pour disparaître, un endroit si opaque qu'il vous ferait tout oublier des autres et de vous-même. Mais il était bien là. Leurs regards s'étaient croisés. C'est ma résidence secondaire, avait dit le type. Rey avait frissonné. Cela voulait dire qu'il était repéré.

Une bombe à retardement. Plus que tout, Rey aurait voulu descendre à l'arrêt suivant : il était disposé à attendre le bus suivant au coin de n'importe quelle rue inconnue de la ville, n'importe où pourvu que ce fût loin de ce type – je serai en retard au travail, s'était-il dit, mais peu importe. Rey avait remarqué qu'il était maintenant en sueur, que son cœur battait à un rythme frénétique, alors que le type au costume froissé – Rey le voyait parfaitement à présent, au milieu des passagers somnolents –, oui, ce type semblait parfaitement calme. Son regard avait croisé celui de Rey ; il n'avait pas tiqué, ni détourné les yeux.

Rey avait fait le reste du trajet les yeux mi-clos, en faisant semblant de dormir. Lorsqu'il avait regardé de nouveau dans la direction du type, celui-ci avait disparu. C'était une belle journée à Tamoé, et le soleil éclatant agissait comme une drogue sur lui : Rey avait passé la journée à frapper aux mauvaises portes, à bafouiller son discours préparé – Je représente le gouvernement, je suis venu vous aider à préparer une revendication légitime sur ce terrain, sur cette maison. La sueur coulait sur son front, lui brûlait les yeux. On lui avait claqué la porte au nez, des femmes avaient refusé de lui parler en l'absence de leur mari. Il avait laissé sa carte de visite et promis de revenir, mais la journée s'était prolongée dans cette vapeur opiacée, Rey titubant d'une rue poussiéreuse à la suivante. Il représentait le gouvernement – tout comme le faisaient ces soldats qui, une nuit, lui avaient pissé dessus, sous le ciel étoilé. La généreuse accolade du pouvoir, disait Trini, dans un sourire ironique. « Ne t'inquiète pas, petit, avait dit son oncle. S'ils devaient inscrire sur des listes noires tous les gens qu'ils ont envoyés à la Lune, ils n'auraient plus personne à employer. »

Deux jours s'étaient écoulés avant qu'il ne revoie le type au costume froissé : sur le même trajet du matin en bus à travers la capitale, et jusqu'à Tamoé. Cette fois, il était monté quelques arrêts après Rey et l'avait salué d'un mouvement de

171

la tête – c'était sans ambiguïté, plein d'audace même – avant de se plonger dans la lecture du journal. Même chose le jour suivant. Et le jour d'après. Le quatrième jour, Rey avait téléphoné pour dire qu'il était malade, une attention bien inutile puisqu'il n'était qu'un subalterne dans une administration pléthorique et que personne n'aurait remarqué son absence. Il s'était tout de même enveloppé dans un manteau, était sorti et avait téléphoné, tremblant, depuis la cabine du coin. Il avait consciencieusement décrit des symptômes aussi vagues qu'ils l'étaient en réalité : une légère impression de vertige, une douleur dans l'épaule, le souffle court. Il n'avait rien dit des cauchemars dont l'intensité étant proprement paralysante. Ce dont il avait besoin, avait-il décidé alors qu'il parlait à une secrétaire indifférente, c'était de repos.

Rey était retourné travailler le lendemain et, cette fois, le type au costume froissé l'attendait à l'arrêt de bus, assis sur un banc, le journal plié sous le bras, le regard perdu sur les voitures qui passaient. Rey n'avait parlé de cette apparition à personne – ni à son père, ni à Trini. Il la ressentait comme une agression. Il n'y avait personne d'autre à l'arrêt de bus. Rey avait jeté un regard furieux au type et celui-ci avait répondu par un sourire.

« Vous me suivez ? avait demandé Rey.

– Vous ne voulez pas vous asseoir ? » Le ton de sa voix était chaleureux, bienveillant. « Il y a des choses dont nous devons parler, vous et moi.

– J'ai un peu de mal à le croire, avait répondu Rey, mais il s'était assis. Je n'ai pas peur de vous.

– Bien sûr », avait dit le type. Il avait pris un peu de poids depuis la dernière fois que Rey l'avait vu. Mais on pouvait supposer que c'était le cas pour eux tous. À la Lune, un soldat passait deux fois par jour et jetait des morceaux de pain dans le trou, ainsi qu'un sac en plastique plein d'eau. « Tamoé, avait dit le type, c'est l'avenir de ce pays sinistre. »

Le bus était arrivé. Une femme, un sac de légumes à la

main, était descendue. Le chauffeur avait laissé la porte ouverte pour que Rey puisse monter, mais le type en costume froissé lui avait fait signe de repartir.

« C'est à Tamoé que les fondations seront jetées. Sont jetées, devrais-je dire, en ce moment même. Dites-moi, vous êtes content de votre travail ? »

De quoi pouvait-il être content ? C'était un bidonville comme un autre. Rey avait toussé.

« Nous avons des gens à Tamoé », avait continué le type. Il hochait lentement la tête, les commissures des lèvres s'étirant en direction d'un sourire. « J'aimerais que vous puissiez les rencontrer. » Il avait plongé la main dans une poche intérieure et en avait sorti une enveloppe. « Je ne peux pas leur rendre visite avec vous. Ce ne serait pas très sûr. »

Rey avait regardé le type, et puis l'avenue animée autour d'eux. De loin, ils n'étaient que deux hommes – des inconnus, de vagues connaissances – qui bavardaient. Est-ce que quelqu'un les observait ? les écoutait ? Ils auraient aussi bien pu parler du temps qu'il faisait, des résultats sportifs du week-end, de n'importe quoi. Le type avait posé l'enveloppe entre eux sur le banc.

« Pourquoi moi ? avait demandé Rey.

– Parce que je connais votre nom, avait répondu le type. Pas celui que vous portiez à la naissance. L'autre. »

Le nom, la carte d'identité. L'espace d'une seconde, une image lui avait traversé l'esprit : la femme qu'il n'avait pas revue depuis la nuit où ses ennuis avaient commencé. Elle s'appelait Norma. *Norma*. « Je ne sais pas de quoi vous voulez parler », avait dit Rey, mais les mots manquaient pitoyablement de poids : leur sonorité même était faible, ténue.

« Je vois qu'ils ont réussi à vous faire peur à la Lune. Il y a d'autres choses que vous pouvez faire pour nous. Des choses paisibles. Des choses propres. Vous n'avez plus besoin d'apparaître publiquement pour être utile.

– Je ne comprends pas.

— Bien sûr. Nous ne sommes pas beaucoup à vous connaître. » Le type le regardait sans ciller. « Dois-je dire votre autre
nom ? Dois-je vous donner la preuve ? »

Rey avait éprouvé brusquement que sa jeunesse remontait
à une décennie, qu'il était devenu, en une nuit, vieux et
décati, un homme qui n'avait plus rien à perdre. Il était en
train de mourir. Il avait secoué la tête. Il n'avait plus revu
Norma, il n'avait plus repensé à elle jusqu'à ce moment précis. Pourrait-il même la reconnaître ? Il venait de passer six
mois confiné dans ses rêves traumatisants. Rey avait ramassé
l'enveloppe sans la regarder et l'avait glissée dans la poche
intérieure de son manteau. Elle était fine et lisse. Instinctivement, il avait su qu'elle était vide. C'était un test.

Le type avait souri. « Avenue F-10. Lot 128. Demandez
Marden. »

Ils vont me remettre en prison, s'était dit Rey, et cette fois
il n'y aura pas de témoin. Cette fois, ils ne m'épargneront
pas. S'il allait à la police, que dirait-il ? Que pourrait-il leur
donner ? Une enveloppe vide et une vague description d'un
homme un peu barbu, au costume mal coupé. « Et où avez-
vous rencontré cet homme ? » demanderait la police. « Oh,
et ce serait là que je me trahirais moi-même : Quand j'étais
en prison, Monsieur, à la Lune. »

Le type se grattait le front. « Vous avez des questions auxquelles je ne peux pas répondre, avait-il dit. De mon côté, je
vous en poserai une : Ces soldats, ceux qui nous tenaient
compagnie lorsque nous nous sommes rencontrés, est-ce que
vous les haïssiez ? »

Le bus était à un demi-bloc d'eux. *Haïr* était un mot que
Rey n'employait jamais. Il ne signifiait rien pour lui. Les
soldats avaient pissé sur lui sans joie, avec le détachement de
scientifiques se livrant à une expérience. Lorsque Rey était
un petit garçon, ses amis et lui capturaient des scarabées, les
jetaient dans des boîtes en plastique et y mettaient le feu,
avec une cruauté extasiée : un groupe de garçons, tout sim-

174

plement enchantés par cet acte de méchanceté commis ensemble. Pourquoi ce souvenir le remplissait-il d'une telle nostalgie et pourquoi les soldats n'avaient-ils pas manifesté la moindre passion dans leur cruauté ? Ils l'avaient torturé avec la même conviction que celle qu'il affichait en circulant dans Tamoé. C'est-à-dire sans enthousiasme, mécaniquement. Comment aurait-il pu les haïr ? Ils faisaient leur boulot. S'ils avaient été capables de ricaner, Rey en était certain, il aurait pu les haïr. Les mépriser. Absolument. Sans ce ricanement, ils semblaient étrangement innocents.

Le bus s'était arrêté devant eux dans un tressautement et Rey s'était apprêté à se lever, mais le type au costume froissé l'avait retenu. « Vous attendrez le bus suivant », avait-il dit. Et il était monté sans regarder derrière lui.

Il avait conservé l'enveloppe pendant deux semaines. Le premier soir, après la visite de Trini, après que son père était allé se coucher, Rey l'avait tenue à contre-jour pour vérifier qu'elle était bien vide. Il y avait la lettre *M* écrite à la main dans le coin droit du haut. L'enveloppe était scellée, mince, et ne pesait rien.

Rey était retourné à Tamoé pendant toute cette semaine-là, s'attendant chaque matin à voir le type à la barbe clairsemée. Mais il ne l'avait jamais revu. Il marchait dans le quartier comme il l'avait toujours fait, prenait des notes, dessinait ses cartes sommaires, remplissait des formulaires à l'intention des analphabètes qui insistaient pour tout passer en revue avant de tracer un *X* au bas de la page. Il évitait scrupuleusement l'avenue F-10, ne la traversant jamais à pied : s'il devait travailler au nord de F-10, il descendait quelques arrêts après et passait la journée entière là-bas. Certains autres jours, il se limitait au côté sud, sans jamais s'approcher de cette nouvelle frontière artificielle.

Il lui avait fallu deux semaines pour s'y décider, mais, une fois la décision prise de rencontrer Marden, Rey l'avait immédiatement fait. Par la suite, il se demanderait pourquoi il s'y était résolu et avait dû se dire que c'était par curiosité – une curiosité naturelle – et qu'un intérêt sain pour l'inconnu était une nécessité. Tant du point de vue de sa carrière de scientifique que dans sa vie en général, s'il lui était permis de la vivre. Ce n'était pas de la haine que le type au costume froissé voulait qu'il éprouve : Rey en était fier en quelque sorte. Cependant, il avait peur. Ce jour-là, il s'était habillé comme d'habitude, s'était lavé le visage à l'eau froide dans l'appartement de son père, et avait plié l'enveloppe vide dans la poche de sa chemise. Lorsqu'il avait refermé la porte de l'appartement derrière lui, Rey avait ressenti la lourdeur de son geste.

L'Avenue F-10 traversait Tamoé d'est en ouest. C'était une route à quatre voies séparées par un terre-plein en gravier, couverte de nids-de-poule et parcourue de temps en temps de boules d'épineux. L'avenue était bordée de petits immeubles d'appartements, d'ateliers de réparation et de quelques restaurants aux menus limités et à la propreté douteuse. Si un endroit comme Tamoé devait avoir un centre, c'était F-10 : une des avenues équipées de réverbères dans le quartier nouvellement colonisé. Les jours où Rey était au nord, son trajet de retour en bus le conduisait à traverser l'avenue : il pouvait percevoir sa lueur, son énergie, à plusieurs blocs de distance. Après le coucher du soleil, des groupes de garçons se réunissaient sous les réverbères de F-10 : ils s'accroupissaient autour de ces totems pour rire et parler, baignés d'une lumière orange pâle. Rey trouvait ça intrigant : on aurait dit que la jeunesse du quartier n'avait jamais quitté Tamoé ; elle préférait se réunir là, dans cette avenue, sous la lumière des réverbères.

Ce matin-là, Rey était descendu au cœur de F-10 et s'était mis à marcher vers l'est. Même en pleine journée, l'avenue était noire de monde, surtout des jeunes. Des femmes vendaien du thé sur des chariots en bois, des émollients aux odeurs fortes, des sirops qui étaient censés guérir toutes les toux. Les mototaxis étaient garés au coin des rues, transportant les marchands ambulants jusqu'au marché, à quelques blocs de là. Mais, dix blocs plus loin, l'avenue reprenait l'allure provinciale qui caractérisait le reste du quartier. L'asphalte disparaissait brusquement, les immeubles de quatre ou cinq étages, qui étaient les bâtiments les plus solides de Tamoé, faisaient place aux bidonvilles, le terrain même de Rey : des logements faits de bric et de broc, d'une ingéniosité extraordinaire, construits avec des matériaux récupérés dans la capitale. Illégale, omniprésente, inévitable, la capitale ne cessait de croître et personne ne pouvait imaginer qu'elle puisse cesser de le faire un jour. L'avenue elle-même mourait au pied d'une colline jaune affaissée, une piste poussiéreuse courant au milieu des éboulements. Là, un enfant torse nu avait planté un drapeau rouge sur une pile de cailloux. Une demi-douzaine d'enfants couraient autour de cette pile, ignorant Rey, tentant d'escalader la pile et repoussés par une pluie de pierres. Ils jouaient à la guerre. Un chien noir et maigre était assis à distance raisonnable des enfants et mâchait nerveusement un morceau de polystyrène expansé.

Le Lot 128 se trouvait au bord de la piste poussiéreuse, sur la gauche de l'éboulement. C'était une maison comme toutes les autres dans ce bloc, en torchis, avec des fenêtres sans vitre de chaque côté de la porte, et entourée d'une barrière en roseaux tressés qui arrivait au genou. Rey l'avait enjambée. Le numéro était soigneusement peint au milieu de la porte. Rey avait résisté à l'envie de regarder par les fenêtres. Il avait frappé par deux fois et attendu.

« Marden, avait dit Rey lorsque la porte s'était ouverte. J'ai un message pour Marden. »

L'homme dans l'embrasure de la porte était grand et pâle. Il portait un maillot de corps et un pantalon sombre à taille coulissante, rapiécé aux genoux. Il avait plus de cinquante ans, beaucoup plus peut-être. Ses cheveux avaient la couleur d'un filtre de cigarette et son visage, joufflu et mou, avait ce même aspect jaune-gris. Il était exténué. S'il était bien Marden, le son de son patronyme ne semblait avoir aucun effet sur lui ou, en tout cas, pas l'effet auquel se serait attendu Rey : un sourire de reconnaissance ou même de camaraderie. L'homme avait regardé dans la rue avec un air suspicieux, puis lui avait fait signe d'entrer. Il avait pointé le doigt vers une chaise au milieu de la pièce, puis était allé s'accroupir devant un petit réchaud à gaz sur le sol en terre battue. À l'aide d'une fourchette tordue, il faisait cuire un œuf qu'il repoussait périodiquement dans l'eau bouillante.

« Petit déjeuner », avait dit l'homme. Il s'était excusé de n'avoir rien à offrir à son visiteur, mais il l'avait fait sur un ton que Rey n'aurait pas pu qualifier de chaleureux.

« J'ai déjà mangé, merci », avait dit Rey. L'homme avait haussé les épaules et tapé sur son œuf.

La pièce était sombre, l'atmosphère pleine de poussière, de fumée et de vapeur. En dehors de la chaise, il y avait des lits jumeaux et une radio posée sur une table de chevet. Dans cette pièce privée de couleurs, il y avait une grande tache rouge orangée : un couvre-lit finement crocheté, éclatant et intense, et pas du tout à sa place.

L'homme avait dû capter le regard de Rey. « C'est ma mère qui l'a fait, avait-il dit. Il y a des années. »

Les hommes âgés ont aussi des mères. Les subversifs également, même ceux qui vivent une vie de spartiate. Rey avait essayé de sourire. L'homme avait éteint le réchaud et mis l'œuf dans un bol. L'eau fumante s'était apaisée dans la casserole. Il avait versé du café en poudre dans une tasse qu'il avait remplie avec l'eau qui avait servi à faire cuire l'œuf. Il avait remué avec la fourchette et tendu la tasse à Rey. « Quand vous l'aurez bu, j'en prendrai aussi. »

Rey avait hoché la tête et pris la tasse. Sucre ? avait-il failli demander, avant de réfléchir. Il avait porté la tasse à ses lèvres. Ça sentait le café.

« Et ce message ? » avait dit l'homme sans lever les yeux. Il était assis en tailleur et s'occupait soigneusement de son œuf, posant les bouts de coquille sur son pantalon. « Qui vous l'a donné ?

– Vous êtes Marden ? »

L'homme avait jeté un coup d'œil à Rey, puis frotté ses doigts et placé l'œuf entier dans sa bouche. Il l'avait mâché pendant une minute ou plus, en hochant la tête. Rey avait bu son café, à défaut de pouvoir faire autre chose. Il s'était brûlé la langue. Puis, il s'était penché en avant, les coudes posés sur les genoux et le menton calé dans la paume de la main. Il avait regardé l'homme manger. La peau molle de ses joues gonflait et se distendait. Il avait dégluti en affectant une expression de satisfaction exagérée et s'était frotté le ventre. « Je suis Marden, avait-il fini par dire. Où est-ce que vous avez eu ce message ? »

Rey avait posé sa tasse et rejoint l'homme par terre. Il avait sorti l'enveloppe de sa poche arrière. « Je ne connais pas son nom. »

Marden avait pris l'enveloppe, plissé les yeux en regardant le *M* et souri. « Très bien », s'était-il contenté de dire. Il avait déchiré l'enveloppe en deux, puis en quatre, puis en huit. Il avait rendu les morceaux à Rey. « Où est-ce qu'il recrute, ces temps-ci ? » avait-il dit en prenant un air amusé.

Rey tenait les morceaux de l'enveloppe dans ses mains jointes. « Qu'est-ce que je fais de ça ? » avait-il demandé.

Marden avait haussé les épaules. « Fumez-les. Enterrez-les. Faites-en des confettis pour votre mariage. Ça n'a aucune importance, petit.

– Je ne comprends pas.

– Lorsqu'il posera la question, dites-lui qu'il y avait huit morceaux. Quand nous aurons besoin de vous, le professeur saura vous trouver. Il vous dira où laisser un message pour

179

moi et vous le ferez. » Marden avait étouffé une toux sèche dans sa main. « Vous travaillez à Tamoé ? »

Rey avait opiné.

« Évitez cette partie du quartier. Attendez-nous. Ça pourrait prendre des mois. Ça pourrait prendre un an ou même deux. Personne ne sait.

— Personne ?

— Je ne sais pas. Vous ne savez pas. Même le professeur ne sait pas. Nous faisons ce qu'on nous dit de faire. Vous serez un messager. Votre boulot, c'est d'attendre. »

Rey avait glissé les morceaux de l'enveloppe dans sa poche. Son café avait refroidi un peu, suffisamment pour qu'il puisse avaler sans trop de difficulté le liquide amer. Il l'avait bu et avait passé la tasse à Marden. C'était tout ? Il avait donc attendu deux semaines pour voir une enveloppe vide déchirée en morceaux par un vieux type joufflu aux cheveux jaunes ? Rien de tout cela n'était normal.

« Vous avez été à la Lune ? » avait demandé Rey.

Marden avait froncé les sourcils. « J'y ai été, avait-il fini par dire. Vous aussi ?

— Oui.

— Gardez-le pour vous, avait dit Marden en soupirant. Vous ne reviendrez pas ici. Nous avons des gens dans tout le quartier. Ça bouge. »

La rencontre était terminée. Il n'y aurait ni au revoir, ni poignée de main. La porte était ouverte et la petite pièce l'avait relâché.

Dehors, les enfants frénétiques couraient en rond, soulevant un petit nuage de poussière, un brouillard de sable suspendu juste au-dessus de la rue. Rey le sentait dans ses narines, il en avait le goût dans la bouche. La journée ne faisait que commencer. Les enfants ne lui avaient pas prêté attention. Rey s'était éloigné de la colline, avait redescendu l'avenue, jetant sans y penser les morceaux de l'enveloppe le long du chemin.

Lorsque Rey était retourné à l'université, cette année-là, juste avant son vingt-cinquième anniversaire, il n'avait toujours pas revu le type au costume froissé ou n'était pas retourné dans la partie orientale de F-10. Il avait travaillé, fournissant des papiers à d'innombrables familles indiennes et enregistrant les adresses exactes de leurs logements de fortune. Il interprétait leur langage par gestes, effectuait de fausses signatures pour ceux qui, pensait-il, pourraient en bénéficier. Il apprenait un peu le dialecte indien, et en savait assez pour dire « bonjour », « merci » et « je vous en prie ». La moitié d'une année passée à Tamoé, et la poussière avait fini par devenir comme une partie de lui-même : le soir, il secouait des nuages de poussière de ses vêtements, sa peau elle-même en était imprégnée. Il finirait par être enterré vivant s'il y restait plus longtemps. Tous les vendredis, il se rendait à l'office central du district, une pièce sinistrement décorée avec un unique bureau et un drapeau au soleil décoloré, sur l'autre avenue éclairée du quartier. Il déposait toute sa paperasserie en se demandant, à l'occasion, ce qu'il advenait de ces cartes, de ces formulaires et de ces dossiers. Une fois qu'ils étaient installés, Rey le savait, rien ne pouvait faire bouger ces gens. Ils n'avaient nullement besoin de son aide, au-delà de la tranquillité d'esprit qu'il leur apportait : seul un cataclysme pourrait nettoyer le quartier.

Il pensait de temps à autre au type au costume froissé, mais en ces rares occasions, l'épisode lui apparaissait comme complètement absurde. Il n'y avait aucune guerre subversive en préparation : où étaient les soldats ? Les jeunes gens du quartier avaient l'air contents de passer leurs soirées appuyés contre les réverbères, prenant la pose pour les filles qui passaient. Le type au costume froissé avait invoqué l'avenir de la nation quand il avait parlé de Tamoé, mais qui était le contact mystérieux dans ce quartier à l'avant-garde ? Un homme laconique, flegmatique, d'une pâleur maladive, qui pelait des œufs durs dans une solitude absolue. Marden, avec

181

son regard perdu et son existence périphérique, semblait à peine capable de sortir de chez lui – a fortiori de déclencher une rébellion générale.

Rey s'était arrangé pour travailler à temps partiel et reprendre ses études. En dépit de tout ce qui se racontait, des avertissements du président, des éditoriaux vindicatifs, la vie universitaire poursuivait son cours. Il n'y avait aucun soldat à l'intérieur du campus. Les étudiants continuaient à se réunir dans la cour principale pour discuter du conflit à venir, comme ils l'avaient fait auparavant, habités par ce curieux mélange de crainte et d'impatience. L'idée d'y retourner rendait Rey nerveux : il y avait pas mal de gens qui se souvenaient peut-être de tel ou tel discours qu'il avait pu prononcer au cours de son bref passage, si enivrant, à l'université, quand il s'était montré si ouvertement critique du gouvernement. La perspective de rencontrer ces gens faisait battre son cœur plus vite. Il avait fait partie de ces comités qui avaient organisé des séjours dans les montagnes. Il avait siégé dans des salles obscures pour organiser des manifestations. Plus significatif encore, il avait pris un autre nom, auquel s'étaient attachées un certain nombre de responsabilités. Mais ensuite, il avait disparu. Ses anciens amis allaient poser des questions : où étais-tu ? que t'ont-ils fait ? tu vas bien ? De temps en temps, pendant les mois de sa convalescence, le père de Rey lui avait apporté le mot qu'un jeune homme inquiet avait déposé à l'appartement. Elles étaient toujours polies, mais insistantes : il devait reprendre contact avec eux parce qu'ils attendaient. Rey n'avait jamais répondu : qu'aurait-il pu dire ? Il y avait des gens à l'université qui avaient attendu des choses de lui, qui l'avaient pris peut-être pour modèle. Mais lui n'avait vu personne depuis près d'un an ; il avait fui à Tamoé. À présent, ils devaient le considérer comme un traître. Ils avaient certainement interprété son silence de cette façon, et s'ils lui posaient des questions, il n'aurait rien à répondre.

182

Est-ce que vous les haïssez ? Cette question le tourmentait. À l'université, Rey se glissait dans la classe juste au moment où le professeur commençait son cours et en sortait avant la fin de l'heure. Il portait des sweat-shirts à capuche, même quand il faisait beau, et traversait le campus d'un pas rapide, en s'assurant de garder les yeux fixés sur le sol devant lui. Toutes les choses qu'il dirait à Norma, des années plus tard, étaient vraies. Il avait peur de la politique. Il avait peur de mourir. Il avait peur de se retrouver à l'âge de cinquante ans, brisé, vivant dans un bidonville à la périphérie de la ville, attendant l'arrivée des messages obscurs du grand cerveau de la subversion. Lorsque Rey l'avait retrouvée, lorsqu'il l'avait vue et avait vu qu'elle le voyait – il avait senti un frisson le parcourir : même de loin, elle lui avait rappelé, dans toute son immédiateté, la terreur de ce qu'il avait fait, de Marden et du type au costume froissé, et les horreurs absolues qui envahissaient encore ses rêves. Il avait trop risqué. Il était allé tellement loin depuis cette nuit de danse, cette nuit de fête et de vantardise. Il avait seulement voulu l'impressionner. Parce qu'elle était belle. Parce qu'elle avait l'air de bien aimer le regarder. Et maintenant, elle marchait vers lui. La LI l'avait trouvé à un arrêt de bus. Comment imaginer, ne fût-ce qu'un instant, qu'on allait l'oublier ? Qu'il pourrait tout simplement prendre du champ ? C'était un jour froid et couvert – le malaise de l'hiver.

Norma lui souriait et elle ressemblait à un rayon de soleil. Elle ne l'avait pas oublié non plus. Rey était paniqué.

C'était vrai. C'était toujours vrai : on pouvait croire une chose et son contraire simultanément, avoir peur et être téméraire en même temps. On pouvait écrire des articles dangereux sous un nom d'emprunt et se croire un savant impartial. On pouvait devenir un messager de la LI et tomber amoureux d'une femme qui croyait que vous ne l'étiez pas. On pouvait prétendre que le pays en guerre était une véritable tragédie et non le fruit de votre action. On pouvait se proclamer humaniste et haïr avec une détermination féroce.

Lorsque, après le conflit, les milliers de déplacés étaient revenus sur le site de la bataille de Tamoé, ils avaient trouvé leurs maisons incendiées, les avenues trouées de cratères, leurs collines jonchées d'obus non explosés. Des tanks avaient roulé dans leurs rues, des bulldozers avaient rasé des blocs entiers de maisons. Leurs réverbères tant aimés étaient tombés aussi, mais, de toute façon, il n'y avait plus beaucoup de jeunes gens pour se réunir autour d'eux. Tout le quartier allait être reconstruit. Sans un monument aux morts, sans même une plaque pour signaler ce qui avait existé autrefois.

Il avait été annoncé que les familles qui disposaient de papiers en règle seraient autorisées à revenir, seraient pardonnées. Si elles parvenaient à retrouver leur lot, il serait à elles, indépendamment de leur position dans le conflit ou même de leurs sympathies pour la LI. Un bureau avait été mis en place dans un bloc calciné de F-10 afin de traiter les dossiers. Une longue file d'attente s'étirait tous les matins avant l'aube. Pendant des mois, ils viendraient, tête baissée comme des pénitents, apportant les formulaires que Rey avait remplis pour eux et les cartes qu'il avait dessinées, et c'était tout ce qui leur restait au monde.

9

Manau était arrivé dans la capitale et avait inhalé. L'odeur suffisait : ce puissant mélange de métal et de fumée. Il était chez lui. Le fils d'Adela lui tenait la main, et Manau avait ressenti vivement la possibilité d'oublier l'odeur de cette femme, son corps et ses caresses. Il avait fermé les yeux.

Le garçon avait levé les yeux vers lui : « Qu'est-ce que nous allons faire ? »

Manau lui avait serré la main et l'avait entraîné derrière lui. Il portait leurs deux sacs sur l'épaule. La rue, devant la gare routière, était noire de monde, les gens débordant des trottoirs, se frayant un passage entre les voitures. Le garçon n'avait pratiquement rien dit pendant la dernière heure du trajet en car. Même cette simple question – qu'est-ce que nous allons faire ? – devait être considérée comme un progrès. Il contemplait tout ce qui l'entourait avec des yeux écarquillés et craintifs. Le garçon n'était pas chez lui : il était en enfer. Et la capitale était un endroit horrible, certes, mais le monde n'est-il pas fait d'endroits horribles ? Peut-être que Victor était trop jeune pour trouver le moindre réconfort dans ce constat. Et il y avait un autre constat à faire : Adela était morte, et tous les deux étaient seuls désormais. Manau avait essayé, comme il l'avait fait au cours des quatre journées précédentes, de mettre son esprit au clair, mais il était pour-

185

suivi par une constante envie de pleurer. Dix jours plus tôt, il avait fait l'amour avec Adela sur un tapis de roseaux. C'était une nuit sans lune. Autour d'eux, au-dessus d'eux, dans la forêt proche, les oiseaux avaient fait leur musique à la fois brillante et indéchiffrable. Ce souvenir avait déclenché une poussée de désir : Adela et lui s'étaient gratté l'un l'autre et, en se poussant, avaient roulé hors du tapis sur le sol. La terre humide s'était collée à leurs corps. Plus tard, la pluie les avait rincés : un ciel fendu par l'éclair, des rideaux de pluie violette s'abattant bruyamment sur les arbres.

Dans la capitale, ciel et nuages arboraient une lueur blanche. Cela faisait un an qu'il n'avait pas vu cette lumière au-dessus de lui.

« Est-ce qu'il va pleuvoir ? avait demandé Victor. Est-ce que c'est pour ça que tu regardes en l'air ? »

Manau était parvenu à sourire. « Je ne pense pas. » Il ne lui avait pas dit qu'ils se trouvaient dans le désert côtier, il n'avait pas dit à Victor qu'aussi longtemps qu'il serait dans la capitale, il ne verrait rien qui ressemble à de la pluie. Toujours couverte, toujours humide, cette capitale. C'est une ruse, aurait voulu dire Manau. Il avait préféré demander : « Tu as faim ? », et le garçon avait dit oui de la tête.

Une femme indienne était accroupie sur le trottoir et vendait du pain dans un panier couvert sur une caisse en bois. Elle tirait sur le mégot d'un cigare roulé à la main et ne souriait pas. Manau avait pris deux petits pains et avait tendu des pièces. La femme les avait considérées un instant dans le creux de sa main et avait froncé les sourcils. Elle en avait coincé une entre deux molaires et avait essayé de la tordre. La pièce s'était pliée.

« Elle est fausse, avait-elle dit en lui rendant ses pièces. N'essaie pas de me refiler ce maudit argent de la jungle. »

Elle avait un fort accent de la montagne, avec ses voyelles mâchées. L'argent de la jungle ? Manau avait marmonné des excuses et cherché un billet dans sa poche. Le garçon avait observé l'échange sans faire de commentaire. Il avait déjà mangé la moitié de son pain. La femme avait pris un air renfrogné. « « Tu paies d'abord, tu manges ensuite, petit. » Elle tenait le billet de Manau à contre-jour pour l'examiner. « D'où est-ce que vous venez ? avait-elle demandé.

– De 1797 », a répondu Manau. Il a tenté de plaisanter : « Le billet est bon, Madame. Je l'ai fait moi-même. »

Elle a lâché une bouffée de fumée. Pas même un sourire. « Vous autres, vous avez détruit cet endroit. » Elle a rendu la monnaie à Manau et s'est détournée pour servir un autre client.

Manau sentait son sang bouillir. La ville était imprégnée d'une odeur de ruine : elle tourbillonnait dans l'air humide et se collait à vous, où que vous alliez. « Elle m'a suivi jusque dans la jungle », avait pensé Manau, et maintenant on l'accusait de l'avoir propagée. Il avait regardé la femme, puis le garçon. Dans le quartier où il avait grandi, il y avait une femme indienne qui cirait les chaussures et aiguisait les couteaux. Elle arpentait les rues, bavardant avec les femmes qui la connaissaient, offrant des bonbons aux enfants. Elle vivait sous le pont au bout de la rue, elle souriait toujours et ne se plaignait jamais, même lorsque la guerre s'était aggravée et que la moitié de ses clients avaient déménagé – c'était comme cela qu'ils étaient censés être, ces gens de la montagne, ces gens d'une pauvreté sans espoir.

Manau avait craché sur le trottoir, juste devant la femme. « Passe ton chemin ! » avait-elle dit d'une voix sifflante.

Ce qu'il avait fait alors, ce n'était pas tant pour lui que pour le garçon : d'un coup de pied rapide, Manau avait renversé le panier de pain de la femme, en le faisant tomber de la caisse en bois. Un cri avait retenti. Les pains s'étaient répandus sur le trottoir sale, avaient roulé dans le caniveau. Immédiatement, la femme s'était levée, le visage empourpré, les poings serrés. Elle était sur le point de l'attaquer, et elle lui aurait certainement fait mal, mais le temps lui avait manqué : les passants s'étaient retournés contre elle, l'avaient cernée et lui volaient maintenant ses pains. La femme s'était alors jetée sur eux, agitant les mains en tous sens, mais inutilement. Ses pains avaient disparu entre les mains d'hommes en tenue de chantier, de mères en tabliers, de gamins des rues en guenilles et les cheveux en bataille. « Voleurs ! » hurlait la femme, sur le point d'exploser, le visage livide. Quelque chose d'animal l'avait envahie et elle agitait son cigare en décrivant des cercles menaçants, frénétiques. Elle s'était alors attaquée à un homme qui s'était emparé d'un pain et, pendant un bref instant, on aurait cru qu'elle allait le mordre.

Des pains pour une journée entière avaient disparu en l'espace de quinze secondes.

Tout cela s'était passé si vite qu'il n'était plus très sûr de savoir pourquoi il avait agi ainsi. Mais il ne regrettait rien. Rien du tout. Manau avait jeté de la petite monnaie en direction du panier renversé, saisi la main de Victor et pris le large. Il avait regardé au bout de l'avenue. Au loin, se dressait l'antenne de la station de radio, un phallus de métal travaillé, pointé vers le ciel et orné de lumières rouges clignotantes. « Allons-y », avait dit Manau au garçon, et ils étaient partis dans cette direction, d'abord en marchant, puis en courant presque, comme si quelqu'un ou quelque chose les poursuivait.

C'était seulement dix jours auparavant, alors qu'ils buvaient du vin de palme et attendaient, pleins d'espoir, la venue d'une brise, que Zahir avait invité Manau à toucher ses moignons. « Sois gentil avec moi, je suis un vieil homme », avait-il dit, quand bien même il savait que Manau ne considérait pas son propriétaire et ami comme un vieux. « Je suis triste aujourd'hui.

– Tu es sûr ?

— Évidemment que je suis sûr. Il est temps que tu le fasses. Tu as les yeux collés dessus. »

Manau avait rougi et commencé à protester, mais Zahir l'avait immédiatement interrompu. « Tout va bien, avait-il dit. Tout le monde fait pareil. »

Le soleil avait plongé derrière les arbres et le ciel s'était obscurci pour prendre une couleur bleu noir laquée. C'était le début de la nuit dans la jungle : un nuage de moustiques bourdonnaient autour de la lampe à pétrole. Manau buvait le vin à la gourde. Nico était parti depuis des mois à présent, et personne n'avait plus entendu parler de lui. Ce soir-là, comme tous les autres soirs, Manau avait pris soin de ne pas mentionner le nom du fils de Zahir. Lorsque le vin lui avait délié la langue, Manau avait éprouvé le besoin de se confesser, mais il ne savait pas trop quoi dire et n'avait donc rien dit. Près de six mois s'étaient écoulés ainsi. Le temps de la récolte était venu, puis avait passé.

Dans quelques heures, la brise nocturne allait souffler, Manau se retirerait et partirait à la recherche d'Adela, oubliant Nico et son malheureux père jusqu'au lendemain. Si la lune était au rendez-vous, et même si elle ne l'était pas, il inviterait Adela à venir se baigner.

Mais pour l'instant, Zahir attendait, les yeux fermés, les bras tendus devant lui pour procéder à l'inspection. Manau avait bu une nouvelle gorgée à la gourde et l'avait reposée sur le sol. Il avait posé une main sur chacun des moignons et senti la peau rugueuse contre ses paumes. Il tenait le bras droit de Zahir par le poignet et explorait sa cicatrice avec le pouce. En cicatrisant, la chair s'était retournée sur elle-même, comme une doline ou une crevasse, comme le lit desséché et déchiqueté d'un cours d'eau.

« Cela fait sept ans, avait dit Zahir en ouvrant les yeux. Sept ans aujourd'hui. »

Manau l'avait lâché. Il avait pris l'habitude de considérer les moignons de son propriétaire comme une cruelle défor-

mation congénitale, une épreuve que Zahir avait endurée depuis toujours. Bien sûr, ce n'était pas vrai. Il savait bien que ça ne l'était pas. Pourtant, ça restait sidérant : la veille, sept ans plus tôt, Zahir pouvait se gratter la tempe, allumer sa propre cigarette. Il pouvait aimer sa femme de dix autres manières possibles. Manau avait baissé les yeux vers ses propres mains et elles lui firent l'effet d'un miracle. Il avait fait craquer ses phalanges ; elles avaient fait un pop satisfaisant. Il avait agité les doigts et surpris Zahir en train de l'observer.
« Je suis désolé.
– On s'habitue. Vraiment. Tu me crois ? »
Manau a regardé Zahir dans les yeux avec insistance. « Bien sûr », a-t-il dit.

L'obscurité commençait à quelques pas des marches de la case surélevée de Zahir. Les gens du village passaient d'un pas lent, presque invisibles, adressant un salut de temps en temps. Manau se sentait incapable de parler. Dans un peu plus d'une semaine il quitterait ce village, et toutes les histoires qu'il avait entendues ici pèseraient sur lui, pénibles et étranges, comme autant de récits qu'on lui aurait imposés : son ami handicapé, les douzaines de disparus, le village et sa bataille sans fin contre la forêt qui gagnait du terrain. Les crues, la négligence, la guerre. Manau regarderait le garçon – son compagnon de voyage – et il lui rappellerait ce jour et les autres, quand Zahir lui parlait de 1797 et de son histoire. Il se sentirait déçu par lui-même, pour avoir endossé des souvenirs qui n'étaient pas les siens. Sur le moment, il n'en avait pas souffert et cela lui avait même paru plaisant : la lumière crépusculaire, l'effet calmant du vin, les histoires qui se terminaient toujours mal. Il avait même failli s'intégrer. Il aurait pu établir un foyer ici, si Adela n'était pas morte.

Zahir avait dit : « La LI est venue et a demandé de la nourriture. Nous leur avons dit que la guerre était terminée. Ils nous ont accusé de mentir. Nous leur avons dit qu'il n'y avait pas assez de nourriture pour pouvoir partager. Ils ont dit que quelqu'un avait dû la voler s'il n'y avait plus assez pour partager. Il y a donc un voleur dans le village, ont-ils dit. Alors ils ont choisi un garçon et ils ont fait le *tadek*. »

Il s'était frotté le visage avec son moignon. Les jours de fête, après avoir bu, Zahir autorisait sa femme à attacher des glands à ses bras. Rouges et blancs. Manau l'avait vu, avait assisté à tout le processus. Lorsqu'elle parvenait aux moignons, elle ralentissait, massant la peau rugueuse avec délicatesse et adoration. Les mains de Zahir devaient sûrement lui manquer, mais à en juger par l'attention qu'elle accordait à ses moignons, on n'aurait jamais pu le deviner. Elle y attachait de grosses fleurs. Puis, lorsque la musique commençait, Zahir se mettait à danser au rythme du tambour et de la flûte, agitant ses bras comme les ailes d'un oiseau.

« Et Victor t'a désigné ? avait demandé Manau.

— Parce qu'il me connaissait, je suppose. Il était l'ami de Nico, tu comprends. Ils ont toujours été de bons amis. Il aurait pu désigner n'importe qui. C'est un miracle qu'il ne soit pas allé se coller sur sa mère. »

Adela sans mains... Manau avait été saisi d'horreur en l'imaginant ainsi.

« Victor ne s'en souvient pas, avait dit Zahir, et c'est tant mieux. Quel bien cela pourrait-il lui faire ? »

Aucun, avait pensé Manau. Mais est-ce que Nico s'en souvenait, lui ? Et quel bien cela pourrait-il lui faire ? Ou quel mal cela lui avait-il déjà fait ? Manau avait cherché son verre du bout des doigts. Son vin était tiède, mais il était descendu facilement. La brise allait se lever bientôt.

« Tu veux savoir autre chose ? avait dit Zahir. Je le méritais. Le garçon avait raison.

— Personne ne mérite une chose pareille.

— Moi, oui. »

Manau s'était attendu à ce que son propriétaire et ami continue, mais Zahir n'en avait rien fait. Le silence s'était prolongé pendant plus d'une minute et Manau n'avait pas demandé d'explications. Il n'avait pas osé. Ils avaient écouté la forêt. Quand Zahir avait repris la parole, c'était sur un tout autre ton.

« Mais c'était la deuxième fois que la LI venait, avait repris Zahir. La première, ils étaient venus pour fusiller le prêtre.

— Il y avait un prêtre ? » avait demandé Manau.

Une voix de femme avait alors surgi de l'obscurité : « Oh oui, il y avait un prêtre. »

C'était Adela. Elle était arrivée sans se faire entendre. Elle s'était avancée dans la lumière orangée de la lampe, et Manau avait senti quelque chose de chaud dans sa poitrine : il n'aurait pas besoin d'aller la chercher plus tard. Elle était là, peut-être même qu'elle l'avait cherché.

« Tu nous as trouvés », avait-il dit.

Elle avait organisé ses cheveux en tresses, et une simple mèche retombait sur ses yeux. Étincelante. Adela avait tendu la main, et Manau l'avait poliment embrassée.

« Don Zahir », avait dit Adela en s'inclinant légèrement.

Il lui avait répondu par un hochement de tête.

Manau avait offert son fauteuil à Adela, mais elle avait préféré s'asseoir au sommet des marches. Elle avait relevé sa jupe au-dessus du genou. Il avait remarqué ses pieds nus, ses chevilles. « Est-ce qu'il y a du vin ? avait-elle demandé.

— Pour toi, ma chère, il y a toujours du vin », avait répondu Zahir, et Manau s'était levé avant même qu'on lui demande quoi que ce soit. Il était allé à l'intérieur et en était revenu avec une gourde. Il l'avait servie délicatement. Une coupe pleine. Elle avait bu une gorgée.

« Zahir, avait dit Adela, tu racontais une histoire...

— Le prêtre et son destin. Ce sont de vieilles histoires.

— Raconte-la encore », avait-elle dit.

Zahir avait soupiré. Elle était irrésistible, et pas seulement aux yeux de Manau.

Le début de la guerre : un groupe de combattants ivres de soleil avaient débarqué dans le village. Ils étaient jeunes, avait dit Zahir. Ils puaient la jeunesse, et pour cette raison beaucoup de gens leur pardonnaient. Et aussi, pour dire la vérité, la victime n'était pas quelqu'un qui était aimé de tout le monde. Le prêtre était venu de l'étranger quelque trente ans auparavant et, au moment de sa mort, il était toujours obstinément attaché à son accent. Il refusait d'apprendre quoi que ce soit du dialecte ancien et ne participait pas à l'entretien du terrain communal. Il regardait de haut les Indiens qui venaient échanger des plantes médicinales et des oiseaux de la forêt contre du maïs, des lames de rasoir et des munitions. Ils ne connaissaient pas Dieu, disait-il. Et donc les types de la LI avaient agité leurs fusils en l'air, lui avaient attaché les mains, et personne n'avait protesté. Les rebelles cachaient toujours leur visage. Ils avaient donné l'ordre au village entier, cent vingt familles environ à l'époque, d'assister à l'exécution. Le bourreau était une jeune femme. Elle était très pâle.

Zahir avait respiré profondément et bu une rasade à sa gourde. Il avait demandé une cigarette. Manau en avait allumé une et l'avait tenue aux lèvres de Zahir tandis que le vieil homme tirait quelques bouffées. Manau en avait tiré quelques-unes lui aussi, gardant la fumée fraîche dans ses poumons. C'était ce dernier détail qui lui paraissait tellement bizarre : une femme ! Ce n'était certes pas des gens bien, ces types de la LI, mais ce point vraiment l'intriguait. Ce vin de la jungle produisait des effets étranges sur son cerveau : il fallait qu'il touche Adela immédiatement. Il avait tendu la jambe ; son doigt de pied droit pourrait toucher son coude s'il glissait un peu dans son fauteuil. La nuit était venue rapidement et la brise commençait à se lever.

Elle s'était tournée vers Manau et avait souri. Elle avait donné une claque pour chasser son pied et s'était pincé le nez.

Une fois la cigarette consumée, Zahir avait annoncé qu'il

arrivait à la partie intéressante de l'histoire. « N'est-ce pas, Adela ?

— Si je me souviens bien, Don Zahir.

— Bien sûr que tu t'en souviens. »

La LI avait donné la maison du prêtre à la famille la plus pauvre du village, les Hawa, et ils n'avaient pas eu d'autre choix que d'accepter. Le transport de leurs maigres possessions jusqu'à la maison du prêtre avait fait l'objet d'un grand spectacle. Mais lorsque la LI était repartie, quelques jours plus tard, Monsieur Hawa avait ramené sa famille dans son appentis, près de la rivière. Le village l'avait supplié de rester, mais il ne voulait pas entendre raison. Sa femme avait le cœur brisé. Elle avait insisté pour emporter un grand crucifix en bronze et elle aurait pris aussi le poêle du prêtre, si son mari l'avait permis.

« Nous avions tous peur pour lui. Nous lui avions dit, si la LI revient et s'aperçoit que tu as refusé leur cadeau, ils vont certainement tous vous tuer. Il était impossible d'en convaincre Hawa. C'était un chasseur. Il passait la plupart de son temps sur son canoë, au fond de la forêt, à tuer les animaux qu'il traquait sur les bords de la rivière : pythons, alligators, le marlin qu'on ne peut trouver qu'à trois jours de marche d'ici. Il disait qu'il avait vu ces types de la LI à l'œuvre. C'étaient des clowns, disait-il. Il n'avait pas peur. Je lui avais moi-même parlé. Et le prêtre ? lui avais-je demandé. Le prêtre l'a bien cherché, avait répondu Hawa.

— Et qu'est devenu Hawa ?

— Il est parti à la guerre, avec ses deux fils. Il y a des années. Sa femme est restée. Et puis, elle est partie à son tour. » Zahir avait haussé les épaules, comme pour faire comprendre que l'histoire était terminée.

« Tu n'as pas raconté le meilleur, Don Zahir.

— Vraiment ? »

Adela avait hoché la tête. Manau percevait l'inflexion rusée de son sourire. La brise du soir soufflait maintenant.

« Ce que nous avons fait de la maison. »

Zahir a souri. « Ah, oui. Bien sûr ! Que pouvions-nous faire d'autre ? Nous l'avons brûlée. »

La maison vide était un risque. Les types de la LI étaient de véritables tueurs : s'ils étaient revenus et avaient découvert qu'Hawa était parti, ils auraient tué quelqu'un d'autre dans le village, uniquement pour remettre les pendules à l'heure.

Donc, au cours d'une douce soirée de février, le jour de la fête de l'Indépendance, la maison du prêtre avait été brûlée. Ils l'avaient préparée au sacrifice à l'aide de haches et de scies, en démontant cette structure simple jusqu'à ce qu'elle ne fût plus qu'une pile de bois, de papier et de vieux vêtements moisis. Un feu de joie. Elle avait complètement brûlé. C'était la dernière fête de l'Indépendance que l'on célébrerait à 1797 avant la fin de la guerre. L'année suivante, les hommes avaient commencé à partir, puis les garçons, et il était devenu impossible d'ignorer le conflit. Manau connaissait l'histoire. Personne n'était triste de les voir partir, parce qu'ils s'attendaient à les voir revenir.

Zahir n'était jamais parti, et cela avait dû constituer un véritable défi pour lui. Presque tous les hommes de son âge étaient partis. Manau l'avait entendu déjà dire, en guise d'excuse mais comme une dénégation : « J'aime beaucoup ici. Pourquoi serais-je parti ? »

À présent, Zahir se souvenait d'avoir joué de la guitare tandis que tout le monde chantait, pendant que la maison brûlait. Il avait chanté ; il avait dansé. Il semblait impossible qu'il puisse oublier ce moment « C'était une belle fête, Adela ? Il ne sait pas, lui, tu dois lui raconter ! »

Mais quelque chose n'allait pas dans l'histoire. Où avaient-ils enterré le prêtre ? se demandait Manau. Il avait chassé la question de son esprit et s'était concentré sur la scène : la fête, la brise dans la nuit, les gens du village à l'époque où ils croyaient encore à l'avenir. Il avait de nouveau tendu le pied vers elle et l'avait touchée. Elle avait pincé son pied cette fois. La brise tournait autour d'eux.

« C'était très beau », avait dit Adela.

Manau avait accompagné Victor jusqu'à la station. Le fils d'Adela. *Adela*. Il l'avait emmené par la main jusqu'à la réception, où une réceptionniste tapait à la machine avec deux doigts en affectant l'indifférence. Ils s'étaient postés devant elle, Victor à peine assez grand pour regarder par-dessus le comptoir. Ils avaient attendu. Trente secondes s'étaient écoulées avant qu'elle ne se décide à les regarder.

« Oui ? avait-elle fini par demander.

— Nous avons besoin de voir Norma », avait dit Manau. Il était fatigué, une impression d'épuisement qu'il n'avait jamais éprouvée auparavant. « Oui, Norma va s'occuper de toi », avait-il dit au garçon.

La réceptionniste avait souri. Elle avait un visage rond et du rouge à lèvres sur les dents, une toute petite traînée, et Manau s'était demandé s'il devait le lui dire. Il ne l'avait pas fait.

« Je suis désolée, ce n'est pas possible pour le moment », avait dit la réceptionniste. Elle avait pointé le doigt vers des petits haut-parleurs encastrés dans le plafond. « Elle est à l'antenne. »

Bien sûr, qu'elle était à l'antenne. C'était sa voix qui remplissait à l'instant la pièce, cette voix qui annonçait si délicatement les nouvelles. Mais il n'y avait pas fait attention. Le son s'était inscrit dans son cerveau comme une comptine.

« De quoi s'agit-il ? avait demandé la réceptionniste.

— C'est le petit, avait dit Manau. Il a une liste pour Lost City Radio. » Il s'était tourné vers Victor. « Montre-lui. Montre-lui ta feuille de papier. »

Victor avait sorti la feuille de sa poche. Il s'était mis sur la pointe des pieds et l'avait tendue à la réceptionniste. Elle l'avait lue rapidement, en s'aidant de son doigt pour déchiffrer. Après avoir tourné la feuille, elle avait jeté un coup d'œil à la liste des disparus, et puis elle avait demandé à Victor et à Manau d'aller s'asseoir. De patienter. D'attendre. Elle avait rendu la feuille de papier et décroché le téléphone. Elle avait parlé à voix basse. Ils avaient posé leurs sacs et s'étaient laissé tomber sur les coussins du sofa, pendant que Norma continuait à annoncer les nouvelles sans commentaire, d'une voix égale. Sa maîtrise était totale. Manau pouvait à peine se concentrer sur les mots qu'elle prononçait.

Cette nuit-là, dans la jungle, sur la véranda de Zahir, quand la brise s'était levée, il s'était excusé et avait emmené Adela dans l'obscurité pour lui faire l'amour. Il avait apporté avec lui le tapis de roseau que la femme de Zahir avait tressé pour lui. Manau avait souhaité une bonne soirée à Zahir avant de descendre les marches de la véranda surélevée et posé le pied sur la terre encore molle de l'averse de l'après-midi. Adela lui avait demandé d'attendre et il l'avait fait, au coin, juste au-delà du point atteint par la lumière. La lune ne s'était pas encore levée, et la noirceur de la nuit l'avait plongé dans l'impatience. Des murmures s'étaient élevés en haut des marches. La jungle respirait, des bruits de toutes sortes, mais il n'y avait rien à voir dans l'obscurité d'encre. Manau percevait la présence de gens passant près de lui, par groupes de deux ou trois, des ombres à peine perceptibles. Peu importe qui ils étaient, ils saluaient poliment en passant : Manau, Monsieur Manau, professeur. Est-ce que tout le monde pouvait voir sauf lui ? Il avait souri en espérant que les passants – ses élèves ? ses voisins ? – sauraient interpréter son sourire comme un signe de reconnaissance. Mais il ne voyait absolument rien. Les arbres auraient tout aussi bien pu parler. Ou n'importe lequel de la douzaine de fantômes auxquels ses élèves croyaient. Nico était le dernier fantôme que les garçons et les filles prétendaient voir. « Où ça ? demandait-il. Au bord de la forêt – où d'autre ? Manau,

Manau, Manau. Vous n'avez pas vu Nico ? demandaient-ils. Non, je ne l'ai pas vu. Sauf si les rêves comptent. Ils comptent, Monsieur ! » s'exclamaient les enfants. Bien sûr que les rêves comptent ! Les enfants, comme tout le monde dans le village, étaient toujours accompagnés. Manau était seul. Lui ne s'accordait pas le luxe de croire aux fantômes. À présent, il souriait dans l'obscurité et attendait. De quoi discutaient-ils ? C'était de cette solitude qui effaçait tout qu'Adela avait commencé à le guérir. Manau avait alors pensé que la capitale ne lui manquait plus et ne lui manquerait plus jamais. Il avait alors pensé qu'il mourrait ici, dans ce poste de la jungle, de sa belle mort, après avoir maîtrisé la langue ancienne de la forêt, après avoir appris quelles plantes apportaient le bienfait et quelles autres étaient empoisonnées.

Il lui était venu à l'esprit de gratter une allumette pour observer son royaume, mais elle avait fait long feu et la brise l'avait éteinte : un instant de lumière orange scintillante – et c'était tout. Assez pour voir ses mains. Les nuages avaient voilé le ciel. C'était une nuit sans lumière et sans lune. Il allait pourtant l'emmener à la rivière ou dans le champ. Ici et là peut-être. Et il allait l'aimer.

Puis, il l'avait entendue descendre les marches, avait entendu le bois craquer. Il s'était retourné, mais ne pouvait pas la voir. Les lampes avaient été éteintes et l'obscurité était totale. Manau avait tendu la main vers elle.

« Aujourd'hui, cela fait sept ans que Zahir a perdu ses mains, avait-elle dit.

– Je sais. Il me l'a dit.

– Il fallait que je vienne le saluer. Lui présenter mes excuses. » Elle avait soupiré. « C'est mon fils qui a fait ça. »

Manau avait approuvé en inclinant la tête, même s'il était sûr qu'elle ne pouvait pas le voir. Ils marchaient, pensait-il, en direction du champ. Il sentait la terre détrempée sous ses pieds. La voix d'Adela avait presque déraillé, avait-il remarqué. Est-ce qu'elle pleurait ?

« C'est la LI, pas Victor », avait dit Manau à l'obscurité. Il l'avait entendue soupirer de nouveau. Elle doit savoir que j'ai raison, s'était-il dit. Le garçon est innocent. N'étaient les doigts d'Adela entre les siens, il se sentait seul. « Que dit Zahir ?

— Il n'accepte pas d'argent. Je lui en offre chaque année. Il dit qu'il le méritait.

— Il m'a dit la même chose. Qu'est-ce qu'il a fait ?

— Je ne sais pas. »

Ils étaient allés jusqu'au champ, en traversant le village à l'instinct, à la mémoire musculaire : tourner ici, tout droit, laisser les pieds s'enfoncer dans la boue, passer par-dessus ce tronc d'arbre tombé en travers du chemin. Même Adela avait été d'accord pour dire que c'était la nuit la plus sombre depuis des années : c'est pourquoi, l'orage, lorsqu'il était survenu à l'horizon, avait été le bienvenu. Des éclairs zébraient le ciel et Manau s'était tourné à temps pour la voir : Adela, toute argentée.

« Ne pleure pas, avait-il dit.

— Il a des cauchemars. Ils sont pires cette année, depuis que Nico est parti. »

Manau l'avait serrée contre lui. Dans une semaine, elle serait morte. « Est-ce qu'il se souvient ?

— Bien sûr qu'il se souvient. Nico ne l'a jamais laissé oublier. »

L'orage avait éclaté, une musique en soi. Ils étaient restés silencieux un moment.

« Je lui ai donné de la tisane pour qu'il puisse dormir. » Sa voix était un gémissement. « Pauvre garçon, pauvre Zahir, pauvre Nico.

— Ne pleure pas », avait-il répété.

Ils avaient attendu le début de la pluie. Manau avait étendu son tapis. Elle avait dit non, qu'elle devait rentrer et s'occuper de son garçon. Il l'avait embrassée. Elle l'avait embrassé à son tour. Au loin, les éclairs se multipliaient. Puis, ils s'étaient retrouvés nus et ils avaient pris la pluie. Le ciel s'était incurvé et le vent avait soufflé. « Il faut que j'aille m'occuper de mon garçon », avait-elle murmuré, mais son corps ne se plaignait pas. Au contraire, elle avait bougé sous lui, avec lui, et la pluie s'intensifia jusqu'à ce qu'ils fussent parvenus tous les deux au même point.

« Je vais prendre l'air », avait dit Manau, et c'était sûrement ce qu'il avait l'intention de faire. Il n'avait sûrement pas l'idée de s'en aller et d'abandonner le garçon à la station, de le laisser attendre tout seul Norma. Il aurait peut-être soupçonné qu'il en était capable, s'il avait cru ce que son père avait toujours dit de lui. Mais ce n'était pas le cas – pas jusqu'à ce jour. C'était un homme faible, à ne pas confondre avec un homme mauvais. Manau allait rentrer chez lui depuis la station, allait traverser cette ville grise et bruyante, et se consoler avec cette distinction. Il avait réussi à se le cacher pendant un peu de temps dans la jungle. À présent, c'était clair. Pourquoi Adela avait-elle compté sur lui ? Pourquoi le village avait-il compté sur lui ?

Quand ils avaient eu fini, quand la pluie avait passé, Manau avait roulé son tapis et l'avait invitée à venir nager.

« Je ne sais pas », avait-elle répondu.

Les nuages s'étaient dissipés ; les étoiles avaient découpé une bande brillante dans le ciel sombre. Ils avaient pu enfin se voir. Elle s'était habillée, elle avait couvert son corps argenté. Manau était resté nu. Il avait fait une boule de ses vêtements.

« Je vais t'apprendre.

– Mais ça porte malheur de nager par une nuit sans lune. »

C'était ce qu'elle avait dit au moment où il l'avait fait entrer dans l'eau. « Superstition ! » s'était-il exclamé et, peu après, elle riait et avait sans doute oublié elle-même sa prophétie. Il l'avait chatouillée. L'eau était noire, lisse et calme. Lorsque le vent soufflait, des gouttes de pluie tombaient des arbres, troublaient la surface de la rivière qui coulait lentement. Il allait pleuvoir toutes les nuits au cours de la semaine suivante, et chaque nuit serait plus sombre que la précédente. La rivière, lorsqu'elle allait l'emporter, serait complètement différente. Méconnaissable. Violente.

Elle s'éclaboussait. Un oiseau pépiait. Le poisson argenté, invisible, nageait autour de ses chevilles. Manau ne lui avait rien appris cette nuit-là. Rien sur la nage, sur les courants ou sur les rivières gonflées par la pluie.

« Qu'est-ce que c'est ? avait demandé Victor en levant les yeux de la liste.

— L'argent que m'a donné l'homme pour toi. Dans le bus. J'ai peur d'oublier.

— Où est-ce que tu vas ? »

Manau avait répondu, « Juste là, devant. Je vais prendre l'air. »

Le garçon avait hoché la tête. Ce n'était pas un mensonge. Dehors, il y avait la ville avec son ciel plombé et la rue avec ses vagues de bruit. Le garçon n'avait pas protesté, pas plus que la réceptionniste aux dents tachées de rouge à lèvres.

Une fois dehors, Manau avait pris une grande inspiration, cette odeur de la ville, et il avait été pris d'une bouffée de nostalgie inattendue. La station se trouvait sur un boulevard animé, bordé d'arbres d'un vert cendré. Peut-être qu'il était déjà passé ici, peut-être pas, mais ce lieu lui était très familier. De l'autre côté de la rue, une école d'informatique avait libéré ses classes du matin. Des douzaines d'étudiants traînaient devant l'entrée, échangeant des potins, faisant des projets. On devinait chez eux cet optimisme qu'affichent si souvent tous les jeunes. Quelle idiotie. Un bus s'était arrêté et était reparti, déposant une famille d'Indiens au coin de la rue, et les étudiants n'y avaient pas prêté la moindre attention. Le père et la mère regardaient autour d'eux, manifestement consternés par la taille de l'endroit, par ce trottoir noir de monde. Peut-être qu'ils venaient eux aussi à la station de radio pour voir Norma, pour être retrouvés. Les enfants tremblaient de peur et cachaient leur visage sous la jupe de leur mère.

Quatre voies de circulation et une rangée d'arbres mourants les séparaient de la station. Ils n'avaient pas traversé, et Manau n'avait pas traversé dans leur direction. Peut-être qu'ils attendaient quelqu'un. La foule des étudiants s'était dispersée. Certains étaient retournés en cours, d'autres attendaient le bus impatiemment, d'autres étaient partis en bandes joyeuses le long du boulevard. Manau s'était dit qu'il y avait sans doute plus de gens dans cette école d'informatique que dans tout le village de 1797.

Après discussion, la famille d'Indiens s'était mise à avancer péniblement le long du boulevard. Ils se tenaient par la main et marchaient lentement.

Lorsque Manau s'était retourné pour regarder à travers la vitre du hall de la station de radio, Victor avait disparu. Manau était entré en courant. « Le garçon », avait-il demandé à la réceptionniste. Il était essoufflé. Ce n'était plus la voix de Norma qu'on entendait sur les haut-parleurs, mais celle de quelqu'un d'autre. « Où est le garçon ? »

La réceptionniste avait eu l'air surprise, puis elle avait repris contenance. « Ils l'ont fait entrer, Monsieur. Je suis désolée. Le producteur est venu le chercher. Il parle avec Norma. » Elle s'était tue un instant. « Ça va ? Vous voulez y aller ? »

Il avait ressenti une décharge, comme un choc électrique. Ces mot : « Y aller ?

— Entrer, avait-elle précisé.

— Oh ! » Il était comme hébété. Un sourire s'affichait maintenant sur le visage lunaire de la réceptionniste. « Non. Ça va. Je vais attendre dehors. »

Elle avait hoché la tête. Il avait pris le sac qu'il avait abandonné près du sofa et avait franchi la porte de nouveau. La rue était indifférente et bruyante. Des bus passaient, des femmes en bicyclette, des garçons en skate-board. Tout cela lui avait rappelé la capitale et il avait été saisi d'effroi. Il était possible que quelqu'un ici eût été heureux de le voir. Ce village qu'il avait connu dans la jungle allait bientôt sombrer dans la forêt. Où était le garçon ? Il parlait avec Norma. Elle était déjà en train de résoudre ses problèmes. Quoi qu'elle puisse faire, s'était-il dit, c'est toujours plus que ce que je peux faire moi-même. Il entendit encore les voix – Manau, Manau, Manau : elles provenaient de tous côtés. Passant par les fentes séparant les briques qui composaient cet immeuble.

Il s'était soudain rendu compte qu'il retenait son souffle. Il avait pris une longue inspiration. Puis, il s'était mis à marcher le long du boulevard. C'était tellement simple : un bloc avait défilé comme dans un rêve, et puis un autre, et un autre encore.

Chaque bloc nouveau était plus facile à franchir que le précédent.

Quand ils avaient fini de nager, ils avaient rassemblé leurs affaires et repris le chemin du village. Leurs vêtements mouillés leur collaient à la peau, mais la nuit était douce et sèche. Tout allait bien. Il s'en souvenait parfaitement en marchant dans la ville, comme il se souvenait de la façon dont son monde avait été récemment démantelé sous les coups répétés du malheur. L'orage avait passé cette nuit-là, mais un autre, bien sûr, s'annonçait. Ils avaient trouvé la case d'Adela et elle avait allumé une lanterne pour voir comment allait son fils. Une forêt d'insectes tentait de couper la nuit en deux.

« Est-ce que tu t'occuperas de lui ? avait-elle demandé. S'il m'arrive quelque chose.

– Il ne va rien t'arriver.

– Mais s'il m'arrive quelque chose. » Elle était sérieuse. Elle avait murmuré à son oreille : « Dis oui », et Manau avait obéi.

10

Pour Norma, la guerre avait commencé quatorze ans plus tôt, le jour où elle avait été envoyée pour faire un reportage sur un incendie à Tamoé. À l'époque, elle était simple secrétaire de rédaction à la station et n'était jamais passée à l'antenne, sa voix étant encore un trésor caché. Rey et elle étaient mariés depuis plus de deux ans, mais elle se considérait toujours comme une jeune mariée. Il devait revenir de la jungle, cet après-midi-là. On était en octobre, à l'approche du sixième anniversaire du début de la guerre, même si personne ne tenait le compte – à cette époque-là.

Norma était arrivée sur le lieu de l'incendie et avait trouvé les pompiers en train de regarder une maison en flammes. Quelques hommes armés et masqués se tenaient devant l'incendie. Une foule tranquille s'était rassemblée autour de la maison, bras croisés pour la plupart, clignant des yeux dans la fumée âcre. Norma était parvenue à lire le mot TRAÎTRE peint en noir sur un mur en flammes. Les terroristes ne bougeaient pas ou ne se montraient pas menaçants – c'eût été parfaitement inutile. Les pompiers étaient tous des volontaires. Ils n'allaient pas risquer de prendre une balle dans la peau pour éteindre un incendie. C'était la fin de l'après-midi à la périphérie de la capitale et, bientôt, il ferait nuit. Il n'y avait pas de réverbères dans cette partie du district. Norma avait les yeux qui lui piquaient. Les pompiers avaient complètement renoncé. L'un d'eux était assis sur son casque en plastique dur et fumait une cigarette. « Vous allez faire quelque chose ? » avait demandé Norma.

Le type avait secoué la tête. Il avait le bas du visage couvert de poils blancs. « Et vous ?

— Je ne suis qu'une journaliste.

— Alors faites votre métier. Pourquoi ne pas commencer avec ça ? Il y a un homme à l'intérieur. Il est attaché sur une chaise en bois. »

Le pompier avait soufflé la fumée de sa cigarette par les narines, tel un dragon.

Et pendant toute la durée de la guerre, plus que des luttes contre les incendies de la vieille Plaza, plus que des barricades dans les rues du Cantonnement, plus même que de la bataille apocalyptique de Tamoé – c'était de cela que se souviendrait Norma : ce type à l'intérieur de cette maison en feu, cet inconnu attaché à une chaise. Pendant toute cette nuit-là et la matinée qui avait suivi, alors que les nouvelles arrivaient d'une douzaine de lieux éloignés de la capitale, des nouvelles d'une offensive, des nouvelles d'une attaque, alors que le premier des grands black-outs frappait la capitale, Norma avait absorbé tout cela comme une somnambule. La cruauté était une chose qu'elle avait eu du mal à traiter ce jour-là. Une autre fois, peut-être, elle aurait pu faire mieux. Elle avait regardé le pompier droit dans les yeux, dans l'espoir de détecter l'indice d'une inexactitude, mais elle n'y trouva rien. Les gens contemplaient les flammes sans exprimer la moindre passion. Le feu avait bientôt craqué, la maison s'était effondrée, et Norma avait tendu l'oreille pour l'entendre. Il était certainement déjà mort. Ses poumons étaient sûrement saturés de fumée et son cœur avait cessé de battre. Norma, elle, avait seulement la tête qui tournait un peu, comme si elle avait été creuse. Elle s'était sentie incapable d'écrire la moindre chose, de poser la moindre question. À la périphérie de la foule, une fille de treize ou quatorze ans suçait une sucette. Sa mère avait fait sonner la clochette de son chariot de vendeuse de jus de fruit, et elle avait émis un son joyeux.

Lorsque Rey était revenu de la Lune pour dormir sur le canapé de son père, c'était Trini qui avait veillé à ce qu'il ne laisse pas tout tomber. C'était Trini qui lui avait raconté des histoires et rappelé les temps meilleurs, plus heureux. Les soirs où le père de Rey faisait cours à l'institut, Trini venait chercher son neveu pour le convaincre, avec une bonne humeur constante, de quitter l'appartement encombré et de venir voir ce que la capitale avait à offrir. « Les rues sont pleines de femmes magnifiques ! » disait-il. Ils faisaient donc ensemble de longues promenades dans le quartier d'Idorú, en direction de Regent Park et à travers l'Aqueduc, souvent aussi loin que la Vieille Plaza – qui s'appelait simplement la Plaza à l'époque. Une fois arrivés là, ils s'abandonnaient au bruit des musiciens et des comédiens de rue, à la foule des gens assis autour de la fontaine asséchée, à leur fumée, à leurs conversations et à leurs rires, et Rey, parce qu'il aimait son oncle, faisait tout ce qu'il pouvait pour être heureux ou, plus exactement, pour le paraître.

Il est vrai qu'il passait ses journées dans une solitude oppressante, qu'il dormait très mal, que les mêmes cauchemars revenaient sans cesse. Rey passait son temps à arpenter l'appartement de son père, à réorganiser les papiers en désordre et à lire les dictionnaires du vieil homme. Pendant les heures de la matinée, il se préparait mentalement à sa sortie de la mi-journée, au coin de la rue, pour aller manger un morceau. C'était une vraie torture. Il redoutait que personne ne veuille lui parler, et il était également terrifié par la perspective que quelqu'un veuille le faire. Il retardait le plus possible le moment d'aller déjeuner, parfois jusqu'à trois ou

206

quatre heures de l'après-midi. Le déjeuner terminé, Rey pouvait rentrer dormir, une heure entière quelquefois.

Mais au cours de ces ballades nocturnes sous les réverbères jaunes de la ville, tout paraissait plus doux, plus simple. Les cireurs de chaussures et les pickpockets se rassemblaient dans un coin de la Plaza pour compter le butin de la journée. Le long de la ruelle, du côté nord de la cathédrale, une demi-douzaine de femmes avaient installé leurs étals, où elles vendaient du pain frais et des vieux magazines, des capsules de bouteille et des boîtes d'allumettes des meilleurs hôtels de la ville. Une bande de jongleurs se préparaient pour leur spectacle, et partout la ville affairée semblait décidée à s'accorder un moment de détente.

Un soir de juin, Trini et Rey étaient arrivés sur la Plaza à temps pour voir amener les couleurs. Il ne fallait pas moins de quinze soldats pour plier le drapeau. Un clairon jouait un air martial, et quelques touristes prenaient des photos. Rey avait gardé les mains dans les poches. Il ne ressentait rien. Dans une semaine, il commencerait à travailler à Tamoé, deviendrait un fonctionnaire de cette nation et de ce drapeau. Il en avait parlé avec son oncle, de ce qu'il y avait d'étrange dans le fait d'avoir été torturé par un gouvernement et d'être ensuite employé par lui, tout cela en l'espace de quelques mois. Le gouvernement n'était, après tout, qu'une machine aveugle : à présent, ses soldats se tenaient au garde-à-vous et le drapeau était plié, il serait ensuite passé de main en main jusqu'à ce qu'il ne soit plus qu'un carré rouge sang d'un mètre de côté tenu par quatre paires de mains. Le clairon avait émis une dernière note gémissante. Rey s'était apprêté à dire quelque chose, lorsque, s'étant retourné, il avait remarqué que Trini s'était arrêté, parfaitement raide et les mains jointes. Puis, Trini avait salué et surpris Rey en train de le regarder. Il avait eu un sourire gêné.

Quelques mois avant que Rey ne soit emmené à la Lune, Trini avait pris un travail de gardien de prison dans un quartier appelé Venise parce qu'il était inondé pratiquement tous les ans. En fait, c'était en faisant pression sur son chef que Trini avait obtenu que Rey soit relâché. La prison de Venise était immense et dangereuse, comprenant de multiples pavillons destinés aux divers indésirables du pays. Six jours par semaine, il devait surveiller des gens soupçonnés d'avoir eu des activités terroristes. La guerre n'avait pas encore officiellement commencé, et ces hommes n'étaient pas très nombreux, mais leur nombre augmentait et leur attitude était différente de celle des prisonniers que Trini avait observés jusqu'alors. Ils n'étaient pas intimidés par les démonstrations de force et leur arrogance n'était pas de la frime : elle témoignait de leur confiance et de leur bonne foi. Certains avaient des allures d'étudiants, d'autres semblaient descendus des montagnes. Ils avaient le sentiment que la prison était à eux et, naturellement, ils avaient raison. Si c'était les ennuis que cherchait Trini, il les aurait : violents et incessants. La situation pouvait exploser à tout instant.

Rey et Trini avaient traversé la place, étaient passés devant des hommes en costumes traditionnels qui vendaient des médicaments issus de la jungle, devant des types penchés sur des machines à écrire, rédigeant des lettres d'amour ou des formulaires administratifs, et atteignaient maintenant une rue adjacente où Trini connaissait une femme qui vendait d'excellents kebabs de porc. « Une recette spéciale, avait-il dit. C'est moi qui régale. » Évidemment, il y avait là une douzaine de personnes qui attendaient. Ils avaient donc fait la queue. Au bout de la rue, une équipe de la municipalité couvrait un graffiti. – « Un gardien a été tué aujourd'hui, avait dit Trini à Rey. Une exécution. La LI.

– Tu le connaissais ? »

Trini avait incliné la tête. « Nous sommes bons pour les emmerdements. Un tas d'emmerdements. Ces gamins qui plient le drapeau, ils n'en ont pas la moindre idée. »

La queue avait avancé un peu. La fumée faisait pleurer

Rey. Il respirait l'odeur de charbon et de viande grillée. Une nuit, à la Lune, il avait senti une odeur du même type. Ça l'avait ravagé : l'idée que ces soldats allaient le brûler vif, qu'ils allaient le manger. Il avait décidé très tôt que ces tortionnaires étaient capables de tout et il ne s'attendait pas à sortir vivant de cet endroit – alors pourquoi ne pas se laisser dévorer ?

Bien sûr, ils ne faisaient que célébrer un anniversaire.

« Tu te sens bien ? » avait demandé Trini.

Rey avait hoché la tête. Un moment avait passé. Trini fredonnait maintenant la mélodie mélancolique d'une vieille chanson.

« Comment se fait-il que personne ne m'ait jamais demandé ce qui s'était passé ?

– Quoi ? »

Rey avait jeté un coup d'œil à la file d'attente, devant et derrière eux. Il sentit soudain quelque chose de brûlant en lui. « À la Lune », avait-il dit, et quelques personnes s'étaient tournées. « Ce qu'ils m'ont fait. Comment se fait-il que personne ne m'ait jamais demandé ? Tu ne veux pas savoir ? »

Trini avait jeté un regard vide à son neveu. Il avait cligné des yeux plusieurs fois, et les commissures de ses lèvres avaient pointé vers le bas. « Je travaille dans une prison, figure-toi. » Il avait toussé et chassé la fumée. « Je sais exactement ce qu'ils t'ont fait. »

Quelques personnes étaient sorties de la file d'attente. Rey n'avait pas bougé, soudain pris de fureur. Sa mâchoire lui faisait mal. Il se souvenait de tout, de chaque détail à chaque instant. La nuit, il avait été entouré par d'autres hommes brisés qu'il ne pouvait pas voir. Ils sanglotaient dans leur coin et personne ne réconfortait personne. Tous avaient peur.

« Ils m'auraient mangé. »

Trini avait dressé un sourcil. « Baisse un peu la voix.

– Va au diable.

« – J'y vais, mon garçon. Six jours par semaine. »

La moitié de la file avait disparu à présent, renonçant à attendre. Trop de choses dites, trop d'indiscrétions. Une brise avait commencé à souffler, chassant momentanément la fumée de la rue. Un homme, portant un bonnet tricoté, s'était assis sur le trottoir pour rouler une cigarette. Rey, lui aussi, avait quitté la file. Trini avait fini par l'imiter et l'avait rattrapé au coin de la rue. Ils avaient marché ensemble – ou plutôt dans la même direction. Finalement, à un croisement animé, Rey et Trini s'étaient retrouvés côte à côte, dans l'attente de pouvoir traverser.

« Parler n'arrange rien, avait dit Trini. Je le sais. C'est pour ça que je n'ai jamais posé de questions. » Le feu était passé au rouge, et ils avaient traversé la rue pour prendre le chemin du retour.

Le centre téléphonique était noir de monde à cette heure. Un homme pâle, l'air malade et les cheveux gras, a tendu un ticket à Norma : cabine numéro quatorze. Puis, il lui a remis un formulaire en l'invitant à s'asseoir. « Vous inscrivez les numéros ici, a-t-il expliqué, et je les compose pour vous. »

Norma a approuvé. « L'attente est longue ?

– Trente minutes. Peut-être plus », a dit l'homme en regardant sa liste. Puis il a levé les yeux et souri. « Mais vous devez avoir un téléphone chez vous, Madame. Pourquoi venir ici ? »

Norma a rougi. Elle avait en effet un téléphone, mais quelle importance ? Il ne sonnait jamais. C'était cela ce que ce type voulait entendre ? Qu'elle aussi était seule ? Elle a ignoré sa question et lui a demandé un annuaire.

« Une communication locale, Madame ? » a interrogé le type, avant de hausser les épaules et de sortir un annuaire en lambeaux de derrière son bureau. Norma a murmuré un remerciement.

La fin d'une journée de travail, dans toute la ville, c'était toujours la même chose. Le soir en Amérique, minuit en Europe, déjà le lendemain matin en Asie. Le temps d'appeler et de prendre des nouvelles, de rassurer tous ceux qui étaient partis que vous alliez arriver, que vous aviez survécu, que vous ne les aviez pas oubliés. Pour vous assurer qu'ils ne vous avaient pas oublié. Norma avait soupiré. Il y avait vingt-cinq téléphones dans vingt-cinq cabines, chacune avec son cendrier qui débordait, toutes occupées. Des hommes et des femmes penchés, berçant tendrement le combiné, faisant des efforts pour entendre la voix à l'autre bout du fil. La plupart d'entre eux tournaient le dos à la salle d'attente, mais elle aurait pu les reconnaître rien qu'à la voix – ces mêmes voix qu'elle entendait tous les dimanches. Elle les reconnaissait au geignement qui emplissait la salle – toujours le même son. Le téléphone abolissait les distances, tout comme le faisait la radio, et il reposait, comme la radio, sur le miracle de l'imagination : il fallait se concentrer profondément, et plonger, la tête la première. Où appelaient-ils ? Cette voix, d'où venait-elle ? Le monde entier s'était dispersé, mais elles étaient là, si proches qu'on pouvait les sentir. Si proches qu'on pouvait les flairer. Il suffisait de fermer les yeux, d'écouter, et elles étaient là. Ils respectaient le téléphone, ces gens. Ils le tenaient comme s'ils avaient eu de la porcelaine entre les mains : celle qu'on sort pour les grandes occasions. La radio, c'était pareil. Plus encore. Norma espérait que personne ne la reconnaîtrait.

Elle avait envoyé Victor s'asseoir et l'avait trouvé ensuite près d'un jeune homme au crâne rasé, portant un tatouage en diagonale sur le cou. Victor avait gardé une place pour elle, ce qui n'était pas rien dans cette salle surpeuplée.

« Manau ? », a-t-elle dit en s'asseyant.

Victor a hoché la tête.

Ce n'était pas un nom courant ; au moins, Norma pouvait lui être reconnaissante de ça. Elle avait déjà décidé qu'ils ne rentreraient pas chez elle ce soir. Elmer y avait peut-être envoyé quelqu'un pour attendre son retour et les ramener, elle et le garçon. Elmer avait peur, bien sûr, et ce n'était pas tout à fait sans raison : dix ans que ça durait, et le gouvernement ne prenait toujours aucun risque en ce qui concernait la guerre. Non, rentrer à la maison, ce n'était décidément pas la bonne solution. Ils allaient plutôt essayer de retrouver cet instituteur, ce Manau. Ils lui tendraient une embuscade : lui faire cracher tout ce qu'il savait. Elle eut le sentiment qu'elle pourrait frapper cet homme lorsqu'elle le verrait. C'était le genre de colère qu'elle éprouvait : combien de fois avait-elle frappé quelqu'un au cours de sa vie ? Une fois, deux fois, jamais ? Elle a feuilleté l'annuaire et identifié douze Manau répartis dans neuf quartiers différents. Aucun Elijah ou E. Manau. Il vivait donc chez des parents. Bien sûr. Deux pouvaient être éliminés d'office : des adresses trop chics. Les familles riches n'envoient pas leurs enfants enseigner dans des endroits comme 1797.

Elle a soigneusement noté les dix numéros sur le formulaire que lui avait donné l'homme aux cheveux gras.

« Qu'est-ce que nous allons faire quand nous l'aurons retrouvé ? a dit Victor.

— Nous lui demanderons ce qu'il sait, a dit Norma. Que pouvons-nous faire d'autre ?

— OK. »

Norma a refermé l'annuaire. « Pourquoi ?

— Et s'il refuse de nous parler ? »

Elle n'avait pas envisagé cette éventualité. Pas vraiment. De quel droit ce Manau, cette créature veule, lui cacherait-il quoi que ce soit ? Norma allait répondre quand son numéro fut appelé. « Viens avec moi », dit-elle à Victor et ils se faufilèrent entre les gens jusqu'au comptoir. Elle remit son formulaire à l'homme aux cheveux gras et elle entraîna Victor par la main en direction de leur cabine. « Il va parler », a-t-elle dit à Victor autant que pour s'en convaincre.

Il faisait chaud, et il y avait à peine assez de place pour eux deux. Ils se sont serrés l'un contre l'autre. Il n'y avait là qu'une chaise et une toute petite table, avec le téléphone, le minuteur et un cendrier. Victor est resté debout. Le téléphone était doté d'un voyant vert qui clignotait lorsque la communication était établie. Ils ont attendu dans la cabine étouffante, et le garçon n'a rien dit. Le type au comptoir composait les uns après les autres les numéros indiqués. Norma décrochait le téléphone, chaque fois saisie d'un improbable optimisme. Six fois elle a demandé à parler à Elijah Manau, et six fois on lui a répondu qu'elle se trompait de numéro. Elle commençait à soupçonner qu'il n'avait pas le téléphone, qu'ils perdaient leur temps, lorsque, au septième appel, une femme à la voix lasse lui a dit : « Attendez, attendez. Oui, il est là. » Norma a eu envie de crier. La femme s'est éclaircie la voix et a appelé, « Elijah ! Téléphone ! »

Norma avait pu entendre une voix – une voix d'homme, trop éloignée encore. « Oui, mère, a-t-elle dit, j'arrive. Dis-leur de patienter. » C'était comme s'il s'était attendu à cet appel.

Dans les semaines qui avaient suivi, chaque fois qu'il lui rendait visite, Trini racontait à Rey la dernière transgression de la LI, la dernière menace. Ce n'était plus qu'une question de temps, disait-il. Les emmerdements vont commencer. Rey avait commencé à travailler à Tamoé, et ils échangeaient leurs histoires d'initiés concernant le navire sur le point de chavirer qu'était l'État : sa bureaucratie myope, son incompétence radicale, manifeste aussi bien à Tamoé que dans l'obscurité terrifiante des prisons. Le père de Rey ajoutait son grain de sel, soutenait que ça avait toujours été comme ça et que tout ne faisait qu'empirer. On pouvait compter sur lui pour lester la conversation d'une bonne dose de pessimisme. Six mois s'étaient écoulés depuis que Rey avait rencontré Marden et qu'il était retourné à l'université. Trini avait rempli bien des rapports et déposé des plaintes officielles, mais il n'en était rien sorti. Un autre gardien a été tué aujourd'hui, leur avait-il dit un soir, l'air bouleversé, et Rey avait demandé à son oncle d'être prudent. Démissionne, avait dit le père de Rey, mais les emplois se faisaient rares. Garde du corps, agent de sécurité : et est-ce que c'était vraiment mieux ? Tellement plus sûr ?

Juste avant que la guerre ne soit déclarée, dix mois après que Rey avait été relâché de la Lune, l'administration pénitentiaire avait procédé à une retraite tactique, en abandonnant un pavillon entier à la LI. Cela marquait une sorte de trêve, et elle devait tenir plus longtemps que quiconque aurait jamais pu le supposer : une année entière et une bonne partie de la suivante. Trini travaillait encore à la prison et personne n'entrait dans le pavillon de la LI. La LI y donnait des cours, y entraînait ses hommes, et l'administration pénitentiaire préférait ne pas y penser. De temps en temps, un activiste se faisait prendre et il était jeté là avec ses camarades. Ils le nourrissaient et l'habillaient : il avait survécu à la Lune et retrouverait la santé dans le territoire libéré au sein de la prison.

On était en novembre, à l'approche du deuxième anniversaire officiel du déclenchement de la guerre, quand l'inévitable s'était produit : l'évasion, qui devait marquer l'un des premiers succès de la LI dans la capitale. Un tunnel, long de quatre pâtés de maisons, avait été creusé, depuis une maison louée, puis abandonnée, du quartier adjacent jusqu'aux murs de la prison. La terre avait été entassée dans la salle de séjour. La presse était devenue folle et il avait fallu trouver un bouc émissaire de toute urgence. Les responsables avaient cherché un *peon*, un célibataire sans famille susceptible de s'agiter. Et ils avaient trouvé Trini.

Au moment où il avait été arrêté, Trini vivait avec le père de Rey. Ils étaient venus un dimanche après-midi, avaient défoncé la porte et collé tout le monde contre le mur : Rey, son père, Norma, Trini. Ils les auraient tous emmenés si Norma ne les avait pas menacés : « Je travaille à la radio, avait-elle dit. Je vais faire un esclandre. » Elle n'était que stagiaire à l'époque, mais les soldats n'avaient pas voulu prendre de risques. Ils avaient embarqué Trini. Il n'avait pas résisté. Ils avaient emmené Rey aussi, mais seulement jusque dans la rue, puis l'avaient relâché. La femme n'aurait pas cessé de hurler.

« Je vous ai prévenus ! Assassins ! Meurtriers ! Voleurs ! » criait-elle.

Les soldats avaient tiré quelques coups de feu en l'air pour disperser la foule qui s'était rassemblée. Idorú était un quartier de ce genre : où tout le monde espionnait tout le monde, où la police n'était pas la bienvenue. Comme il avait les menottes aux mains, Trini n'avait pas pu leur faire un geste d'adieu, mais dans un grand effort, il avait réussi à lever le menton en direction de sa famille – son frère, son neveu – avant d'être poussé à l'arrière d'un camion militaire.

Lorsque Rey avait disparu, Norma était revenue à cette nuit à Tamoé, la nuit où la guerre était devenue bien réelle. Elle avait été choquée, et cette nuit alimentait tous ses cauchemars. Elle imaginait que c'était Rey qui avait été attaché à cette chaise tout le temps ; que les années qu'ils avaient passées ensemble n'étaient qu'un mensonge, que son mari avait toujours été un prisonnier de guerre. Les accusations selon lesquelles il faisait partie de la LI étaient, pour Norma, non fondées ; la guerre avait depuis longtemps cessé d'être un conflit entre des ennemis bien distincts. La LI faisait sauter une banque ou une église ; l'armée faisait passer ses tanks sur une douzaine de maisons au milieu de la nuit. Dans un cas comme dans l'autre, des gens mouraient. Rey était parti dans la jungle, la LI avait lancé sa dernière opération à

Tamoé – et perdu. La plus grande partie du quartier avait
été rasée. Puis, les massacres avaient flambé et s'étaient éteints
dans la jungle, et puis tout avait été fini. Comme ça, les
lumières s'étaient rallumées. Mais où était Rey ? La guerre
avait été, pendant de nombreuses années, une entité unique,
d'une violence implacable. Et elle l'avait avalé. Un moteur,
une machine et des hommes avec des fusils – ils n'étaient
que ses factotums. Lorsqu'il en était mort suffisamment, elle
avait pris fin.

La nuit de l'incendie, au cours du trajet de retour en bus
en direction de la station, elle avait eu le temps de réfléchir
à sa situation. Norma avait senti une peur animale frémir
dans son ventre, et elle s'était dit qu'elle n'était pas faite pour
le journalisme. Peut-être devrait-elle quitter le pays, embar-
quer à bord d'un avion en partance pour l'Europe, travailler
comme nurse, se faire mère de substitution auprès d'un troupeau d'enfants riches. Elle pourrait ainsi apprendre une langue nouvelle... et découvrir le monde. N'en avait-elle pas le
droit ? Elle avait vingt-huit ans, déjà trop âgée pour retourner
à l'université et s'orienter vers un autre métier. Il était trop
tard pour faire ce que son père lui avait toujours demandé :
apprendre le secrétariat et épouser un chef d'entreprise, un
homme disposant d'un chauffeur et vivant dans une maison
cachée dans les collines, là où les problèmes n'atteignent personne. Mais elle avait épousé Rey. Il étudiait les plantes et
n'était pas chef d'entreprise. Il disparaissait dans la forêt pendant des semaines. Ils avaient certes survécu à la crise du
tadek, mais elle en savait assez pour comprendre que, avec
Rey, les problèmes ne cesseraient de se multiplier.

Norma était tellement perdue dans ses pensées qu'elle
n'avait pas remarqué les soldats alignés devant les bâtiments
officiels du gouvernement, ni le fait que le chauffeur du bus
roulait de plus en plus vite dans des rues où la circulation
avait presque disparu. Il était tard lorsqu'elle était arrivée,
près de dix heures, mais la station était très animée. Elle avait

rendu son magnétophone inutilisé, rangé son bloc-notes vierge dans le classeur métallique, et s'était préparée, pour le cas où on le lui aurait demandé, à donner sa démission. Elle se sentait malade de honte, de peur, mais personne ne semblait remarquer sa présence. Norma partageait son bureau avec un autre reporter, un jeune homme au visage un peu bouffi, nommé Elmer. Il travaillait toujours tard, dormait même parfois à la station, et elle n'avait donc pas été surprise de le trouver à son bureau, se frottant les tempes et l'air joyeusement débordé. Il avait un stylo vert entre les dents. Il lui avait souri en disant : « Ce monde est devenu un vrai merdier. »

Norma ne savait que dire. Elmer avait éloigné le stylo de sa bouche et le faisait maintenant tourner entre ses doigts. Il lui avait passé le texte qu'il était en train d'écrire. « Des assassinats, avait-il dit. Une demi-douzaine dans toute la ville. Tous les mêmes, ma chère Norma. Des hommes brûlés dans leur propre maison. »

Norma s'était laissé tomber lourdement sur son fauteuil. « Où ça ?

– Venise, Monument, Métropole. Plusieurs dans Collectors. Un dans Ciencin et un dans Tamoé. Tu n'y étais pas ? »

Un téléphone avait sonné sur le bureau. Norma avait remué la tête. « Je n'ai rien vu. C'était terminé quand je suis arrivée.

– Tu n'as rien trouvé ?

– Il y avait une femme. Elle vendait des jus de fruit. »

Le téléphone continuait de sonner.

Elmer la regardait avec un air incrédule, mais Norma n'avait pas détourné les yeux. Il y avait quelque chose chez lui qui l'alarmait. Il avait le visage rouge et excité, et bien trop juvénile pour ces rides profondes qui lui marquaient le front. Il serait rapidement vieux. C'était un garçon qui avait été protégé, et il lui pousserait des ailes avant qu'il ne frappe un homme sous l'emprise de la colère. Mais il se délectait de cette nuit magnifiquement violente dans la capitale.

« Quoi ? » avait demandé Elmer.

Quelle perversité : cette adrénaline, ces hommes morts.

« C'est horrible. »

Elmer avait hoché la tête et repris après elle : « Oui, c'est horrible. » Mais cela manquait de conviction. Elle en était sûre : il avait prononcé les mêmes mots qu'elle, mais ils n'avaient pas la même signification dans sa bouche. C'était un voyeur. Il voulait voir jusqu'à quel point les choses pouvaient dégénérer. Si on l'avait peu poussé, il aurait été prêt à l'admettre. Peut-être même qu'il en était fier.

« Rey t'a appelé. »

Norma a levé la tête. « Il est rentré ? »

Elmer lui avait tendu un bout de papier sur lequel il avait gribouillé le nom d'un bar pas très loin de la station. « Mais tu devrais rester, Norma. Ce soir, tu devrais rester.

– Dis-leur que je ne me sentais pas bien. » Le téléphone avait cessé de sonner. Elle s'était levée pour partir. « S'il te plaît. »

Le bar n'était pas très loin, mais les rues vides donnaient l'impression contraire. Elle n'avait vu qu'une personne en chemin : un vieil homme voûté poussant un chariot de supermarché rempli de vêtements au milieu d'une ruelle. Il n'y avait pratiquement plus de circulation, et l'air était parfaitement immobile. L'hiver avait pris fin, le printemps n'était pas encore là. Norma aimait cette époque de l'année, ce moment de la nuit. Pourquoi n'y avait-il plus de gens pour en profiter ? Un réverbère avait clignoté, s'était éteint, avant de s'allumer complètement. Elle était seule dans la ville et elle savait, même si c'était d'une façon vague, que quelque chose de terrible s'était produit. En fait, plusieurs choses horribles s'étaient produites au même moment. Le tintement de la cloche du chariot de jus de fruit résonnait avec allégresse. Elle n'avait jamais vu le mort : comment pouvait-elle savoir qu'il y avait bien quelqu'un dans la maison ? Aussi longtemps qu'elle ne saurait pas, la soirée conserverait son innocence, et cela ne lui paraissait pas illégitime. Sain, au contraire.

Le bar était tranquille. La radio était allumée et tout le monde écoutait. Norma avait balayé la pièce du regard à la recherche de Rey, et elle l'avait trouvé, partageant une table d'angle avec des hommes qu'elle ne reconnaissait pas. Personne ne semblait regarder personne. Ils fixaient tous la radio, une boîte noire, rayée et cabossée, posée sur le réfrigérateur. Un homme aux cheveux roux se rongeait les ongles. Une femme au teint olivâtre avec des nattes était assise au bar et tapait du pied nerveusement. Il planait une atmosphère d'inquiétude dans le bar tout entier et les garçons se déplaçaient avec la grâce et dans le silence des mimes. Le speaker annonçait les événements de la soirée : des dizaines de morts, une fusillade dans le quartier de Monument, des sections entières de Regent Park en feu. Des gangs armés étaient descendus dans les rues : on parlait de pillage dans le centre et de voitures en feu dans Collectors. La capitale était attaquée. Le président s'apprêtait à faire une allocution.

En temps ordinaire, les gens auraient hué à la simple mention de son nom, mais cette nuit-là, cela ne suscita pas la moindre réaction.

Y avait-il si longtemps qu'on considérait la LI comme une plaisanterie ? Un canular ?

« Rey », avait lancé Norma à travers la salle silencieuse. Il l'avait vue et avait posé son doigt sur ses lèvres. Il s'était levé et faufilé entre les consommateurs muets, taciturnes, jusqu'à l'endroit où elle se tenait. Il avait l'air fatigué et brûlé par le soleil. Il avait pris Norma par le bras et l'avait entraînée dans la rue. Là, sous la lumière fade d'un réverbère, il l'avait embrassée.

« Drôle de façon de rentrer à la maison, non ?

– Laisse-moi te regarder », avait dit Norma, mais il faisait sombre et elle ne pouvait le voir en détail.

Il était arrivé à la gare, juste après le premier incendie, à quatre heures de l'après-midi, à peu près au moment où elle avait quitté la station pour se rendre à Tamoé. Les bus avaient cessé de circuler à la gare et Rey avait marché pendant trois heures, jusqu'à ce qu'il n'en puisse plus de porter son sac. Il avait été arrêté à des postes de contrôle. Puis, alors qu'il sentait que ses jambes allaient le lâcher, il s'était retrouvé devant ce bar. Et après s'être rendu compte qu'il se trouvait si près de la station, il avait décidé qu'il valait mieux l'attendre là.

« Comment allons-nous rentrer à la maison ? » avait demandé Norma.

Rey avait souri. « Peut-être qu'on va rester ici ? »

Et c'était ce qu'ils avaient fait. Norma lui avait demandé comment s'était passé son voyage, et Rey lui avait parlé d'un village dans la forêt orientale où les Indiens connaissaient encore l'ancien dialecte, où il avait rencontré un homme qui l'avait emmené au fin fond de la forêt et lui avait fait découvrir des douzaines de plantes médicinales. Norma avait senti de l'excitation, de la curiosité aussi dans la voix de son mari. Ce village avait l'air d'être un endroit charmant. « J'aimerais le voir de mes propres yeux », avait-elle dit, et l'on avait alors entendu un grondement au loin. Ils étaient restés silencieux. C'était quelque part dans les collines et, pendant quelques instants, il ne s'était plus rien passé. Avaient-ils rêvé ? Ils le crurent l'un et l'autre. Puis, un autre s'était fait entendre, puis un autre encore, une profonde secousse, un appel et une réponse dans les collines. Un tremblement de terre ? Les réverbères avaient de nouveau clignoté le long de la rue et, cette fois, ne s'étaient pas rallumés. Un cri avait retenti dans le bar. Le président allait s'adresser à la nation. Il venait de s'éclaircir la voix lorsque la radio s'était tue. À l'intérieur et à l'extérieur, l'obscurité était totale.

Écoute-moi, petit. C'était ainsi que Trini commençait toutes ses lettres. C'était sa dernière et Rey la gardait toujours sur lui. Sur sa table de nuit, dans son portefeuille, dans sa serviette – elle migrait dans ses affaires, mais elle était toujours là. Parfois, Rey se réveillait au milieu de la nuit, l'emportait dans la cuisine et la lisait là. Il la sortait dans le bus, ou entre deux cours, ou pendant qu'il attendait un contact dans un bar un peu louche de Miamiville. Trini avait manqué leur mariage en juin. Rey et Norma avaient laissé une chaise vide pour lui à la table d'honneur. Le père de Rey avait lu le toast que Trini avait écrit et envoyé de la prison. Il avait raté la crise du *tadek*, mais jamais il n'aurait deviné qui était derrière tout ça. Il avait manqué le début du travail de Rey dans son université, ses premiers pas dans la carrière. Il avait manqué tout cela, et aussi les premières violences de la guerre. Bien entendu, il y avait eu d'autres évasions depuis, et d'autres boucs émissaires aussi.

Trini ne cultivait pas la colère. Elle ne transparaissait jamais dans les lettres, et pourtant, selon Rey, tel était le message essentiel du texte. Trini écrivait avec une simple peur en tête : celle de n'avoir rien accompli au cours de sa vie, celle de ne jamais avoir la chance de rattraper le temps perdu. Rien de notable, d'exceptionnel ou même de courageux. Il avait trop tendance à faire la liste de ses déceptions, et sa dernière lettre n'était pas différente à cet égard : la femme qui refusait de lui parler, le fils qui ne viendrait pas lui rendre visite. Dans cette dernière lettre, il mentionnait le nom du garçon – chose qu'il n'avait jamais fait auparavant – et se demandait si la mère du garçon l'avait changé. Cela se résumait à ceci : partout ailleurs, il était susceptible d'être oublié – partout sauf là, dans cette prison remplie d'hommes qu'il avait maltraités, d'hommes qu'il avait arrêtés, d'hommes qui n'oublieraient jamais l'affront. Dans cette lettre, Trini racontait aussi des histoires. Le jour où il s'était soûlé en compagnie d'un voleur de bicyclette dans Thousands. Le jour où il s'était réveillé dans les bras d'une riche héritière à La Julieta. Le jour où il avait battu un homme à mort ou presque dans Thousands, et prétendu ne rien se souvenir de l'incident, sauf qu'ils venaient de se rencontrer et que, dix minutes plus tôt, ils avaient ri ensemble. Tout cela n'avait aucune importance, écrivait Trini. C'était une longue lettre, quatre pages d'une écriture serrée, remplie d'adieux sous-entendus, de confessions et de rétractations. Mais Trini n'avait qu'une pensée, qu'il répétait à chaque page : survivre. Vivre assez longtemps pour sortir de prison. S'il réussissait son coup, écrivait-il, cela rachèterait une vie entière marquée par la médiocrité, une vie entière sans substance. Ce serait un accomplissement.

Trini purgeait la deuxième année de sa peine lorsqu'il fut tué au cours d'une bagarre. Après avoir porté le deuil, Rey avait rencontré son contact. « Je suis prêt », avait-il dit et il avait fait son premier voyage dans la jungle en tant que messager.

Pour l'arrivée de ses invités, Manau s'est douché et rasé. C'était la première fois qu'il le faisait depuis son arrivée dans la capitale. Il avait passé la journée et demie précédente à se déplacer sans enthousiasme de son lit à la table de la cuisine, où sa mère s'était assise pour le surveiller et s'assurer qu'il mangeait. Il l'avait fait, trois fois ce jour-là, sans beaucoup d'appétit, puis il était retourné dans sa chambre, où son père avait installé, pendant son absence, un bureau pour classer son immense collection de timbres. La pièce était encombrée d'enveloppes, de livres plastifiés et de boîtes en fer-blanc remplies de petits outils étranges. Une loupe était suspendue à un crochet sur le mur au-dessus du lit. Le courrier arrivait régulièrement à 1797, et Manau s'était brusquement rendu compte de l'absurdité de l'obsession de son père. Il n'avait reçu que deux lettres pendant cette année passée dans la jungle, et aucune d'elles ne provenait de son père. Le vieux ne dépenserait pas ses timbres pour lui. La vie de Manau était à peine croyable pour Manau lui-même. Il n'avait toujours pas défait son sac.

Manau a mis une chemise propre et un pantalon qu'il avait laissés lorsqu'il était parti pour 1797, un an plus tôt. Le pli était toujours impeccable et il a trouvé cela admirable. Dans la jungle, rien ne tient, aucune condition n'est permanente : la chaleur et l'humidité de l'atmosphère, ainsi que la lumière, dégradent tout. Le temps change une douzaine de fois par jour. C'était la terre même qui est en mouvement, aussi variable que l'océan, aussi terrifiante et aussi belle que lui.

Depuis son retour dans la capitale, il a découvert que ses journées n'avaient pas besoin d'être remplies. Près de deux jours s'étaient écoulés d'eux-mêmes. Ce n'était qu'une question d'heures avant que Victor ne le retrouve, et Manau ne le redoutait pas plus qu'il ne le souhaitait. Nora allait faire son travail. Elle allait venir. Et il lui dirait ce qu'elle voulait savoir, les secrets qu'Adela lui avait murmurés au cours de ces soirées chaudes et sombres, il n'y avait pas si longtemps que cela. Le temps n'avait jamais été son ami. Il s'était réveillé un matin pour s'apercevoir qu'il avait trente ans, que sa vie était déjà à moitié écoulée. À présent, il en avait trente et un, et il sentait que le souvenir des détails de l'année qui venait de passer n'allait pas rester imprimé en lui très longtemps. Est-ce que tu peux te souvenir de la forêt, de l'impression qu'elle te faisait, de l'odeur qu'elle avait, des gens que tu as connus là-bas – est-ce que tu peux vraiment te souvenir de quoi que ce soit sans se trouver réellement là-bas ?

Avec ses cheveux bien coiffés, son pantalon repassé, son corps plus propre qu'il ne l'avait été au cours des douze derniers mois, Manau est allé dans la salle de séjour. Il était en train d'arranger d'une main paresseuse les photos de famille quand sa mère est arrivée de la cuisine. Elle avait beau lui tourner le dos, il savait qu'elle attendait. Elle n'a pas émis le

moindre son. Manau l'a laissée attendre une minute. « Qui
sont ces gens qui vont venir ? » a-t-elle fini par demander.

Il y avait des photos ici qui ne disaient pas la vérité. Ce
n'était pas lui, et ces gens n'étaient pas ses parents. Il a plissé
les yeux pour essayer de se reconnaître. Une mince pellicule
de poussière couvrait le verre et, du bout de l'index, il l'a
essuyée. Mais il ne pouvait toujours pas reconnaître le visage
sur la photo.

« Elijah ? »

Il s'est tourné vers sa mère et s'est aperçu, choqué, qu'elle
était sur le point de pleurer. Manau a froncé les sourcils. Ces
gens et leurs étranges émotions ! Elle avait vieilli, même au
cours de ces deux derniers jours. Il lui a souri – que venait-
elle de lui demander ? Ah oui. « Ce sont des gens que j'ai
connus dans la jungle. Ils ne vont pas rester longtemps.

– Bon, très bien, je vais faire du thé », a-t-elle dit et elle
a eu l'air satisfaite. Mais elle n'a pourtant pas cessé de le
regarder. Manau a soutenu son regard aussi longtemps qu'il
a pu, puis il s'est retourné.

« Merci, mère », a-t-il dit.

Ils sont arrivés moins d'une heure plus tard. Manau a ouvert
la porte lui-même. « Bonsoir », a-t-il dit à la femme qu'il
imaginait être Norma. « Victor », a-t-il dit au garçon, et puis
un autre mot a surgi dans son cerveau, et il est sorti de sa
bouche avant même qu'il puisse comprendre ce qu'il signifiait.
C'était un mot de l'ancien dialecte : le *nous* qui inclut le
vous. Le garçon a souri. Ils se sont serrés dans les bras l'un
de l'autre, assez longtemps pour que Manau prenne la mesure
de ce qu'il avait fait en abandonnant le garçon à la station
de radio. Il voulait parler, mais il redoutait que sa voix ne
déraille. Il a préféré les inviter à entrer d'un grand geste du
bras. « S'il vous plaît, est-il parvenu à dire, s'il vous plaît,
asseyez-vous. »

Norma ne s'était pas attendue à voir un jeune homme
d'allure si âgée. Ce Manau avait l'air maigre et épuisé, éton-

namment pâle pour quelqu'un qui avait vécu sous les tropiques pendant un an. Il était habillé correctement, mais il se déplaçait avec la langueur d'un homme qui a passé la journée entière en pyjama. Elle éprouva pour lui un sentiment de désolation. La mère de Manau, une femme d'une dizaine d'années de plus que Norma, est alors entrée dans la pièce avec un plateau de thé, souriant d'un éclat exagéré, de ceux qui illuminaient artificiellement l'entrée des théâtres. Elle a jeté des regards inquiets en direction de son fils, elle a caressé la tête du garçon. Les cheveux de Victor avaient un peu poussé au cours des deux derniers jours, et ils formaient une ombre noire sur son crâne. Norma a souri poliment lorsqu'elle a été présentée, reconnaissante à Manau de n'avoir pas tout expliqué à son sujet.

Ce Manau : il a commencé par faire des excuses qui ont mis Norma mal à l'aise. Elle s'est concentrée sur la pièce pour éviter d'avoir à regarder le jeune homme quand il a commencé à craquer. Elle était décorée dans des couleurs pastel ou des couleurs qui avaient autrefois été vives mais qu'on avait laissé pâlir. C'était difficile à dire. « J'ai commis une erreur », a dit Manau. Il était enroué, ses joues s'étaient empourprées. « Je suis désolé », a-t-il lâché, et on aurait dit qu'il ne savait pas très bien à qui il adressait ses excuses. En fait, on aurait pu penser qu'il allait s'étouffer, qu'il allait peut-être expirer devant eux. Norma l'a laissé parler. Sa colère s'était complètement dissipée, mais elle avait le sentiment qu'il leur devait des excuses, au garçon en tout cas. Il a bredouillé quelque chose à propos des promesses faites et non tenues, et a pris un air suppliant en regardant Norma au moment où il décrivait la noyade de la mère de Victor. Très vite, Victor est allé s'asseoir sur le sofa de son instituteur et a réconforté cet adulte avec des mots que Norma ne parvenait pas à entendre distinctement. L'ancien dialecte sans doute, même si elle doutait que Manau puisse le comprendre.

Elle a laissé passer un peu de temps, une minute ou peut-
être plus, mais elle avait du mal à contenir l'impression d'impuissance qu'elle éprouvait. Son Rey figurait sur cette liste
— vivant ou mort, et il y avait devant elle quelqu'un qui
pourrait lui en dire plus. C'était tout ce à quoi elle avait
toujours aspiré : un peu plus du temps de Rey, de son cœur,
de son corps. Si elle avait été honnête, elle l'aurait admis des
années auparavant : le fait qu'elle avait toujours voulu de
Rey plus qu'il n'était prêt à lui donner. La nuit de l'incendie
à Tamoé, la nuit du premier grand black-out, Rey et elle
étaient retournés dans le bar, s'étaient glissés dans la salle
tendue, remplie d'inconnus, tandis que quelqu'un était allé
chercher une batterie de voiture pour faire marcher la radio.
Quelques bougies avaient été allumées et, en attendant, les
gens s'étaient mis à parler. « J'habite à Tamoé, avait dit quelqu'un. Je savais que ça allait arriver. Ces gens n'ont aucun
scrupule. » Un autre : « La police ne fait rien. » Un autre :
« Ils torturent les innocents, ils ont fait disparaître mon
frère ! » Quelqu'un avait dit : « J'emmerde la LI ! » et quelqu'un d'autre — pas Rey — avait répondu : « J'emmerde le
président ! »

Et ça avait continué comme ça, un concours civilisé d'injures sur fond de lumière jaune et dansante. La salle était
enfumée à un point presque intolérable, et quelqu'un avait
ouvert une fenêtre. Norma s'en souvenait à présent avec une
telle richesse de détails : la façon dont l'air frais de la nuit
avait envahi la pièce, les cris qui continuaient, les bordées
d'injures, les exhortations, les confessions et les condamna-
tions. Il était impossible de savoir qui parlait, mais l'on
entendait distinctement rapporter les faits bruts que révé-
laient les accents : celui-ci, des montagnes ; celui-là, de la
ville. Cet homme et cette femme, et les diverses tonalités de
leur colère partant, cette nuit-là, dans toutes les directions.
Ils avançaient sur le fil du rasoir : ils auraient pu aussi bien
tous s'embrasser, en larmes, mais, une douzaine d'armes

auraient également pu surgir, et ils se seraient entretués dans cette salle soudain sombre et froide.

Puis, quelqu'un avait parlé de la Lune, et Norma avait senti Rey se crisper. Celui qui est tué par l'État méritait de l'être, avait crié quelqu'un. Trini était mort depuis près d'un an, il avait été assassiné, disait toujours Rey, par l'État qui l'avait trahi. Elle s'était collée contre Rey et ne redoutait qu'une chose : qu'il dise quelque chose. Qu'il dise ce qu'il ne fallait pas dire, parce qu'il était impossible de savoir dans quel état d'esprit se trouvaient ceux qui étaient réunis dans cette pièce mal éclairée. Elle l'avait serré contre elle, passé ses bras autour de lui. Elle avait glissé ses mains sous sa chemise et croisé les doigts. Dans la poche de la chemise, il y avait la lettre de Trini. Elle l'avait sentie. Il la lui avait lue un soir, et ils avaient pleuré tous les deux. Trini avait été un homme tellement bien. Mais du calme, Rey, avait-elle pensé alors, du calme, mon mari.

« Chut », avait-elle murmuré.

« Vous avez vu la liste ? » a demandé Norma à Manau quand il a en fini de s'excuser. Elle n'a pas attendu sa réponse ; après tout, elle savait qu'il l'avait vue. Elle a dit d'une voix lente : « J'ai besoin de savoir quelque chose à propos de cette liste. » Norma a effleuré son propre front : il était en sueur. Avait-elle commencé à le perdre cette nuit-là ?

Manau a hoché la tête. Il savait pourquoi ils étaient venus. Pourquoi elle était venue. Il s'est levé, il s'est excusé. « Il faut que je vous montre quelque chose. »

Norma est restée assise avec ses souvenirs. Le garçon s'est déplacé dans la pièce, scrutant les photos dans leurs cadres poussiéreux. « C'est Manau », a-t-il dit en pointant le doigt, mais Norma n'a pu que sourire.

Dans sa chambre, Manau a ouvert le sac qu'il avait rapporté de 1797. Il l'a fouillé sans même allumer la lumière. Il n'en avait pas besoin : il n'avait qu'une chose pour Norma et il l'a trouvée immédiatement. C'était un bout de parchemin, roulé, enveloppé dans de l'écorce, et attaché avec une ficelle. Adela le lui avait remis pour qu'il le place en lieu sûr. Il sentait la jungle, et Manau a éprouvé l'envie de se coucher, de dormir et de rêver jusqu'à ce que ses visiteurs s'en aillent, mais il ne l'a pas fait. Il entendait des murmures en provenance de la salle de séjour. Ils attendaient. Manau a refermé le sac, et puis la porte derrière lui.

« J'ai été à la Lune », avait dit Rey, la nuit où la guerre avait commencé, et Norma l'avait pincé dans le dos, mais il l'avait dit encore plus fort la deuxième fois : « J'ai été à la Lune ! »

Elle lui avait mordu l'oreille, avait plaqué une main sur sa bouche : est-ce que c'était trop tard ?

« Je t'emmerde, chien de la LI ! » avait-on d'abord entendu.

« Qu'est-ce que c'est ? » a dit Norma lorsque Manau lui a tendu le parchemin.

Puis, le garçon s'est joint à eux. « Qu'est-ce que c'est ? » a-t-il demandé. Norma a dénoué la ficelle, déroulé l'écorce et étalé le parchemin sur la table. Victor a maintenu les coins avec ses petits doigts. Manau l'a aidé.

Cette nuit-là, quatorze ans plus tôt, la nuit où la guerre était arrivée dans la capitale, ce qui avait sauvé Rey, c'était l'obscurité. Quelqu'un avait crié : « Espèce de merde de la LI ! » et il y avait eu un mouvement, mais que pouvaient-ils ou pouvait-on faire de plus ? C'était le premier grand blackout, la guerre venait d'atteindre la capitale, et personne ne connaissait personne, les gens étaient coincés en route vers d'autres destinations, entassés dans ce bar sinistre. Ils étaient tous des squatters. « Silence ! » avait crié quelqu'un, une voix d'homme, profonde et autoritaire. « La radio ! » Des parasites sur la voix du speaker, une étincelle bleue sur la batterie. Cette nuit-là, à Tamoé, une foule en colère s'était rué sur un commissariat de police, des gens munis de torches, et avait jeté des cailloux avec un zèle de vrais croyants. Les premiers coups de feu avaient été tirés en guise d'avertissement. Ils avaient été suivis d'autres coups de feu tirés dans la rage, et des centaines de personnes avaient commencé à courir et à se disperser dans la nuit, revenant chercher ceux qui étaient blessés, ceux qui étaient tombés.

Le lendemain, les premières funérailles avaient eu lieu : des processions lentes et lugubres le long de l'avenue F-10 jusqu'aux collines où le quartier prenait fin, où s'élevaient les dernières maisons. Des cercueils pour enfants avaient été portés jusqu'aux sommets des petites montagnes et brûlés selon la coutume de ceux qui étaient arrivés les premiers dans cet endroit. Cette nuit-là, dans Asylum Downs, bien des gens avaient eu peur de sortir de chez eux, et ceux qui avaient des radios et des piles avaient écouté les nouvelles diffusées à un volume à peine audible. Des hommes armés s'étaient rassemblés au cas où des pillards seraient accourus, et ils avaient enfermé leurs femmes terrifiées et leurs enfants endormis dans les chambres les mieux protégées, les plus éloignées de la rue. Des coups de feu avaient retenti au petit matin, le dernier tué de cette longue nuit étant un vieil homme, un clochard, mort juste après l'aube à côté de son chariot de supermarché, rempli de vêtements, dans une ruelle située à moins de dix pâtés de maisons du bar où Norma et Rey étaient restés mais n'avaient pas dormi. Toute la nuit, la radio avait diffusé des nouvelles, plus aromatiques à mesure que les heures passaient. À un moment donné, après minuit, la décision avait été prise de barricader la porte du bar. Les fenêtres avaient été fermées elles aussi et, de nouveau, la salle avait été envahie par la fumée des cigarettes. Des gens avaient réussi à dormir. Au milieu de la nuit, quelqu'un avait réclamé de l'eau et, soudain, tout le monde avait eu chaud et soif. Dehors, des bandits rôdaient dans les rues, mais personne n'y prêtait attention parce que tout le monde était suspendu aux informations : des tanks, annonçait-on, avaient occupé la Plaza, patrouillaient dans les artères principales de la ville.

Des pillages avaient eu lieu partout. On avait vu un couple se jeter, main dans la main, du balcon de leur immeuble en feu. À l'intérieur du bar, une femme s'était évanouie et avait été ranimée. Deux fois dans la nuit, on avait entendu des coups tambourinés sur la porte, suivis d'une imploration faible et haut perchée. Les bougies étaient consumées, il faisait noir à l'intérieur, et personne ne regardait personne. La seule obligation était de se tenir tranquille et d'attendre. Norma tenait Rey dans ses bras ; et ils tournaient le dos à la porte. Finalement, les coups avaient cessé et l'imploration aussi, et l'on pouvait entendre le bruit des pas décliner à mesure que l'implorante s'éloignait pour aller trouver refuge ailleurs.

« Chut, Rey », avait dit Norma.

C'est à ce moment-là que la mère de Manau est revenue dans la pièce. Elle avait observé par la porte de la cuisine entrouverte, elle avait écouté ses visiteurs depuis une demi-heure, mais restait incapable de comprendre qui était qui dans cet étrange trio. Il y avait quelque chose qui n'allait pas chez cette femme du nom de Norma et son fils : qu'était-il arrivé à son Manau ? Elle a apporté un plateau et un thermos d'eau chaude. « Quelqu'un veut-il encore du thé ? » a-t-elle demandé, avec toute l'innocence dont elle était capable. Son fils, la femme et le garçon regardaient un parchemin, personne ne disait rien. « Oh, a dit la mère de Manau, parce que le silence l'avait toujours troublée, quel joli dessin ! Quel beau jeune homme !

— C'est Rey ! a dit Norma.

— C'est ton père », a dit Manau au garçon.

Ne comprenant décidément rien à cette affaire, la mère de Manau est retournée rapidement à la cuisine. Elle est restée derrière la porte plusieurs minutes, tendant l'oreille en vain.

Au matin, lorsque la porte avait été débloquée et les fenêtres ouvertes, Norma avait embrassé Rey pour lui dire au revoir — et elle était retournée à la station. Elle s'était lavé le visage avec un peu d'eau à une fontaine publique. « Comment vas-tu rentrer à la maison ? » avait-elle demandé à son mari. Elle se sentait complètement épuisée, les jambes endolories. Rey avait souri et dit qu'il allait marcher. L'atmosphère était encore imprégnée de fumée et le ciel avait une teinte sépia. De nombreux bâtiments avaient brûlé au cours de la nuit, et certains, à l'instant même, brûlaient encore.

TROISIÈME PARTIE

11

Pendant l'été de la huitième année de la guerre, une personnalité du monde radiophonique, qui travaillait dans la même station que Norma, avait disparu. Les autorités avaient nié toute implication, mais la rumeur parlait de « trahison » et de « collaboration » avec la LI. Il s'appelait Yerevan, et tous ceux qui l'avaient connu avaient été sous le choc. Calme et discret, d'allure frêle et le teint marbré, Yerevan était un célibataire endurci qui ne vivait que pour son émission, un programme de musique classique, deux fois par semaine, tard dans la nuit. Il donnait aussi des cours à l'université, consacrés au développement de la musique occidentale après la découverte du Nouveau Monde. Il était populaire et très apprécié des étudiants.

Pendant les semaines qui avaient suivi sa disparition, il y avait eu bien de l'agitation. Yerevan et le directeur de la station avaient été très proches, et la radio s'était donc faite exceptionnellement audacieuse pour prendre sa défense, diffusant toutes les heures des proclamations affirmant l'innocence de Yerevan et exigeant sa libération. Des groupes d'étudiants de l'université assuraient la protection de la station. Des fans de son émission s'étaient joints à eux, et la petite troupe offrait un spectacle bien étrange. Un échantillon improbable de la population de la capitale se trouvait ainsi réuni : des amateurs de musique classique, des étudiants en histoire et des beaux-arts, des gens qui travaillaient la nuit, toutes sortes d'insomniaques et de reclus. La plupart d'entre eux n'avaient jamais vu l'accusé, mais tous connaissaient fort bien sa voix et admiraient son goût raffiné et sa connaissance encyclopédique de la musique. C'était, en matière de manifestations, une assemblée particulièrement joyeuse. Un quatuor à cordes, récemment licencié après la dissolution de l'Orchestre de la Ville, avait joué pour la foule, un soir, à l'heure où l'émission de Yerevan aurait dû être diffusée. La radio, particulièrement bien inspirée en prenant cette décision, avait diffusé le concert en direct.

En dépit de tout cela, Yerevan avait été envoyé à la Lune où il avait sûrement eu droit à l'accueil auquel Rey avait survécu neuf ans plus tôt. Tout le monde s'attendait au pire. Le genre de choses qui arrivaient aux disparus n'était plus un secret pour personne. Il avait été, au cours de l'année qui avait précédé sa disparition, un ami de Norma. Elle avait récupéré de sa peur de la nuit du premier grand black-out et fait la preuve de son courage en plusieurs occasions. Elle était à l'antenne régulièrement, même si le culte qui allait entourer plus tard sa voix n'était pas encore en place.

Norma restait souvent très tard à la station pour procéder au montage des nouvelles du matin et, lorsqu'elle avait terminé, elle aimait à rendre visite à Yerevan dans le studio. L'apaisement que lui procurait la musique l'attirait là, ainsi que la bonne nature si paisible de Yerevan. Mais c'était surtout l'atmosphère de la pièce qu'elle aimait. Là gisait le cœur de la radio et c'était bien avant qu'elle ne fût elle-même atteinte par toutes ces histoires. Elle adorait cet endroit, le ronronnement des machines, la lumière, la musique, les gestes. Plusieurs fois, elle avait même joué les réalisatrices de l'émission, transférant les appels des auditeurs qui voulaient demander tel morceau, ou simplement parler de musique avec Yerevan. Il y avait là un relâchement que Norma adorait : c'était tard dans la nuit, et les contraintes de temps étaient réduites. Yerevan était toujours heureux de laisser parler les auditeurs qui l'appelaient, Norma était satisfaite d'écouter, et c'était dans ces moments-là qu'elle pensait que la radio servait vraiment à quelque chose.

Ce qui avait rendu cet épisode si curieux avait été la révélation, quelques semaines après la disparition de Yerevan, que les rumeurs étaient en partie fondées. Certains auditeurs, racontait-on, avaient parlé de manière codée à l'antenne. Norma, après avoir consulté Rey, était allée discuter de la situation avec Elmer, et celui-ci avait reconnu que le directeur de la station avait peur. C'était pire, avait dit Elmer, que ce qu'ils avaient initialement imaginé. La station avait été bel et bien infiltrée. Les enregistrements des récentes émissions de Yerevan avaient fait l'objet d'une perquisition.

« Il faisait partie de la LI, Norma, et personne ne le savait, avait dit Elmer. Qu'est-ce que nous aurions pu faire ? »

Norma avait passé de nombreuses heures en compagnie de l'accusé, dirigé les appels, bavardé gentiment avec des gens qu'elle prenait pour des amateurs de musique, mais qui auraient pu tout aussi bien être des terroristes. Elle avait même été à l'antenne une demi-douzaine de fois pour présenter des morceaux et discuter musique avec Yerevan. N'était-elle pas impliquée elle aussi ?

« Est-ce que je dois redouter quelque chose ? »

Elmer avait hoché la tête. Il était réfléchi et compétent, et tout le monde supposait qu'il serait un jour directeur de la station. « Tu peux t'installer à la station quelque temps. Nous ferons de la place pour toi et tu seras plus en sécurité ici. »

Cette nuit-là, son exil avait commencé. Il allait s'écouler un mois avant qu'elle ne retourne chez elle. Le lendemain, la radio avait annulé toutes les manifestations à venir et était même allée jusqu'à demander à l'armée de disperser les supporters de Yerevan devant l'entrée. Les forces de l'ordre s'étaient exécutées avec enthousiasme, et des dizaines d'étudiants et d'amateurs de musique, de travailleurs de nuit, et même quelques passants infortunés avaient été molestés et détenus dans le parking, à côté de la radio. Pendant une heure environ, on avait assisté à une véritable bataille rangée, avec jets de pierres et gaz lacrymogènes, formant de gros nuages nocifs sur l'avenue. De nombreux employés de la radio s'étaient alors rassemblés dans la salle de conférences pour observer les événements à travers les baies vitrées, et Norma était l'un d'eux. Et elle avait passé la nuit, de manière assez inconfortable, dans cette salle où elle allait rencontrer, onze ans plus tard, Victor. Elle avait très mal au cou. Elle avait observé la bataille sans rien dire, comme tous les autres, le front pressé contre la vitre et les yeux baissés vers la rue. Elle était reconnaissante de la présence des nuages de gaz lacrymogène : on sentait qu'il régnait une grande violence dans la rue, mais le spectacle lui en était épargné.

La bataille avait éclaté au beau milieu de la journée, mais le directeur de la station avait décidé de ne rien en dire aux informations. Il avait le sentiment, à juste titre, que son travail était devenu bien trop dangereux. Dans l'année qui allait venir, il devait autoriser un reportage qui critiquait obliquement le ministre de l'Intérieur et il paierait de sa vie cette erreur. Elmer allait le remplacer avec joie.

Voilà ce qu'était devenu le pays.

À 1797, il faudrait le noter, on n'avait pas du tout regretté Yerevan. La musique classique était considérée comme quelque chose d'étranger et de prétentieux. Le seul fan de cette émission était le prêtre du village et, à ce moment-là, il était mort depuis déjà quatre ans.

Quand son unique fils était né, Rey se trouvait dans la capitale, vaguement informé que sa maîtresse était à terme. C'était à l'époque où Norma était prisonnière de la station. Ils se parlaient au téléphone quatre fois par jour et, tous les après-midi, il faisait le trajet jusqu'à la radio pour la voir. Sa vie dans la capitale, sa vie de mari et de scientifique, l'absorbait entièrement ; ce qui s'était passé ou ce qui allait bientôt se passer dans la jungle lointaine, Rey était incapable de l'envisager. Dans l'immédiat, il se faisait du souci pour Norma. Elle ne réagissait pas très bien à la situation. Elle perdait du poids et, lorsqu'il la voyait, elle s'inquiétait à voix haute de perdre ses cheveux. « Reste avec moi », lui avait-elle demandé un après-midi, après une semaine de cet exil. Elle avait les yeux rouges et gonflés. « Reste avec moi cette nuit. »

Ils buvaient du café en poudre dans la salle de conférences : le soleil se couchait, les montagnes et la ville au-dessous avaient des reflets orange. Norma avait l'air débordée. Pourtant, sa journée commençait à peine. Elle dormait toute la matinée désormais : quelques jours après avoir pris refuge dans la station, le directeur, sur la proposition d'Elmer, avait décidé de la faire passer à l'antenne du jour au lendemain. C'est que la tranche horaire de Yerevan devait être occupée. « Ce n'est pas comme si ça te privait de sommeil », avait dit Elmer, et il en avait donc été décidé ainsi. C'étaient les heures mortes de la radio, mais, à la grande surprise de tous, Norma avait été submergée d'appels téléphoniques, de requêtes, de conseils, de ragots. Elle passait essentiellement des chansons romantiques et, entre les morceaux, elle laissait les gens parler librement. La veille, alors que Rey s'apprêtait à se coucher dans l'appartement vide, il avait entendu la voix de sa femme et avait ensuite rêvé d'elle. C'était magnifique : un narcotique, une berceuse, et il n'avait pas été le seul à le penser.

« Je me sens tellement seule ici, avait dit Norma. L'endroit est complètement vide. À part le veilleur de nuit et moi. Et les auditeurs qui appellent. »

239

Elle avait soupiré. « Et les auditeurs qui appellent. »
Il avait pris ses mains dans les siennes. « Ils t'adorent.
– Tu peux rester ? »

Son temps d'antenne courait de onze heures du soir à
quatre heures du matin, et Rey avait donc le temps de rentrer
à la maison et de se changer avant le début de son émission.
Il prépara à dîner pour deux, remplit un sac pour la nuit,
ferma l'appartement et il fut de retour à la radio à dix heures
et demie. La station était déjà déserte. Ils burent encore du
café, fort et sans sucre, et Rey vit parfaitement qu'elle était
heureuse de sa présence. Quelques minutes avant onze heures, ils entrèrent dans le studio, bavardèrent quelques minutes avec le présentateur de l'émission précédente. Il était petit
et maigre, un type maladroit, aux cheveux prématurément
blancs, qui avait toujours eu le béguin pour Norma. Enfin,
il ramassa ses affaires, et une fois qu'il fut parti et alors qu'ils
se retrouvaient seuls, Norma enlaça Rey. On entendait une
vieille ballade, le disque était légèrement voilé, et les guitares
étaient de temps en temps chancelantes. Elle l'embrassa.
Lorsque le morceau prit fin, ils étaient tous les deux déshabil-
lés et riaient. Norma traversa alors le studio, releva le saphir
et repassa deux fois encore le même morceau avant de
commencer son émission.

C'était un don, cette capacité de cliver si nettement les
deux moitiés de sa vie. Lorsqu'il était chez lui dans la capitale, il pensait rarement à la jungle, si ce n'est d'un point de
vue purement scientifique : les mystères de la vie des plantes,
les exigences du climat, l'adaptation à ces exigences. De
temps en temps, une image en provenance du cœur frais de
la forêt : le tronc moussu et noir d'un arbre antique, les
pierres blanches le long des berges de la rivière, découpées
par l'eau en des formes fantastiques – et c'était tout. Rien
des gens qu'il connaissait là-bas ou de la femme qui l'avait

séduit. Ses voyages dans la forêt tropicale donnaient lieu à une dissociation du même genre : une heure ou deux après la sortie de la ville, quand les bidonvilles sales et désordonnés avaient disparu et que la route commençait à serpenter dans les collines encore inhabitées, Rey se sentait libéré de ses responsabilités dans le monde, il avait l'impression de remonter dans le temps, de revenir à un état plus innocent et plus pur. En dehors de la capitale, personne ne l'appelait jamais Rey. Sa transformation était tellement complète qu'entendre son propre nom n'était plus d'aucun effet sur lui, une fois passées les limites de la capitale.

Il avait fait son premier voyage dans la jungle peu de temps après son retour à l'université. C'était une expédition purement scientifique, avant que le meurtre de Trini ne lui fasse changer d'idées, un voyage guidé par un vieux professeur ventripotent qui parlait trois dialectes indiens et qui marchait dans les couloirs de l'université en mâchant des plantes médicinales. Les étudiants étaient chargés de rédiger des descriptions techniques des plantes qu'ils découvraient – la texture collante de leurs feuilles ou leur odeur acide – et d'enserrer des spécimens entre les pages de gros livres qu'avait apportés à cet effet le professeur. La jungle avait fait à Rey, d'après les livres, d'après les conversations, d'après les photos, l'effet d'être l'exact opposé de la capitale où il avait vécu depuis l'âge de quatorze ans. Non cartographié et impossible à connaître, c'était un univers où les règles avaient encore à être peaufinées et imposées. C'était la frontière et c'était incroyablement attirant. C'était aussi la première année de la guerre. Plus tard, lorsque Elijah Manau avait emprunté les mêmes sentiers, la jungle faisait déjà partie de la nation – il y avait des écoles et des routes entretenues par l'État, du moins en théorie. Mais lorsque Rey y était venu pour la première fois, c'était sur le toit d'un camion qu'on faisait le voyage – ou après avoir négocié avec un villageois pour voguer en canoë le long des rivières boueuses. Ils avaient rencontré des Indiens, qui ne parlaient que leur langue impossible. Ils s'étaient lavés dans des rivières d'eau douce, avaient dormi dans des hamacs, et au lieu de dormir, Rey était resté éveillé à écouter monter et descendre les bruits de la forêt, certain qu'il était de se trouver dans l'endroit le plus beau dont il ait jamais entendu parler.

La terre appartenait à qui la réclamait et à cette époque-là, en particulier, la forêt dense était un endroit idéal pour disparaître, pour se dérober au regard de la loi. À mesure que la guerre avait progressé, le gouvernement avait appris à surveiller ceux qui entraient et sortaient de la jungle. C'étaient des hommes qui déplaçaient des armes et transportaient de la drogue. C'étaient des hommes qui transportaient de l'argent pour corrompre des officiers de police ou des capitaines de l'armée, ou encore des chefs de village. C'étaient des éclaireurs qui repéraient les ponts à faire sauter, des hommes qui prétendaient être des bûcherons, des commerçants ou même des musiciens ambulants. Et ils n'avaient rien à voir avec, ceux qui, comme Rey, avaient quitté la capitale en tant qu'étudiants ou savants accrédités et qui, en chemin, étaient devenus d'autres gens, portant d'autres noms. Ces hommes qui n'emportaient jamais d'armes, avec eux, mais qui étaient chargés de choses bien plus précieuses : des informations.

Il n'avait jamais revu Marden. Mais au moment de l'épisode Yerevan, Rey et le type au costume froissé se voyaient, plus ou moins régulièrement, depuis neuf ans déjà, comme des amants furtifs : neuf ans de rencontres à des arrêts de bus, de conversations délibérément vagues et d'obligations diverses, suffisamment pour que Rey connaisse son contact, pour autant qu'on puisse connaître quelqu'un comme ça. Il en était venu à reconnaître les expressions d'inquiétude muettes à la façon dont son poids fluctuait en fonction de l'intensité du conflit.

Il y avait ainsi eu des jours où le contact de Rey avait

l'air véritablement malade, les joues creuses et pas rasées, l'air hagard et les cheveux en bataille. En tant qu'agent, il était terriblement transparent : quelques jours plus tard, quelque chose, quelque part dans la capitale, explosait et, au rendez-vous suivant, le contact de Rey avait retrouvé un air serein. Et puis ça recommençait. En neuf ans, ils s'étaient même rencontrés de façon mondaine, présentés comme des inconnus à des dîners où ils avaient joué le jeu de manière convaincante, échangeant quelques mots aimables avant de s'ignorer scrupuleusement pendant tout le reste de la soirée. Norma lui avait même serré la main une ou deux fois, avait fait un commentaire, tandis qu'elle se déshabillait dans l'obscurité de leur appartement, à propos du salut froid, particulièrement inamical, qu'il avait réservé à Rey. Rey s'était senti obligé de le défendre, mais il ne l'avait pas fait, bien entendu : il avait prétendu ne pas se souvenir – comment s'appelait-il déjà ? Ils étaient même collègues d'une certaine façon : dans des universités certes distinctes, et dans des domaines différents. Après le premier grand black-out, qui avait pris par surprise Rey et toute la ville, leurs rencontres s'étaient faites mensuelles et les tâches qui lui étaient attribuées si triviales que Rey pouvait croire sans difficulté qu'elles n'avaient absolument rien à voir avec la guerre. Il déposait des enveloppes dans des poubelles, portait une chemise rouge voyante, s'asseyait à la terrasse d'un café à une heure donnée, appelait depuis certaines cabines téléphoniques, sans jamais avoir à dire plus qu'une adresse à celui qui décrochait l'appareil. Sa période de leader du mouvement étudiant était bien révolue. Il était clandestin désormais. Après son retour de la Lune, il n'avait plus fait un seul discours ou même discuté de politique en public, en dehors de sa confession avortée dans l'obscurité du bar, la nuit du premier grand black-out.

En dehors du type au costume froissé, Rey ne connaissait personne d'autre dans la capitale qui soit impliqué dans le mouvement. Et il avait été aussi surpris que tout le monde d'apprendre que Yerevan en était un sympathisant. Pendant des années, Rey avait pensé à la guerre et à son propre engagement comme un acte intime. Il savait bien sûr que d'autres gens étaient engagés, mais il ne pensait jamais à eux, ne se demandait jamais qui ils étaient, ne se sentait aucune parenté avec ces alliés invisibles et mystérieux. Il ne lisait pas beaucoup les journaux, à l'exception des pages de sport, et il glanait ce qu'il savait de la progression de la guerre, de la militarisation croissante des rues de la capitale. Et il rentrait tous les soirs retrouver Norma, qui avait décidé de croire que son mari n'avait aucun secret pour elle.

Dans la jungle, où sa maîtresse s'apprêtait à mettre au monde un enfant, c'était la saison des pluies : le ciel passait du bleu au violet sombre. La rivière avait gonflé, comme elle le faisait chaque année, inondant les champs à la périphérie du village. Rey n'avait jamais aimé la saison des pluies : cette pluie constante l'accablait, il la trouvait sinistre, en contraste absolu avec ce qu'il ressentait le reste de l'année, lorsque la pluie tombait par à-coups – des averses brèves et violentes qui ne duraient jamais plus d'une demi-heure et qui étaient suivies d'un soleil brillant, aveuglant. Sans compter que voyager n'était jamais facile et devenait quasiment impossible pendant les mois de pluie. Les routes étaient boueuses et la jungle poussait violemment en tous sens. Rey avait passé dix jours, une fois, à essayer de parcourir les douze kilomètres qui séparaient un village d'un camp caché dans la forêt. La jungle grouillait d'hommes mystérieux. Pendant les mois de pluie, tout était décidément trop sinistre.

Dans un hôpital de la ville, le garçon aurait été pesé et lavé par des infirmières toutes de blanc vêtues, soupesé et examiné par des médecins, exhibé par un père fou de joie, distribuant des cigares à la ronde. Mais 1797 n'était pas la ville. Le lieu était le siège de rituels spécifiques, même si, à cette date, avec la guerre qui avait saigné le village de ses hommes pendant la moitié d'une décennie, la célébration de la naissance de Victor avait manqué un peu de conviction. Cette année-là, huit jeunes gens étaient partis se battre. Cinq ne reviendraient pas – cinq autres noms sur la liste que Victor emporterait à la capitale onze ans plus tard. Le village n'était pas d'humeur à célébrer une naissance. Autrefois, la fête aurait été soigneusement été préparée, on aurait abattu un arbre pour faire un feu de joie, mais tout avait changé, même les bénédictions : l'incantation courante voulait désormais que l'enfant soit protégé des balles. Les jeunes mères faisaient couramment cette observation : leurs garçons leur étaient prêtés par les armées.

Une tradition avait perduré, en dépit de la guerre, et c'était la seule pour laquelle Adela avait insisté afin que Rey revienne à 1797, six mois plus tard. Il avait donc été envoyé dans la jungle pendant une nuit pour méditer sur l'avenir de son enfant, avec l'aide d'une drogue psychotrope. On avait assuré à Rey que, sous l'emprise de l'hallucinogène, il lui serait révélé toutes sortes de vérités. Il l'avait fait à contre-cœur, conscient néanmoins qu'il devait bien cela à la mère de son enfant, cette femme qu'il avait maltraitée de trop de façons. Il n'avait pas été présent à la naissance de Victor, mais, de fait, personne n'attendait cela de lui. Il n'avait pas contribué au choix du nom du garçon, il n'avait pas été là pour tenir la main d'Adela et prendre le bébé contre sa poitrine pour sentir sa chaleur. Rey avait promis un petit-fils à son père, mais lorsque cela s'était finalement produit, il n'était même pas conscient du fait que sa promesse avait été tenue. Le père de Rey ne saurait jamais. Lorsque Victor était né, Rey se trouvait dans un studio de radio, dans la capitale grise et lointaine, à moitié nu et endormi dans un fauteuil.

Cette nuit-là, tandis que Victor dormait contre le sein de sa mère, Norma n'avait presque pas répondu aux appels téléphoniques. Elle était très contente de laisser les chansons parler pour elle, si heureuse de contempler son mari endormi dans le fauteuil en face d'elle. Sa présence la calmait. Cependant, vers trois heures du matin, ses forces avaient décliné, elle avait pourtant eu sa dose de café, et elle avait décidé de répondre à quelques appels, ne serait-ce que pour l'aider à rester éveillée. À quoi s'attendait-elle ? Aux habitués bien sûr : quelqu'un de seul ou de triste, un homme ou une femme qui s'était retrouvé sans le vouloir seul et malheureux. Car, bien sûr, en ces temps-là, la radio faisait office de service public. Norma s'était attachée plus d'un admirateur pendant son bref remplacement de Yerevan, et elle n'était pas encore tout à fait immunisée contre l'orgueil. Quel mal pouvait-il y avoir d'ailleurs à flirter de temps en temps avec un auditeur ? Ils lui disaient combien elle était belle, ou combien sa voix était belle, y avait-il vraiment une différence ? C'était le milieu de la nuit, le studio sentait encore le sexe et elle était heureuse. Norma avait transféré quelques appels, écouté avec intérêt une femme décrire l'atelier de confiserie que son grand-père possédait autrefois dans le centre de la ville. « Tout a disparu », disait la femme en soupirant. Elle était envahie par une nostalgie un peu folle, suffisamment excessive en tout cas pour que Norma puisse soupçonner qu'elle était ivre. Elle avait peur d'aller là-bas à présent, disait la femme à Norma, peur d'être confrontée à ce qui avait bien pu remplacer le magasin de bonbons de son grand-père. Et s'il était tout simplement fermé ? Et si des squatters y vivaient – une famille de ces gens venus des montagnes ?

Norma ne l'avait pas interrompue. « Soyez gentille... » était tout ce qu'elle avait dit. Elle avait passé une chanson, puis elle avait pris un autre appel et n'avait pas du tout été surprise lorsqu'une voix d'homme avait annoncé qu'il avait appelé pendant toute la nuit.

« Eh bien, vous m'avez trouvée maintenant, avait dit Norma. Vous êtes à l'antenne. Qu'est-ce que je peux faire pour vous ? » Elle avait mis un disque de jazz en fond sonore : un morceau avec des cordes et un trombone très blues.

« Vous ne pouvez rien faire pour moi, avait dit l'homme à l'autre bout du fil. Ce n'est pas l'heure de l'émission de Yerevan ? »

Ils avaient tous reçu la consigne de ne pas prononcer son nom à l'antenne. Elle avait commencé par dire que Yerevan était en vacances – c'était la phrase que la station utilisait en cas d'urgence –, mais quelque chose l'avait poussée à s'interrompre : le ton abrupt de l'auditeur, peut-être, quelque chose dans le son de sa voix. Elle n'aurait pas dû le faire, mais elle avait demandé : « Qui est à l'appareil ?

– Peu importe. La question, c'est plutôt : Qui était Yerevan ? Un chien de la LI. C'est pour ça que vous pourrez trouver son corps dans un fossé près de la Central Highway. Voilà ce qui arrive aux traîtres. »

Avant même que Norma ait eu le temps de reprendre la parole, la communication avait été coupée. Elle était restée là un moment, parvenant à peine à respirer. Le morceau de jazz avait pris fin, et il avait fallu dix secondes pour qu'elle réalise qu'il lui fallait en passer un autre. Elle avait saisi le premier disque venu et l'avait posé d'une main tremblante. Il avait démarré trop vite, il n'était pas à la bonne vitesse, une trompette avait hurlé, une voix avait grimpé de façon désagréable à un registre trop élevé. Entre-temps, toutes les lignes téléphoniques s'étaient allumées. Impuissante, elle avait fixé les lumières rouges clignotantes. Rey n'avait pas bougé avant qu'elle ne l'appelle pour la troisième fois.

« Uniquement de la musique, avait dit Elmer lorsque Norma l'avait appelé chez lui. Uniquement de la musique jusqu'à ce que j'arrive. Pas d'appels téléphoniques, ni à l'antenne, ni hors antenne. »

Elle s'était donc assise avec Rey, et ils avaient passé de la musique pop joyeuse, et ils n'avaient rien dit. Dans des circonstances différentes, il aurait pu chanter pour elle, mais ils avaient préféré mettre le disque d'une comédie musicale d'Hollywood et se rendre dans la salle de conférence. C'était une nuit dégagée, juste après trois heures du matin, ce moment où la ville endormie ressemblait aux entrailles d'une machine faiblement éclairée. Ils pouvaient apercevoir, à travers les grandes baies vitrées, le quadrillage étincelant des rues au-dessous d'eux : le Métropole et son insigne en néon clignotant, les alignements de réverbères orange le long des avenues, chacune pointant vers le centre de la ville. Vu sous cet angle, cela ne semblait pas être un endroit désagréable où vivre – pas d'incendies dans les collines, pas de black-out. Les bidonvilles, sous cette lumière, auraient pu ne pas être des bidonvilles. Norma et Rey, en plissant les yeux, pouvaient tout aussi bien imaginer que c'était une ville bien ordonnée qu'ils avaient sous les yeux, comme des centaines d'autres à travers le monde. Ils étaient restés debout, main dans la main, et il n'y avait pas grand-chose à dire. La Central Highway passait par-dessus les montagnes à l'est – on pouvait la voir d'ici. Le corps de Yerevan se trouvait quelque part le long de cette route, en un lieu où on allait sûrement le retrouver.

Elmer était arrivé moins d'une heure après, l'air à la fois endormi et ravagé. « Qu'est-ce que vous faites ici ? avait-il dit à Rey, mais il n'avait même pas attendu sa réponse. Ça n'a au fond aucune importance, avait-il ajouté, et il s'était tourné vers Norma. Raconte-moi tout. »

Tout n'était presque rien. En une phrase ou deux, cela était dit : Norma avait décrit la voix, son timbre bas, sa tonalité menaçante et violente. C'était tout. Yerevan, mort. Yerevan, LI. « Est-ce que c'est vrai ? avait-elle demandé. Est-ce que tu crois que c'est vrai ? »

Elmer avait hoché la tête.

Rey observait et écoutait sans dire un mot. Il n'aimait pas Elmer, ce soi-disant dur avec son gros ventre et son dos voûté. Il avait le regard lointain du joueur qui gagne trop

248

rarement, de l'homme qui titube jusque chez lui pour blâmer sa famille de ses propres défauts. Rey avait presque souri : il exagérait. Il n'y avait aucune violence dans l'attitude d'Elmer. Rey aurait aussi bien pu raconter à cet homme, s'il l'avait souhaité, un certain nombre de faits. Il aurait pu lui parler de la Lune, par exemple, il aurait pu aussi spéculer avec une certaine exactitude sur les dernières heures de la vie de Yerevan. Neuf jours plus tôt en effet, juste après que la rumeur de l'implication de Yerevan avait commencé à circuler, Rey avait rencontré son contact et demandé ce qui était fait pour « notre ami à la radio ».

Le contact de Rey, le type au costume froissé, avait souri avec un air las et bu une gorgée de son café avant de répondre. « Il n'y a pas grand-chose à faire, une fois qu'une situation a atteint ce point.

— Ce qui veut dire ?

— Je ne m'attends pas à ce que notre ami soit à l'antenne de nouveau. »

Rey avait hoché la tête, mais son contact n'avait pas terminé. « Il en serait de même pour nous, si nous en arrivions là. »

Rey observait Elmer aller et venir dans la salle de conférence. Les sourcils froncés, Norma était effondrée sur une chaise. « Les gens ont entendu, avait-elle dit. Toutes les lignes téléphoniques se sont allumées.

— Ça n'a aucune importance », avait répliqué Elmer. Il se frottait les yeux. « Ils souhaitent que nous fassions un grand tapage. C'est ce qu'ils attendent. Nous ne devons pas tomber dans le piège.

— C'est fait, pourtant. Les gens savent. »

Rey avait alors compris qu'ils ne diraient rien, que Yerevan allait disparaître complètement. Demain, au lever du jour, un fermier tomberait sur le cadavre quelque part sur la Central Highway. La guerre durait depuis assez longtemps pour que ce genre de chose ne surprenne plus personne. Le fermier prendrait peur cependant. Il irait peut-être à la police – pas pour obtenir des réponses, mais pour se couvrir – et on lui promettrait là-bas de faire une enquête et de s'occuper du corps. Mais la police n'était pas payée pour poser des questions impertinentes. Et il était plus que probable que tout commencerait et finirait avec ce fermier. S'il s'agissait d'un homme religieux, peut-être qu'il enterrerait le corps lui-même, ou veillerait à ce qu'il soit bien caché derrière un rocher ou dans un ravin, là où plus personne ne pourrait tomber dessus. Il aurait trop peur pour en parler. Pas plus à sa femme, qu'à son meilleur ami. Ou à la messe du dimanche, quand il irait, tête baissée, confesser tous ses péchés par omission et par action. Yerevan resterait donc là, pendant une journée, une semaine ou un mois. Pour toujours, si Elmer pouvait en décider. Il serait plus facile et plus pratique de tout oublier.

« Est-ce qu'il a de la famille ? » avait demandé Rey.

Elmer avait secoué la tête. « Grâce à Dieu, non. »

Eh bien, que Dieu le bénisse. Rey, lui, avait été sauvé par sa famille. Sans quoi il serait probablement mort et personne n'avait jamais eu besoin de lui expliquer cela. C'était à la fois clair et terrifiant. Dans deux semaines, Rey allait revoir son contact et il lui demanderait, même s'il connaissait la réponse, si Yerevan était mort.

Son contact l'avait regardé d'une manière que Rey n'avait plus observé depuis des années. Un regard qui disait : « Pourquoi vous me faites perdre mon temps ? »

« Il y a une rafle qui se prépare », avait dit le contact de Rey au bout d'un moment. Yerevan, ce n'était que le début. Déjà, plusieurs agents avaient disparu. Rey avait écouté la sombre prédiction, et il avait voulu hausser les épaules ; et en haussant les épaules, il avait l'intention de faire sentir quelque chose de très précis : qu'il était fatigué, qu'elle avait duré déjà trop longtemps, cette guerre, qu'il comprenait mieux que la plupart des gens qu'elle ne pourrait pas durer toujours. Rey voulait laisser entendre qu'il n'était pas du tout surpris : Yerevan, un sympathisant, avait peut-être donné le nom d'un contact, et cet homme ou cette femme avait été enlevé, et puis... Rey ne se faisait aucune illusion ; lui-même aurait parlé à la Lune s'il avait eu quelque chose à dire. Les choses qu'ils avaient dû faire subir à ce pauvre Yerevan. Les tortionnaires avaient eu neuf ans pour affûter leurs talents.

Mais Rey n'avait pas haussé les épaules. D'une certaine manière, il se sentait trop fatigué et vaincu à ce moment-là pour trouver l'énergie nécessaire à l'accomplissement de ce simple geste. Il avait préféré demander à son contact, le type au costume froissé, ce que tout cela allait signifier. « Pour nous », avait dit Rey.

« Nous ne savons pas, avait répondu le type. Nous ne saurons pas tant que ce ne sera pas arrivé. »

Puis, ils étaient restés silencieux tandis qu'un couple, main dans la main, passait devant eux : la femme avait basculé la tête sur l'épaule de son petit ami et il avançait avec cette confiance absolue de celui qui se sait aimé. Elle avait la taille fine et de longues jambes, et elle avait glissé la main droite dans la poche arrière du pantalon de son petit ami. Rey avait éprouvé une vive jalousie, sans pouvoir imaginer une seule raison de l'être. Son fils était âgé de quatorze jours.

« Nous n'allons plus nous voir pendant un certain temps », avait dit le contact de Rey. Il avait donné brièvement quelques instructions pour les mois à venir. Rey partirait pour la jungle. Il lui faudrait être prudent, plus prudent qu'avant. Rey avait tout accepté d'un simple hochement de la tête. Puis, son contact s'était levé et était parti. Il n'avait pas payé l'addition et n'avait rien dit en guise d'adieu.

Six mois plus tard, son garçon avait atteint l'âge où les enfants commencent à affirmer une personnalité. C'était miraculeux. La saison des pluies était terminée et Norma était de nouveau à la maison. Le corps de Yerevan n'avait jamais été retrouvé et l'indignation s'était presque entièrement dissipée. Il y avait eu quelques arrestations, mais Rey était convaincu que la plupart des gens arrêtés ne faisaient pas partie de la LI et appartenaient plutôt à ses marges ; des étudiants, des ouvriers et des petits délinquants qui correspondaient bien au profil. Un ouvrier malheureux pris avec un tract ronéoté, une jeune femme qui avait demandé un livre suspect à la bibliothèque centrale. Ils seraient torturés et certains mourraient, mais la plupart d'entre eux seraient relâchés et iraient grossir les rangs de ceux qui étaient trop en colère ou trop amers pour rester de simples spectateurs du conflit. De cette manière, la guerre progressait.

Rey était à présent dans la forêt de nouveau, la capitale était lointaine et presque irréelle. Sa maîtresse marchait pieds nus sur le plancher et Rey regardait les yeux gris et limpides du garçon qui suivaient les déplacements de sa mère dans la case.

« Il voit ! » avait dit Rey.

Adela avait souri. « Bien sûr qu'il voit. »

Mais Rey ne s'était pas exprimé correctement, ou plutôt ses mots n'avaient vraiment pas été assez précis : il ne voulait pas parler d'une capacité d'observation ordinaire. C'était quelque chose d'entièrement nouveau – comment l'expliquer ? Le garçon, avec ses yeux neufs et sa personnalité sans tache, *voyait*. C'était une découverte, c'était une révélation. Le garçon scrutait l'inconnu avec l'intensité d'un scientifique, et Rey éprouvait une immense fierté. Il était désespéré par sa propre incapacité à s'expliquer. Le garçon peut voir ! s'était dit Rey, et il avait senti son cœur battre à tout rompre. Peut-être qu'Adela s'était déjà habituée au miracle : le garçon pointant l'index, potelé et minuscule, en direction du monde ; le garçon curieux et imperturbable devant la taille de l'univers. L'étonnante perfection de l'enfant. Rey avait dressé son propre index devant le garçon et Victor l'avait mis dans sa bouche, examinant sa texture à l'aide de ses gencives.

Ils avaient traversé le village cet après-midi-là, pour la première fois comme une famille. C'était un endroit tellement incohérent : un rassemblement de cases en bois surélevées, avec des toits couverts de feuilles tressées. Rey avait reçu les bons vœux et les congratulations chaleureuses d'une douzaine d'hommes et de femmes avec lesquels il n'avait jamais échangé un mot. Il s'était préparé : quelques phrases du vieux dialecte, c'était tout ce dont il avait besoin. Ils avaient apprécié son effort. Ils avaient ri de son accent. Ils avaient embrassé le bébé et poursuivi leur chemin.

Ce soir-là, le premier que Rey passait à 1797 depuis qu'il était devenu père, Adela l'avait envoyé dans la forêt pour accomplir son devoir rituel. Rey avait noté le nom de la racine dans son carnet ; après tout, il était encore un homme de science. La racine avait été écrasée pour confectionner une sorte de pâte, et Rey l'avait recueillie du bout du doigt pour la mettre dans sa bouche et s'en frotter les gencives. Elle avait un goût amer, acide. Il s'était interrompu pour poser des questions, mais personne ne lui avait répondu. Quelques minutes s'étaient écoulées et il avait eu l'impression que son visage était engourdi, et puis il n'avait plus du tout senti le goût. Adela l'avait embrassé sur le front. Les lèvres du bébé avaient été pressées contre celles de Rey.

« Maintenant, vas-y, » avait dit Adela. Les vieilles femmes qui le guidaient dans les bois étaient silencieuses. Elles l'avaient conduit jusqu'à la berge de la rivière, là où les arbres poussaient, serrés les uns contre les autres, là où la mousse en vrille effleurait la surface de l'eau. Les femmes l'avaient ensuite abandonné et il s'était assis dans l'obscurité, au milieu des arbres, et il avait attendu qu'il se passe quelque chose. Dans sa tête, il se repassait l'image de son garçon suivant tous les mouvements de ses petits yeux, et cette seule pensée avait suffi à le faire sourire. À travers la canopée, il pouvait

voir le ciel brillamment constellé. C'était une nuit sans lune.
Il avait fermé les yeux et senti une sorte de battement contre
ses paupières, une vague naissante, un éclat de couleur à présent. Il avait pensé à la guerre, ce grand tyran impitoyable ;
il avait pensé à sa pesanteur et à son ubiquité. Partout sauf
ici, s'était-il dit. L'hallucination commençait à produire ses
effets. C'était un propos plein d'espoir mais, bien entendu,
complètement faux. La guerre, en fait, était ici aussi, pas plus
loin que la crête voisine, dans un camp où il allait se rendre
dans quatre jours. Rey sentait la séparation entre ses vies se
désintégrer : à la maison, Norma souffrait de son absence
avec une intensité presque animale. Il le devinait et il pouvait, sans trop d'effort, éprouver la même chose qu'elle. Pour
la première fois, il pensait à sa femme dans la jungle. C'était
peut-être de la vanité de supposer qu'elle avait besoin de lui.
Elle ne lui aurait jamais pardonné si elle avait su. Il avait
touché son front humide et s'était dit que c'était la racine,
sa magie sombre qui commençait à distendre la longe de la
réalité. Rey avait retiré ses chaussures, puis ses chaussettes, et
était descendu prudemment jusqu'aux tourbillons du bord
de la rivière. L'eau était fraîche et apaisante. Il était ressorti,
avait retiré tous ses vêtements, et il était redescendu dans
l'eau jusqu'à ce qu'elle atteigne sa poitrine, cette fois-ci. L'eau
l'enveloppait, faisant des choses merveilleuses et inexplicables
à son corps : de minuscules picotements délicieux et froids. Il
y avait des couleurs stupéfiantes derrière ses paupières. Mon
enfant, avait pensé Rey, et mon enfant ? Le garçon va grandir
dans cet endroit et il ne me connaîtra jamais très bien. Il va
hériter de cette guerre que j'ai faite pour lui. Rey avait pris
une grande inspiration et s'était enfoncé sous la surface de
l'eau. Il avait retenu sa respiration jusqu'à ce qu'il eût l'esprit
vide et que plus rien ne bouge, puis il était ressorti et avait
respiré. Il avait ensuite recommencé. Il sentait les couleurs
– dire qu'il les voyait aurait été inexact –, il les sentait tout
autour de lui, un éclat fantastique qui bouillonnait en lui :

des rouges et des jaunes et des bleus dans toutes les tonalités et toutes les intensités. Il avait retenu son souffle et eu bientôt l'impression de se noyer dans une piscine orange. C'était excitant et terrifiant, mais cela n'éclairait en rien l'avenir de son fils. Il avait soufflé du violet dans l'eau : il s'était observé en train de souffler des nuages de violet, comme de la fumée. Au bout d'une heure passée dans la rivière, il était sorti et il s'était installé sur la berge, nu, à considérer les étoiles. Il s'était habillé pour ne pas attraper froid. Régulièrement, les étoiles tombaient du ciel, par grandes vagues, des cascades aveuglantes de lumière qui dessinaient des formes : des animaux, des bâtiments, les visages de ceux qu'il avait connus. Il avait essayé de se souvenir de ce qu'il était venu accomplir ici. Il avait tiré sur sa chaîne en argent, l'avait mise entre ses dents et avait mordu jusqu'à ce que le goût du métal devienne insupportable. Il s'était accroupi au bord de la rivière et s'était rincé la bouche. Et puis le visage, et puis il était de nouveau entré dans l'eau, complètement habillé cette fois, chantant, sifflant, immergé dans des couleurs électriques.

Quelques heures plus tard, il tamisait de la terre entre ses doigts, en essayant de se souvenir du titre d'un film qu'il avait vu autrefois quand il était petit garçon. Dans sa tête, une blonde aux longues jambes flottait en travers de l'écran. Une heure plus tard, il dormait.

Au matin, les femmes étaient venues le chercher et l'avaient ramené au village pour le nourrir. Il était groggy, le corps endolori. Tout cela avait été soigneusement noté. Rey était déjà suivi, ses mouvements, ses humeurs et sa condition physique étaient enregistrés par une taupe recrutée dans le village. Trois jours plus tard, il était parti pour le camp où il devait rencontrer un homme qu'il ne connaissait que sous le nom d'Alaf. La taupe avait noté l'heure de départ de Rey et avait spéculé sur la direction qu'il avait prise. C'était une pure intuition, mais c'était la bonne : l'homme de la capitale avait pris la direction de la rivière pour passer au-delà de la crête. Certains jours, quand le vent était favorable, la taupe entendait des coups de feu. C'était, il en avait la conviction, quelque chose qui se passait dans le voisinage et qui méritait d'être noté.

12

Le portrait était étalé sur la table basse, ses bords déchiquetés maintenus par des dessous-de-verre, et Victor supportait mal d'avoir à le regarder. Il n'éprouvait pas la moindre curiosité pour cet homme – ou plutôt pour ce dessin d'un homme. Quelques secondes lui avaient suffi pour décider que son père était un être humain qui n'avait absolument rien de remarquable. Il avait une masse de cheveux blancs, des yeux, des oreilles et un nez aux places habituelles. Peut-être que le dessin n'était pas bon. Et de ce fait, il ne traduisait pas une grande imagination de la part de l'artiste : l'expression plate de quelqu'un qui est pris au dépourvu, l'air endormi. Sur le dessin, Rey ne souriait pas. Victor avait plissé les yeux en observant le visage. Il n'avait pas le moindre souvenir auquel le rapporter. Il ne se livra donc à aucune spéculation sur une ressemblance quelconque, et c'était tout aussi bien : il n'y en avait pas.

Norma a demandé à Manau de répéter ce qu'il avait dit.

« C'est le père de Victor, a-t-il dit de nouveau. Je suis désolé. »

Un profond silence s'est abattu sur la salle de séjour. Norma a basculé dans le canapé, et son visage a pris une couleur rosée que Victor n'avait jamais observée auparavant. Elle ne pleurait pas, mais regardait droit devant elle, hochant la tête et marmonnant pour elle-même. Plusieurs fois, elle a commencé à dire quelque chose, mais s'est interrompue. Tout ce silence était embarrassant. Victor éprouvait le besoin d'être ailleurs. Il se serait attendu à ce que son instituteur dise quelque chose, mais Manau restait lui aussi silencieux. Norma a regardé encore une fois le dessin, puis en direction de Victor, jusqu'à ce que l'impression d'être examiné provoque en lui cette sensation de chaleur déplaisante. Elle a tendu la main vers lui, mais il a soudain pris peur. Ces gens n'arrêtaient pas de le décevoir. « Victor », a commencé Norma, mais il s'est éloigné d'elle.

Cette fois, il n'est pas parti dans la rue, mais il est sorti de la pièce par la seule porte existante, celle de la cuisine. Norma et Manau l'ont laissé partir. La porte s'est ouverte brusquement, faisant sursauter la femme que Victor supposait être la mère de Manau. Il s'est retrouvé tout à coup dans un autre monde, plus chaleureux. Elle a fait tomber la cuillère qu'elle tenait à la main et qui a atterri dans une casserole sur la cuisinière. Elle a adressé à Victor un sourire grave, puis elle a délicatement récupéré la cuillère. Elle l'a brandie devant elle, elle était fumante. « Comment vas-tu, mon enfant ? » a-t-elle demandé.

Victor n'a pas éprouvé le besoin de répondre à la question, et la mère de Manau ne semblait d'ailleurs pas attendre de réponse. De fait, elle s'est contentée de respirer avant de poursuivre. Victor a tiré une chaise de sous la table et, avant même qu'il soit assis, elle a commencé à parler, à sa manière décousue, de Manau et du genre du petit garçon qu'il avait été : « ... Tellement gentil de ta part de venir voir ton ancien instituteur parce que tu sembles bien être un jeune garçon attentionné, et je sais que Elijah a passé un moment difficile là-bas, mais il était lui aussi tellement gentil quand il était petit et c'est ça qui fait de lui un bon instituteur. Je me fiche de savoir ce que disent les examens. C'est un garçon tellement gentil, il l'a toujours été, il y avait ce chien dont il s'était occupé, un simple bâtard des rues, mais il le brossait et lui apprenait des numéros, et je dois dire que les gens l'ont toujours aimé, grâce à Dieu. Tu l'aimes bien, n'est-ce pas ?

— Oui, a dit Victor.

— Oh, tu es un bon garçon, n'est-ce pas ? »

Un moment après, elle lui a resservi du thé et elle a placé un bol de soupe devant lui. Il y avait un beau morceau de poulet, une cuisse, juste sous la surface. Victor salivait. Elle a essuyé une cuillère sur son tablier et l'a posée à côté du bol. Victor n'a pas attendu d'être davantage encouragé, et il n'a pas eu besoin non plus de la cuillère. Il s'est attaqué au morceau de poulet à demi immergé, se demandant brièvement si cela était bien convenable. Cela n'avait aucune importance. La mère de Manau lui tournait le dos, rinçant des assiettes dans l'évier et continuant à babiller inlassablement sur tel sujet ou tel autre : son mari, était-elle en train de dire, était en voyage pour son travail. Il conduisait des camions remplis d'équipement électronique — est-ce que Victor avait remarqué la boîte de calculettes en plastique près de la porte d'entrée ? « Elles viennent de Chine », a-t-elle ajouté sur un ton d'extase, et Victor a aimé le son de sa voix. « Ta mère est très belle », a-t-elle dit. Il avait déjà mangé la moitié du poulet.

Victor a levé les yeux. Il lui a fallu un moment pour comprendre. Il s'est demandé si ça valait le coup d'expliquer. « Merci », a-t-il dit, après avoir décidé que non.

« Et si, avait un jour demandé Norma à son mari, et s'il t'arrive quelque chose là-bas, dans la jungle ? »

Cela paraissait naïf et ridicule à présent, mais elle se souvenait de lui avoir posé une telle question, quelque chose d'aussi pauvre et confiant que ça. Peut-être qu'elle n'avait jamais voulu savoir. Rey avait souri et répondu quelque chose du genre : « Je suis toujours prudent. » Le mot avait des sens si divers ! Non, il n'avait pas été prudent, s'était-elle dit. Il avait mis enceinte une femme de la jungle et puis il s'était probablement fait tuer. Et puis il y avait ce garçon et ces dix années qu'elle avait passées seule, en priant, pleine d'espoir que son mari innocent ressorte un jour de la jungle, intact. Est-ce qu'elle y avait même cru ? Est-ce qu'elle avait jamais cru un truc pareil ? Elle était, elle s'en rendait compte aujourd'hui, une de ces femmes qu'elle avait toujours prises en pitié. Pire, elle était devenue sa mère à quelques détails près, question d'adaptation à l'époque, une femme trompée, de façon finalement assez conventionnelle, fût-ce sous les apparences de l'exotisme. Vieille école, inintéressante, commune. Et aussi seule qu'elle l'avait toujours été. Le moment, elle le sentait avec certitude, appelait un acte de violence explosive : l'abandon ou la destruction d'un objet de famille ou d'une photographie, l'anéantissement d'un objet chargé de sens, un vêtement par exemple, mais elle se trouvait dans une maison inconnue, chez des inconnus, à l'autre bout de la capitale, loin de son appartement et de toutes les choses accumulées pendant les années passées avec Rey : bizarrement, elle était frappée par l'image d'une chaussure en train de brûler. Si elle avait été quelqu'un d'autre, Norma aurait pu en rire. Elle aurait voulu, quelque part au fond de son cœur, détester le garçon.

Elle a fermé les yeux ; elle a écouté sa propre respiration. Manau n'avait pas bougé ; le pauvre ne savait pas quoi dire en dehors de ses excuses répétées et il était difficile d'imaginer de quoi il pourrait encore s'excuser. Pour les mauvaises nouvelles ? Pour ce dessin et tout ce qu'il impliquait ? Je pourrais demander des détails, s'est dit Norma. Je devrais le harceler et voir ce qu'il sait. Mais déjà ce moment avait passé. Le garçon était parti dans une autre pièce et elle se retrouvait seule dans une maison inconnue, avec cet inconnu, ce portrait et ces nouvelles.

« Est-ce que je peux faire quelque chose ? » a demandé Manau.

Elle a ouvert les yeux. « Un verre ?

– Il n'y a pas d'alcool dans la maison. Ma mère ne le permet pas.

– Quel dommage, a dit Norma.

– C'est pour ça que mon père n'est jamais là. Devrions-nous aller ailleurs ? »

Norma a secoué la tête et a réussi à lui demander s'il avait autre chose encore à raconter. « Non pas que ceci soit insuffisant.

– Non », a-t-il dit. Le silence s'est prolongé encore un peu, puis Manau a demandé s'ils voulaient passer la nuit ici.

Où aller ? Elle n'avait vraiment nulle part où aller dans la ville. Elle a dit quelque chose de vague sur le fait d'être seule, puis s'est tout de suite sentie gênée de l'avoir dit. Ce n'était pas vraiment le moment de se lancer dans des confessions de ce type. Ce Manau savait des choses sur sa vie qu'elle ignorait elle-même quelques minutes auparavant. Il devait y avoir, elle l'imaginait, des endroits dans le pays où personne ne connaissait ni son nom, ni sa voix, quelque part dans les régions sauvages et inhabitées, un endroit où on ne captait pas la radio, où elle pourrait se fondre dans le paysage, embrasser la condition de vieille fille – et vivre en paix avec ses déceptions.

« Nous allons rester, a-t-elle dit dans un hochement de tête. Est-ce que tout le monde est au courant, à part moi ?

– Dans le village ? Non, quelques personnes seulement.

– Mais ils connaissaient tous mon mari ?

– Bien sûr, a dit Manau. Adela, la mère de Victor, elle m'a raconté qu'il venait trois fois par an.

– Parfois, quatre. Il travaillait sur... » La voix de Norma a déraillé. Quel sentiment d'impuissance. « Oh, et puis peu importe ce qu'il me racontait, non ? » a-t-elle dit d'une voix brisée. À propos de quoi n'avait-il pas menti ? Cette autre

261

femme... Norma a failli avoir un haut-le-cœur en y pensant, cette traînée de la jungle en train de baiser son Rey, leurs corps collés l'un contre l'autre, leur sueur, leurs odeurs. Leur plaisir. Elle a couvert son visage. Elle ne pouvait plus parler.

« Je ne suis pas content, a dit Manau. Je ne voulais pas vous dire ça.

— Et je ne voulais pas l'entendre. » Norma regardait à travers ses doigts.

Il a hoché la tête, puis l'a inclinée, les yeux fixés sur ses genoux. « Ils vous aiment dans le village, Madame Norma. »

Elle a pris sa main et l'a remercié. « Ce dessin, a-t-elle demandé, d'où est-ce qu'il vient ?

— Il y a un artiste qui est venu dans le village. Il y a des années. »

Elle a regardé le portrait de nouveau. « Il a les cheveux tellement blancs », a-t-elle dit. Elle n'arrivait pas à se souvenir s'il lui avait paru si vieux la dernière fois qu'elle l'avait vu.

Elle avait mal à la tête. Elle aurait voulu demander une explication, mais elle ne l'a pas fait. Ou n'a pas pu. Le son étouffé d'une voix leur est parvenu de la cuisine.

« Il ne s'en est pas sorti, hein ? a demandé Norma.

— Madame ?

— Il n'a pas survécu. Je vous le demande...

— Vous ne savez pas ? a dit Manau.

— C'est évident que je ne sais rien, non ? » Il lui a fallu tout son calme pour ne pas crier.

« Ils l'ont emmené. C'est ce que m'a dit la mère de Victor.

— Qui ça, ils ?

— L'armée.

— Oh », a murmuré Norma.

Lorsque Rey était revenu de la jungle après avoir fait la connaissance de son fils nouveau-né, il avait résolu de mettre un terme à ses activités. Il n'avait pas revu son contact depuis la disparition de Yerevan. C'était beaucoup trop fatigant. Il avait l'impression, pour la première fois, d'avoir rapporté un peu de la forêt avec lui, quelque chose de réel qui l'affectait, un germe, une malédiction. Sa vie – ses vies, maintenant que leurs frontières prudemment maintenues avaient rompu, paraissaient excessivement compliquées. Il s'était retrouvé en train de penser à son fils comme un père doit le faire : avec fierté, avec un amour débordant et inattendu qui venait obscurcir ses pensées aux moments les plus inopportuns. Plus que tout, il voulait partager cette joie illicite avec Norma, et cela le remplissait de honte. De quel droit était-il heureux ? Pourtant, on ne peut rien contre ces choses : elles relèvent de la biologie, de l'évolution. Il aurait aimé avoir une photo de son fils de la taille de son portefeuille – pour la montrer à qui exactement ? À des inconnus, supposait-il. Dans le bus, il pourrait prétendre qu'il était un véritable père, qu'il n'avait rien fait de mal. En plus d'une occasion, après un profond bâillement, il avait expliqué au passager qui se trouvait à côté de lui, toujours une femme, qu'il était épuisé parce que le bébé était resté éveillé toute la nuit. Il disait cela d'un air entendu, nonchalamment, ou essayait de le faire. Il aimait la façon dont les femmes lui souriaient, la façon dont elles hochaient la tête et comprenaient. Elles parlaient de leurs petits, montraient des photos, échangeaient des vœux. À la maison, Norma et lui faisaient l'amour tous les soirs ; à son initiative, ils revenaient aux magnifiques rituels de débauche des premiers jours de leur rencontre : sexe le matin, avant de dîner, avant de dormir. Norma était heureuse, ils étaient heureux tous les deux, jusqu'à ce qu'une pensée sombre ne fasse intrusion et lui rappelle quel genre d'homme il était, celui qui pouvait mentir et commettre des erreurs, et un jour, ramener à la maison un enfant de la jungle pour le faire grandir dans la capitale. C'était bien ce qui devrait se passer : son fils devait recevoir une éducation. Il n'allait tout de

même pas laisser ce garçon jouer dans la poussière, non ?
Mais Norma et lui auraient d'abord leur premier enfant
ensemble, avait décidé Rey avec optimisme : eux deux, et ce
serait merveilleux, et alors elle le pardonnerait.

Un jour, à l'université, il avait décidé d'aller se promener.
C'était entre deux cours, une heure et demie pendant laquelle
il aurait pu rester en classe pour lire et corriger des copies,
mais c'était un bel après-midi venté, avec un ciel magnifiquement dégagé. Il y avait des groupes d'étudiants un peu partout, et Rey avait été frappé par le fait qu'il se souvenait à
peine de l'époque où il était lui-même étudiant. Cela n'avait
pas été facile – de ça, il pouvait se souvenir. Il avait passé
une année entière à essayer d'être admis. Il avait fait trois ans
d'études, était ensuite allé à la Lune, était revenu un an plus
tard pour reprendre ses études, et ces deux parties de son
éducation supérieure ne semblaient avoir aucun rapport entre
elles. Il avait rencontré Norma, il avait rencontré le type au
costume froissé, et ces deux-là avaient complètement transformé tout ce qu'il croyait savoir de la vie. Rey était sorti du
campus, ce jour-là, en direction de l'avenue. Il se trouvait
juste au coin situé après les portes d'entrée de l'université. Il
y avait là un kiosque à journaux, et un groupe de jeunes gens
lisaient les gros titres de la presse, les mains dans les poches.
Rey avait acheté un journal sportif et lu les titres. Une voiture, couleur rouille, avait ralenti tout près, la radio retentissant à travers les vitres baissées. Le chauffeur portait des
lunettes à verres irisés et tapotait son volant. Il y avait un
magazine pour hommes sur le tableau de bord. Plus loin,
sous un auvent en lambeaux, un homme en gilet vert vendait
des chiots. Il en avait une demi-douzaine dans une seule cage,
posée sur une table en bois bancale : les yeux encore fermés,
tout petits, les chiots se réveillaient, bâillaient, tentaient de
se lever, retombaient et se rendormaient. Ces petites bêtes
offraient un véritable spectacle. Des enfants avaient entraîné

leurs mères pour les regarder. Un garçon aux cheveux noirs avait nerveusement glissé son doigt entre deux barreaux, et un chiot à moitié endormi le léchait. Le garçon poussait des petits cris de plaisir. Rey regardait sans bouger, le journal plié sous le bras. Il observait les enfants, s'était-il rendu compte, et non les chiots. Je vais amener mon fils ici, s'était dit Rey. Pourquoi pas ? Je lui achèterai un chien. Des images de vie domestique avaient défilé dans sa tête, et il avait souri. Juste à ce moment-là, un homme lui avait tapé sur l'épaule. « Hé, Papa », avait dit une voix.

Le type avait le visage juvénile d'un élève de lycée, il ne se rasait peut-être pas encore, mais quelque chose dans sa façon de s'habiller ne collait pas. « Qu'est-ce que tu lis, Papa ?

— Excusez-moi ?

— Qu'est-ce tu as là ? avait demandé le jeune homme, le doigt pointé vers le journal.

— Un journal sportif. Pourquoi ? »

Le jeune homme avait froncé les sourcils. « Laisse-moi recommencer. » Il avait sorti un badge de sa poche et l'avait exhibé brièvement, juste assez toutefois pour que Rey puisse le voir scintiller. « Tes papiers, s'il te plaît, avait-il demandé à voix basse. Pas de salades devant les gamins.

— Oh, avait dit Rey, c'est de ça qu'il s'agit ? » Il avait souri. Ces flics en civil étaient de plus en plus jeunes. Il y était habitué, et jamais plus il ne commettrait l'erreur de la fameuse nuit où il avait rencontré Norma. Montre-leur quelque chose, telle était la règle à présent, montre-leur n'importe quoi. Ils ne sont pas venus te chercher, parce que si c'était le cas, ils t'auraient déjà embarqué. Rey avait donc sorti son portefeuille de sa poche et en avait extrait en faisant de grands gestes, sa carte de l'université. « Pas de salades devant les gamins. Quel âge avez-vous ?

— Je vais faire comme si je n'avais rien entendu. » Le flic en civil avait regardé la carte et hoché la tête. « Je pensais bien que c'était vous, professeur. Trini était mon capitaine, avait-il dit en lui rendant la carte. Venez avec moi.

— Trini ? »

Le flic en civil avait hoché la tête.

« Je dois ?

— Vous devriez. »

Ils avaient marché ensemble un moment, le long de l'avenue et au-delà de l'intersection, là où le quartier commençait à changer. Rey était décidé à ne pas prêter attention au flic. Les nuages s'étaient dissipés et le soleil brillait presque. Un enfant s'était penché à la fenêtre du premier étage d'un immeuble délabré, les yeux écarquillés sur le spectacle de la rue. Rey avait fait un petit signe de la main et l'enfant le lui avait rendu. L'immeuble était dans un tel état de délabrement qu'il semblait tenir debout grâce aux cordes à linge de ses malheureux occupants. L'enfant avait ensuite disparu derrière un rideau puis était réapparu avec un ours en peluche à la main. L'ours et l'enfant avaient alors fait signe de la main.

Rey et l'officier de police avaient tourné au coin pour s'engager dans une rue à peine pavée et presque vide. Une femme y plongeait des vêtements dans une bassine remplie d'eau. Ils se trouvaient maintenant à plusieurs pâtés de maisons de l'université. « Qu'est-ce que ça veut dire, tout ça ? » avait demandé Rey.

Le flic en civil s'était gratté la tempe. Il avait sorti son badge de nouveau et l'avait tendu à Rey. « C'est un vrai, vous savez. Vous devriez me montrer un peu de respect. »

Rey avait haussé les épaules et rendu le badge.

« Je connaissais votre oncle. C'est lui qui m'a formé et j'ai servi sous ses ordres. Avant qu'ils s'en prennent à lui.

— Et ?

— Je lui dois tout. J'adorais cet homme. Il a été tellement bon pour moi. C'est ma façon de lui rendre hommage.

— En me suivant ?

266

– En vous avertissant.

– Je respecte les lois. »

Le flic était vraiment un gamin. « Comme tous les types bien.

– Trini respectait les lois.

– Est-ce que vous êtes tous aussi mal élevés ?

– Nous ?

– Vous savez très bien ce que je veux dire. »

Rey avait froncé les sourcils. « Je vous jure que non.

– Écoutez, je vous dis simplement ce que je sais. J'ai vu votre nom sur une liste. J'ai vu vos deux noms. »

Rey avait levé les yeux. « Je n'ai pas utilisé ce nom depuis des années.

– Bien. Ne le faites pas. Certains des gens qui figurent sur cette liste ne sont plus de ce monde. »

Ils étaient arrivés au bout de la rue. Ils avaient fait demi-tour. La femme avait fini de laver ses vêtements. Elle avait toussé au moment où ils étaient passés devant elle et s'était approchée, en toute humilité, pour leur demander de l'argent. Elle les avait suivis un moment, la main tendue, mais il n'y avait aucune conviction dans sa voix et le jeune flic l'avait chassée. De retour sur l'avenue, le flic en civil s'était apprêté à partir dans la direction opposée à l'université. « Vous étiez à la Lune, hein ? » avait-il demandé.

Rey avait hoché la tête. « Il y a des années.

– Ils s'activent beaucoup là-bas, ces temps-ci. Vous n'avez pas intérêt à y retourner. »

Il n'y avait rien à répondre à cela.

« Trini méritait mieux, – avait dit le flic.

– Nous méritions tous mieux, avait dit Rey. Le monde a une dette envers nous. » Il avait remercié le jeune homme. « Vous voyez, nous ne sommes pas tous mal élevés.

– C'est bon à savoir. Soyez prudent, c'est tout. » Le jeune homme avait tendu la main et Rey l'avait serrée. Ils étaient partis dans des directions opposées.

« Mère, a dit Manau, tu l'ennuies. » Il était devant la porte de la cuisine, les bras croisés. Victor avait porté le bol de soupe à ses lèvres. Un os de poulet était posé sur la table.

La mère de Manau a blêmi. « Elijah, ne sois pas grossier.

– La soupe est très bonne, Madame », a dit Victor.

Norma lui a caressé la tête.

« Votre garçon est tellement poli, a dit la mère de Manau à Norma. Pas comme mon fils.

– Mère...

– Merci, Madame », a dit Norma.

La mère de Manau a souri gentiment. « Alors, vous allez rester ? »

Norma a répondu que oui. La mère de Manau a hoché la tête et elle est partie rapidement préparer un lit. Ils dormiraient dans la chambre de Manau, bien sûr. Norma n'avait même pas eu une seconde pour répondre. Puis, ils s'étaient retrouvés tous les trois dans la cuisine. Le garçon avait fini de manger. Il n'avait pas touché sa cuillère. Il a tourné sa chaise vers Norma et Manau, et les deux adultes se sont assis. Que faire d'autre ?

« Tu veux savoir des choses sur ton père ? » a demandé Norma.

Le garçon a hoché la tête. Ses cheveux avaient encore un peu poussé. Elle n'avait pas à se souvenir avec certitude du temps qui s'était écoulé : un an ou un jour ? Avait-il vieilli ou bien était-ce elle ? Il n'y avait rien de son mari dans ses traits-là, ou du moins rien qu'elle puisse voir : il était encore jeune et c'était peut-être ça, mais son visage fin et sa peau sombre ne ressemblaient pas du tout à ceux de Rey. Il avait des lèvres minces et des joues douces. Les yeux de Rey étaient verts et ceux de ce garçon presque noirs. Est-ce que tout cela était vrai ? Norma a inspiré profondément. Rien de tout cela n'était la faute du garçon. Elle voulait que sa voix soit posée quand elle commencerait à parler. « La nuit où je l'ai rencontré, a-t-elle expliqué, il m'avait été enlevé par des hommes très méchants. Ils lui ont fait mal et puis ils me l'ont rendu. J'ai toujours su qu'ils pourraient le reprendre. Il était très beau, je trouvais, et très intelligent, comme toi. Il devait t'aimer s'il t'a envoyé à moi. »

Manau s'est éclairci la voix. « Ta mère me l'a dit. C'était il y a quelques mois. Elle voulait que tu rencontres Norma un jour. Elle ne pensait pas que ce jour viendrait si vite. » Il a baissé les yeux vers ses pieds.

Victor s'est frotté le visage. « OK, a-t-il dit.

— C'est un peu trop tout ça, non ? »

Le garçon n'avait rien à répondre.

« Je sais, je sais, a dit Norma ; j'ai quitté la station ce matin, tu sais. Ils nous cherchent. » On ne savait pas très bien à qui elle s'adressait. Norma s'est levée puis s'est tournée. Elle a ouvert le réfrigérateur, le regard perdu sur son contenu, respirant sa fraîcheur chimique, et l'a refermé. Je devrais entrer dedans, s'est-elle dit. M'y enfermer et mourir.

Ses os lui faisaient mal.

« Ils ne vont pas vous trouver ici, a dit Manau. Ils ne vont pas venir vous chercher ici.

— Qui vous cherche ? a demandé la mère de Manau. (Elle venait d'entrer.)

— Personne, a répondu Manau.

— C'est compliqué », a ajouté Norma.

La mère de Manau a eu l'air blessée, un instant. « Je vois bien que personne n'est fatigué », a-t-elle fini par dire. Elle a levé les mains. « Est-ce que vous allez m'aider, tous les trois ? »

Norma, Manau et Victor sont sortis de la cuisine et l'ont suivie dans la salle à manger. Il y avait un vaisselier, à moitié vide et l'air un peu abandonné, et une baie vitrée cassée. Au-delà, se trouvait un carré de gazon d'environ deux mètres, pas plus. La lumière était allumée dehors et Norma a pu voir que le petit jardin était bien entretenu. Elle a adressé un sourire à la mère de Manau, cette femme si délicieuse. Celle-

269

ci a souri à son tour et a pointé le doigt vers une table, où un puzzle inachevé était étalé sur un morceau de carton blanc. Des dizaines et des dizaines de pièces étaient empilées à chaque coin. Norma s'est penchée au-dessus de l'image en cours de formation : il y avait des bâtiments jaunes et une montagne qui commençait à prendre forme au fond. Un palmier ou deux avaient surgi au premier plan.

« Qu'est-ce que c'est ? » a demandé Norma.

La mère de Manau lui a passé le couvercle de la boîte. Bien sûr : il s'agissait de la Plaza dans la vieille ville. Quelques cireurs de chaussures sur les marches de la cathédrale. Une femme en robe d'été se promenait avec une ombrelle, afin de se protéger de l'éclat du soleil et, au centre, une fanfare avec des trompettes dressées vers le ciel jouait à l'évidence un air patriotique. Norma aurait pu être là le jour où la photo avait été prise. Il était facile d'oublier que la ville avait été belle autrefois, que cette élégante *plaza* avait été alors le cœur battant de la capitale de la nation.

« J'adore les puzzles », a dit la mère de Manau.

Ils s'étaient tous assis, Victor à genoux sur une chaise, et chacun s'était emparé d'une poignée de pièces à trier. C'est génial, s'est dit Norma. Cette femme est géniale. Norma avait envie de pleurer. Elle a fixé son regard sur la table. Le puzzle les avait soudain débarrassés du besoin de parler, et c'était surprenant de voir à quelle vitesse ils se mettaient dans le rythme : examiner une pièce, sa couleur, sa texture, scruter le couvercle pour voir où elle pouvait aller. La ville comme elle avait été autrefois, la ville où elle était tombée amoureuse de Rey.

La mère de Manau a pris le couvercle. « J'ai grandi ici », a-t-elle dit à Victor, en pointant de son petit doigt une rue latérale qui partait de la *plaza*. « À trois pâtés de maisons. » Elle a souri et passé ses doigts dans ses cheveux blancs. « C'était un village à l'époque. »

La mère de Norma l'avait toujours appelé le village, elle

aussi, en disant : « Ton père a couché avec toutes les traînées de ce village... » Mais les choses avaient tellement changé. Petite fille, Norma avait marché dans tous les coins de la *plaza*. Elle n'existait plus. Pour la plupart des habitants de la capitale, son nom évoquait non pas cette image d'un passé pas si lointain, mais quelque chose de plus récent : le grand massacre qui s'y était déroulé pendant la dernière année de la guerre. Le dimanche, petite fille, Norma y allait avec son père pour y voir les fanfares. C'était une tradition à cette époque-là : un coup de cymbale, et les habitants de la ville s'arrachaient à leur rêverie, toute activité était suspendue. Une demi-douzaine de musiciens et un chef d'orchestre, très présentable dans son costume noir, qui passait dans la foule, son chapeau à la main. Un jour, après un morceau particulièrement endiablé, un chef d'orchestre avait ôté la fleur de sa boutonnière pour la placer délicatement derrière l'oreille de Norma. Dans un grand sourire arborant les dents du bonheur, il avait annoncé le morceau suivant et l'avait dédié à « une princesse. » Il avait dit exactement ces mots ! Elle avait neuf ans, la peau pâle et de jolis yeux. Elle portait une robe avec des fleurs jaunes imprimées, et tout le monde la regardait. Son père lui avait alors dit qu'elle devrait faire la révérence, ce qu'elle avait fait en effet, suscitant les applaudissements de la foule. Et même à présent, près de quarante ans plus tard, elle hochait la tête en direction de la foule, merci, merci, le rouge lui montant aux joues.

Chez lui, ils avaient des jeux, eux aussi. Toutes sortes de jeux : ils couraient se cacher dans la forêt. Ils imitaient la musique frénétique des animaux de la jungle et faisaient peur aux filles. C'étaient des souvenirs heureux. Les enfants se succédaient pour réinventer les histoires qu'ils avaient entendu les adultes raconter : sur les incendies et les guerres, sur les rivières qui quittaient leur lit au milieu de la nuit, sur les Indiens qui parlaient une langue encore plus ancienne que la leur.

C'étaient des temps étranges. Victor vivait parmi des gens étranges. Il n'avait jamais posé de questions à sa mère sur la capitale, et il n'y avait personne d'autre en qui il aurait eu suffisamment confiance pour le faire. Des tas de gens racontaient toutes sortes d'histoires sur la ville, mais il leur était impossible de la connaître. Un jour, Nico était revenu d'un voyage avec son père dans la capitale de la province et il avait dit y avoir vu un magazine de la capitale. Les enfants les plus jeunes ne savaient pas ce qu'était un magazine ; Nico avait employé le mot qui signifiait *livre*. « Mais avec plus d'images, avait-il expliqué. Des images de la capitale », avait-il dit, et tout le monde avait voulu savoir : des images de quoi exactement ? Décris-les. Raconte-nous ! Ils mouraient d'envie de savoir. Nico avait peu parlé. Il était réservé, presque suffisant. C'était sa façon à lui d'attirer une petite foule autour de sa personne, sourire rusé, parlant très peu. Et il commençait alors sa litanie : les photos des rues immenses, des voitures resplendissantes. « De l'asphalte », avait-il dit sur un ton important, et les enfants avaient hoché la tête. Des usines énormes, des machines bruyantes, des parcs noirs de monde. Attendez !

« Des machines bruyantes ? » avait demandé Victor. Il n'avait pas pu s'en empêcher. « À quoi ressemble la photo d'une machine bruyante ? »

Nico s'était emparé d'un des plus petits garçons et l'avait secoué. « À ça », avait-il dit. Tout le monde avait ri, même le petit garçon. Il était content d'avoir participé.

« Quoi d'autre ? » avait demandé Victor.

Nico avait froncé les sourcils et continué à débiter sa liste : des églises, des *plazas*, des trains. Ce n'était que des mots, et ils attendaient tous autre chose avec impatience, quelque chose qui serait parfaitement beau, quelque chose de nouveau. Au moment où Nico avait dit « immeubles immenses », les enfants, Victor en tête, s'étaient mis à grogner. Bien sûr que les immeubles étaient immenses — ne s'agissait-il pas de la capitale ? Tout le monde en avait entendu parler.

Nico avait ri. « Ah ouais, tu sais tout sur la ville, hein ? » Il regardait Victor droit dans les yeux. Il avait ramassé un bout de bâton. « Alors, dessine-la.

— Dessine qui ?

— La ville. »

Victor avait souri. « On ne peut pas dessiner une ville. » Il s'était mis à rire et, à sa grande surprise, tout le monde avait ri avec lui.

« Ouais, Nico. On ne peut pas dessiner une ville », avaient-ils repris en écho. Ils avaient étiré le mot, l'avait fait durer : *dessssiner*.

Et s'il l'avait fait ? Et s'il en avait été capable ? Ce n'était pas ce qu'il avait imaginé : pas ces gens, pas cette maison. Pas ce puzzle, pas cette station de radio remplie de lumières et de métal. Rien de tout cela : ni Norma et son mystère, ni l'image du père dont il ne se souvenait pas, ni la liste des noms, ni la publicité, ni la femme qui vendait du pain et les avait insultés. Dessiner la ville : sombre et dense, un nœud qu'on ne peut défaire. Des immeubles immenses, en effet. Des voitures brillantes — il n'était monté dans aucune d'entre elles, encore. Victor a fermé les yeux et il a bâillé. C'était la nuit du jour le plus long dont il puisse se souvenir. Et il en savait assez pour savoir qu'il faisait froid dehors.

Au cours de sa vie, Victor avait raconté trois mensonges qu'il jugeait importants. Le premier, à son instituteur, pas Manau, le précédent. Victor avait triché à un test de géographie — tout le monde avait regardé en cachette les cartes que son père avait laissées derrière lui. Avec le temps, la transgression paraissait de moins en moins significative, mais il pouvait, s'il en avait envie, se souvenir encore de l'anxiété qui l'avait saisi ce jour-là. Le deuxième, à Nico : Je ne m'en souviens pas. Victor l'avait dit à Nico, les mâchoires serrées, l'air sérieux, tellement convaincu qu'il avait failli y croire lui-même. Jure, avait dit Nico. Promets. Et Victor l'avait fait, sans hésitation, alors que le souvenir du *tadek* ne l'avait jamais laissé seul. La troisième, à sa mère : Tu te souviens de ton père ? lui avait-elle demandé un jour, et il semblait, à entendre le tremblement de sa voix, à voir la vague tristesse de ses yeux, qu'il n'y eût qu'une seule réponse possible. Elle l'avait serré contre elle quand il avait hoché la tête, et elle s'était mise à sangloter. Jamais elle ne l'aurait pensé.

Rey voyait le problème comme ça : on ne quittait pas la LI – et comment le faire, quand on n'en avait jamais été membre ? si son existence n'était pas reconnue, pas même entre vous et votre contact ? On faisait allusion à la « situation » comme s'il s'était agi d'une germination sauvage, spontanée, naturelle. On en parlait, on pesait indirectement sur elle par ses actions, mais pas question de le reconnaître, pas question de l'admettre même. On lisait les nouvelles et, comme tous ses compatriotes, on secouait la tête, incrédule, devant la spirale vertigineuse des événements. On ne se permettait de se sentir en rien responsable de ce qui se passait.
Même à une date aussi avancée, quelque neuf ans après le début de la guerre, seuls quelques rares journaux et radios osaient poser des questions sur l'existence d'une insurrection armée organisée. Et on aurait été choqué de les lire ou de les entendre si cela n'avait pas été un tel lieu commun. Autant d'épouvantails, disaient-ils, brandis par le gouvernement dans le dessein manifeste de manipuler une population terrifiée. Des camps dans la jungle – les camps mêmes que Rey avait visités ? Foutaise, des photos aériennes trafiquées au labo. La LI, disaient-ils, c'était la formule consacrée pour stigmatiser toutes les variétés de rages qui débordaient du cœur du pays, pour donner corps à une plainte étouffée à laquelle on donnait enfin la parole, toutes ces exaspérations

mises dans le même panier par le pouvoir en place. Elle témoignait de l'incapacité des classes gouvernantes et éduquées de comprendre un peuple profondément malheureux. Le premier jeune homme en colère venu, surpris une pierre à la main, serait donc un subversif ? Cette idée faisait la risée des commentateurs autorisés, comme si une telle chose avait été impensable. Mais Rey écoutait et se disait : mais bien sûr, ils le sont tous, jusqu'au dernier. Qu'il le sache ou non, ce jeune homme travaille pour nous. Il est inclus dans notre plan, de même que j'étais inclus dedans avant même que la LI ait un nom.

Au cours des dernières années, Rey était parvenu à accéder à une compréhension intuitive du plan. Des attaques coordonnées contre les symboles les plus vulnérables du pouvoir gouvernemental : postes de police éloignés, bureaux de vote dans des villages perdus. Une campagne de propagande qui reposait sur l'infiltration des journaux et des stations de radio ; la mise en place de camps dans la jungle pour l'entraînement militaire, dans la perspective d'un éventuel assaut sur la capitale. Entre-temps, dans la capitale précisément, enlèvements et rançonnement, afin de financer les achats d'armes et d'explosifs fournis par les relais à l'étranger. Les évasions spectaculaires des prisons visaient à impressionner l'homme de la rue. Personne ne lui avait jamais montré un manuel, ni n'avait dit à Rey qui décidait des objectifs à détruire. Des communiqués portaient simplement la signature du comité central et apparaissaient sur les trottoirs des rues comme s'ils étaient tombés du ciel. La violence ne faisait qu'augmenter : encercler la capitale, insuffler la terreur. La campagne comptait sur la militarisation croissante exigée par les forces de l'ordre, tirait sa force et sa légitimité d'un massacre d'innocents occasionnel, ou de la disparition de tel sympathisant connu et bien-aimé.

Qu'est-ce que tout cela pouvait bien vouloir dire ?

Il faut considérer l'improbabilité de la chose : que les multiples griefs d'un peuple puissent fusionner et trouver leur expression dans un acte – n'importe quel acte – de violence. Qu'est-ce qu'une voiture piégée peut dire de la pauvreté ou l'exécution d'un maire à la campagne, expliquer de la privation du droit de vote ? Pourtant, Rey avait pris parti pour cela pendant neuf ans. La guerre était devenue, si elle ne l'avait pas été dès le début, un texte indéchiffrable. Le pays avait sombré dans le cauchemar le plus terrifiant, touchant parfois au comique, et dans la capitale, un sentiment de désarroi dominait devant le caractère inexplicable de l'affaire. Tout cela avait-il commencé à la suite d'une élection annulée ? Ou le meurtre d'un sénateur populaire ? Qui pouvait s'en souvenir à présent ? Ils avaient tous été des étudiants contestataires, avaient ressenti la puissance émanant de la foule en colère, chantant d'une seule voix – mais c'était des années plus tôt et on avait changé d'époque. Plus personne ne croyait à tout cela, n'est-ce pas ? La guerre avait généré l'épuisement généralisé. On avait affaire à une ville de somnambules à présent, un endroit où l'explosion d'une bombe était à peine remarquée désormais, où le grand black-out était désormais un événement mensuel, annoncé dans des tracts au vitriol, glissés sous les essuie-glaces comme des publicités de supermarchés. Le gouvernement déclenchait des représailles tous les quinze jours en mobilisant son armée d'adolescents mal entraînés, un ou deux mouraient au cours de la fusillade, et les partisans descendaient dans les rues, remplissant les longues avenues et s'affrontant avec les forces de l'ordre, avant de rentrer chez eux en courant pour apprendre ce qu'on dirait de leur action, le soir même à la radio. Des marches se transformaient en émeutes d'une fureur prévisible, des immeubles brûlaient tandis que les pompiers regardaient le spectacle, et ainsi de suite.

« Est-ce que vous les haïssez ? » avait demandé son contact au début, et lorsque Rey avait répondu que non, le type au costume froissé avait secoué la tête. « Vous lisez trop de poésie, jeune homme. Soyez certain qu'ils vous haïssent. » C'était neuf ans plus tôt. Même à ce moment-là, les soldats tiraient sur des foules désarmées. Même à ce moment-là, quelqu'un qui ne se serait pas intéressé à tout cela aurait su ce qui allait arriver. Mais ils avaient avancé ensemble dans ce chaos, les insurgés et le gouvernement, bras dessus bras dessous, et pendant ces neuf années de violence, ils avaient dansé.

La guerre, Rey l'espérait, prendrait fin avant que son fils ne soit aussi haut qu'un fusil.

Il avait rencontré ces garçons dans les camps. Quatorze, quinze ans. Ils les avaient rencontrés au cours du même voyage où il avait fait la connaissance de son fils. Ils venaient de coins perdus, plongés dans des vallées forestières escarpées, accrochés à des promontoires rocheux ou oubliés sur des étendues désertiques et désolées. Des coins comme 1797. Leurs visages étaient dépourvus d'expression, et ils ne se souciaient pas de savoir ce qu'une balle pouvait ou ne pouvait pas faire. Ils ne s'attendaient pas à mourir. Ils espéraient tous voir un jour la capitale. Ils racontaient des histoires à son sujet, ils parlaient de défiler en formation dans ses larges avenues, d'être reçus en libérateurs. C'était ce à quoi leurs commandants leur avaient dit de se préparer. Quand ? avaient-ils demandé. Bientôt. Le mois prochain. L'année prochaine. Quand l'équilibre des forces en présence sera atteint. Qu'est-ce que cela veut dire, l'*équilibre* ? Nous allons nous emparer de la capitale, disaient les commandants, et les garçons le répétaient à Rey, et il voyait bien qu'ils y croyaient. Entre-temps, ils s'entraînaient dans la jungle à fabriquer des bombes. Personne n'avait la moindre idée de ce à quoi rimait cette guerre, et personne n'avait jamais posé la question. Ils étaient contents de se trouver loin de chez eux. Une fois par mois, ils entraient dans une petite ville pour tuer le prêtre du coin ou brûler le drapeau qui claquait au-dessus d'un poste de police. Ils tendaient une embuscade à un convoi militaire sur un pont et tiraient sur des garçons de leur âge, qui venaient de villages comme les leurs. Ils étaient payés en liquide les mois fastes, des soldes de misère, mais ils acceptaient aussi des billets à ordre qu'ils ne pourraient encaisser qu'une fois la victoire acquise. Et Rey, l'homme de la capitale, n'était plus interrogé que sur un point par la plupart de ces jeunes gens éminemment pratiques : « Monsieur, disaient-ils, on est en train de gagner, hein ? »

Au début, il n'avait pas compris. Puis, il était devenu clair qu'ils avaient l'argent en tête. « Bien sûr, les rassurait Rey. Bien sûr qu'on est en train de gagner. »

Dans la capitale, il était impossible de parler de la guerre en ces termes. Rey y pensait désormais comme à une course pour rester en vie. S'il parvenait à survivre jusqu'au moment où l'on déposerait les armes, s'il vivait assez longtemps pour voir ce jour, alors ses erreurs pourraient être rachetées. Lorsqu'il voyait Norma chaque soir, lorsqu'il constatait qu'elle l'aimait, il était pris de désespoir. Il avait surtout peur de se retrouver seul.

Il avait connu des mois tranquilles pendant lesquels la guerre avait continué sans lui. Rey avait fait un unique voyage dans la jungle et en était revenu. Il avait fait la connaissance de son garçon, il avait rêvé de lui, et la mauvaise humeur, la culpabilité s'était abattue sur lui dans l'appartement. Il faisait l'amour avec sa femme et se vantait d'avoir un fils auprès de femmes inconnues. On l'avait mis en garde et on lui avait recommandé d'oublier tout cela, et c'était en définitive ce qu'il avait l'intention de faire quand il avait rencontré son contact dix mois après la disparition de Yerevan.

C'était devenu une tradition de fin d'année de spéculer sur les pourparlers de paix. On ne parlait que de ça dans les journaux et à la radio. Bien entendu, c'était une chose impossible : la LI n'avait aucun dirigeant officiel, qui aurait pu la représenter ? Personne ne s'attendait à ce que cela se produise, mais tout le monde en parlait pour se sentir mieux.

La situation n'avait pas changé, en ce mois de décembre-là, lorsque Rey et son contact s'étaient rencontrés à un arrêt de bus dans le Campement, près des collines à l'est de la capitale.

Rey n'avait jamais peur de rencontrer son contact : la capitale s'étendait à l'infini, elle semblait avoir été conçue pour pouvoir se cacher en plein jour. Ils avaient marché jusqu'à un petit bar minable, qui était en réalité la salle de séjour d'une famille pauvre. Des éclairages de Noël avaient été suspendus au plafond, projetant à intervalles réguliers des taches d'une pâle lumière verte et rouge. Ils s'étaient assis à une table en bois bancale et avaient bu du café en poudre. Le patron se tenait derrière son comptoir et il écoutait la radio tout en feuilletant un vieux journal. Au-delà, dans la pièce faiblement éclairée qui composait le reste de la maison, Rey pouvait entendre un bébé pleurer. Il était impatient de pouvoir dire : Je n'en suis plus, j'ai terminé, c'est fini, que la guerre continue sans moi. C'était ce qu'il avait besoin de dire, mais il n'y parviendrait pas. L'atmosphère était enfumée et le contact de Rey avait alors annoncé qu'il allait passer dans la clandestinité. Cela avait été un choc. « Et vous devriez le faire aussi, avait-il dit. Dès maintenant, et jusqu'à la fin.

– La fin ? »

Le contact de Rey avait souri de son air las. « Même les meilleures choses ont une fin. »

13

Le gouvernement n'avait pas survécu à une décennie ou presque de rébellion sans apprendre quelques trucs pour se défendre. Il avait appris principalement comment, quand et à qui infliger une grande douleur. Tout le monde finissait par parler. Les suspects étaient emmenés à la Lune tous les soirs et soumis à un traitement sauvage de la part des policiers : s'ils étaient trop forts ou s'ils n'avaient rien à dire (il était toujours difficile de savoir comment faire la différence), ils étaient conduits en hélicoptère au-dessus de la mer et jetés dans les eaux glauques. D'autres étaient placés dans les mêmes tombes que celles où Rey avait survécu. Certains de ces suspects étaient relâchés et de nombreux autres étaient enterrés dans les collines poussiéreuses. Selon les critères habituels, le séjour de Rey avait été luxueux.

S'était ajouté à cela, et peut-être de façon plus importante, le fait que des yeux et des oreilles avaient été recrutés dans tout le pays – ce qui n'avait pas était une tâche facile dans une contrée aussi vaste et peu gouvernable que celle-ci. Dans la capitale, une armée de mendiants était payée pour fouiller les ordures d'un certain nombre de femmes et d'hommes suspects. Ce travail avait permis de procéder à une quantité surprenante d'arrestations. Les gens étaient encouragés à dénoncer leurs propres voisins, moyennant des récompenses

en argent liquide distribuées discrètement à ceux qui procu-
raient des informations utiles. En dehors de la capitale, des
progrès avaient aussi été accomplis. Dans chaque capitale
régionale ou presque, et même dans certains villages perdus,
des informateurs avaient été mis en place ; des gens qui, pour
une somme assez modique, avaient à l'œil les étrangers de
passage. Ils faisaient commerce de toutes sortes de ragots et
insinuations, mais ils étaient de temps en temps fort utiles.

À 1797, Zahir était l'un d'eux. Il était l'incarnation type
de ce genre de personnages : naturellement peu suspicieux
ou particulièrement enclin à soutenir le gouvernement, et en
ce qui concernait la guerre, assez indifférent à son issue.
Comme beaucoup de gens, il croyait probablement qu'elle
ne finirait jamais, avec ou sans son engagement minime.
Toutefois, il était un père et un mari consciencieux, et par
conséquent, heureux de recevoir ces petites sommes – petites
mais régulières –, qu'on lui offrait pour le bien de sa famille.
Son mandat, très simple, consistait à avoir un œil sur tout
ce qui se passait, et c'était quelque chose qu'il aurait fait de
toute façon : en tant qu'il était l'un des derniers hommes en
âge de se battre à 1797, Zahir en était, en effet, venu à se
considérer comme en charge du village. À la différence des
autres hommes qui étaient restés, il n'était pas ni un ivrogne
ni l'idiot du village, et il était aimé par la population locale.
C'était un homme marié, père d'une fille et d'un fils, et
propriétaire d'un bout de terrain qui ne produisait rien.
Zahir considérait sa position nouvelle – même si elle restait
secrète – comme la confirmation de l'opinion qu'il avait de
lui-même au sein du village. Mais la plupart des gens, à
1797, ne se doutaient probablement pas que Zahir savait lire.

À l'époque où le fils de Rey était né, Zahir était devenu
expert dans l'évaluation des types d'étrangers qui passaient
par le village pour entrer dans la forêt. Ils s'arrêtaient pour
se reposer un jour ou deux, en général complètement épuisés,
et, à la façon dont ils se tenaient, Zahir était capable de dire

si, oui ou non, ils venaient des régions tropicales du pays. Il prenait quelques rares notes sur leur comportement, recopiait des bribes de conversations entendues, spéculait sur l'origine de leur accent. Leurs visages étaient marqués par une fatigue profonde, et c'était un trait qu'ils avaient tous en commun.

Il y avait quelques livres à 1797, à l'époque où Zahir était un petit garçon. Un jour, un voyageur qui passait par là avait abandonné derrière lui un roman policier en guise de cadeau à l'intention du village. Cela avait fait sensation. Il y avait un ancien qui savait lire, et il avait consenti à partager sa lecture avec les garçons. Il avait donc lu le livre à voix haute pendant un mois, et Zahir avait été fasciné par le récit : il y avait là des détectives qui portaient des chapeaux et des hommes qui fumaient dans chaque scène, des femmes à la poitrine opulente qui buvaient dans des tripots perdus, et l'étrange surgissement d'un pistolet prêt à faire feu. La ville que le roman décrivait était remplie de voyous, de voitures étincelantes et de ruelles borgnes où des hommes courageux se battaient à coups de couteau jusqu'à ce qu'il n'y eût plus personne debout. Rien ne pouvait paraître plus excitant. Zahir avait adoré cette tension et cette obscurité, comme tous les autres garçons de son âge, et c'est ainsi que la lecture de ce livre était devenue un rite annuel – jusqu'à ce que l'ancien qui l'avait instituée ne meure. Le livre même avait été perdu ou peut-être le village l'avait-il enterré avec l'ancien ; Zahir n'arrivait pas à s'en souvenir. À ce moment-là, son éducation scolaire avait déjà pris fin.

Lorsqu'il était devenu un indicateur, Zahir avait repensé à ce livre pour la première fois depuis des années, et il avait alors éprouvé un choc, comme au souvenir d'un amour lointain. Ses rapports, avait-il décidé, auraient le style de ce roman, mais à son grand désarroi, ils n'avaient jamais pris cette tournure. Le village était baigné par une certaine obscurité, agité d'un mouvement furtif que Zahir avait les plus grandes difficultés à expliquer. Et les étrangers : il ne suffisait pas de savoir d'où ils venaient et où ils allaient. Il s'agissait de fixer les visages de ces hommes, et quels que soient les mots qu'il utilisait dans ses rapports, ils ne paraissaient jamais assez suspects.

Rey, en vertu de ses visites répétées, avait été le premier homme que Zahir avait été capable de décrire assez bien. Il n'en pensait pas grand-chose, n'avait pas, à l'époque, le sentiment de quelque trahison que ce soit. C'était un exercice : cet enchaînement de mots les uns aux autres, ces syllabes alignées, et une image prenait forme. Il écrivait et réécrivait, travaillait jusqu'à ce que ce soit parfait ; mais s'il était fier de ce qu'il écrivait, Zahir n'aurait jamais imaginé que cela fût digne d'être montré à qui que ce soit, du moins pas encore. Qui était cet homme de toute façon ? Comme tout le monde dans le village, Zahir avait remarqué avec quelle coquetterie Adela parlait à l'étranger, et il n'approuvait cela pas plus qu'il le désapprouvait. C'était comme ça, un point c'est tout. L'homme était assez gentil, toujours poli, même s'il n'était vraiment pas bavard. Il venait trois fois par an, parfois plus. Il passait son temps avec Adela, et puis disparaissait dans la forêt. On disait que c'était un scientifique. Bien entendu, personne à 1797 ne le connaissait sous le nom de Rey.

Le mois suivant, lorsque Zahir s'était rendu à la capitale de la province pour remettre son rapport, il avait apporté avec lui, dans une poche séparée, sa description de Rey – trois pages soigneusement retravaillées dans lesquelles Zahir avait noté la couleur de sa peau, la forme de son sourire, le timbre de sa voix, et où il avait inventé une histoire où l'étranger trouverait sa place : l'homme faisait partie de la LI, c'était un chef, un guérillero. Il avait inventé l'incendie des pneus de voiture, il avait assassiné, pour la beauté du geste, des officiers de police. Zahir avait même transcrit une confession qui n'avait jamais eu lieu, et ces sections dialoguées étaient, il en était convaincu, ce qu'il avait écrit de mieux. Bien entendu, il ne les montrerait pas au type du gouvernement, mais Zahir aimait l'idée qu'il aurait pu le faire. Ces rencontres le rendaient toujours nerveux.

Zahir était arrivé dans le milieu de l'après-midi, après avoir voyagé depuis le matin. Il avait plu toute la nuit. Le bureau se trouvait dans une rue latérale, boueuse, par très loin du centre de la ville, mais il faut dire que rien n'était vraiment éloigné du centre de la ville.

« Quelque chose ? » avait demandé le type du gouvernement après qu'ils avaient échangé les plaisanteries d'usage et les plaintes concernant la chaleur. Il n'avait jamais donné son nom, bien que le type fût assez sympathique. Il était de la capitale. Il était appuyé contre le dossier de son fauteuil. Sa chemise blanche était déboutonnée et trempée de sueur.

« Tout est là, patron », avait dit Zahir.

Le type avait jeté un coup d'œil – il n'y avait que deux pages – et froncé les sourcils.

« Est-ce que ça va ?

– Je voulais te poser la question et, s'il te plaît, ne le prends pas mal. Tu es allé à l'école jusqu'à quel âge ?

– Pardon, Monsieur ?

– L'école. Combien d'années ? »

Zahir avait rougi. Personne ne lui avait jamais demandé une chose pareille. Avec le prêtre mort et le maire disparu, il était sûrement l'homme le plus éduqué du village. « Quatre ans, Monsieur », avait-il dit. Puis, après un silence, il avait ajouté. « Si on compte ce que m'a appris le prêtre, ça fait cinq. »

Le type du gouvernement avait hoché la tête. C'était un homme à la peau pâle, au teint cireux, mais lorsqu'il souriait, il émanait de lui quelque chose de très gentil. Il souriait à présent et fit signe à Zahir de s'asseoir. « Je t'aime bien, tu sais. Tu travailles dur. Je te mets mal à l'aise. Ne sois pas comme ça. Écoute... Bon... Allez, je te le dis : j'ai un cadeau. »

284

Il avait ouvert le tiroir de son bureau et en avait sorti un petit livre. « J'ai fait envoyer ceci pour toi, de la capitale. »

Il était rouge et assez petit pour tenir dans la poche de Zahir. Il le feuilleta rapidement et vit que les caractères étaient très petits, plus petits même que ceux de la Bible que lui avait montrée le prêtre un jour. Zahir n'avait jamais vu un livre comme celui-là auparavant. « Qu'est-ce que c'est ?

— Ce n'est rien. C'est un dictionnaire. Tu es très intelligent pour un villageois, avait dit le type du gouvernement, et je me suis dit que ça pourrait te plaire. Il contient des mots et ce qu'ils veulent dire. » Il avait tendu une enveloppe à Zahir, puis il avait posé les mains à plat sur son bureau et s'était levé. « Je te conseille d'aller au marché maintenant. Les prix ne bougent que dans une direction ici : vers le haut.

— Merci, Monsieur », avait dit Zahir. Il s'était levé et incliné. Son cœur battait fort dans sa poitrine. Est-ce qu'on s'était moqué de lui ? Sa peau était parcourue de picotements et il transpirait. Dans un grand geste, Zahir avait glissé le dictionnaire dans sa poche de poitrine et souri. « J'ai quelque chose pour vous moi aussi.

— Vraiment ? »

L'étranger, avait pensé Zahir. Et pourquoi pas ? Il était soudain plein d'espoir. Il avait sorti les feuilles de sa poche, les avait dépliées et tendues au type du gouvernement. « C'est au sujet d'un des étrangers. Un des hommes qui viennent dans le village.

— Est-ce qu'il a un nom ? »

Zahir lui avait donné l'autre nom de Rey. « Et c'est un scientifique. »

L'homme du gouvernement avait examiné le texte. Il l'avait lu lentement, les commissures de ses lèvres remontant pour former un sourire, puis il avait levé les yeux. « Voilà quelque chose que nous pourrons utiliser, avait-il dit, rayonnant. Mon cher, tu es un poète. Je le savais. »

Plus tard, Zahir devait chercher le mot. Il savait ce qu'il

285

voulait dire, bien sûr, mais il voulait savoir ce qu'il signifiait *exactement*, et il allait mémoriser la définition, se la répéter, pour le simple plaisir de la musique des mots. *Un poète*. Cette nuit-là, il en parlerait à sa femme et elle ne comprendrait pas. Elle ferait semblant de dormir, mais il ne la croirait pas et, même si les enfants étaient endormis de l'autre côté du mince rideau, il la chatouillerait jusqu'à ce qu'elle glousse, et puis, il lui ferait l'amour.

« Je peux garder ça ? » avait demandé le type du gouvernement.

Il était impossible de reculer. « Bien sûr, Monsieur », avait dit Zahir.

Il avait pris son argent et était reparti. Direction : l'effervescence, toute relative il est vrai, de la capitale de la province. Il y avait un bar minuscule au coin de la rue et il s'était offert un verre. Puis un autre. Zahir buvait et regardait des mots dans son nouveau livre : *village, capitale, argent, guerre, amour*. Il avait bu encore un verre, et un autre encore, et avait regardé des mots dans son nouveau livre jusqu'à ce qu'il fasse trop sombre pour lire. Lorsqu'il était reparti, c'était presque le crépuscule, les nuages s'accumulaient pour la pluie du soir. Une brise soufflait et la chaleur était tombée. La tête lui tournait.

Il l'avait dénichée au marché, alors qu'il était en route pour attraper le camion qui le ramènerait à 1797. Le type du gouvernement avait raison : les prix ne faisaient que monter. Le riz et les haricots secs, les pommes de terre et les yuccas venus des montagnes, un peu plus chers chaque mois. Au village, il y avait toujours le poisson argenté. Salé, bouilli, frit. Et les patates douces. Et elles faisaient aller à la selle, non ? Zahir l'avait vue à ce moment-là : une machine noire et brillante, digne d'un – comment avait dit le type du gouvernement ? – ah oui, d'*un poète*. C'était une radio et elle jouait à tue-tête sur un étal au bout du marché de la province. Ça

286

l'avait secoué. Il s'était approché. Il y avait des années qu'il n'avait pas entendu un son aussi excitant.

« Toutes les stations », avait dit le marchand en tournant le bouton d'une main paresseuse – parasites, musique, parasites, voix, musique, parasites.

Zahir n'avait pas pu s'empêcher de sourire.

« Premier paiement aujourd'hui, tu l'emportes chez toi dans six mois. »

Il avait donné son argent sans hésiter. Et ça l'avait tenu éveillé la nuit : pendant la moitié d'une année, il avait redouté de s'être fait arnaquer, mais tous les mois, lorsqu'il venait chercher son argent, le marchand était là et la radio marchait encore, et elle n'avait rien perdu du pouvoir qu'elle avait sur lui. Où est l'argent ? lui demandait sa femme, mais jamais il ne lui avait répondu. J'investis, avait-il dit.

Il écrivait de plus en plus à l'aide de son nouveau dictionnaire, et il avait eu finalement le courage de demander une petite augmentation au type du gouvernement. Dans six mois la radio serait à lui, il l'emporterait avec lui, enveloppée dans une couverture, elle-même entourée d'un sac en plastique pour la protéger de la pluie. Il avait juste assez d'argent. Il avait fait des calculs dans sa tête. Encore six mois et il sidérerait sa femme, son fils, sa fille et le village tout entier. Il allait s'asseoir au milieu des sacs de riz à l'arrière d'un camion, il porterait l'appareil serré contre sa poitrine, comme on porte un enfant. La perspective de ce moment l'avait rempli d'espoir. Je suis un homme employé par le gouvernement ! Je suis le maire de ce village ! Et il l'était – qui d'autre aurait voulu assumer cette tâche ? Plus tard, lorsque la LI reviendrait et lui couperait les mains, et que Zahir ne pourrait plus ni travailler aux champs ni écrire, le marchand lui accorderait un généreux crédit sur lequel sa famille et lui survivraient pendant des mois.

Puis, la saison des pluies était venue et, avec elle, une sensation de désespoir que Zahir n'avait jamais éprouvée aupa-

ravant. Il n'y avait plus de guerre à ce moment-là, et plus
d'argent pour les espions dans son genre, planqués dans des
coins perdus. Le type du gouvernement ne lui vint pas en
aide ; en fait, il avait dû retourner dans la capitale, parce que
les fenêtres de son bureau étaient condamnées et que des
squatters y vivaient, qui parlaient un étrange dialecte. Zahir
avait posé des questions dans toute la capitale de la province,
mais personne ne semblait se souvenir du type du gouvernement. Zahir n'avait donc pas pu honorer ses engagements,
et il avait réglé sa dette au marchand avec cette même radio.
Et ce jour-là, il avait pleuré. Je regrette la guerre, s'était-il
dit, c'était le bon vieux temps. Il avait donné le dictionnaire
à son fils et lui avait dit d'étudier sérieusement, mais Nico
n'avait jamais été bien doué pour les études. Un jour, lorsque
son instituteur, Elijah Manau, l'avait réprimandé pour
n'avoir pas fait ses devoirs, Nico était allé jeter le petit livre
rouge dans la rivière, juste pour le voir couler.

C'était la dixième année du conflit, et le contact de Rey
était entré dans la clandestinité. Parmi les classes éduquées
de la capitale, la peur avait fait place à l'insouciance. Ce qui
paraissait autrefois terrifiant était vécu sur le mode comique
désormais, et ceux qui pouvaient prendre la fuite étaient déjà
partis. Yerevan était mort depuis douze mois et l'on ne parlait plus de lui depuis ce moment.

Rey et Norma avaient été invités, un soir d'été, à un dîner
chez une femme du monde très en vue. C'était quelqu'un
d'élégant, à la fortune considérable, et qui était mariée à un
homme séduisant et suffisamment insipide pour avoir été élu
sénateur. Ils avaient des parts dans la station de radio. Le
bruit courait qu'ils avaient secrètement encouragé l'élimi-
nation du directeur après ses déclarations controversées, et
choisi eux-mêmes Elmer comme successeur. Le sénateur,
c'était de notoriété publique, souhaitait devenir président.

Il avait survécu à une tentative d'assassinat près d'un mois auparavant, au cours de la première semaine de la nouvelle année. La radio avait complaisamment brossé un portrait héroïque de lui, et cette soirée était donnée en son honneur.

Ils avaient dû passer deux contrôles de sécurité pour atteindre le lieu où la réception était donnée : l'un devant le portail d'entrée, là où le taxi les avait déposés, et de nouveau, devant la porte de la maison. Il y avait aussi des policiers qui n'étaient pas de service dans l'entrée, un dans chaque coin de la grande pièce ouverte, et un au pied de l'escalier, vers le mur du fond. C'était un véritable enchantement de tons pastel, cette réception, avec tous ces hommes charmants et ces femmes si bien habillées. Une musique douce et inoffensive se faisait entendre juste au-dessous de la cacophonie des conversations. Il y avait quelque chose d'anachronique dans cet étalage de richesses : l'endroit sentait l'argent, comme l'avait dit Rey à Norma.

« Soyons sages », avait-elle murmuré. Elle avait passé plus d'une heure à se préparer pour cette soirée. Norma avait une chevelure resplendissante et elle était très belle. « Faisons semblant. »

La maîtresse de maison les avait accueillis chaleureusement, avait présenté ses excuses pour les contrôles de sécurité. Elle ne donnait absolument pas l'impression de ne pas savoir qui ils étaient, ni de s'interroger sur leur présence. Elle souriait avec une élégance distinguée, et elle les avait dirigés vers le bar. Norma avait entraîné Rey à travers la foule. Ils avaient aperçu Elmer au centre d'un petit cercle, dissertant sur la guerre et ses ramifications. En tant que nouveau directeur de la radio, ses vues sur l'état de la nation faisaient l'objet d'un intérêt tout particulier. Il avait hoché la tête dans leur direction, mais Norma avait entraîné Rey un peu plus loin. Un homme à la peau sombre et en smoking leur avait servi à boire.

« Au moins, le cocktail est fort », avait dit Rey à sa femme.

Elle l'avait embrassé, s'était pressée contre lui et avait terminé son verre rapidement. Quand elle l'avait embrassé de nouveau, sa bouche avait le goût de l'alcool.

« Que se passe-t-il ?

— Rien, avait-elle dit, c'est tout. Nous fêtons quelque chose. C'est tout.

— Ah bon ? » Il a bu une gorgée de son verre. « Le fait que le sénateur a frôlé la mort ?

— Non, pas ça. » Elle a demandé au barman un autre verre, puis elle a trinqué avec Rey. « Nous devrions aller saluer Elmer. »

Rey a froncé les sourcils. « Je vais t'attendre ici. »

Il l'avait dit sur un ton d'agacement, qu'il avait immédiatement regretté. Mais Norma s'en fichait ; elle l'avait pincé et lui avait tiré la langue. Puis elle avait été engloutie par la foule des invités. Il admirait sa confiance mais aurait eu bien du mal à décrire l'état d'esprit dans lequel il se trouvait lui-même. Craintif ? Anxieux ? C'était beaucoup plus bruyant qu'il ne s'y était attendu. Il était resté près de la table du bar ; il avait vu le petit cercle des gens autour d'Elmer lever leurs verres en l'honneur de sa femme. Des applaudissements avaient retenti. Il aurait dû l'accompagner. Il se sentait à l'écart maintenant, et, au milieu de cette foule, plus seul qu'il ne l'avait été pendant des mois. Quand il avait eu l'impression que personne ne le regardait, il avait remué son cocktail avec le petit doigt et l'avait bu d'un trait.

« Ah, un connaisseur ! » Rey avait levé la tête. Une femme aux cheveux roux lui souriait. « Vous êtes le mari de Norma, n'est-ce pas ? » lui avait demandé la femme. Lorsqu'il avait hoché la tête, elle avait ajouté : « Elle va devenir une star.

— Elle l'est déjà, avait dit Rey, d'une voix mal assurée.

— Donnez-moi la même chose, avait demandé la femme au barman. Mais je vais le remuer moi-même. » Elle avait fait un clin d'œil à Rey.

La femme faisait partie d'un groupe de gens qui s'étaient

290

rapprochés du bar pour rafraîchir leurs cocktails. Ils se connaissaient tous et avaient même l'air intimes, c'était évident alors qu'ils se bousculaient avec bonne humeur les uns les autres pour attirer l'attention du barman. Il était encore tôt, mais la femme avait déjà l'œil vitreux et l'air ivre. « Joignez-vous à nous, avait-elle dit à Rey en faisant un geste nonchalant de la main. Nous parlions de... Oh, je ne sais plus. Messieurs, de quoi parlions-nous ?

— Du monde ? De la guerre ?

— De la vie ?

— Oh, de tout, a dit la rousse. Hé, vous tous, je vous présente le mari de Norma. Comment vous appelez-vous ?

— Rey », avait-il dit, et ils avaient tous hoché la tête en signe d'approbation, comme s'il s'était agi d'un nom exceptionnel.

« Quelle voix a votre femme ! avait dit un gros type dans un sourire espiègle. Est-ce que... Pardonnez-moi, j'ai déjà pas mal bu et je ne devrais pas vous demander ça, mais il faut que je sache... Est-ce qu'elle vous dit des cochonneries avec cette voix ? »

Rey était trop sidéré pour répondre.

« Messieurs, je vous rappelle qu'il y a des dames avec vous ! »

Le gros type avait opiné en direction de la rousse. « Excuse-moi, avait-il dit en s'inclinant légèrement. Tu es une sale garce. » Tout le monde avait ri. « Mais, Monsieur, elle a une voix vraiment merveilleuse. »

Tous les autres en avaient été d'accord et présenté leurs félicitations, et quelqu'un avait même apporté un autre cocktail à Rey. Il l'avait bu rapidement. Les lumières, avait décidé Rey, étaient trop vives dans cette pièce immense.

Il se tenait à la limite de leur cercle et, très vite, ils l'avaient oublié. Ils passaient en effet d'un sujet à un autre : le prix des chaussures, le temps étrange, la circulation épouvantable, juste avant le couvre-feu. De temps à autre, le nom d'un mort ou d'un disparu remontait à la surface, était pleuré brièvement – et puis évacué.

À un certain moment, Rey avait entendu mentionner le nom de son contact.

« Qu'est-ce qu'il est devenu, celui-là ? avait demandé le gros type. Je ne l'ai pas vu depuis des lustres ! »

Combien de temps s'était écoulé ? avait pensé Rey.

La rousse avait répondu qu'il prenait une année sabbatique. Il était parti à l'étranger, en Europe, avait-elle ajouté. Elle était très pâle au moment où elle l'avait dit, le visage presque grave. Rey avait hoché la tête : mentait-elle ou lui avait-on menti ?

« Qui ça ? – avait demandé Rey, faussement innocent.

– Oh, vous le connaissez », avait dit la femme. Elle affectait un ton familier, même si Rey n'était pas très sûr d'avoir été formellement présenté. Elle est sans doute professeur de physique à la Tech, s'était dit Rey, mais il n'en était pas certain. Est-ce qu'elle faisait partie de la LI ?

« Je l'ai conduit moi-même à l'aéroport », avait-elle dit.

Le gros type avait haussé les épaules. Il avait retiré sa veste et sa chemise était trempée de sueur. La peau molle de son cou retombait par-dessus le col de sa chemise. Une cigarette pendait à ses lèvres. « Où est-il ce salaud ? avait-il demandé derrière un rideau de fumée. En Italie ? en France ? cet enfoiré de veinard ! »

Rey avait souri avec les autres. Il inspira profondément. En un sens, il était libre. Est-ce que son contact vivait dans une cave humide du Cantonnement, ou dans une villa italienne ? Ça n'avait vraiment aucune importance. Rey avait balayé la pièce du regard à la recherche de Norma. Il voulait s'en aller. Le gros type racontait la triste histoire du visa qui lui avait été refusé.

« Où veux-tu aller ? avait demandé quelqu'un.

– N'importe où. »

Rey avait adressé un petit sourire et s'était excusé. Il ne

connaissait personne et personne ne le connaissait. La rousse avait levé son verre dans sa direction au moment où il s'était éloigné.

Les heures avaient passé rapidement. Rey s'était glissé dans plusieurs conversations, tournant toutes autour de la guerre, et s'en était rapidement échappé. Un homme bien habillé et maigre avait décrit son enlèvement. Il avait eu de la chance : il n'avait été retenu que deux jours par ses ravisseurs et n'avait donc pas été licencié par son employeur. Rey croisa aussi une femme dont la bonne appartenait, semble-t-il, à la LI. « Imaginez, disait-elle, dégoûtée, le culot de cette fille qui a osé faire entrer cette idéologie dans ma maison ! » Pendant toute la soirée, Rey ne s'était pas éloigné du bar, à tel point que le barman avait un cocktail prêt pour lui aussitôt qu'il s'approchait. À un certain moment, ils avaient engagé la conversation. Rey avait reconnu son accent : il venait de la jungle. Mais non, avait dit le barman, ça ne lui manquait pas. « Il ne reste plus personne dans mon village. Tout le monde est ici maintenant. »

Rey était allé s'asseoir un moment sur les marches. Puis il avait erré dans le patio où on lui avait offert une cigarette. Il l'avait fumée sans plaisir, sa première depuis des années. Il avait regardé les lumières de la ville danser au loin, et lorsqu'il était revenu dans la grande salle, la fête battait son plein. Dans cet état d'ivresse, il avait l'impression qu'il ne pourrait plus jamais retrouver sa femme au milieu de cette foule. Il était près de minuit, et les invités se divisaient en deux groupes : ceux qui allaient partir avant le couvre-feu et ceux qui allaient rester toute la nuit. La maîtresse de maison circulait à travers ses invités, encourageant tout le monde à rester. « Nous avons un générateur ! » proclamait-elle. Elle tenait d'une main un peu instable un verre dont le contenu se répandait sur le plancher. Son mari, le sénateur, se tenait debout auprès d'elle, et lui aussi était visiblement ivre. Il avait le visage soufflé et rouge, et il se balançait lentement de droite à gauche. Rey aurait voulu serrer le pauvre homme dans ses bras. Le sénateur n'avait toujours pas récupéré, c'était clair. Son garde du corps avait été tué, son chauffeur blessé, et lui avait eu de la chance de s'en sortir vivant. Cela s'était passé en plein jour, sur une avenue très passante, à quatre pâtés de maisons d'un contrôle de police, pas très loin de la station de radio. Rey avait souri intérieurement. D'une certaine façon, il était satisfait de savoir que la guerre continuait sans lui. La chronique des attentats à la bombe, des black-outs et des disparitions illégales continuait – mais Rey, pour la première fois depuis des années, avait le sentiment d'y être étranger et d'être, par conséquent, innocent. Il aurait pu prendre dans ses bras cet inconnu, ce pauvre sénateur. Il lui était donné de se rendre à la réception de ce brave homme et de déplorer l'horreur de la situation sans s'en sentir le moins du monde responsable ! Le sénateur avait déboutonné sa chemise à présent, il demandait qu'on monte le son de la musique et qu'on baisse les lumières. Cela fut fait en un instant et la grande salle fut alors plongée dans une atmosphère complètement différente. Il sera président, s'était dit tristement Rey, et il ne vivra pas jusqu'à la fin de son mandat. Le maître et la maîtresse de maison souriaient. Ils ne voulaient pas que les gens s'en aillent. Ils redoutaient de se retrouver seuls.

« On reste ? » Norma venait de surgir, et sa présence soudaine l'avait électrisée. Toute la soirée, elle lui avait manqué.

« Tu veux ? »

Elle avait haussé les épaules, puis souri. Oui, elle voulait.

« Tu es ivre ? » avait-il demandé, et elle avait encore souri.

Beaucoup de gens étaient déjà partis, mais à présent les lumières avaient été baissées, les heures avaient passé et, pour ceux qui étaient restés, c'était comme si un animal sauvage avait été libéré. La scène était méconnaissable. Le volume de la musique avait atteint des hauteurs furieuses, la grande salle était envahie par les danseurs. Tout était arrivé d'un coup, comme si la foudre était tombée. La réception guindée s'était transformée en bacchanale : les vestes avaient été jetées sur la rampe de l'escalier ; les chaussures à talon alignées le long du mur, après que les femmes bien habillées s'en étaient débarrassées pour danser pieds nus. Il planait une vague odeur de sueur dans la pièce et quelqu'un s'amusait avec le lustre, faisant monter et descendre l'éclairage au rythme de la musique. Un des flics était appuyé contre le mur, un autre s'était assis sur les marches, les yeux fermés, tapant du pied en rythme.

Elmer s'était alors approché d'eux, passant son bras par-dessus les épaules de Rey. Est-ce que tout le monde était ivre ? Elmer arborait un sourire figé et son visage était reluisant de sueur. « On peut dire que tu as une sacrée femme, avait-il dit.

— Bien sûr », avait dit Rey en souriant à sa femme. Elmer les avait pris tous les deux sous ses bras et Rey sentait son poids sur lui. Il redoutait que le petit homme ne tombe à la renverse.

« Je ne t'ai jamais aimé », avait dit Elmer d'une voix basse.

Rey s'était redressé. Norma n'avait pas entendu. Il aurait dû laisser Elmer tomber, sauf que sa déclaration ne l'avait pas surpris. « Je sais, avait-il préféré répondre.

— J'aime ta femme », avait poursuivi Elmer, s'adressant seulement à Rey. Puis il avait ri, et ils avaient ri avec lui. Ensuite, Elmer avait embrassé Norma sur la joue et elle avait rougi. Il s'était tourné vers Rey de nouveau, qui sentait l'haleine du petit homme contre son oreille. « Si tu lui fais du mal, avait murmuré Elmer, je te tue.

— Qu'est-ce que c'est que ces petits secrets ? » avait dit Norma.

Elmer l'avait ignorée, continuant à sourire, comme s'il venait de faire un commentaire sur le temps qu'il faisait ou telle pièce de théâtre. « Elle te l'a déjà dit ou pas ? avait-il demandé.

– Non, pas encore, avait dit Norma en secouant la tête.
– Dit quoi ?
– Je peux lui dire ? avait dit Elmer d'une voix pâteuse.
– Dis-lui. »

Elmer s'était tourné vers Rey. « Norma va avoir une émission à elle, avait-il dit. Nous venons de prendre la décision aujourd'hui. Tous les dimanches soir. Son émission. Dis-lui comment ça s'appelle, ma chérie.

– Lost City Radio », avait dit Norma. Elle avait pris la main de Rey. « Tu aimes ? Dis-moi que tu aimes. »

Rey ne cessait de sourire. Il répétait les trois mots dans sa tête. Il était heureux. « J'adore, avait-il dit. C'est formidable. »

Cette année-là, un homme était arrivé à 1797 et avait déclaré qu'il était un artiste. Il s'était installé devant la cantine du village, avec un tabouret, un chevalet et des feuilles d'un papier grisâtre couvertes d'un plastique contre la pluie. On aurait dit un sage d'autrefois, long visage ridé et sombre, cheveux un peu clairsemés en cascade sur les épaules. Il s'appelait Blas, et il était capable de dessiner les disparus du village. Il suffisait de décrire la personne et il s'occupait du reste. Son vrai talent, disait-il à ceux qui l'interrogeaient, c'était d'écouter.

Pendant deux jours, Blas était resté assis devant la porte de la cantine, et il n'avait pas travaillé. Il n'avait pas l'air de s'impatienter, content même de passer le temps, le dos appuyé contre le mur, à fumer des cigarettes roulées à la main du tabac le plus ordinaire. Il prenait ses repas à la cantine, souriait de temps en temps et, contrairement à ce que la plupart des gens redoutaient, il ne sentait pas particulièrement mauvais. Quand quelqu'un s'approchait, il saluait poliment, offrait ses services, mais sans insister. Le troisième jour, il avait demandé au propriétaire de la cantine la permission d'afficher son travail et, une fois celle-ci accordée, il avait passé toute la matinée à épingler ses dessins au crayon sur les murs. Puis, il était retourné attendre à son poste habituel.

Un par un, les habitants du village étaient venus voir l'exposition. Ils étaient sceptiques, bien entendu, et nul plus que Zahir. Il travaillait toujours à ses écrits en secret, près de la rivière en général, pendant les après-midi chauds, quand il ne pleuvait pas. Mais il n'était pas au-dessus de la jalousie et il ressentait la présence même de cet homme comme un affront : d'où venait-il et que pouvait-il bien offrir aux villageois que Zahir ne procurait pas avec ses mots ? Cependant, la curiosité l'avait emporté et Zahir était entré dans la cantine, bien décidé à ne pas se laisser impressionner. Le vieil homme avait hoché la tête au moment où il était entré, mais Zahir avait fait semblant de ne pas s'en apercevoir.

À l'intérieur, sur les quatre murs de la cantine, se trouvait une douzaine de visages d'hommes, de femmes et de garçons que Blas affirmait avoir dessinés à partir des descriptions de leurs proches. Bien évidemment, il était impossible de savoir si le vieil homme mentait ou non, si les portraits étaient fidèles ou non. Même les proches n'auraient pu le dire : la mémoire trompe, le chagrin et la nostalgie obscurcissent le passé, et les souvenirs, même les plus vifs, s'effacent. Pourtant, il y avait vraiment quelque chose dans ces portraits, et Zahir s'en était immédiatement aperçu : ils étaient indéniablement humains, ces visages. Ces femmes ridées avec leurs yeux tristes et leurs cheveux noirs ; ces hommes prématurément vieillis avec leurs lèvres pendantes et leurs joues affaissées ; ces jeunes guerriers, à présent disparus, ces jeunes garçons dont la peau brillait parce qu'ils étaient inexplicablement assoiffés de sang, parce qu'ils avaient un appétit de vivre qu'ils ne pourraient que trahir. Ensemble, on aurait dit une race d'hommes troublés, attendant impatiemment d'être frappés par une profonde déception. Zahir en avait été

297

atteint, de manière inattendue et sans qu'il pût le formuler. Le village disparaissait progressivement depuis des années, bien sûr, mais c'était en sortant de la cantine sous le soleil de l'après-midi qu'il ressentit pour la première fois aussi intensément le vide de ce lieu. Il était encerclé par le vide. Il y avait bien les bruits de la forêt, on aurait dit une respiration, les cris des oiseaux aussi, le murmure léger et lointain de l'eau. Mais quoi d'autre ?

En fait, tout le village ou presque était présent à la cantine. Dans son chagrin, Zahir ne les avait pas remarqués. Deux cents personnes environ, mais pas plus de cinquante hommes, un pour trois femmes. Ceux qui avaient regardé les portraits tournaient ensuite en rond, comme Zahir, un peu hébétés. Ils étaient entrés dans la cantine sans trop savoir à quoi s'attendre et ils en ressortaient déprimés. Maintenant, Blas semblait savoir quoi faire. Il avait commencé à prendre des rendez-vous pour le lendemain matin : une interview d'une demi-heure, disait-il, et portrait à la fin de la journée. « Votre nom, Madame ? demandait-il. Et le nom du disparu ? » Et tout était soigneusement consigné dans un carnet. Les femmes s'étaient massées autour de lui, certaines étaient secouées de sanglots. Zahir s'était donc éloigné de cette concentration de femmes désespérées et était allé s'asseoir sur la souche d'un arbre abattu. Elle était humide et commençait à pourrir : c'était un perchoir agréable d'où on pouvait tout observer. Les femmes du village qui lui avaient paru, quelques heures plus tôt seulement, la détermination même, en étaient donc arrivées là. Même sa femme se trouvait parmi elles. Le frère de sa femme était parti à la guerre quelques années auparavant, sur un camion de l'armée, avec un capitaine qui avait promis quinze hectares de terres à chaque recrue, une fois que la guerre serait terminée.

« Mais on peut avoir trente hectares ici ! » lui avaient-ils dit. Est-ce que la forêt n'était pas infinie ?

« La terre sur la côte, avait dit le capitaine avec son accent de la capitale, vaut beaucoup plus cher. »

Zahir connaissait cet endroit et les gens qui y vivaient : il avait passé toute sa vie dans cette forêt, embrassé des dizaines de filles différentes ! Il s'était battu et avait vaincu deux fois plus de rivaux ! Oui, il avait été l'un d'eux : l'un de ces garçons qui se battaient, torse nu, dans la boue, et grimpant aux arbres penchés sur la rivière, jusqu'en haut, sans autre raison que de regarder le ciel et de se vider l'esprit. Quel plaisir ! Il avait suivi la berge pendant une journée de marche pour arriver jusqu'à la cataracte, et il avait fait couler sur lui l'eau écumante, comme de fines gouttes de sueur. Il avait ensuite laissé l'immensité de ce bruit l'effacer. Il n'avait jamais été seul pendant son enfance – pas une seule fois en quinze ans. Où étaient-ils à présent, ces garçons avec qui il avait partagé son enfance, ces filles qui étaient maintenant des femmes – qu'il avait embrassées et touchées sous les arbres ?

Il avait relevé la tête. Il allait encore faire jour quelques heures. Les enfants formaient un cercle autour de leurs mères, ne comprenant pas très bien toute cette agitation, et cela aussi avait désespéré Zahir – comment pourraient-ils comprendre ? Ne voulaient-ils pas partir eux aussi ? N'attendaient-ils pas seulement le bon moment ?

Blas avait fait plus de soixante-dix portraits dans le village au cours de la semaine qui avait suivi. Les affaires, avait-il dit aux habitués de la cantine, n'avaient jamais été aussi bonnes. De nombreux portraits, curieusement, représentaient des gens qui n'avaient pas encore disparu. Les femmes arrivaient avec leurs maris, les mères avec leurs fils. « Nous avons peur, disaient-elles, les yeux pleins de larmes. Il est encore ici aujourd'hui, mais demain ? »

« Je vous écoute, Madame », disait le vieil artiste. Blas avait travaillé sa voix pendant des années. C'était important dans

sa profession de mettre les femmes à l'aise immédiatement :
il ronronnait presque. Il pleuvait depuis deux jours, et il
s'était donc installé dans la cantine – tout au fond. Il tirait
le rideau et il se retrouvait seul avec son interlocuteur dans
cet atelier improvisé : deux tabourets, un chevalet et toute
une série de crayons de couleur. « Dites-moi. » Adela n'avait
rien dit pendant un long moment. Elle avait des picotements
dans les pieds.

« Est-ce que le garçon ressemble à son père ? »

Elle avait secoué la tête. « Il ressemble à moi.

– Quel âge a-t-il ?

– Douze mois. Un an. »

L'artiste s'était frotté le visage. Il s'était penché vers elle.
« Le père. Quel âge a le père ?

– Oh ! Je ne sais pas. »

Blas avait tourné la feuille de dessin. Elle était vierge, pas
un trait. « Ne soyez pas si nerveuse, ma chère, avait-il dit
d'une voix qui était à peine plus qu'un murmure. Vous
n'avez rien à craindre. Fermez les yeux et parlez-moi de lui,
et nous allons faire ça ensemble. »

Adela avait pris une longue inspiration. « Il n'est pas d'ici.
Et c'est ce qu'on remarque en premier. Il vient de la capitale.
Il sourit comme les gens de la ville : à moitié. Il est prudent.
Ses cheveux tombent sur son front, mais il les rabat tout le
temps avec la main. Il a des fossettes sur les joues et ses yeux
ont l'air toujours fatigués. Ses cheveux sont gris sur les tempes, avec des mèches presque blanches, mais il ne veut pas
l'admettre. Je pense qu'il pourrait teindre ses cheveux. Il est
vaniteux.

– Je devrais les dessiner en noir alors ? ou en blanc ? de
quelle couleur ?

– Dessinez-les en vrai. Ils sont blancs.

– Il est mince ? »

Adela avait dit oui de la tête.

« Le teint de sa peau, Madame. A-t-il la peau sombre

300

comme du café ou claire comme du lait ? » Il n'avait toujours pas commencé à dessiner, pas vraiment ; deux traits très légers, vaguement parallèles. Il avait les yeux fermés et la pointe du crayon touchait à peine le papier.

« Comme du café, avait dit Adela, mais elle avait l'esprit ailleurs. Et il adore le garçon, je le sais, je peux le dire. » Elle s'était interrompue. « Mais il ne m'aime pas.

— Madame !

— Une femme sait ces choses-là, Monsieur. Il a une autre vie. Il me l'a dit et je le savais dès le début. Je sais qu'un jour il va venir et emporter mon enfant loin de moi. Je peux jurer qu'il va le faire. Il dira que c'est pour le bien du garçon, et qu'est-ce que je pourrai répondre à ça ? Mais après, qu'est-ce que je vais faire ? Je serai comme ces vieilles femmes ici, qui n'arrivent plus à se souvenir de qui les a aimées ou pourquoi elles sont vivantes. » Elle a respiré de manière un peu haletante. « Il est cruel.

— Madame, pardonnez-moi, mais à quoi *ressemble*-t-il ?

— Ah oui. Ses cheveux, par exemple. Il commence à les perdre. Chaque fois que je le vois, il a l'air plus vieux. Son nez est busqué, un peu, de quel côté ? Euh... du côté gauche. Sa barbe n'est pas régulière. Est-ce que ça n'est pas vraiment étrange ?

— Étrange, oui, Madame, mais pas très étrange non plus.

— Vous avez dû voir toutes sortes de choses...

— Bien sûr », avait répondu modestement Blas.

Adela berçait l'enfant endormi dans ses bras. « Chaque fois qu'il s'en va, j'ai peur qu'il ne revienne pas.

— Pourquoi avez-vous peur ?

— Son travail est dangereux. »

Le vieil artiste n'avait pas levé la tête et n'avait plus rien dit. Le travail dangereux, c'était le seul genre de travail qu'on pouvait trouver à cette époque-là. Le pays était en guerre. Il avait choisi un autre crayon, une couleur plus claire, et sa main s'était agitée fébrilement sur le papier. Il avait frotté

301

le pouce sur la feuille, pour estomper les traits de crayon.
« Est-ce qu'il a les yeux écartés ?

— Non.

— Est-ce qu'ils sont rapprochés ?

— Je ne suis pas sûre.

— Il a les cheveux frisés ? »

Elle avait réfléchi un instant. « Ondulés.

— Son front, il est haut, comme ça ? Ou bas, comme ça ? »

Adela avait plissé les yeux. « Entre les deux, je suppose. Et plus ridé. Il vieillit, je vous l'ai dit, non ? »

L'enfant s'était contorsionné dans ses bras, une main minuscule se dégageant, un petit poing s'ouvrant, se refermant, comme pour attraper l'air. L'instant d'après c'était fini, et l'enfant dormait à poings fermés de nouveau. Blas et Adela s'étaient arrêtés pour le regarder.

« C'est dommage que votre mari ne ressemble pas à votre garçon. C'est un enfant superbe.

— Merci, avait dit Adela. Ce n'est pas mon mari.

— Je suis désolé, Madame. Dieu est miséricordieux.

— Est-ce que nous avons bientôt fini ?

— Oui, très bientôt. »

Blas s'était penché sur la feuille de papier pour retoucher le dessin. Il avait posé quelques questions supplémentaires : sur la forme de la mâchoire, la taille et l'emplacement des oreilles, le style de sa coiffure, jusqu'à quel point les cheveux étaient grisonnants, et comment elle savait qu'ils étaient trop gris à son goût.

« Est-ce que nous ne voulons pas tous rester jeunes ? » avait dit Adela.

Rey lui était apparu en images successives, à différents stades de déshabillage. Ce n'était pas un bel homme, et il n'était même pas à elle. Mais l'enfant, lui, l'était. Elle avait regardé son garçon endormi : le dessin, s'était-elle dit, serait pour lui. Lorsque Rey l'avait rencontrée, au début, il avait été surpris par la fraîcheur des nuits, alors que les journées étaient tellement chaudes. Il ne savait presque rien de la forêt. « Qu'est-ce qu'ils t'ont appris à l'école ? » avait-elle demandé, mais c'était ce qu'elle aimait chez lui : il ne savait rien, parce que c'était un étranger. Son étrangeté, son accent, ses gestes – ils appartenaient à un autre lieu et être avec lui suffisait à Adela pour imaginer une autre existence, moins enfermée que la sienne.

Lorsque Blas lui avait demandé des détails pour les lèvres, Adela avait léché les siennes, comme s'il lui avait été possible, encore, de sentir le goût de Rey. « Elles sont pleines », avait-elle dit. Blas avait dessiné, effacé, dessiné encore. Lorsqu'il avait enfin été satisfait de lui, il avait demandé à Adela de regarder attentivement. « Est-ce que c'est lui ? » Il avait un ton de voix spécialement étudié lorsqu'il posait cette question. Il l'avait posée un millier de fois depuis le début de la guerre, et la réponse était toujours la même.

La décision avait été prise pour eux. Au moment où ils avaient pensé partir, il n'y avait plus de taxis pour les ramener chez eux. Pas à cette heure, pas si près du couvre-feu. La capitale déserte était un champ de mines. Ils étaient donc revenus vers la fête, Norma et Rey, et Elmer pas loin derrière, et ils s'étaient retrouvés une fois de plus dans la grande pièce, où le barman en smoking leur avait servi d'autres verres. Il avait retiré sa veste et buvait aussi à présent. Elmer avait parlé, mais ils n'avaient pas pu l'entendre, et ils n'avaient pas essayé d'ailleurs. Des gens dansaient autour d'eux, et la pièce était plongée dans le noir. Là où avait régné la panique, régnait la liberté. Quelle impression étourdissante ! Rey avait pris sa femme par la main et l'avait entraînée jusqu'au milieu de la piste de danse. Il l'avait serrée contre lui. Elle l'avait serré à son tour, et c'était merveilleux, et ils avaient commencé à se déplacer comme ils l'avaient fait autrefois : il y a des choses que le corps ne vous permet pas d'oublier. Ils n'avaient pas dansé depuis trop longtemps. « Plus fort ! » avait crié quelqu'un, et le volume de la musique avait augmenté encore. Norma avait le menton appuyé sur l'épaule de Rey, et il pouvait sentir son parfum. Le lustre avait tremblé. L'obscurité était presque totale. Rey devait être prudent pour ne pas risquer de la perdre dans la foule.

14

Il y avait des règles à respecter, bien sûr, même pour une première soirée. L'émission proprement dite commencerait avec un décalage de six secondes. Cela permettrait de réduire un peu la pression sur Norma. Les appels seraient filtrés, et chaque intervenant serait averti qu'il ne devait pas parler de la guerre. C'était un bon conseil, pas seulement quand on intervenait à la radio, mais dans la vie en général, parce que, à cette époque-là, il y avait toujours quelqu'un pour vous écouter. *Neutralité* était un mot qu'Elmer ne cessait de répéter. À ne pas confondre avec *indifférence*, pensait Norma. Les gens, elle devait le garder à l'esprit, disparaissaient pour toutes sortes de raisons, et l'émission ne devait pas être la caisse de résonance d'une quelconque théorie du complot ou de plaintes répétées contre telle ou telle faction, ou encore de spéculations sur une certaine prison dont l'existence même était un secret d'État, fût-il totalement éventé. L'émission – Elmer avait fait la leçon à Norma – était un risque, mais un risque calculé. Il y avait des centaines de milliers de personnes déplacées qui allaient former le cœur de son audience. L'espoir pouvait être dispensé à petites doses aux masses de réfugiés qui appelleraient désormais leur seul foyer possible dans la capitale. Ils ne voulaient pas parler de la guerre, devinait-il ; ils voulaient parler de leurs oncles, de leurs cousins,

305

de leurs voisins dans les villages qu'ils avaient quittés depuis longtemps ; de l'odeur de la terre chez eux, du son de la pluie quand elle tombait à verse sur les cimes des arbres, des couleurs éclatantes dans la campagne en fleur. « Toi, Norma, sois gentille, comme tu sais l'être, et laisse-les parler. Mais pas trop. Obtiens les noms et répète les noms, et les appels vont arriver par douzaines. Pose des questions gentilles. Tu piges ? »

Elle avait dit qu'elle pigeait. Rien qu'à l'idée de ce truc, elle frissonnait. Sa propre émission ! Bien sûr qu'elle pigeait.

« Est-ce que j'ai besoin de mentionner Yerevan ? avait dit Elmer, en guise d'avertissement final. Est-ce que j'ai besoin de mentionner le fait que Yerevan n'est plus avec nous ? »

Elle était passée à l'antenne le premier soir avec un goût sec et métallique dans la bouche. L'excitation, la peur : les choses pouvaient toujours mal tourner, un simple appel pouvait tourner à la catastrophe. Le ministre d'État avait appelé la station pour avertir que quelqu'un de son cabinet allait écouter l'émission. Le thème musical, commandé à un violoniste au chômage, avait retenti et Norma était déjà en sueur. Elmer était dans le studio avec elle, prenait des notes, faisait attention au moindre détail. Trois – deux – un :

« Bienvenue, avait-elle dit. Bienvenue dans notre nouvelle émission, Lost City Radio. **Et mes** salutations à tous les auditeurs, en cette belle soirée. Je m'appelle Norma et je vais donner quelques explications sur cette émission, puisque c'est la première ce soir. » Elle avait couvert le micro et bu une gorgée d'eau. « Inutile de vous dire, chers auditeurs, que la capitale grandit. Nous n'avons pas besoin de sociologues ou de démographes pour nous apprendre ce que nous pouvons voir de nos propres yeux. Ce que nous savons, c'est qu'elle grandit rapidement, trop rapidement, disent certains, et que nous nous sentons dépassés. Vous êtes venus dans la capitale ? Vous êtes seuls, ou plus seuls que vous n'aviez imaginé ?

Vous avez perdu le contact avec ceux que vous espériez trouver ici ? Cette émission, mes amis, est pour vous. Appelez-nous dès maintenant, et dites-nous qui vous cherchez. Qui pouvons-nous vous aider à retrouver ? Est-ce un frère qui a disparu ? un amant ? une mère ou un père ? un oncle ou un ami d'enfance ? Nous vous écoutons, je vous écoute... Appelez dès maintenant et racontez-nous votre histoire. » Elle avait lu le numéro de téléphone de la station, en soulignant que l'appel était gratuit. « Nous serons de retour après la pause. »

Musique. Publicité. Norma pouvait respirer. Pas encore de bombes. Pas d'explosions. « Bien joué », avait dit Elmer, sans lever la tête. Quelques lignes téléphoniques étaient déjà allumées. Ils avaient préparé l'émission depuis des semaines. Et les gens de la station étaient prêts. La publicité touchait à sa fin. « Nerveuse ? »

Norma avait fait non de la tête.

L'ingénieur du son avait commencé le compte à rebours.

« C'est maintenant que les choses drôles vont commencer », avait dit Elmer.

Le premier auditeur à appeler avait été une femme, dont l'accent très marqué trahissait le fait qu'elle venait des montagnes. Elle avait parlé de manière assez incohérente d'un homme qu'elle avait connu, elle n'arrivait pas à se souvenir de son nom, mais il venait d'un village de pêcheurs dont le numéro se terminait par trois. « Est-ce que je peux dire l'ancien nom ? Je me souviens de l'ancien nom du village... »

Norma avait levé les yeux. Elmer secouait la tête.

« Je suis désolée. Vous avez dit que le numéro se terminait par un trois ? »

C'était tout ce qu'elle avait – est-ce qu'il s'appelait Sebastián ? Oui, elle en était sûre à présent, et il venait du nord.

« Autre chose dont vous vous souvenez ? avait demandé Norma.

– Bien sûr », avait dit la femme, mais c'était des choses

307

qui pourraient attirer des ennuis à quelqu'un : des choses privées, avait-elle dit, des choses un peu cochonnes. Elle avait ri. Ça suffira comme ça, avait-elle ajouté. Elle resterait en ligne jusqu'à ce qu'il la rappelle. Elle savait qu'il appellerait. « J'ai cinquante-deux ans, avait-elle dit sur un ton rusé, mais je lui ai dit que j'en avais quarante-cinq. Il a dit qu'il trouvait que je faisais même moins que ça. » Elle s'était mise à parler directement à son amant. « Chéri, c'est moi. C'est Rosa. »

Norma l'avait remerciée. Elle avait mis la femme en attente, la lumière avait clignoté pendant quelques minutes, et puis elle s'était éteinte.

Entre-temps, il y avait eu d'autres appels : des mères qui appelaient à propos de leurs fils, des jeunes gens qui cherchaient à entrer en contact avec des filles qu'ils avaient aperçues dans des gares ou dans des champs de maïs de leur village natal. « L'amour de ma vie », avait déclaré l'un d'eux, juste avant de craquer, et chaque fois, c'était Norma qui donnait des conseils, qui présentait ses condoléances, qui offrait des mots d'espoir. « Est-ce qu'ils pensent à moi ? » avait demandé une femme en parlant de ses enfants disparus, et Norma l'avait assurée que c'était bien le cas. Ils pensaient à elle, bien sûr. C'était épuisant. Elmer jubilait. Les appels ne cessaient d'arriver : de Thousands, du Cantonnement, de Collectors et d'Asylum Downs, de Tamoé. Des maris confessaient avoir rebaptisé leurs filles du nom des mères qu'ils n'avaient pas vues depuis dix ans – mais peut-être qu'elles se trouvaient dans la capitale à présent, peut-être qu'elles avaient trouvé un moyen de quitter leur village à l'abandon : *Mère, tu es là ?*

Il n'y avait pas eu de retrouvailles ce soir-là, mais les appels n'avaient pas cessé. Une heure après qu'ils avaient cessé d'être à l'antenne, le téléphone continuait de sonner. Elmer avait changé par deux fois la bande magnétique du répondeur automatique qu'ils avaient installé tout spécialement pour la nouvelle émission. Il avait remis les deux cassettes à Norma le lendemain matin. « Pour ton plaisir personnel, avait-il dit. Tu es une star. »

Les lits étaient prêts, le puzzle inachevé avait été abandonné, les lumières baissées. La mère de Manau était allée se coucher, non sans avoir embrassé tout le monde et promis de tricoter un bonnet bien chaud pour le garçon. Elle avait demandé quelle était sa couleur préférée, et il avait répondu que c'était le vert. Elle avait disparu dans sa chambre.

Norma sentait encore quelque chose vibrer en elle. Elle n'allait pas pouvoir dormir. Néanmoins, elle a souhaité une bonne nuit à Manau, puis elle a emporté Victor sur le sofa et l'a glissé sous une couverture. Il s'est laissé porter sans résistance. « Qu'est-ce que nous allons faire demain ? a-t-il demandé.

– Je ne sais pas très bien », a-t-elle dit. Ce n'était pas seulement le lendemain qui lui donnait du souci. C'était l'instant présent. Elle lui a demandé pourtant de ne pas s'inquiéter. Elle s'est assise dans le fauteuil près de la fenêtre. Du réverbère provenait une faible lumière jaune. Pas une voiture ne circulait dans la rue. Le couvre-feu avait commencé.

Il n'avait pas fallu longtemps avant que Manau ne revienne. Il a dit quelque chose concernant le fait qu'il n'arrivait pas à dormir. « Je peux m'asseoir ici ? » a-t-il demandé. Elle a hoché la tête et, grâce à Dieu, il est resté silencieux.

Elle pouvait deviner un certain nombre de choses en raison de l'âge du garçon, mais sans Rey pour répondre lui-même, Norma avait l'impression d'interroger un fantôme. Victor avait onze ans : où étais-je il y a onze ans ? où était Rey ? Comment étions-nous tous les deux, et qu'est-ce que je ne lui donnais pas ? Elle aurait voulu le tuer ; s'il avait été là, elle l'aurait fait. À quel moment leur amour avait-il tourné à la contrefaçon ? Quand avait-il commencé à lui mentir ?

La réponse la plus probable, imaginait-elle, c'est qu'il avait toujours menti. D'une manière ou d'une autre. N'avait-il pas été comme ça depuis le début ? Quand ils s'étaient retrouvés à l'université, après sa première disparition, qu'est-ce qu'il avait fait ? Souviens-toi, Norma, et ne l'épargne pas. *Il avait fait semblant de ne pas me voir.* Et puis, lorsque tu avais été devant lui, inévitable, humaine, chair et sang, qu'avait-il dit ?

« Je suis désolé, je vous connais ? »

Un mensonge faible et fragile. Même s'il faisait mal quand même. Aujourd'hui, ça la mettait en rage, même si ça n'avait pas été le cas à l'époque. Elle avait été choquée. Ça l'avait laissée sans voix. Elle se souvenait maintenant de ce moment de pure humiliation. Elle avait imaginé cette rencontre pendant des mois, avait gardé dans son sac la carte d'identité de l'homme disparu, ce qui n'était pas sans danger pour elle – et si quelqu'un l'avait trouvée ? Et se retrouver ensuite complètement oubliée !

Par la suite, il s'était excusé ; par la suite, il s'était expliqué : « J'étais nerveux, j'avais peur. » Par la suite, il lui avait raconté ce qu'il avait subi, mais ce jour-là, c'était parfaitement opaque, et elle avait dû faire un effort tout particulier pour ne pas se laisser envahir par la déception, pour ne pas laisser voir à quel point elle était déçue. Ce n'était pas l'homme qu'elle avait rencontré treize mois plus tôt, certainement pas celui dont elle s'était souvenue si tendrement pendant tant de nuits, pas celui dont elle avait rêvé éveillée tandis que ses parents se disputaient comme des chiens. Il était plus silencieux, plus mince, moins confiant. Son bonnet de laine était enfoncé jusqu'aux sourcils, et il avait l'air de porter des vêtements qui n'étaient pas tout à fait propres. Il n'y avait rien d'attirant chez lui le jour où ils s'étaient retrouvés. Et si elle s'était éloignée à ce moment-là ? Si elle lui avait rendu sa carte d'identité et que les choses en étaient restées là ?

Mais ce n'est pas ce qui s'était passé : il avait menti, tristement, maladroitement, et elle avait bafouillé en lui disant les mots qu'elle avait préparés. « J'ai quelque chose à vous.

– Oh ! »

Elle avait fouillé dans son sac et, à cet instant même, ce qu'elle avait tant anticipé s'était évanoui. La journée était ensoleillée, de manière inattendue, et ils étaient entourés d'étudiants, d'inconnus, de bruit. Qu'est-ce que sa mère disait toujours à propos du sac de Norma ? « Tu pourrais cacher un petit enfant là-dedans. » C'était moins un sac à main qu'un sac de voyage qui débordait toujours. Un groupe de musiciens, de l'autre côté de l'allée, accordaient leurs instruments, s'apprêtant à jouer. Déjà, une petite foule s'était assemblée. Où était cette putain de carte ? Norma avait bégayé des excuses et Rey était resté sans bouger, un peu mal à l'aise, se mordant la lèvre.

« Vous attendez quelqu'un ? avait-elle demandé.

– Non. Pourquoi ?

– Parce que vous n'arrêtez pas de regarder par-dessus mon épaule.

– Ah bon ? »

Elle l'avait vu déglutir.

« Je suis désolé », avait dit Rey.

Elle avait ri nerveusement. On était en mars, une semaine avant son anniversaire, et peut-être qu'elle estimait avoir droit de le faire attendre. Plus tard, elle se poserait la question, mais à ce moment-là elle l'avait entraîné par le bras jusqu'à un banc, loin de la foule, loin des musiciens. Elle avait sans cérémonie renversé son sac et l'avait vidé de son contenu : stylos privés d'encre, morceaux de papier, un minuscule carnet d'adresses, des mouchoirs en papier, un tube de rouge à lèvres oublié qu'elle n'avait utilisé qu'une fois – elle n'était pas ce genre de fille –, une paire de lunettes de soleil, des pièces de monnaie. « Elle est là, quelque part, je le sais. Vous vous souvenez de moi maintenant, non ? »

311

Elle fouillait dans ce monceau de détritus, et il avait admis se souvenir d'elle.

« Pourquoi avez-vous dit que vous ne vous souveniez pas de moi ? »

Mais lorsqu'il avait commencé à répondre, Norma l'avait interrompu. « Ah, la voilà », avait-elle dit. Elle l'avait brandie sous son nez, en plissant les yeux sous le soleil éclatant. Elle avait voulu plaisanter, mais elle voyait à présent, alors que le rouge envahissait ses joues, à quel point il était gêné. Sa peau avait jauni et elle pouvait voir la ligne nette de ses pommettes. Rey avait dû perdre huit kilos.

« Je ne suis pas ce à quoi vous vous attendiez, hein ? » Personne ne savait mieux que lui combien il avait vieilli au cours de cette année.

Elle avait fait semblant de ne pas comprendre. « Qu'est-ce que vous voulez dire ?

— Rien. »

Cette carte d'identité, il l'avait regardée un instant. Il avait ensuite frotté la photo avec le pouce. « Merci », avait-il dit, et il avait fait un mouvement pour se lever.

« Attendez. Je suis Norma. » Elle lui avait donné la main. « Je me suis demandé ce qui vous était arrivé. »

Rey avait souri faiblement et secoué la main tendue. Il avait hoché la tête en direction de la carte d'identité. « Je suppose que vous savez qui je suis.

— Euh...

— Exactement.

— Où est-ce qu'ils vont ont emmené ?

— Nulle part, vraiment », avait-il répondu, et lorsqu'elle avait froncé les sourcils, il avait ajouté : « Vous ne me croyez pas ? »

Norma avait secoué la tête. « Asseyez-vous. S'il vous plaît. Vous filez déjà. » Il s'était rassis et ça avait fait sourire Norma. « Est-ce que je dois vous appeler Rey ?

— Pourquoi voulez-vous le savoir ?

312

— Parce que je vous aime bien », avait dit Norma, et il n'avait rien ajouté. Mais il n'était pas parti non plus. Les étudiants en musique jouaient à présent, de la musique indigène avec des instruments indigènes, et des paroles politiques de circonstance. Rien n'avait encore changé à l'université : des bannières pendaient aux réverbères, les murs étaient toujours couverts de slogans menaçants. La guerre n'avait commencé que quelques semaines auparavant, dans un coin très lointain du pays, et de nombreux étudiants y pensaient avec excitation, comme s'il était agi d'une fête à laquelle ils seraient bientôt invités.

« Vous auriez dû la jeter, vous savez, avait-il dit. Ou la brûler.

— Je ne savais pas. Je me disais que vous en auriez peut-être besoin. Je suis désolée. »

Ils étaient restés silencieux un moment, à regarder les étudiants et à écouter le petit orchestre. « J'avais peur qu'il vous soit arrivé quelque chose, avait fini par dire Rey.

— J'ai plus de chance que ça.

— Vous êtes sûre ?

— Je suis en vie, non ? » Elle s'était tournée face à lui. « Et vous l'êtes aussi. Vous ne devez donc pas être aussi malchanceux que vous le pensez. »

Il lui avait souri faiblement, et avait semblé hésiter. Puis, il avait retiré son bonnet de laine. Trop chaud pour une situation pareille. Il avait blanchi sur les tempes, des mèches d'un blanc choquant sur ses cheveux noirs. Ou ne les avait-elle pas remarquées ce soir-là, un an plus tôt ? Comment aurait-elle pu ?

Il s'était gratté la tête. « Beaucoup de chance, je sais, avait-il murmuré. C'est ce que tout le monde me dit. »

Les choses allaient mal, c'était indéniable. Le couvre-feu avait été renforcé, les attaques de la LI contre les postes de police s'étaient intensifiées ; à la périphérie de la capitale, le contrôle pour la Central Highway donnait lieu à des combats tous les soirs après le coucher du soleil. C'était une époque où la peur régnait dans les deux camps. Pour les sympathisants, quand tout fut fini, il semblait qu'on était à deux doigts de la victoire, mais c'était bien sûr une mauvaise interprétation de la situation. La LI attendait désespérément une victoire militaire décisive ; mais le recrutement était faible, et des milliers de soldats avaient été tués. L'appareil d'État s'était avéré, après une décennie de guerre, plus résistant qu'on n'aurait pu s'y attendre. Au cours de la dernière année de la guerre, la LI avait pratiquement perdu le contrôle de ses combattants les plus lointains. Les opérations dans les provinces étaient fortement décentralisées, tactiquement douteuses, et souvent d'une audace qui frisait la fausse manœuvre. De lourdes pertes étaient infligées aux groupes de combattants de plus en plus isolés. Certaines sections réagissaient en s'enfonçant de plus en plus profondément dans la jungle, perdant leur qualité de combattants et de défenseurs de la cause, et se transformant en tribus semi-nomades de garçons armés et désespérés. Lorsque la guerre avait soudain pris fin, ils avaient refusé de déposer les armes. Ils continuaient à se battre, parce qu'ils étaient incapables d'imaginer même faire autre chose.

Entre-temps, la direction de la LI s'était concentrée sur ce qu'elle pouvait contrôler directement : la guérilla urbaine, dont le front principal se trouvait dans le district de Tamoé, au nord-est de la capitale, ce bidonville d'un million d'habitants bordant la Central Highway. L'idée était d'utiliser Tamoé comme une zone de transit à partir de laquelle on pourrait étouffer la capitale : attaquer les convois alimentaires en provenance des régions fertiles de la Central Valley, affamer la ville, déclencher des émeutes de la faim, et se glorifier du chaos. Ils avaient failli réussir. Pendant les six mois qui avaient précédé l'offensive du gouvernement sur Tamoé, les petites falaises qui surplombaient la Central Highway avaient été la toile de fond de grands et de violents affrontements. Les insurgés posaient des bombes le long de la route et disparaissaient dans les quartiers surpeuplés de Tamoé. Des chauffeurs de camion étaient enlevés, leur cargaison brûlée. Les postes de contrôle de la police étaient attaqués avec des grenades volées. L'armée répliquait en multipliant les patrouilles dans cette zone, mais celles-ci étaient accueillies par des tireurs embusqués dans les collines ou sur les toits.

En mai de cette année-là, une fillette de cinq ans avait été tuée à Tamoé par une balle d'origine indéterminée. Il y avait des soldats dans le coin, à la recherche d'un tireur embusqué. Une foule en colère avait encerclé les soldats. Des coups de feu avaient été tirés et la foule avait grossi. Un soldat avait été tué. La bataille de Tamoé venait de commencer. Lorsque ce soulèvement serait écrasé, la guerre aurait pris fin.

Mais tout cela s'était passé après que Rey avait quitté la capitale pour la dernière fois. S'il n'y avait pas eu son fils, Rey ne serait peut-être pas retourné dans la jungle. Son contact avait disparu, l'avait laissé sans aucune instruction, et c'était des vacances bienvenues. Mais il y était quand même allé parce qu'il ne pouvait pas ne pas penser à son fils. Lorsqu'il avait entendu parler de la bataille, il se trouvait dans la jungle, assez loin du théâtre des opérations pour s'imaginer en sécurité. Il avait passé une soirée avec le reste du village à écouter les nouvelles à la radio, et il avait été surpris de ne pas être surpris par la défaite de la LI. C'était tout ou rien, et ça l'avait toujours été : donc, maintenant, c'était rien. Les tanks avançaient dans les rues étroites, entre les pâtés de maisons – et les pâtés de maisons brûlaient. Les combats avaient fait rage pendant quatre jours, maison après maison – chacun, dans son cœur, ne savait-il pas que cela devait arriver un jour ?

Après la bataille, alors que le gouvernement proclamait sa victoire et que le reste de la ville pavoisait, les terrains secs et poussiéreux du district étaient devenus les foyers de milliers de familles déplacées, toutes privées de pères et de fils : une ville de femmes et d'enfants. L'armée les avait parquées pendant des semaines dans une ville de tentes improvisée, tandis que le gouvernement réfléchissait à ce qu'il allait faire d'elles. Rey en aurait reconnu beaucoup, de l'époque où il travaillait là-bas.

Voici les faits : s'il avait retardé son voyage d'un mois, il aurait sans doute survécu à la guerre. S'il n'était pas retourné voir son fils, la centaine de jeunes gens et les quelques femmes qui campaient à une journée de marche de 1797 auraient vécu eux aussi.

Rey était arrivé dans le village six semaines seulement après le départ de Blas. 1797 était encore en proie à l'excitation, et il y avait maintenant des dizaines de portraits dont personne ne savait vraiment quoi faire. Un bon nombre d'entre eux avaient été cachés, d'autres étaient exhibés dans certaines maisons. Il avait trouvé cela étrange, comme si la population du village avait doublé pendant son absence. Chaque personne à qui il parlait avait fait faire le portrait de quelqu'un, et tous étaient impatients de pouvoir en parler. Le village avait décidé collectivement d'exposer publiquement le fait de sa propre disparition.

Il était à la cantine, un après-midi, lorsqu'une vieille femme était entrée en trombe et avait marché droit sur lui. Rey était assis avec Adela et leur garçon. La femme n'avait pas perdu de temps : après avoir présenté ses excuses pour interrompre ainsi leur repas, elle avait déroulé ses dessins d'un coup et demandé à Rey d'y jeter un coup d'œil. C'étaient les portraits de son mari et de son fils, qu'elle n'avait pas vus depuis cinq ans. Elle parlait si fort que le bébé s'était redressé et mis à pleurer.

« Madame... », avait dit Adela d'une voix grave.

De nouveau, la femme avait présenté ses excuses, mais elle ne s'était pas arrêtée pour autant. Elle suppliait à présent :

« Prenez-les ! Ramenez-les dans la capitale et montrez-les aux journaux ! »

Il avait toussé. « Ils ne survivraient pas au voyage », avait-il dit. C'était la première chose qui lui était venue à l'esprit, la première excuse, et cela sonnait complètement faux. « Les dessins... », avait commencés Rey, mais il était trop tard : la femme n'était pas si âgée que ça, mais à cet instant-là, son visage s'était affaissé et il avait pris dix ans d'un coup. Elle s'était lancée dans un discours furieux, blâmant, dans le dialecte des anciens, Rey pour son égoïsme, avant de repartir.

Rey et Adela avaient achevé leur repas en silence. Ils avaient traversé le minuscule village jusqu'à la case d'Adela. Il avait demandé à porter le garçon, constatant avec bonheur que Victor avait pris du poids et grandi dans toutes les directions. Adela était pensive, mais il avait choisi de ne pas y faire attention, se concentrant sur son fils, ce garçon magique qui faisait des grimaces et bavait avec une confiance magnifique.

« Est-ce que tu vas l'emmener loin de moi ? » avait demandé Adela alors qu'ils arrivaient chez eux.

Si l'on écoutait attentivement, où que l'on se trouve dans le village, on pouvait entendre la rivière. Rey l'entendait à présent, un gargouillement paresseux, pas trop éloigné. Il se souvenait de la nuit qu'il avait passée, sous l'empire de la drogue, à marcher dans ses eaux fraîches. La saison des pluies était terminée et les averses qui tombaient maintenant étaient furieuses et brèves. Le soleil, lorsqu'il se montrait, était impitoyable. Adela le dévisageait. Il avait des difficultés à se souvenir de la raison pour laquelle il était venu ici la première fois.

« Pourquoi dis-tu une chose pareille ? » avait demandé Rey. Il avait fait passer le garçon d'un bras sur l'autre et tendu sa main libre pour la toucher, mais Adela avait reculé.

« Tu vas emmener le garçon un jour et tu ne reviendras jamais.

317

– Non, je ne le ferai pas. »

Adela s'était assise sur les marches, et Rey s'était rapproché d'elle en prenant bien soin de ne pas se trouver trop près. « Est-ce que tu as fait faire mon portrait ? »

Elle avait dit oui. « Tu vas me quitter. »

« Il faut que tu le détruises, avait dit Rey. Je ne plaisante pas. Il faut que tu le fasses.

– Je ne partirai pas d'ici. Tu ne m'emmèneras pas dans la capitale pour m'installer dans une petite maison et faire de moi ta maîtresse. »

L'idée ne lui avait jamais traversé l'esprit, mais elle clignotait à présent comme une solution possible. Il s'était tourné vers elle plein d'espoir, mais il avait vu immédiatement, à la position de sa mâchoire, qu'elle était très sérieuse.

« Bien sûr que non.

– Joue avec lui maintenant, avait dit Adela, en pointant le doigt vers le garçon, parce qu'il est à moi. » Elle s'était levée, en colère, et avait disparu dans la case.

Il ne voulait pas d'une maîtresse. En dépit de tous ses charmes, il ne voulait pas en fait d'Adela. Il était un sale type, il en était convaincu, un type à la moralité douteuse à une époque qui ne pardonnait pas. Il avait pourtant le droit d'être honnête avec lui-même, non ? Rey voulait le garçon et Norma, et vivre dans la capitale, un point c'est tout. Il ne voulait pas de la jungle, de la guerre ni de cette femme, ni souffrir sous le poids cumulé de ses mauvaises décisions.

Il voulait vivre vieux.

Rey avait assis Victor sur ses genoux, de façon à ce que le garçon puisse voir dans la même direction que lui. Il avait toujours les yeux ouverts, et c'était ce que Rey admirait le plus chez son fils. C'était un bébé qui travaillait dur : les couleurs, les lumières, les visages, il les étudiait avec une grande concentration. Rey chatouillait le ventre de son fils et avait noté avec fierté à quelle vitesse Victor s'était emparé de son doigt et quelle force il imprimait pour le retenir. Rey avait tiré et Victor avait tiré à son tour.

Le lendemain, Zahir était revenu de la capitale de la province avec sa radio, annonçant à tout le monde dans le village que la guerre était terminée.

Norma tenait la main de Rey quand ils s'étaient présentés à la réception de l'hôtel. C'était une fin d'après-midi, lumière orangée oblique. Il ferait nuit dans une heure seulement. C'était la première fois, et ils portaient des alliances que Rey avait empruntées à un ami. Ils avaient apporté un dîner dans un panier, comme s'ils arrivaient de province. Norma avait couvert ses cheveux d'un châle.

« Oui, Monsieur, avait dit Rey au réceptionniste. Nous sommes mariés.

— D'où venez-vous ?

— Du sud. » Ce n'était pas un mensonge, avait pensé Norma, enfin pas exactement : c'est une direction, pas un lieu.

« Ma fille, cet homme est-il bien ton mari ?

— Ne parlez pas comme ça à ma femme, avait coupé Rey. Je vous conseille de lui montrer un peu plus de respect.

— Je ne suis pas obligé de vous donner une chambre, vous savez. »

Rey avait soupiré. « Nous avons voyagé toute la journée. Nous voulons simplement un endroit où dormir. »

Norma s'était laissée prendre au jeu et ne disait rien. Le réceptionniste fronçait les sourcils, ne croyant pas un mot de l'histoire. Mais il avait pris l'argent que lui avait donné Rey, vérifié les billets à contre-jour et marmonné quelque chose d'incompréhensible. Il avait ensuite remis une clé à Rey, et il y avait eu quelque chose d'électrique dans l'air au moment où Norma s'était rendu compte de ce que cela signifiait et ce qu'elle s'apprêtait à faire. Sa mère n'aurait pas approuvé.

Rey n'avait jamais lâché la main de Norma. Elle avait redouté qu'il le fît.

C'était un vieil immeuble et les marches de l'escalier craquaient affreusement. Norma avait rougi en entendant le bruit qu'elles faisaient : elle avait même peut-être dit quelque chose à ce sujet – qui pouvait s'en souvenir à présent ? – et Rey avait ri malicieusement et dit de ne pas s'inquiéter. « Nous y sommes. Personne ne nous entendra. »

Et personne ne les avait entendus parce qu'ils étaient seuls dans l'hôtel cette nuit-là. C'était en milieu de semaine. Ils auraient pu tout aussi bien être seuls dans la capitale. Ils étaient arrivés tôt et repartis tard, lorsque le soleil était déjà très haut et resplendissait dans le ciel. Et ça ne lui avait pas fait mal, pas comme elle s'y était attendu, pas comme elle l'avait redouté. Et ensuite, le plus merveilleux avait été de se retrouver nue à côté de lui, et le plus surprenant avait été la facilité avec laquelle elle s'était endormie auprès de lui. L'impression de sécurité.

Il faisait sombre, et Norma glissait dans le sommeil quand Rey avait dit : « Je fais des cauchemars.

– Quel genre ?

– À propos de la Lune. » Il respirait avec difficulté – elle l'avait entendu et senti parce qu'elle avait la main posée sur sa poitrine. « Ils disent que c'est normal. Mais parfois je pousse des cris dans mon sommeil. N'aie pas peur si ça arrive.

– Qu'est-ce qui s'est passé ? »

Il le lui dirait, avait promis Rey, mais pas maintenant. Il lui avait fait promettre de ne pas avoir peur.

« Je n'aurai pas peur », avait-elle murmuré. Elle caressait son visage, il avait les yeux fermés et il était sur le point de s'endormir. « Je n'aurai pas peur. Je n'aurai jamais peur. »

« Vous êtes réveillée ? » a demandé Manau.

Norma a ouvert les yeux. Le garçon était toujours là. Elle se trouvait toujours dans cette maison. Une lumière était allumée près de la porte d'entrée, tout avait pris une teinte jaune. Il faisait froid à présent, et elle s'est demandée quelle heure il pouvait bien être. Elle a pensé fermer les yeux, repartir dans ses rêves. Avait-elle jamais été heureuse ? « Je suis réveillée », a-t-elle dit, mais ce n'était de sa part qu'une supposition. Norma avait l'impression qu'il était tout près d'elle – son Rey –, elle sentait les traces de son passage partout, au moment même où ses yeux s'adaptaient à la semi-obscurité.

Elle n'avait pas pensé à son mari vivant depuis de nombreuses années. Pas tout à fait mort non plus, mais certainement pas vivant. Pas présent au monde. S'il avait été vivant – et Norma avait imaginé toutes sortes de scénarios où c'était possible – quelle différence cela aurait fait pour elle ? Il n'avait jamais repris contact avec elle. Il avait erré dans la jungle ou s'était échappé du pays pour rejoindre un endroit plus hospitalier. Peut-être qu'il s'était remarié, qu'il avait appris une nouvelle langue et s'était efforcé d'oublier tout ce qu'il avait vécu précédemment ? Tout cela était possible, si l'on acceptait l'idée qu'il s'en était sorti. Mais c'était impensable : comment aurait-il pu vivre sans elle ?

Le garçon ronflait faiblement.

Rey était parti, bien sûr. Et elle était seule. Le reste de sa vie étalé devant elle, immense et vide, sans guides, sans marques, sans la chaleur humaine susceptible de la faire pencher dans une direction ou dans une autre. Ce qui restait, c'était des éclairs, des souvenirs, des tentatives d'être heureuse. Pendant des années, elle l'avait imaginé en pas-tout-à-fait-mort et avait organisé sa vie autour de ça : le retrouver, l'attendre.

« Qu'est-ce que nous allons faire ? » a demandé Manau.

Elle avait passé tous les black-outs en compagnie de Rey, chacun d'eux dans une chambre comme celle-ci, plus sombre même, à se raconter des secrets tandis que la ville brûlait.

« Certaines personnes appellent tous les dimanches. J'ai appris à reconnaître leurs voix. Ce sont des imposteurs. Ils prétendent être la personne que l'auditeur précédent a

décrite : de je ne sais quel village perdu dans les montagnes ou dans la jungle.
– C'est cruel, a dit Manau.
– Je le pensais aussi.
– Mais ?
– Mais plus l'émission a duré, et mieux j'ai compris. Il y a des gens qui pensent appartenir à quelqu'un d'autre. À une personne qui, pour une raison quelconque, a disparu. Et ils attendent pendant des années : ils ne cherchent pas les disparus, ils *sont* les disparus. »

Elle a regardé Manau sans trop savoir ce qu'elle attendait de lui. Dans une chambre identique à celle-ci, Rey lui avait dit qu'il l'aimait. « Est-ce qu'il est vivant ? » a-t-elle brusquement demandé à Manau. « Dites-le-moi, si vous le savez. Si vous le savez, vous devez me le dire. » Elle ne voulait pas pleurer, mais elle n'a pas pu s'en empêcher.

« Je ne sais pas, a dit Manau. Personne ne le sait. »

L'émission avait été annulée pendant la semaine de la bataille de Tamoé. Il était devenu tout simplement trop difficile de filtrer les appels. Le répondeur automatique avait été saturé des voix de mères inquiètes, anxieuses : il y avait des tanks dans les rues, et leurs garçons étaient partis se battre avec de vieux fusils qui ne tiraient pas droit. Tout était devenu incontrôlable. Le district allait être rasé. Les bulletins d'information sur la bataille, qui durait maintenant depuis quatre jours, étaient rédigés au ministère, envoyés à la radio pour y être lus tels quels, sans commentaires, sans reportages complémentaires.

Elmer s'était entretenu à ce propos avec le sénateur, qui avait demandé à la station d'obtempérer. Tout le monde avait entendu parler de la petite fille qui avait été tuée, mais on n'en parlait pas à la radio. Selon la version officielle de l'incident, les résidents terrorisés de Tamoé avaient demandé à l'armée de les débarrasser de la LI menaçante. La Central Highway serait fermée pendant la durée des opérations militaires, et un contrôle des prix sur les biens de première nécessité avait été mis en place d'urgence. Une fois cette opération menée à son terme, avait annoncé la radio, la guerre serait quasiment terminée.

L'heure de Norma, ce dimanche-là, avait été remplacée par un programme de musique indigène préenregistrée. Norma avait demandé à Rey, avant qu'il ne parte pour la jungle, s'il lui arrivait de trouver une radio dans les villages qu'il traversait. Il avait répondu que ça ne s'était jamais produit.

« Je t'aurais envoyé un message, avait-elle dit.

– Tu peux toujours. »

Depuis son perchoir surplombant la capitale, Norma l'avait donc imaginé là-bas – où exactement ? –, en train d'écouter la radio, surpris de découvrir que son émission avait été annulée, que la guerre prenait fin. Le matin, elle lisait les informations à propos de Tamoé : elles étaient bien partielles et délibérément vagues, mais quelqu'un comme Rey en savait assez long pour comprendre ce qui se passait réellement. Il connaissait le district, il savait ce que cela voulait dire lorsqu'elle annonçait que les forces de l'ordre avaient avancé au-delà de l'Avenue F-10. Il savait que le centre du district était tombé, que les combattants qui avaient survécu avaient été repoussés dans les collines. Il savait que le gouvernement n'aurait pas annoncé la victoire si elle n'avait pas été à portée de la main. Mais elle espérait au fond qu'il n'écoutait pas, qu'il se trouvait dans cette forêt qu'il aimait tant, parmi les plantes, les arbres et les oiseaux, qu'il manquerait ces journées malheureuses et ne reviendrait dans la capitale que lorsque tout serait terminé, quand tout ce qu'il y avait à faire aurait été fait.

Au milieu de la deuxième journée d'affrontements, Elmer avait commencé à introduire de petites modifications dans les textes préparés : les combats *faisaient rage* au lieu de *continuaient*. Et puisque celles-ci étaient passées inaperçues, il avait commencé à sélectionner des propos anodins déposés sur le répondeur de Lost City Radio pour les diffuser comme des récits de témoins oculaires. Ainsi, la radio avait été la première à donner des informations sur les combats. Norma elle-même avait pris quelques appels, écouté tel ou tel résident décrire l'enfer qu'était en train de devenir le district. Ils veulent notre terre, disaient les auditeurs, ils veulent nos maisons. Le feu ravageait encore les quartiers les plus démunis de Tamoé et les bidonvilles qui longeaient la Central Highway. Un auditeur après l'autre appelait pour désigner le coupable : l'armée. Elle mettait le feu partout. Elle envoyait les bulldozers contre les maisons, et c'est elle encore qui mettait le feu aux décombres. La nuit, depuis la salle de conférences, on pouvait voir le district de l'est en flammes. Le jour, la fumée restait suspendue au-dessus de la capitale, mais rien de tout cela n'était imprimé dans les journaux ni diffusé sur les ondes.

À 1797, les gens se rassemblaient dans la cantine pour écouter la radio de Zahir. La réception n'était pas mauvaise et tout le monde défilait pour admirer la machine. Zahir, avec qui Rey avait parlé quelquefois, était assis à côté d'elle, reconnaissant des félicitations qu'il recevait pour son achat. Le troisième jour, on parla de la Bataille de Tamoé à la radio, et toutes les informations furent consacrées au grand incendie. Les coups de feu avaient cessé. À 1797, tous les villageois étaient rassemblés – même les enfants, assis sous les tables, entre les pieds de leurs parents, ou sur les rebords des fenêtres. Une faible pluie tombait, et Zahir avait augmenté le volume de son appareil tout neuf pour que tout le monde puisse entendre, dans le tambourinement des gouttes tombant sur le toit métallique, les nouvelles concernant le dernier pâté de maisons tombé entre les mains de l'armée ou le dernier décompte officiel des morts.

Ils écoutaient comme s'il s'était agi d'un événement sportif, mais quand le soir était venu, quelque chose avait changé dans l'atmosphère. Il se trouvait, parmi eux, un véritable expert et les villageois le regardaient. Finalement, quelqu'un s'était adressé directement à Rey : une femme un peu âgée dont il n'avait jamais entendu la voix auparavant. « Où se trouve Tamoé ? avait-elle demandé.

– Oui, avaient repris tous les adultes en écho, où est-ce que ça se trouve ? »

Rey avait rougi. « Dis-leur », avait dit Adela, et il n'avait donc pas le choix. Il s'était levé, était allé au bout de la cantine et, soudain, s'était retrouvé professeur de nouveau. Il avait enseigné pendant toute sa vie d'adulte. Son père avait été professeur et le père de son père aussi, à l'époque où la ville que Rey avait quittée à l'âge de quatorze ans n'était qu'un village, pas plus grand que 1797. Rey s'était éclairci la voix. « C'est à la périphérie de la capitale, avait-il dit, au nord de la Central Highway, sur les contreforts des montagnes de l'est. »

Cela n'avait aucun sens pour eux. « Est-ce que vous avez une carte sur laquelle je pourrais vous montrer ça ? » avait-il demandé.

Rire général : une carte de la capitale, qui aurait eu une chose pareille ? Adela possédait une carte du pays, bien sûr ; c'était d'ailleurs lui qui l'avait apportée. Mais c'était tout.

Les questions avaient fusé. Oui, il connaissait. Oui, il y avait été. Est-ce que c'était grand ? Il avait dû sourire : en comparaison du village où ils se trouvaient, qu'est-ce qui ne l'était pas ? Les mains se levaient et il faisait de son mieux pour suivre le rythme. Qui vit là-bas ? Quel genre de gens ?

« Des pauvres », avait dit Rey, et les hommes et les femmes avaient hoché la tête.

« D'où viennent-ils ?

– Ils viennent de tous les coins du pays », avait-il dit. Des montagnes, de la jungle, des villes en plein déclin du nord. De la sierra abandonnée.

Il était très aimable ou du moins s'efforçait-il de l'être, mais les questions ne cessaient d'arriver. Quelqu'un avait baissé la radio : Rey pouvait ainsi entendre la voix de sa femme, mais ne parvenait pas à saisir ses mots. Ces gens ne le laissaient pas écouter. Les villageois ne savaient absolument rien de la guerre, et ils étaient là maintenant, en attendant qu'elle prenne fin, à vouloir soudain tout savoir à son sujet.

« Comment a-t-elle commencé ? » avait demandé un homme. Il avait des cheveux noirs tressés.

« Je ne sais pas », avait répondu Rey, et il avait déclenché des huées de protestation. Bien sûr qu'il savait !

Quels étaient les griefs et quand avaient-ils été avancés ? Est-ce que ça avait commencé la nuit où il avait été mis en prison quand il était adolescent ? où il avait dormi à côté de son père sur le sol humide, tandis que la foule en colère réclamait un châtiment contre lui ? Avant cela, bien avant cela : tout le monde savait que la guerre allait éclater. Mais elle n'avait commencé officiellement qu'il y a dix ans, leur avait-il dit. Une décennie environ. Comment ? Il l'avait oublié. Quelqu'un s'était mis en colère à propos de quelque chose. Ce quelqu'un avait convaincu des centaines et puis des milliers de gens que leur colère collective avait du sens. Qu'il fallait en faire quelque chose. Il y avait eu un événement, non ? Des violences en réaction à une élection frauduleuse ? Une explosion déclenchée le jour de la commémoration d'un épisode patriotique ? Il croyait se souvenir qu'un chef de l'opposition, un homme politique très connu et admiré pour son honnêteté, avait été empoisonné, et qu'il était mort petit à petit, alors que chacun savait à quoi s'en tenir, au cours des trois semaines qui avaient suivi. Le nom lui échappait à l'instant. C'était vraiment comme cela que tout avait commencé ? Il ne savait que dire à cette assemblée de visages saisis de curiosité.

La radio avait été baissée encore et l'on n'entendait plus qu'un faible ronronnement, puis la soirée avait tourné à la conférence sur l'histoire nationale récente par un habitant anonyme de la capitale. Il était parfaitement inutile de se prétendre ignorant dans ce cadre. Personne ne l'aurait cru. La guerre, avait-il décidé, aurait eu lieu quoi qu'il arrive. Elle était inévitable. C'était un véritable mode de vie dans un pays comme le nôtre.

La pluie s'était calmée et, dans ce silence, la soirée avait semblé tourner à la prière du soir. Il avait répondu à chaque question telle qu'elle avait été formulée, du mieux qu'il avait pu. Ils le faisaient depuis plus d'une heure lorsqu'avait été posée la question qu'il aurait pu méditer jusqu'à sa mort. Avait-il jamais eu la réponse ? À un moment donné, sans doute, mais c'était il y a longtemps. La question avait été posée par le propriétaire de la radio et avec une innocence que Rey appréciait, révélant un besoin authentique de savoir, sans la moindre trace de malice. « Dites-nous, Monsieur, avait demandé Zahir, parlant déjà de la guerre au passé, qui a eu raison dans tout cela ? »

15

Il était deux heures du matin quand ils sont montés dans
la voiture du père de Manau et ont essayé de la faire démar-
rer. Manau a failli noyer le moteur – il y avait plus d'un an
qu'il n'avait pas conduit –, mais le contact a fini par se faire
et le moteur a démarré en pétaradant. Manau s'est alors
tourné vers Norma, dans un grand sourire de satisfaction,
qui a rappelé à celle-ci à quel point il était jeune. Victor était
à moitié endormi, la tête posée sur ses genoux, et elle avait
étendu une couverture sur lui. La route était longue jusqu'à
la station de radio. Le chauffage marchait à peine et la nuit
était étonnamment froide. Le couvre-feu régnait dans toute
la capitale. Ils pourraient aller là-bas et être repartis avant les
nouvelles du matin. Avant l'arrivée d'Elmer.

La voiture avançait lentement dans les rues désertes, si
lentement que Norma s'imaginait en train de faire du tou-
risme. Les phares projetaient deux faibles éclats de lumière
jaune sur la route, et le moteur avait calé deux fois avant
même qu'ils eussent atteint le premier feu clignotant. Pourtant, il y avait quelque chose de nonchalant dans cette expédition : le ronronnement plaisant du moteur, le défilement
silencieux de la ville. Même le froid piquant de l'air était
agréable. Pâté de maisons après pâté de maisons. Et à cette
heure, on ne se serait d'ailleurs pas cru dans une ville, mais

plutôt dans le musée d'une ville, un endroit qu'elle aurait observé depuis un futur lointain, une maquette conçue par un artiste pour montrer comment les humains vivaient autrefois.

Manau a engagé la voiture sur la route du bord de mer pour qu'ils puissent voir la plage parsemée de feux de camp. La marée était basse et le sable s'étendait sur quatre cents mètres, luisant de teintes dorées et orangées. L'océan, silencieux et noir, poussait vers l'infini, et le ciel sans lune était assez sombre pour ne faire qu'un avec la mer. Une rangée de lumières rouges dansait sur la ligne d'horizon : les chalutiers où, à cette heure, les hommes endormis se reposaient, en prévision de la journée de travail qui les attendait. Norma avait une main posée sur le garçon et elle pouvait sentir sa respiration. De l'autre main, elle tenait la fameuse liste, ce document qui avait été touché par une dizaine de personnes au cours de la semaine précédente, qui avait été froissé, plié, presque détruit, sauvé et volé. C'était bon de la tenir en main : un sentiment de victoire dans tout cela, bien plutôt de répit. Dix ans avaient passé, dix années qui recouvraient un immense silence inviolable, et puis ces trois jours dont elle ne retiendrait, elle le soupçonnait, que ce bruit : un bavardage dissonant, des sons tout à la fois indistincts et pressants, l'appelant dans toutes les directions. La blessant certainement aussi, mais pas autant que l'avait fait le silence.

La route est remontée vers la ville, et là, au moment où ils ont passé la bosse, un contrôle de police, vivement éclairé par des projecteurs, un carré de lumière dans l'obscurité. Il était encore à cinq cents mètres, mais il était impossible de l'éviter. La voiture a avancé en haletant. Le garçon dormait toujours.

« Est-ce que je m'arrête ? » a demandé Manau. Elle voyait à son visage dans le rétroviseur, en dépit de la faible lumière, qu'il avait peur.

Elle s'est mordu la lèvre. « Bien sûr », a-t-elle dit au bout d'un moment. Ils étaient déjà arrivés devant le poste et ils n'avaient plus le choix. L'épreuve allait commencer. Ou bien ne faisait-elle que continuer ? Quoi qu'il en soit, son corps s'est tendu comme pour se préparer à l'impact.

À Tamoé, au cours de la dernière année de la guerre, vivait une petite fille âgée de cinq ans. Elle n'aimait pas les hélicoptères qui volaient au-dessus de son quartier. C'était le sens qu'avait la guerre pour elle : des hélicoptères qui soulevaient de la poussière et qui, avec le bruit qu'ils faisaient, empêchaient ses poupées de dormir quand elle pensait qu'elles avaient besoin de se reposer. Une vraie nuisance. Son père, qui combattait avec la LI, était passé à la clandestinité depuis deux ans. C'était un expert en explosifs, et il s'appelait Alaf. Avant de quitter sa famille pour toujours, il avait dit à sa fille que si, un jour, les soldats venaient dans la maison, elle devrait leur cracher au visage. C'était quelqu'un qui croyait vraiment à la cause. « Dis-le après moi, avait murmuré Alaf. Ce sont des animaux.

– Ce sont des animaux », avait répété la petite fille. Elle avait alors trois ans.

« Qu'est-ce que tu feras s'ils viennent ?

– Je leur cracherai dessus », avait-elle répondu, et elle s'était mise à pleurer. Deux ans plus tard, elle était incapable de se souvenir de son père : ni à quoi il ressemblait, ni du son de sa voix. Sa mère n'en parlait jamais non plus.

Après qu'elle avait été tuée par une balle perdue, une bataille avait été engagée en son nom. Pas de façon spontanée. La LI était dans l'attente d'une victime irréprochable. Elle avait vécu dans une maison à un certain carrefour, sans eau courante et sans électricité, une maison qui avait toujours été humide, froide, enfumée. L'étage n'avait jamais été achevé, et c'est pourquoi le toit de la maison était parfois utilisé par les tireurs embusqués de la LI pour abattre des soldats en patrouille dans le quartier. Un commandant de l'armée avait pris la décision parfaitement raisonnable de mettre fin à ce non-sens. La fille était petite pour son âge et elle avait toujours toussé. Le jour où elle était morte, elle n'avait pas assez mangé et elle marchait en direction de la maison d'une amie, dans l'espoir qu'on lui donnerait un morceau de pain. En dépit du fait qu'elle avait faim, elle avait toute sa fierté et était décidée à ne rien quémander. Mais si on le lui *offrait* – c'était, elle en était convaincue, complètement différent.

Sa mère était au marché, et il y avait des tireurs sur le toit. Plus tard, les hommes discuteraient de la façon dont elle était tombée, des trajectoires possibles de la balle ou des balles qui l'avaient tuée, mais en vérité ni l'armée, ni les tireurs de la LI n'avaient guère fait attention à elle au moment où elle était tombée. Personne, c'était certain, n'avait eu l'intention de la tuer. Elle s'était cachée derrière un fût d'essence quand les premiers coups de feu avaient éclaté. L'affrontement avait duré encore une demi-heure après sa mort. Plus tard, elle serait décrite comme une petite fille aux cheveux de lin, innocente, tenant une poupée dans ses bras, et il se peut qu'elle ait été tout cela, mais lorsqu'elle était morte, personne ne l'avait remarquée, pas plus qu'on l'avait remarquée lorsqu'elle était vivante. Plus tard encore, son visage serait imprimé sur des banderoles portées jusqu'à la périphérie du district, et ensuite au cœur de la capitale, par des centaines de personnes outragées et bien intentionnées qui ne l'avaient jamais connue. Elles seraient accueillies par des coups de feu sur la *plaza*, qui elle-même serait rasée et renommée Newtown Plaza. À cet endroit, beaucoup d'autres gens allaient mourir – et puis viendrait la fin de la guerre.

Son père ne sut jamais que sa fille était morte dans ces circonstances, mais ce serait une erreur que de penser qu'il n'en fut pas affecté. Le lien entre un parent et son enfant est de nature chimique, sauvage, inexplicable, même si le parent en question est un tueur invétéré. Ce lien ne peut être quantifié : il est à la fois plus subtil et plus puissant que la science. Au cours des journées qui avaient précédé le meurtre de sa fille, Alaf avait ressenti une douleur dans la poitrine. Pendant deux nuits, il n'avait pas pu dormir. Il mangeait et il était même allé jusqu'à prendre sa température. Il était convaincu qu'il était en train de mourir et en était désespéré. Dans sa tête, Alaf avait commencé à écrire une lettre à sa femme et à sa fille, dans laquelle, il leur demandait de le pardonner. Il se demandait si sa fille savait lire à présent. Combien de temps cela faisait ? Comment tout cela avait-il pu se produire ? Il promettait d'apprendre un métier utile et de s'y consacrer. Il évoquerait le charme exotique attaché à la vie paisible et tranquille qu'il avait en tête, et son cœur s'était mis à battre plus vite : petits déjeuners tardifs le dimanche, après-midi consacrés au bricolage dans la maison ou à écouter un match de football à la radio. Il accompagnerait peut-être sa fille le lundi. Sa femme et lui auraient peut-être un fils. Ou, il y avait pensé brusquement, ils pourraient aussi quitter la capitale et s'installer ici, dans cette jungle infinie, où la terre était abondante et le sol fertile. Une petite ferme, s'était-il dit, et il avait commencé à imaginer la vie qu'il n'aurait jamais. Bien entendu, il n'avait jamais vraiment écrit cette lettre et n'avait donc pas pu l'envoyer. Il était mort quelques jours après la bataille de Tamoé, pas loin de 1797, tué au cours d'une embuscade avant même d'avoir pu tirer ne serait-ce qu'un coup de feu.

La personne qui manquait le plus à Norma en l'absence de Rey n'était pas Rey lui-même, mais la personne avec qui elle avait été quand elle s'était trouvée avec lui. Le contrôle de police lui avait tout remis en mémoire : il y avait une partie d'elle-même – non négligeable – qui avait été séduite au moment même où le soldat avait fait descendre Rey du bus, tant d'années plus tôt. Elle était devenue, pendant le temps passé avec Rey, une femme qui vivait en compagnie de ce danger, qui avait dominé, d'une manière ou d'une autre, sa peur, afin de pouvoir être avec l'homme qu'elle aimait. De quoi se souvenait-elle des années passées avec Rey ? Pas de l'épée de Damoclès au-dessus de leurs têtes, pas de la tension, pas des soupçons, mais des rires, des plaisanteries, des promenades dans la rue main dans la main, du bonheur présent en dépit de tout le reste. Le monde s'effondrait autour d'eux mais ils étaient toujours ensemble, imperturbables, calmes ; tel était le rapport qu'ils avaient noué ensemble, souple et moderne ; l'alchimie qui les liait, une fois les lumières éteintes, quand leurs corps s'emboîtaient et qu'ils n'éprouvaient pas la moindre honte.

Elle devait se le rappeler parfois, parce que c'était si facile à oublier : Rey l'avait désirée.

La route qui remontait de la plage était brillamment éclairée, les dunes de chaque côté resplendissant d'un blanc fluorescent. La voiture a ralenti jusqu'à l'arrêt et, une fois encore, le canon d'un fusil s'est insinué dans sa vie. Rey, a-t-elle pensé. Elle a failli le dire à voix haute. Tout cela n'était que routine. Elle a regardé droit devant elle et non vers le fusil sur sa gauche. Il y avait deux piles bancales de pierres et un feuillard en travers de la route. D'un côté, un soldat, un gamin de cinq ans de plus que Victor, se réchauffait près d'un feu.

« Dehors », a ordonné le fusil. S'il y avait eu un corps attaché à cette arme, Norma avait décidé de ne pas le remarquer.

Manau était déjà sorti. Elle a réveillé le garçon et, l'instant d'après, elle était dehors, elle aussi, avec Victor à moitié endormi à son côté. Elle tenait les mains au-dessus de la tête et faisait face à la voiture comme elle avait vu les criminels le faire dans les films. Le gamin-soldat a demandé les papiers, et elle a senti qu'elle perdait ses forces.

La jungle, lui avait dit Rey bien des fois, était un paradis pharmacologique. Non répertoriés, non revendiqués, les remèdes à toutes les maladies du monde étaient là, cachés, attendant d'être découverts. Il faudrait une génération ou plus pour découvrir leurs qualités, s'ils n'avaient pas disparu avant cela. Une des conséquences involontaires de la guerre – une des seules positives – était de rendre la jungle relativement inaccessible, ralentissant ainsi la cadence de sa destruction. Les gens fuyaient la jungle. Ce n'était qu'une question de temps, avait dit Rey, avant qu'ils ne se ruent *sur* elle : quand les villes seraient trop peuplées, trop étouffées par la fumée et le bruit, quand la paix viendrait et que les gens pourraient librement explorer les confins du pays.

« Est-ce que je pourrai venir avec toi ? lui avait-elle demandé un jour.

– Bien sûr. Une fois que la guerre sera terminée. »

Elle avait ri : « Idiot, cette guerre ne finira jamais. »

Rey rapportait des histoires de drogues qui soignaient toutes sortes de maladies, lui montrait les notes qu'il avait soigneusement prises. Ce pays serait peut-être sauvé par la forêt : il y avait sans doute une plante pour chaque type de miracle. « Ils ont des plantes pour la vigueur sexuelle, lui avait-il dit un jour en l'attirant sur le canapé. Pas que j'en ai besoin... » Ce jour-là, il sentait encore le voyage, le car, la fumée de cigarettes, les endroits qu'elle n'avait jamais vus. « Avec qui étais-tu pendant que je n'étais pas là ? Raconte-moi, rends-moi jaloux...

– Une ville entière d'hommes se réveillent avec moi qui leur murmure à l'oreille.

– Arrête.

– C'est vrai », avait-elle dit en se mordant la lèvre, et déjà il avait glissé ses mains sous ses vêtements, sur sa peau saisie par la chair de poule. Elle était froide et chaude à la fois. En regardant par-dessus l'épaule de Rey, elle avait vu que la porte était ouverte. Il l'avait refermée du pied dans son impatience de la tenir dans ses bras et le pêne ne s'était pas engagé. Le garçon de dix ans de leur voisine se tenait dans l'encadrement de la porte et les regardait. Il avait les yeux écarquillés et pleins de curiosité, un enfant à peine. « Rey », avait soufflé Norma, mais il ne l'écoutait pas. Elle avait le sentiment qu'elle aurait dû faire un geste pour chasser l'enfant, mais au fond elle s'en fichait. Ils se trouvaient derrière le canapé maintenant, et il ne pouvait rien voir. Elle avait donc fermé les yeux et imaginé qu'ils se trouvaient seuls. Ce n'était pas difficile. La guerre avait toujours été à l'arrière-plan de leurs relations, et elle avait l'habitude de faire semblant.

« Les mains en l'air », a aboyé le fusil. Il s'est approché de Manau et l'a palpé de haut en bas. Il a pris le portefeuille de Manau et l'a épluché. Il a eu l'air déçu par son contenu. Puis il a regardé la carte d'identité de Manau à contre-jour. « C'est un faux.

— Ce n'est pas un faux, a dit Manau. Qui a des faux papiers ?

— Tais-toi.

— Norma, dites-leur.

— Je t'ai dit de te taire.

— Norma... »

Il faisait froid et son corps s'est raidi. Elle s'est tournée vers Manau et elle lui a jeté un regard furieux. Leur dire quoi ? Ces gens ne voulaient pas entendre ses histoires, ils ne voulaient rien savoir de ses désillusions.

« Où allez-vous ?

— À la radio, a dit Manau. *Norma.*

— Qui est Norma ? Quelle Norma ?

— *Norma* Norma. »

Pendant un instant, le fusil a eu l'air de considérer cette éventualité. Avec la pointe du fusil dirigée vers le bas, il a demandé à Norma de se tourner. Elle l'a fait et il l'a examinée sous la lumière blanche et dure. Il paraissait nerveux tout à coup. « Vous êtes Norma ? Vous ne ressemblez pas à Norma.

– Mais vous l'avez déjà vue ? » a dit Manau.

Le fusil est soudain remonté au niveau des yeux, Manau a été brutalement poussé contre la voiture, le canon du fusil contre sa tempe. « Tu vas te taire, oui ?

– S'il vous plaît, pas devant le garçon. C'est moi. Vraiment. Oui, c'est moi. »

« Ils vont tous t'aimer », avait dit Elmer quand l'émission avait commencé. Mais comment l'avait-il dit ? En secouant la tête et les lèvres serrées dans une grimace incrédule. « C'est cette voix... » Norma avait eu l'impression déplaisante qu'il avait pitié d'elle. Et puis Rey avait disparu, et elle avait eu cette impression tous les jours depuis : l'absence de Rey lui collant à la peau comme une maladie contagieuse. Elmer avait raison, bien sûr : ils l'aimaient tous. Pendant des années elle avait reçu des lettres parfumées remplies de noms, des petits cadeaux emballés dans du papier journal. À la station, il y avait une demi-douzaine de boîtes à chaussures pleines de photos aux bords festonnés, avec une inscription au dos précisant lequel des visages souriants au recto était peut-être encore vivant. Et c'était bien cela : *peut-être*. Le fait de ne pas savoir, ce fait épuisant, on pouvait l'entendre dans chaque voix qui appelait, le voir dans chaque caractère des lettres envoyées. C'était la miséricorde qu'ils cherchaient tous : une réponse, un oui ou un non pour les décharger du fardeau de l'attente, de l'espoir et du doute. C'était ce qu'elle avait entendu, elle aussi, dans la voix du soldat : quelque chose d'étonnamment timide, d'apeuré même.

« Je ne vous crois pas » a dit le soldat. Il avait toujours le fusil pointé vers la tête de Manau. « Vous me prenez pour un idiot ?

– Non, non, a dit Norma, personne n'a dit...

– Laissez-moi vous écouter. »

C'était, au bout du compte, sa spécialité : se faire écouter.

Elle aurait dû être poétesse ou prédicatrice. Hypnotiseuse, femme politique, chanteuse. Norma a inspiré profondément.

« Parlez ! » a crié le soldat, et elle l'a fait.

« Ce soir, a-t-elle ronronné, sur Lost City Radio, de la jungle nous arrive un garçon... »

Le visage du soldat est devenu très sérieux. « Des noms. Je veux entendre des noms.

– Des noms ? » a-t-elle demandé, et le soldat a hoché la tête. Elle a sorti la liste de sa poche et elle lui a donné des noms. Lesquels ?

Tous. Tous, sauf un.

Lorsqu'elle a vu qu'il en avait assez entendu, lorsqu'il a baissé son fusil et a souri en la reconnaissant, alors seulement elle s'est arrêtée.

Avec beaucoup de cérémonie, le jeune homme a pris son arme de la main gauche et l'a pointée vers le ciel, le canon contre son épaule. Il a claqué les talons de ses bottes et, de la main droite, il a fait un salut militaire pour Norma.

« C'est un honneur, Madame Norma. »

Elle a rougi. « Ce n'est vraiment pas nécessaire », mais déjà l'autre soldat s'approchait et présentait les armes. « Nous vous écoutons toutes les semaines », a-t-il dit.

Norma s'est serrée contre Victor, qui était complètement réveillé. Il faisait froid pour un mois d'octobre, suffisamment froid pour qu'ils puissent voir la vapeur de leur respiration. Victor soufflait des nuages et il en avait l'air enchanté. Bien évidemment, il n'avait jamais vu cela auparavant. Manau tremblait, mais il a enlevé sa veste et l'a passée sur les épaules du garçon.

Entre-temps, les soldats s'étaient creusés les méninges pour se souvenir des noms des gens qu'ils avaient connus. Le plus jeune avait laissé tomber sa cigarette avant de saluer. Sans elle, il ressemblait vraiment à un gamin avec ces grosses joues rouges qui faisaient de son visage un cercle presque parfait. Il a couru en direction du fût d'essence sur le bord de la route, là où il avait posé son sac. Il en est revenu avec du papier. Le premier soldat a posé son fusil contre la voiture. En s'excusant pour le retard qu'il causait, il a étalé la feuille de papier sur le toit de la voiture. Il a mordu le bout d'un stylo un instant et commencé à écrire.

« Est-ce que nous pouvons attendre dans la voiture ? a demandé Norma. Il fait vraiment très froid. »

De nouveau, des excuses : « Oui, oui, bien sûr. » Il s'est tourné vers le plus jeune : « Va ouvrir la portière à Madame Norma. »

En d'autres circonstances, il aurait été impossible de concevoir une chose pareille, mais Norma a laissé faire : le jeune soldat a ouvert la portière et s'est incliné profondément. Une fois la portière refermée, elle a reçu son sourire d'enfant docile comme elle imaginait qu'aurait pu le faire une reine : avec bienveillance, comme si elle ne s'était pas attendue à autre chose. Tout avait changé. Ils avaient pourtant emmené Rey à la Lune au cours d'une nuit comme celle-ci. Et combien d'autres ?

Manau était assis à l'avant et soufflait dans ses mains. Victor était le seul à être raisonnable. « Pourquoi est-ce que nous allons à la radio ?

— Nous allons lire les noms, a dit Norma.

— Où d'autre irions-nous ? » a dit Manau.

Victor a regardé Norma, et lorsqu'elle a hoché la tête, il a paru satisfait.

Un moment après, le premier soldat a frappé sur la vitre à l'avant. Manau l'a baissée et une colonne d'air froid a envahi la voiture. « C'est notre liste, a dit le soldat, pour Madame Norma. Et ceci » – il a pointé le doigt sur une deuxième feuille, où il avait écrit son nom, son grade, la date et l'heure d'une écriture enfantine et tordue – « c'est un laissez-passer. Vous pourrez le produire si vous êtes contrôlés. » Il a fait un immense sourire. Elle l'a remercié de nouveau. « Madame Norma, a-t-il dit en s'inclinant, c'est un plaisir. »

Ils ont roulé dans la ville endormie, au long des rues abandonnées. Le garçon a commencé à demander quelque chose, mais il a changé d'avis et s'est tu. Il était au-delà de la surprise et trop fatigué pour remarquer quoi que ce soit dans les rues sombres. De temps en temps, la voiture passait sur un nid-de-poule, les vitres alors tremblaient, la carrosserie faisait un bruit de ferraille, qui cessait très vite, et Victor pouvait de nouveau fermer les yeux. Norma le tenait dans ses bras. La voiture s'était réchauffée, mais le garçon continuait à frissonner en dormant.

Le gardien de nuit n'a pas hésité une seconde à les laisser entrer. Elle était Norma, après tout, et c'était toujours sa station de radio. Il les a laissés passer dans un petit hochement de la tête respectueux, et puis il leur a fait traverser le hall d'entrée où le garçon s'était présenté avec sa feuille de papier la première fois. L'éclairage était faible, et on aurait dit qu'ils pénétraient dans la crypte d'une église. C'est exactement comme cela que je m'en souvenais, a pensé Norma, comme si elle revenait dans la maison de son enfance. Elle y était venue la veille, mais c'est ainsi que les choses se passent dans la vie : les choses arrivent tout d'un coup et votre perception explose. Mais que s'était-il passé exactement, et comment ? Un garçon était arrivé. Quand ? Ça avait commencé un mardi, elle s'en souvenait, et maintenant nous étions... Elle ne le savait pas. À qui pourrait-elle le demander ? Tout était brumeux : il y avait une liste, elle avait eu un mari, il était mort ou avait disparu. Il faisait partie de la LI et il n'en faisait pas partie. La guerre avait pris fin et peut-être qu'elle n'avait jamais commencé. C'était ça ? C'était tout ? Elle tenait fermement la main du garçon. Norma était certaine qu'il avait grandi au cours de ces derniers jours, de ces dernières heures, et à cette pensée, son cœur s'était mis à galoper. C'était un terrible effort pour elle de rester debout.

Le gardien de nuit, elle s'en est rendu compte avec une certaine surprise, parlait encore, n'avait pas cessé de parler, même si elle n'avait rien enregistré de sa voix. Elle a résolu de sourire, mais n'a absolument pas tenté d'écouter. C'était un vieil homme au crâne chauve et brillant, sa peau était grêlée. Il a frotté la tête du garçon et lui a pincé la joue. Il remerciait Norma avec effusion, et celle-ci ne put s'empêcher de se demander ce qu'elle avait bien pu faire pour lui.

À l'aide de sa clé, il a mis en marche l'ascenseur. Les portes se sont refermées et il leur a dit au revoir d'un geste de la main. Ils étaient dedans.

« Je suis fatigué, a dit Victor. J'ai envie de dormir.

– Je sais. » Norma le serrait contre elle. Elle torturait cet enfant en le maintenant réveillé, elle le savait – qu'est-ce qu'elle espérait accomplir qui ne pourrait pas être fait demain ? « Nous allons bientôt dormir », a-t-elle dit, mais ses paroles ont moins résonné comme une promesse que comme un vœu.

Le disc-jockey qui faisait la nuit s'était montré très conciliant. Elle n'arrivait pas à se souvenir de son nom, mais ils s'étaient déjà rencontrés. De nombreuses fois. Il savait qui elle était, bien entendu. Autour de ce visage juvénile, des cheveux blancs qui n'avaient rien de naturel. Norma a posé sa main sur son épaule. Il était facile de lui mentir : les mots venaient d'eux-mêmes. Oui, Elmer était d'accord. Oui, tout allait bien. Oui, une émission spéciale. L'appeler ? Bien sûr, si tu veux, mais il dort encore probablement. Tu te reposerais bien un peu ? On en a tous besoin. Un petit rire – elle n'avait même pas eu à se forcer. Et passe une bonne nuit. C'est toujours, un plaisir. Avec Manau et Victor qui la regardaient, elle avait un public pour proférer tous ces mensonges, pour procéder à cette manipulation de la vérité. Ils étaient, à coup sûr, avec elle. Sans même avoir à se retourner, elle sentait que Manau hochait la tête en guise d'approbation.

Mais le disc-jockey ne partait pas. Il se balançait d'un pied sur l'autre.

« Oui ?

— Je peux m'asseoir ? a-t-il dit demandé faiblement. Ce serait un grand honneur, Madame Norma. »

Cela était cruel, mais la vérité, c'était qu'il n'y avait pas de place. « Tu comprends ? a-t-elle dit.

« Bien sûr, a-t-il répondu en rougissant. Bien sûr. » Il s'est éloigné furtivement, et Norma aurait voulu le prendre dans ses bras. Ses yeux picotèrent et des douleurs parcoururent tout son corps. On entendait une valse : c'était une femme qui chantait, bien sûr, et la chanson parlait d'un homme.

Lorsque la LI était finalement revenue trois ans après la fin de la guerre, cela avait été une surprise pour tout le monde sauf Zahir. Il les avait attendus depuis le jour où un peloton était venu et avait emmené l'homme d'Adela et deux autres dans la forêt. Bien sûr, Zahir ne savait rien de ce qui restait dispersé de l'insurrection autrefois si puissante et il n'avait donc pas pu *savoir* qu'ils reviendraient : c'était simplement qu'il avait vu cet homme passer son fils à Adela et disparaître dans un camion de l'armée, le canon d'un fusil pointé contre son dos. Il avait vu l'air de désespoir de cet homme regardant son fils, la façon dont l'enfant s'était accroché à sa mère et dont la mère s'était mise à sangloter. De telles choses ne restent pas impunies. Les deux autres hommes avaient aussi fait leurs adieux et Zahir se souvenait à peine de quoi il les avait accusés dans ses rapports – ah oui : il s'était demandé pourquoi ils passaient tant de temps dans la forêt. Il avait rougi à cette seule pensée : c'étaient des chasseurs.

Ce n'était pas la LI que Zahir attendait, pas spécifiquement, mais une forme quelconque de châtiment, céleste ou autre, en raison du rôle qu'il avait joué pendant la guerre. Avant ce moment-là, il avait semblé que ses rapports mensuels étaient classés pour n'être jamais revus, que tout son effort consistait en un simple exercice sans le moindre effet sur la guerre ou quoi que ce soit. Puis, ce jour-là, tout était devenu clair : il n'était pas innocent. Trois hommes étaient morts. En fait, il imaginait qu'ils étaient morts : trois hommes avaient disparu à cause de lui. Parce qu'il avait inventé, sur un coup de tête, une histoire à propos d'un type qu'il connaissait à peine. Parce qu'il avait gonflé son rapport avec des considérations à propos de ce qu'un villageois pouvait bien faire dans la forêt avec un fusil en dehors de chasser. Quelque chose allait déranger sa vie plutôt confortable. Dans les jours qui avaient suivi l'arrivée du peloton, visages sombres et armes en tous genres, le village avait continué à écouter la radio, qui diffusait désormais des reportages sur les défilés de la victoire dans la capitale. Les célébrations. Il pleuvait fort cette semaine-là et ils pouvaient voir les hélicoptères tourner sous les nuages violets. Ils entendaient même le grondement des explosions au loin. La guerre était-elle vraiment terminée ? Il était difficile de le savoir.

Puis, les combats au loin s'étaient effacés et les années de calme avaient commencé. Son propre fils était devenu fort. L'école avait été reconstruite et une véritable procession d'instituteurs de la capitale avait commencé à venir à 1797. Ils ne restaient pas longtemps, mais ils prenaient la place qu'avait occupée autrefois l'armée dans l'imagination collective du village comme preuve tangible du fait qu'un gouvernement existait quelque part et avait entendu parler d'eux. Ça aussi, c'était un progrès.

Les types de la LI étaient donc arrivés un jour du début du mois d'octobre parfaitement ensoleillé, en tirant des coups de feu et en demandant à être nourris. Ils avaient rassemblé les gens du village et une jeune femme aux yeux noirs, avait parlé d'une voix perçante de la victoire qui les attendait tous. Encore ? Même à présent ? Elle était assez mince et assez jeune pour que Zahir s'autorise à avoir pitié d'elle. Ses cheveux étaient vaguement attachés et, lorsqu'elle levait les bras, Zahir voyait des taches sombres. Puis, elle avait tiré un coup de feu en l'air et c'était comme si un cache avait été soulevé.

« Mais la guerre est finie », avait dit Zahir. Tout doucement, d'abord.

Un guérillero masqué s'était avancé vers lui. Zahir savait ce qui allait se passer ou croyait le savoir, mais lorsque la crosse du fusil l'avait frappé au creux de l'estomac, sa vision était passée au gris, il s'était plié en deux, en se tenant inutilement le ventre, en s'attendant à voir ses organes jaillir de son corps. Le guérillero lui avait donné des coups de pied, l'avait traité de collaborateur, et ce mot avait paru à la fois si exact et si juste à Zahir qu'il avait résolu de supporter sa correction comme un homme. Il avait alors entendu un enfant pleurer et avait imaginé que ce devait être le fils d'Adela. Il avait alors éprouvé quelque chose qui n'était pas très éloigné de la fierté. Il avait plissé les yeux, chassant les larmes sur les bords de ses paupières, mais les bottes le cognaient comme de tendres caresses.

Lorsqu'il avait repris connaissance, la LI annonçait un *tadek*. Ça, il ne s'y était pas attendu. Sa vision était floue et une douleur vague partait du ventre pour s'étendre à tout son torse, à son cœur et à son cou. Il avait cligné des yeux : le cerveau n'était pas bien non plus. Ils avaient été tous emmenés dans une clairière et le soleil cognait avec une intensité à faire peler la peau. Il était maintenu par deux femmes, et tout le monde se trouvait là : un village entier d'adultes terrifiés, épaule contre épaule, en cercle. Zahir se tenait droit et raide, à peine conscient que l'affaire avait commencé, que le garçon ivre avait été lâché parmi eux, prêt à accuser quelqu'un. Il ne voyait presque pas l'enfant, mais il distinguait ses mouvements rigides, titubant vers la gauche, puis vers la droite, les mains tendues charchant à agripper quelque chose, comme s'il voulait saisir un sens suspendu dans l'air. Chaque fois qu'il approchait du cercle, chaque villageois était tendu et ceux qui étaient à sa portée reculaient imperceptiblement. La LI surveillait de près et tirait des coups de feu en l'air. À un moment donné, Victor s'était assis au milieu du cercle, avait fermé les poings et les avait pressés contre ses tempes, jusqu'à ce qu'un type de la LI approche et le remette sur ses pieds. « Vas-y, avait-il dit. Trouve le voleur. »

Ça y est, ça y est : Zahir pouvait voir à présent et se tenir debout tout seul, mais les femmes le tenaient toujours. L'une d'elles avait murmuré à son oreille : « N'aie pas peur. » C'était la voix d'Adela, mais il ne s'était pas tourné et n'avait rien répondu. Peut-être qu'elle se parlait à elle-même, il n'en était pas sûr. Il n'avait pas peur, d'ailleurs. Trois morts seraient expiées. N'était-il pas responsable du fait que cet enfant était orphelin ? Le garçon avait trébuché et était tombé. De nouveau, il se relevait. Il avait de la terre sur son genou. Il pleurait, il cherchait sa mère. « Mère », avait dit Victor, et Zahir avait senti Adela s'affaisser derrière lui. Personne, semblait-il, n'avait respiré depuis plusieurs minutes. Les coups de feu étaient tirés toutes les trente secondes environ et, à chaque coup, le garçon s'arrêtait et levait les yeux, comme s'il avait cherché la trajectoire de la balle dans le ciel aveuglant. Puis Victor l'avait localisée – trouve-*moi*, avait pensé Zahir – et avait titubé en direction de sa mère. Ça y est, ça y est : mais avant de faire un pas en avant pour reconnaître sa culpabilité, Zahir avait pu voir les yeux du garçon : vitreux à cause des larmes, terrifiés, concentrés sur quelque chose de lointain et d'invisible, sur un point sombre de la forêt ou sur un nuage en forme de bête sauvage.

Le garçon l'avait alors touché et tout le reste s'était produit en un instant : les fusils pointés, la LI avait fait entonner au village le chant maléfique de « Voleur ! Collaborateur ! » Les femmes pleuraient, mais elles criaient, parce qu'elles avaient peur de ne pas le faire. Zahir avait aperçu sa femme, le visage rouge et en pleurs, impuissante. Une autre femme la soute-

nait pour qu'elle ne s'effondre pas. Où était son fils ? sa fille ?
Il avait plissé les yeux ; il y avait tant de lumière au-dessus ;
puis, il avait été fouetté à l'aide d'une souche, et ensuite il
avait hurlé. La LI chantait des chants patriotiques. Sa vie
nouvelle avait commencé en musique.

L'émission telle que Norma l'avait imaginée se présente
comme ceci : soudain, il n'y a plus aucune restriction et tous
les noms peuvent être dits. Les accusations qui ont été
publiées après la guerre – Rey avait été un assassin de la LI,
un messager, un poseur de bombes –, tout cela ne tient plus.
Il n'y a que des disparus, leur innocence ou leur complicité
n'a plus aucune importance, aucune signification. L'émission
commence : Norma passe une chanson, les appels arrivent.
J'ai connu un professeur, dit une voix, il était mon professeur
à l'université et il a disparu.
Quand ?
À la fin de la guerre.
Qu'est-ce qu'il enseignait ?
La botanique. Il adorait la forêt, mais pas comme l'aurait
fait un homme de science. Plutôt comme un poète. Il
connaissait tous les trucs élémentaires, la composition chimique des sols dans les différentes vallées. La pluviométrie et le
rythme des inondations. Mais ce n'était pas son problème.
Ce dont il se souciait surtout...
Et comment s'appelait-il ?
L'auditeur raccroche brusquement. Auditeur suivant.
J'ai connu à la Lune un type qui était fasciné par les prati-
ques magiques dans la jungle. Il disait que tout ce que nous
voyons est une hallucination. Que, dans le monde réel, les
gens ne faisaient pas des choses pareilles à d'autres gens.
Et quel genre de choses vous faisaient ces gens ?
Ligne coupée.
Autre appel : j'avais un ami qui travaillait autrefois à

Tamoé, il réunissait des informations pour le recensement. Il disait que les gens avaient des stocks infinis de patience, qu'ils ne voulaient qu'une chose : pouvoir garder le peu qu'ils avaient et qu'on leur fiche la paix.

Mais pourquoi ne pas laisser les gens tranquilles ?

Chaque fois, les auditeurs se rapprochent un peu plus ; c'est presque de la fausse modestie, cette façon qu'ils ont de danser autour de lui. Après une douzaine d'appels, la vie de Rey a été entièrement racontée : collègues, connaissances, amis de chaque période de sa brève existence. Les garçons qui l'ont trahi, la nuit de l'incendie, ont appelé pour demander de ses nouvelles et ils ont même présenté leurs excuses : nous avions peur, ont-ils dit. Nous n'étions que des enfants et la ville n'a plus été la même après le départ de Rey. Où est-il allé ? Un appel d'un homme qui était avec eux la nuit du premier grand black-out : quand vous avez dit que vous aviez été à la Lune, j'avais grimacé. J'y avais été aussi. Et il y a tant d'autres appels : un flic qui avait connu Trini. Un type avec un accent de la jungle qui prétend être un artiste. Une femme qui faisait partie de la LI : elle pense qu'ils connaissaient les mêmes gens. Mais personne ne peut se souvenir de son nom. Qui est cet inconnu ? Est-ce qu'il n'y a personne pour s'en souvenir ? Tellement de temps a passé. Norma est en nage. Même dans son émission imaginaire, elle est en équilibre instable au bord d'un précipice ; même là, elle a peur. Puis, c'est sa propre voix qu'elle entend : j'ai connu un homme, dit-elle, ou était-ce un garçon à l'époque, cet homme qui m'avait emmené danser, qui m'avait séduite, qui soufflait la fumée de sa cigarette dans le bus qui nous faisait traverser cette ville magnifique, cette ville telle qu'elle était avant la guerre – est-ce que quelqu'un se souvient quel endroit fabuleux c'était ? Et cet homme, ce garçon, cet enfant adorable et terrifiant, il m'a laissé le toucher et je l'ai aimé jusqu'à ce qu'un soldat vienne et l'emmène au loin. Pendant ma vie entière, il a été l'archange de la disparition, un événement évanescent, une torture, et maintenant qu'il a disparu, la question est de savoir *pour combien de temps* et la réponse que je redoute le plus est *pour toujours.*

Et le rêve prend fin, le chagrin se cogne à la réalité. Elle ne peut pas prononcer son nom. Elle essaie, mais elle n'y parvient pas. Quelqu'un d'autre doit le faire pour elle.

C'était bientôt le jour dans la capitale et la guerre était terminée depuis bientôt dix ans. Les crimes avaient été pardonnés, ou du moins oubliés, et son Rey n'était toujours pas revenu. Elle avait enterré le père de Rey sans lui. Elle avait fait passer une notice nécrologique dans le journal. Le texte disait : « Son fils lui survit... » La guerre avait pris fin depuis trois ans à ce moment-là, et cela lui avait fait l'effet d'un mensonge. Personne n'était venu aux funérailles. Elle n'avait pas vu le vieil homme pendant des mois. Ils n'avaient rien à se dire. Un jour, son beau-père avait réussi à échapper au filtrage et il avait pu passer à l'antenne. Au début, elle ne l'avait pas reconnu.

« Norma, avait-il dit d'une voix chevrotante. Où est-il ?

– Qui ça ? » avait-elle demandé, parce qu'elle le faisait toujours. C'était son travail. « Pourquoi ne pas nous parler un peu de lui ? »

À l'autre bout de la ligne, il y avait eu un long silence. Comme une respiration.

« Monsieur ? De qui parlez-vous ?

– De ton mari, avait dit le vieil homme, pleurant à chaudes larmes. De mon fils. »

Elmer avait immédiatement enchaîné sur une page de publicité.

Et cela lui avait fait alors l'effet que cela lui faisait toujours, que cela lui ferait toujours : comme si quelqu'un lui serrait la gorge, pour essayer, et y parvenir presque, de lui arracher son dernier souffle. Le pire était passé en quelques secondes, mais il faudrait des jours et même des semaines pour qu'elle récupère. Ou une vie entière. Pendant la longue et déplaisante pause, Norma avait eu l'impression que personne ne la regardait. Elmer lui avait apporté une tasse de thé. « Un mauvais nom, Norma. Je suis désolé, mais un mauvais nom et nous sommes morts. Toi et moi. » Il avait dit ça sans la regarder.

Elle avait mis un disque et l'avait laissé tourner jusqu'au bout. Lorsqu'elle avait repris, il y avait eu un nouvel appel, une voix nouvelle qui n'avait fait aucune mention de ce qu'avait perdu Norma, et l'émission avait suivi son cours sans incident.

C'est maintenant le petit matin, après dix années sans guerre, et Norma est au même endroit. Elle avance sans réfléchir à présent. Donner un micro au garçon. Donner un micro à Manau. Des écouteurs pour tout le monde. Voici le canapé où Rey et moi avons fait l'amour. Ferme les yeux : souviens-toi. Pas maintenant. Respire. Il y a les lumières qui clignotent, un disque qui passe, et Norma a l'impression d'être un chef d'orchestre, que la ville qui se réveille ou qui sommeille est sous son contrôle. Musique au signal et on laisse jouer.

Respire.

« Mesdames, messieurs, dit-elle lorsque la chanson prend fin. Bienvenue pour une émission spéciale de Lost City Radio. Je m'appelle Norma. »

C'est parti.

Rey avait décrit un jour pour elle la façon dont le monde se mettait à fondre sous l'effet de la chaleur d'une drogue psychotrope. Pourquoi s'intéressait-il tant à ces choses-là ? Le mystère, disait-il, réside dans la découverte : ce qu'on avait halluciné était quelque chose qui avait toujours été là, attendant de pouvoir s'échapper. L'excitation, la surprise : c'est quoi cette partie de toi que tu as enterrée ? Qu'est-ce qui a émergé de l'ombre, des coins couverts de toile d'araignée, derrière les portes fermées brusquement ouvertes ? Qu'est-ce que tu as trouvé, Rey ?

Toi.

Moi ?

Toi, Norma. Toi sous des formes et des contours étranges. Sous la forme de divers animaux, toi comme l'air, toi comme l'eau. Comme la lumière. Comme la terre fertile et dense. Comme un poème rimé, comme une chanson chantée à tue-tête. Comme un tableau. Comme quelqu'un que je ne mérite pas.

Quand était-ce ? Il y a des années. Pendant la dernière année de la guerre. Il s'était blotti contre elle.

Elle a parlé pendant plusieurs minutes à présent et elle prend peur en s'en rendant compte : les mots prennent forme dans sa gorge, pas dans sa tête. Les mots sont exprimés et projetés dans l'espace avant même qu'elle ait eu le temps d'y réfléchir. Rey. Elle a déjà prononcé un de ses deux noms et il n'est donc plus question de faire machine arrière. *Rey Rey Rey*. Aucun appel d'auditeur. Seule sa voix rôde dans la capitale. Il se pourrait bien, se dit-elle un peu désespérée, que personne n'écoute. Vraiment personne. Et peut-être que c'est mieux ainsi. Le garçon la regarde de temps en temps avec ses yeux fatigués. « Qui est-ce que tu cherches ? » demande Norma.

Il hausse les épaules, et elle l'adore. Il ne ressemble absolument pas à Rey. « Des gens de mon village, dit-il.

– Qui est ?

– 1797.

– Tu as une liste, n'est-ce pas ? »

Le garçon hoche la tête. On ne peut pas entendre un hochement de tête à la radio. Elle lui pose la question de nouveau, jusqu'à ce qu'il dise oui, il en a une – est-ce qu'il pourrait la lire ?

Bien sûr qu'il doit la lire. Qui d'autre pourrait le faire en toute impunité ? Ils ne feront rien à ce garçon. Il est innocent. Mais elle ne peut pas. Pas encore. « Dans un instant », dit-elle.

Mais pourquoi attendre ? N'est-ce pas ce qu'elle a toujours souhaité ? Est-ce que ce n'est pas comme cela que son émission idéale s'est toujours terminée ?

« Et vous ? » dit-elle en se tournant vers Manau. Elle a toujours aimé les émissions avec des invités. Elle a assisté à des dizaines de retrouvailles dans cette pièce, près d'une centaine depuis que la guerre a pris fin – des gens qui ont pleuré de joie ici, qui ont embrassé leurs proches et ont reçu des appels d'inconnus qui les félicitaient. Elle en a été le témoin, et peut-être que si elle ne l'avait pas vu, elle n'aurait pas cru que cela s'était produit. Mais à présent, c'est comme si elle pouvait sentir la chaleur de ces retrouvailles, cette pièce est soudain remplie de fantômes.

« Et vous, Monsieur Manau, qui est-ce que vous cherchez ? »

Il a l'air surpris par la question. Il secoue la tête. Il a une expression morose. « Personne, dit-il.

– Vous êtes venus ensemble. Racontez-nous comment ça s'est passé. »

Le garçon et son instituteur se regardent, chacun espérant que l'autre va parler. Finalement, Manau tousse. « C'est un long chemin pour venir jusqu'ici, Norma, pour n'importe qui. Particulièrement pour un garçon de onze ans, mais aussi pour moi. Nous sommes venus en camion, et puis en bateau, et ensuite dans un car qui a roulé toute la nuit. Où pourrions-nous être arrivés ? Dans ce pays, toutes les routes conduisent à la capitale.

– Revenons à cette liste.

– Bien sûr. »

Le garçon dit : « Ce sont les disparus de mon village », et avant même qu'elle pose la question, il ajoute, « Je n'en connaissais pas beaucoup. Seulement quelques-uns.

– Tu veux en parler ?

– Nico, dit le garçon, était mon meilleur ami. Il est parti.

— Tout le monde part », coupe Manau.

Norma sourit. « C'est vrai.

— Vous n'êtes pas fatiguée, Madame Norma ? demande le garçon.

— Oh, non, dit-elle. Fatiguée de quoi ?

— Je ne m'en souviens pas, Madame Norma.

— De Nico ?

— De votre mari, dit Victor. De mon père. »

Norma souffle un baiser en direction du garçon. « Je sais que tu ne t'en souviens pas. Personne ne s'attend à ce que tu t'en souviennes.

— J'ai dit à ma mère que je m'en souvenais.

— Tu es un bon garçon.

— Je suis fatigué, Madame Norma, même si vous vous ne l'êtes pas.

— Lisons la liste, dit Manau. C'est pour ça que nous sommes ici, non ?

— Bien sûr », dit Norma en hochant la tête. Elle a hésité, elle ne peut plus le supporter. « Oui, c'est pour ça que nous sommes ici. Tu es prêt ? Tu peux la lire pour nous, mon chéri ? »

Victor hoche la tête. On ne peut pas entendre un hochement de tête à la radio. Il est un peu plus de trois heures du matin quand il s'éclaircit la gorge et commence.

Et à présent elle ne peut même pas entendre les noms. Norma a les yeux fermés et la guerre a pris fin depuis plus de dix ans. Que le garçon lise, qu'il le fasse, ils ne feront rien contre lui. Ils m'enverront en prison, ils vont rouvrir la Lune seulement pour moi, et m'accueillir comme ils ont accueilli mon mari. Je suis désolée, Elmer. Peut-être qu'ils feront comme si cela n'avait jamais eu lieu. C'est le milieu de la nuit et personne n'écoute de toute façon. Il n'y a que nous. Il lit très bien, et Manau devrait être fier de ce qu'il a appris au garçon. Les noms ne signifient rien, ni pour Manau, ni pour Victor. Tel nom ou tel autre leur est familier, un nom déjà entendu, mais la plupart sont vides. Il y a le nom de son père, et il a failli ne pas le prononcer. Norma se redresse en l'entendant, comme si quelqu'un venait de la toucher. « Excuse-moi, dit-elle. Tu peux répéter ce nom ? »

Victor lève les yeux de sa liste.

« Quel joli nom », dit Norma. C'est tout ce qu'elle peut faire pour ne pas crier.

Et en un instant c'est fait : voici les noms écrits par le vieil homme avec ses radios, et les noms ajoutés par la femme sur la plage, et ceux des soldats il y a quelques instants. Victor les lit aussi, sa voix ne tremble pas, mais gagne de l'assurance au contraire. Grâce à Dieu, personne n'écoute. Grâce à Dieu, il n'y a que nous dans cette ville endormie. Ferme les yeux et imagine que nous sommes seuls. Près de trois douzaines de noms. Qu'est-ce qui pourra bien en sortir de bon ?

Dans deux minutes, c'est fini.

« Les lignes téléphoniques sont ouvertes », parvient-elle à dire, comme s'il s'agissait d'une émission de plus. Elle regarde, pleine d'espoir, le standard, mais il n'y a rien, pas encore. Il doit bien y avoir un disque par ici : une chanson, n'importe quelle chanson pour combler le vide.

Et maintenant, le moment est venu d'attendre.

Si Rey n'avait aucune réponse à donner sur la façon dont la guerre avait commencé, celle dont elle avait pris fin était très claire : presque dix ans après qu'elle avait commencé, dans un camion, les yeux bandés, entouré de soldats qui riaient, fumaient, lui donnaient des coups avec leurs fusils. On l'avait emmené avec deux autres hommes du village, mais les soldats, pour une raison quelconque, ne semblaient s'inté-resser qu'à lui. « D'où es-tu, mec ? » avait demandé l'un d'eux.

Rey avait fait un effort pour essayer de voir à travers le

bandeau noir. Rien à faire pour percer l'obscurité. « Tu n'en as jamais entendu parler.

— Junior a lu des livres. Tu devrais lui donner une chance.

— Il est de la capitale, avait dit un des autres prisonniers.

— Personne ne te parle à toi », avait coupé un soldat.

Ils avaient tous ri. C'étaient des gamins. Rey imaginait qu'il était ailleurs : en train de voler, de faire de la voile. Il n'avait jamais fait ni l'un ni l'autre. Un des hommes du village avait commencé à sangloter. Rey était assis entre les deux gars du village, et il ne savait pas grand-chose à leur sujet. Pourquoi étaient-ils là ? Le type sur sa gauche tremblait. « Où allons-nous ? » avait-il demandé, mais les soldats l'avaient ignoré. Celui qui s'appelait Junior avait alors demandé : « Comment un type de la capitale se retrouve-t-il dans un coin pareil, hein ? »

Il avait fallu quelques secondes à Rey pour se rendre compte qu'ils parlaient de lui. Il avait soupiré. « Je ne suis pas de la capitale.

— Espèce de saloperie de la LI.

— Ça n'existe pas », avait dit Rey, et il avait senti le canon d'un fusil s'enfoncer dans ses côtes. Un rire avait retenti.

« Cause toujours, le rigolo.

— Tu es célèbre, avait dit une autre voix. Tu es plus maigre que je ne l'avais imaginé. Ils disent que tu poses des bombes et que tu tues des flics. Ils disent que c'est toi qui as inventé les incendies de pneus. »

Rey a cligné des yeux sous le bandeau.

« Je parie que tu aimerais rentrer chez toi.

— Tu parles.

— Mais parfois on n'obtient pas ce qu'on veut. »

La route à la sortie de 1797 était accidentée, mais la jeep progressait et, une fois lancée, tout a changé. Les odeurs ont changé, la qualité de la chaleur qui les entourait aussi. La forêt n'était pas une entité monolithique : c'était plusieurs endroits à la fois. Il avait parcouru cette route qui partait de 1797 : envahie par les lianes et, au-dessus, l'épaisse canopée qui laissait rarement passer le jour. Il faisait frais et humide maintenant. Il avait écouté : ils avaient tourné et ils s'approchaient de l'eau. Il avait été dans ce coin aussi, à l'occasion d'un des voyages dans les camps. Sur la berge, il avait été séparé des deux types du village. L'un d'eux avait supplié : « Je vous dirai tout ! » Il l'avait fait avec une telle férocité dans la voix que Rey s'était demandé ce qu'il pouvait bien savoir.

Puis, ils l'avaient fait monter sur une embarcation, les mains toujours attachées, les yeux toujours bandés. Au bruit, Rey avait senti que le peloton avait diminué ou s'était divisé en plusieurs unités. Il n'y avait que trois ou quatre soldats avec lui. Difficile à dire exactement. Ça n'avait aucune importance, d'ailleurs. Faire de la voile, s'était dit Rey, pour la dernière fois. Au milieu de la rivière, là où les arbres ne se rejoignaient pas, il y avait une lumière dorée et, pendant un moment, Rey s'était laissé envahir par sa chaleur. Il s'y était abandonné avec délices ; il avait laissé la lumière prendre différentes couleurs derrière ses paupières, il l'avait laissé illuminer les scènes et les images des gens et des lieux qu'il avait aimés et qu'il ne reverrait jamais. Ce sont de brefs moments que l'on ne peut apprécier pleinement que lorsque la mort est proche.

« Nous sommes presque arrivés », avait dit une voix au bout d'un certain temps, et Rey avait su que c'était la vérité. Ils n'étaient pas allés très loin, mais le camp n'avait jamais été très éloigné de 1797. Une boucle de la rivière, une marche dans la forêt depuis la berge. Deux heures en aval au plus. L'eau était calme. Rey était calme. S'il n'avait pas eu les yeux bandés, il aurait profité du paysage : cette forêt qu'il aimait tant, la terre plus vivante que jamais. Même de son point de vue, avec tous ses secrets cachés au-delà des berges, il était impossible de ne pas être impressionné. C'étaient les lieux sombres qui l'avaient enchanté toute sa vie : il avait prêté l'oreille au bourdonnement de la jungle, au cri d'un oiseau ou au pépiement d'un singe rouge. Qu'était-il venu chercher ici, au début ? Norma, avait-il pensé, et, en le disant tout doucement comme pour lui-même, il s'était senti réconforté. Qu'était-il venu chercher, quand il avait tout ? Il l'avait, elle. Norma, avait-il répété, et son nom serait comme le dernier mot d'une prière.

« Vous allez me tuer, n'est-ce pas ? » avait-il demandé dans le noir.

Personne ne lui avait répondu, mais personne n'avait à le faire. Le soleil avait réchauffé son visage. Une goutte de sueur avait roulé sur son front, sous le bandeau et dans son œil droit. Il avait hoché la tête. « Très bien, avait-il dit en clignant les yeux. Très bien, d'accord. » Il hochait encore la tête quand le soldat que tous appelaient Junior lui avait tiré dans la poitrine.

Rey était mort sur le coup.

C'étaient tous des gamins, et même si le prisonnier était un inconnu pour eux, chacun d'eux l'avait pleuré à sa façon. La guerre prenait fin et Rey serait l'un des derniers cadavres qu'ils verraient. Une bataille les attendait au camp, bien sûr, mais ce serait pour demain, et ils ne la livreraient pas seuls. Ils attaqueraient un groupe de combattants de la LI fatigués, parmi lesquels se trouvait un type du nom d'Alaf qui, parmi de nombreux autres, mourrait sans avoir tiré un seul coup de feu. Mais ce serait beaucoup de lumière et de bruit, alors que la mort de Rey avait quelque chose de minuscule et d'intime. L'un d'eux s'était emparé de la chaîne en argent autour du cou du mort. Ils avaient fouillé ses poches, en espérant y trouver de l'argent, mais il n'y avait qu'une lettre, qui n'intéressait personne. Ils avaient regardé fixement Rey. Depuis une autre embarcation sur la rivière, un soldat souriant avait levé les pouces vers eux. L'un d'eux avait retiré le bandeau et baissé les paupières. Un autre avait pris ses chaussures. Pendant de longues minutes, personne n'avait parlé. Ils avaient laissé le courant les emporter et ils avaient continué à regarder, comme s'ils s'attendaient à ce qu'il parle. Finalement, il était revenu à Junior, qui était le plus vieux d'entre eux, un vétéran de dix-neuf ans, de pousser le corps de l'homme attaché par-dessus bord, dans la rivière. Il avait fait un petit plouf et, pendant cinq cents mètres environ, il avait flotté à côté d'eux, montant et descendant dans le flot. Personne ne parlait. Un des plus jeunes soldats, de sa propre initiative, avait pris une rame pour pousser le corps de Rey vers la berge. Une fois ce geste accompli, ils s'étaient tous sentis mieux.

REMERCIEMENTS

Depuis 1999, date à laquelle j'ai commencé à entreprendre des recherches en vue d'écrire ce roman, de nombreuses personnes ont partagé leurs histoires des années de guerre avec moi. Il est impossible pour moi de les remercier suffisamment pour honorer leur générosité et leur confiance.

Je n'aurais rien pu faire sans ma famille – Renato, Graciela, Patricia, Sylvia, Pat, Marcela et Lucia – et mes amis, dispersés dans deux dizaines de pays, mais toujours près de mon cœur.

Vinnie Wilhelm, Mark Lafferty et Lila Byock m'ont apporté une aide sans prix à l'occasion de l'écriture des premières versions de ce roman. Je leur en suis immensément reconnaissant.

MORDECAI RICHLER
Le Monde de Barney
traduit de l'anglais (Canada) par Bernard Cohen

STEVEN MILLHAUSER
La Vie trop brève d'Edwin Mulhouse, écrivain américain, 1943-1954,
racontée par Jeffrey Cartwright,
prix Médicis Étranger 1975, prix Halpérine-Kaminsky 1976
traduit de l'anglais (États-Unis) par Didier Coste
Martin Dressler. Le roman d'un rêveur américain, prix Pulitzer 1997
Nuit enchantée
traduits de l'anglais (États-Unis) par Françoise Cartano
Le Roi dans l'arbre
traduit de l'anglais (États-Unis) par Marc Chénetier

MIA COUTO
Terre somnambule
Les Baleines de Quissico
La Véranda au frangipanier
Chronique des jours de cendre
traduits du portugais (Mozambique) par Maryvonne Lapouge-Pettorelli

GOFFREDO PARISE
L'Odeur du sang
traduit de l'italien par Philippe Di Meo

MOSES ISEGAWA
Chroniques abyssiniennes
La Fosse aux serpents
traduits du néerlandais par Anita Concas

JUDITH HERMANN
Maison d'été, plus tard
Rien que des fantômes
traduits de l'allemand par Dominique Autrand

PEDRO JUAN GUTIÉRREZ
Trilogie sale de La Havane
Animal tropical
Le Roi de La Havane
Le Nid du serpent
traduits de l'espagnol (Cuba) par Bernard Cohen

TOM FRANKLIN
Braconniers
La Culasse de l'enfer
traduits de l'anglais (États-Unis) par François Lasquin et Lise Dufaux

SÁNDOR MÁRAI
Les Braises
traduit du hongrois par Marcelle et Georges Régnier
L'Héritage d'Esther
Divorce à Buda
Un chien de caractère
Mémoires de Hongrie
Métamorphoses d'un mariage
traduits du hongrois par Georges Kassai et Zéno Bianu
Libération
traduit du hongrois par Catherine Fay

V.S. NAIPAUL
Guérilleros
Dans un État libre
traduits de l'anglais par Annie Saumont
À la courbe du fleuve
traduit de l'anglais par Gérard Clarence

GEORG HERMANN
Henriette Jacoby
traduit de l'allemand par Serge Niémetz

EDWARD P. JONES
Le Monde connu
Perdu dans la ville
traduits de l'anglais (Étas-Unis) par Nadine Gassie

AHLAM MOSTEGHANEMI
Mémoire de la chair
traduit de l'arabe par France Meyer
Le Chaos des sens
traduit de l'arabe par Mohamed Mokeddem

NICK TOSCHES
La Main de Dante
Le Roi des Juifs
traduits de l'anglais (États-Unis) par François Lasquin

YASUNARI KAWABATA
Récits de la paume de la main
traduit du japonais par Anne Bayard Sakai et Cécile Sakai
La Beauté, tôt vouée à se défaire
traduit du japonais par Liana Rossi

YASUNARI KAWABATA / YUKIO MISHIMA
Correspondance
traduit du japonais par Dominique Palmé

JOHN MCGAHERN
Les Créatures de la terre et autres nouvelles
Pour qu'ils soient face au soleil levant
traduits de l'anglais (Irlande) par Françoise Cartano

VANGHÉLIS HADZIYANNIDIS
Le Miel des anges
traduit du grec par Michel Volkovitch

ROHINTON MISTRY
Une simple affaire de famille
traduit de l'anglais (Canada) par Françoise Adelstain

VALERIE MARTIN
Maîtresse
traduit de l'anglais (États-Unis) par Françoise du Sorbier

ANDREÏ BITOV
Les Amours de Monakhov
traduit du russe par Antonina Roubichou-Stretz

VICTOR EROFEEV
Ce bon Staline
traduit du russe par Antonina Roubichou-Stretz

REGINA MCBRIDE
La Nature de l'air et de l'eau
La Terre des femmes
traduits de l'anglais par Marie-Lise Marlière

ROSETTA LOY
Noir est l'arbre des souvenirs, bleu l'air
traduit de l'italien par Françoise Brun

HEIKE GEISSLER
Rosa
traduit de l'allemand par Nicole Taubes

JENS REHN
Rien en vue
traduit de l'allemand par Bernard Kreiss

GIUSEPPE CULICCHIA
Le Pays des merveilles
traduit de l'italien par Vincent Raynaud

JOHN VON DÜFFEL
De l'eau
Les Houwelandt
traduits de l'allemand par Nicole Casanova

ADRIENNE MILLER
Fergus
traduit de l'anglais (États-Unis) par Marie-Lise Marlière et Guillaume Marlière

F.X. TOOLE
Coup pour coup
traduit de l'anglais (États-Unis) par Bernard Cohen

VIKRAM SETH
Deux vies
traduit de l'anglais (Inde) par Dominique Vitalyos

JOHN FOWLES
La Créature, prix du Meilleur Livre étranger 1987
Le Mage
traduits de l'anglais par Annie Saumont

DAVID MALOUF
Ce vaste monde, prix Femina étranger 1991
L'Étoffe des rêves
traduits de l'anglais (Australie) par Robert Pépin

ÉLIAS CANETTI
Histoire d'une jeunesse, la langue sauvée 1905-1921
Les Années anglaises
traduits de l'allemand par Bernard Kreiss
Le flambeau dans l'oreille, Histoire d'une vie 1921-1031
traduit de l'allemand par Michel-François Demer
Jeux de regard, histoire d'une vie 1931-1937
traduit de l'allemand par Walter Weideli

CHRISTOPH RANSMAYR
La Montagne volante
traduit de l'allemand par Bernard Kreiss

CHRIS ABANI
Graceland
traduit de l'anglais (Nigeria) par Michèle Albaret-Maatsch

ROBIN JENKINS
La Colère et la Grâce
traduit de l'anglais par Françoise du Sorbier

Composition Nord Compo
Impression : Imprimerie Floch, février 2008
Éditions Albin Michel
22, rue Huyghens, 75014 Paris
www.albin-michel.fr
ISBN : 978-2-226-18238-8
ISSN : 0755-1762
N° d'édition : 25788 – N° d'impression : 70439
Dépôt légal : mars 2008
Imprimé en France.